I0745137

SBN : 978-1-911424-84-0

SKU/ID: 9781911424840

A catalogue record for this book is available from the British Library.

Editor and Book Design: Wolf Graham

Co-editor: Maria Laura Lorenzelli

Cover and illustrations: Roberto Minguzzi

"VARTAXAR"

Technique: pyrography and colour pencil in polywood

Size: 78 cm x 51 cm

Year: 2017

Publishing Company:

Black Wolf Edition & Publishing Ltd.

Scotland

www.blackwolfedition.com

GIAN PAOLO LORENZELLI

VARTAXAR

*A mia moglie
Maria Cristiana,
che mi ha amato
in tutti questi anni*

Nota dell'editore

Ringrazio vivamente Maria Laura Lorenzelli (sorella dell'autore) e Roberto Minguzzi (illustratore), per avermi sostenuto in questo grosso lavoro di editing del manoscritto.

Con molta professionalità hanno dedicato con me molte ore del loro tempo in questo progetto per la lavorazione del testo senza nulla pretendere, contrariamente a quanto pensavo hanno voluto apprendere quel che potevano per il tempo che hanno dedicato, di quel che si dice il mestiere dell'Editore, parola fin troppo utilizzata banalmente al giorno d'oggi.

È stato per me un vero piacere poter collaborare con loro in questi sei mesi, perché hanno saputo cogliere l'occasione per instaurare una buona amicizia ed apprezzare senza nessun dubbio la mia trasparenza e onestà professionale guardando oltre il progetto editoriale.

Grazie a questo progetto ho potuto conoscere anche la grande umanità del Dottor Gian Paolo Lorenzelli e lo spirito che lo ha spinto a scrivere questo libro, cercando trasmettere un messaggio a tutti voi.

È stato un vero piacere lavorare su questo testo.

Come editore cerco sempre autori esordienti che abbiano buoni manoscritti. Cerco sempre di sostenerli e farli crescere nel loro cammino non illudendoli mai e redarguendoli quando serve.

Pubblicare un libro non fa dell'autore uno scrittore e non arricchisce economicamente nell'immediato senza far sacrifici.

Scrivere arricchisce il cuore, allarga la mente e l'anima, è per questo che si deve scrivere, non per la fama, la gloria e non per i soldi.

Un grazie anche a te lettore che in questo momento stai leggendo perché hai saputo apprezzare una parte di anima dello scrittore e hai dimostrato di essere speciale, in quanto hai letto questa nota, solitamente viene saltata a piedi pari dalla maggior parte dei lettori, ecco perché questo fa di te un lettore speciale.

Wolf Graham
(Editor for Italian and Spanish language)

NOTA D'AUTORE

Nello svolgere la professione di medico, ho avuto l'opportunità di conoscere moltissime persone con le loro tristi storie.

Spesso erano persone cariche di speranza e di desiderio di vivere, da tutto questo è nato il desiderio di prendere in mano la penna e scrivere questo libro.

Un fantasy? La domanda è lecita.

La stesura di "Vartaxar" è nata dalla passione che ho sempre avuto in questo genere letterario, in particolare per J.R.R. Tolkien, maestro inimitabile.

Con "Vartaxar" ho pensato di poter esporre il mio pensiero in chiave allegorica, cercando di dare una risposta personale alle molteplici domande che spesso con i miei pazienti ci siamo posti, che in fondo riguardano il senso della vita, la sofferenza, il dolore, le ingiustizie...

Spero di riuscire in questo intento senza tediare eccessivamente il lettore.

Un cenno senza dubbio lo merita il protagonista, Gherson il cui nome significa straniero.

Ritengo che anche noi siamo stranieri su questa terra, cittadini celesti in attesa di tornare al nostro unico Padre.

Nelle Sacre Scritture si dice che il figlio di Mosè portava lo stesso nome ma della sua storia non sappiamo nulla, così come della maggior parte delle persone che hanno vissuto o stanno tuttora percorrendo il cammino di questa vita.

Allo stesso modo ognuna di loro, come Gherson, è

una creatura amata da Dio, in grado di poter cambiare ogni giorno le sorti del mondo, acquisendo progressivamente la consapevolezza che la felicità sta nel vivere lottando e combattendo per il bene degli altri.

Ogni situazione descritta riferita a nomi, cose e scene sono puramente casuali e frutto della mia immaginazione.

NOMI DEI PERSONAGGI

Ainousa	Principessa Adamant, figlia del Re Alcain.
Aiwin	Servo di Rhiannon.
Alaurin	Il più grande fiume di Arvhèia.
Alcain	Re degli Adamant, padre di Ainousa.
Altair	La Spada di Elaiar.
Antàlia	Moglie di Elaiar.
Arcadis	Primogenito di Varanis, tiranno di Urwan.
Arsen	Signore della contea di Lamoran.
Arvaj	Amico fraterno di Gherson, di etnia Lachvain.
Arvor	Nazione alleata di Adamant.
Ascalon	Re degli Elfi su Ghenesia.
Avaris	Fratello di Euleos.
Awax vaimar	Termine con cui si definisce un "Uomo sacro".
Awax-clamhan	Uomo falco
Carvaria	Città portuale di Urwan.
Darida	Moglie di Drusan.
Darkos	L'antico Demone, primo dei ribelli.
Denaer	Figlio di Teirios.
Drusan	Adamant, avversario di Gherson.
Efaialtos	Primo Consigliere del Re Alcain.
Elaiar	L'angelo posto a custodire il passaggio tra Ghenesia ed Arvhèia.
Eleanor	Cugina di Rhiannon.
Elesian	Creatura arborea di Ghenesia.
Elevar	Capitale del regno degli Adamant.
Elora	Madre di Gherson.

Endèia	Lago sopra la città di Elevar.
Erianna	Figlia del Re degli Elfi: in seguito trasformatasi in Elesian.
Euleos	Uno dei primi uomini comparsi sulla terra, fratello di Avaris, amante di Erianna.
Evalion	Capo branco dei Lonegrain.
Garund	Soldato Adamant, amico di Gherson.
Ghelàos	Arcipelago di isole.
Gherson	Principe ereditario di Urwan.
Ghrourzak	Lupo famelico.
Ierax	Il falco misterioso.
Kareem Vasta	Dimora degli awox vaimer.
Keleidon	Fiume della valle di Elaiar.
Kouderos	Segretario di Varanis.
Kratis	Insegnante di Gherson, durante l'Accademia.
Lamash	I destrieri dei Lachvain.
Lamoran	Contea confinante con il regno di Adamant.
Larios	Fratello di Garund.
Lonegran	Razza di cavalli selvaggi.
Malion	Demone. serva di Darkos.
Nestor	Ufficiale Adamant, amico di Gherson.
Ramson	Il vecchio pastore.
Raukar	Creatura selvaggia del Noren.
Rhiannon	Moglie di Gherson.
Sahin	Deserto.
Sartanis	Ufficiale urwain.
Sefiron	Paese al confine con le terre di Urwan.
Sidora	Sorella di Garund.
Silaj	Fratello di Arvaj.

Sinnarin La grande pianura.
Syrion Principe di Arvor.
Tamar Schiava di Arsen.
Tanis Padre di Gherson.
Tarshakys Erano grossi pesci di fiume, lunghi quasi un diacron, dagli occhi piccoli ed il corpo quasi cilindrico che si assottigliava come una spada verso la coda, dalla grande bocca provvista di molteplici denti, lunghi e acuminati, sul dorso aveva un specie di appendice filiforme la cui estremità era luminescente.
Tarsidis Vecchio generale dell'esercito di Urwan.
Teirios Ufficiale di Elevar amico di Gherson.
Toultain Popolo del Noren Donau.
Valaur Capitale di Urwan.
Valdor Awax vaimar di Kareem Vasta.
Varanis Il tiranno di Urwan.
Yrshar Appellativo di Dio dato dal popolo di Arwhèia
Zardog Grosso stambecco bianco
Zirchana Città nel Soren di Urwan sede dell'accademia.

~ *10*~

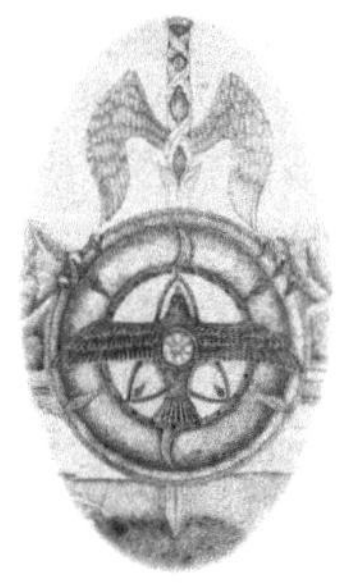

PROLOGO

«Malion!», gridò Darkos dal buio profondo senza tempo in cui era stato relegato. Una strana creatura, con la pelle color smeraldo, comparve, a capo chino, quasi strisciando, dalla buia estremità di una fredda caverna dalle pareti di ghiaccio. I suoi capelli, rossi come il fuoco, erano suddivisi in una miriade di minute trecce e le scendevano lungo la schiena, fino ai glutei. Sul davanti, le coprivano gli occhi vermigli, per poi scivolare giù, lungo il seno. Portava al collo un monile d'oro di rara bellezza, con intarsiati sopra arcani simboli.

Si avvicinò ad una lastra vitrea, dietro la quale si intravedeva l'imponente oscura sagoma che aveva proferito il suo nome. Si prostrò dinnanzi e senza pronunciare parola alcuna, aspettò in silenzio.

«Malion, ascoltami bene... Ci sono delle novità. Devi consegnarmi il cuore di un uomo di Arvhèia, si chiama Gherson. Vive in una valle semisconosciuta tra le catene montuose degli Zauros, Isador è chiamata. È necessario che questo avvenga quanto prima, va e non mi deludere.»

La creatura si alzò e dopo essersi inchinata, si allontanò, con lo sguardo famelico del predatore, che già pregusta di assaggiare le carni della sua vittima, intrappolata e senza via di scampo. Si morse le labbra di piacere. Una tetra risata la seguì come uno strascico, appena ebbe proferito, con voce stridula, i nomi impronunciabili di due suoi oscuri servitori.

CAPITOLO I

Era quasi notte sul lago di Isador, le nuvole, muovendosi lentamente disegnavano strane figure, che parevano cavalieri pronti a darsi battaglia. Le stelle cominciavano a svegliarsi dal loro letargo ed in particolare Salazar la più luminosa, già brillava come un diamante vicino a Mineas, una delle due lune, che ancora stentavano a comparire nascoste tra le nubi.

Seduto sull'erba ancora bagnata per il recente temporale, con lo sguardo rivolto alle vette circostanti imbiancate dalla neve, caduta nel corso del recente rigido Noldair[1], Gherson si lasciava accarezzare dalla brezza del vento che sfiorava la sua barba scura e pareva sussurrargli del suo passato. Il gregge era appena rientrato nella stalla e di tanto in tanto, il lento sciabordare delle deboli onde del lago veniva infastidito dal belato di una giovane pecora, ancora restia ad addormentarsi.

I quattro cani gironzolavano nei prati, annusando l'erba fresca, là dove la bianca coltre aveva già cominciato a sciogliersi, in cerca di una qualche traccia di improbabili prede. Ramson, il vecchio pastore, che tanto tempo prima lo aveva accolto quasi morente nella sua casa, non si trovava con lui. Era sceso a valle per barattare lana e formaggio con altri generi di prima necessità. Il villaggio di Aser distava un giorno di cammino ad oriente e quindi, essendo partito quella mattina, probabilmente non sarebbe tornato prima di due giorni. L'anziano ormai si fidava di lui, sebbene non avesse

---

1 - *Le stagioni dell'anno sono quattro:* Eivan (Primavera; inizia il 15 di Nainur) Solesan (Estate: inizia il 15 di Avar), Othgar (Autunno: inizia il 15 di Kistar), Noldair (Inverno: ha inizio il 15 di Elidar).

mai chiesto niente dei suoi trascorsi, di fatto non parlava quasi mai. Eppure, se non fosse stato per Ramson, Gherson avrebbe certamente raggiunto il regno dei morti. Di questo era certo. Dopo essere guarito, il vecchio lo aveva accolto nella sua casa e gli aveva insegnato ad essere un pastore, un buon pastore. Il giovane, con il tempo, aveva imparato a costruire i recinti, a selezionare i migliori capi del gregge, a prendersi cura delle pecore più deboli. Era diventato abile nel selezionare anche il tipo di erba adatto alle caratteristiche dei capi del suo bestiame. Così, ad esempio, aveva notato che le pecore anziane preferivano la parte più esterna delle foglie, perché più facile da masticare ai loro denti, indeboliti dall'incedere degli anni, per gli agnellini, era invece necessaria la porzione centrale più sostanziosa, mentre le pecore adulte e più forti potevano tranquillamente brucare anche il lembo della foglia più vicino al terreno e più duro da estirpare. Per questo motivo, era solito dividere il gregge in tre parti, conduceva al pascolo prima le pecore più anziane, che altrimenti, a causa del lento incedere, non sarebbero mai arrivate in tempo e sarebbero quindi rimaste a bocca asciutta, in un secondo momento gli agnellini e infine le adulte. In tal modo, tutto il gregge ne traeva beneficio e nessun animale rimaneva scontento. Anche il vecchio Ramson scuoteva la testa, soddisfatto.

"Un altro giorno sta volgendo al termine: il ventitré di Nainur[2]" Gherson scosse il capo, riflettendo. Eivan, la nuova stagione appena iniziata, sin dai tempi antichi, era stata associata al risveglio della natura e recava sempre con sé quelle speranze per una vita mi-

---

2 - *I mesi nel calendario di Arvhèia:* sono dodici e fanno riferimento al ciclo delle due lune. Sono tutti di trenta giorni: Avrist, Meron, Nainur, Enver, Kougar, Avar, Nizar, Elar Kistar, Tamir, Silvar Elidar.

gliore, che ogni anno, l'avvento di Othgar, faceva però svanire malinconicamente, come foglie secche spazzate via dal vento, per essere poi sepolte dalla pallida coltre di neve che tutto cela nel silenzioso Noldair.

"Un altro giorno sta finendo, ma quale speranza per me? Quale è il senso di questa mia vita, che scorre via inesorabile? Chi potrà mai svelare questo mistero?"

Così dicendo, si alzò lentamente, gli occhi scuri fissi su un falco nero, che da un po' di tempo, volteggiava in modo curioso nel cielo sopra di lui, come se lo stesse controllando. Lo scrutò ancora un attimo, portando la mano sopra la fronte, poi si diresse verso la sua dimora.

L'abitazione era situata a Soren[3] del lago basso di Isador, su un piccolo pianoro, appena sopra le sponde del corso d'acqua. Uscendo dall'ingresso principale, si aveva una visuale mozzafiato sui monti circostanti, disposti tutt'intorno a raggiera, che sembravano confluire verso il basso in quello specchio blu di forma ovale, nel quale tuttora navigavano, come natanti senza nocchiero, blocchi di neve, mista a ghiaccio; dietro la casa, una cinquantina di Diacron[4] più in basso, erano visibili le ultime conifere del bosco, che digradava nella vallata sottostante. La dimora era strutturata su due livelli, e costruita con pietre grigie raccolte sul posto. Al piano

---

3 - Punti Cardinali di Arvhèia:
    Noren. Noren - Donau: Ovest - Sud: Soren - Garth: Est
    Noren Donau: Noren Ovest - Noren Garth: Noren Est
    Sud Donau: Soren Ovest - Sud Garth: Soren Est

4 - Misura delle distanze su Arvhèia:
    Siricron   = Decima parte di un acron
    Acron   = 19 centimetri (secondo il sistema decimale in uso)
    Diacron   = Dieci acron
    Galacron   = Cento acron
    Verocron   = Mille acron
In realtà nel linguaggio comune, per calcolare le distanze, si diceva più semplicemente: un giorno di cammino...una giornata a cavallo...o frasi del genere. Talvolta, anche se erano valutazioni grossolane, si faceva riferimento alle ballate dei

terra, in fondo a destra, era stato realizzato il camino, subito davanti era disposto un tavolaccio, con due sedie ai lati. Di fronte alla porta d'ingresso, a breve distanza, una scala portava al piano superiore, dove erano ubicate due camere, dal pavimento di legno cigolante.

Dopo aver fatto mangiare i cani, Gherson si sedette vicino al tavolo, si rifocillò con un pezzo di formaggio e del pane, bevve un bicchiere di vino e si accomodò vicino al camino; sentiva freddo, nonostante fosse ben coperto con un giaccone di lana, guardando il fuoco scoppiettante, lentamente si addormentò.

Il giorno dopo, di buon mattino, decise di portare il gregge al lago superiore di Isador. Distava un Siklin[5] abbondante di cammino dal primo ed il dislivello tra i due era di circa centocinquanta diacron. Il sentiero s'inerpicava lentamente con numerosi tornanti sul costone destro della vallata, tra pietraie e lingue di neve, che si stava sciogliendo sotto i primi raggi di un tiepido sole. Il verde dei prati, umidi di rugiada, veniva rallegrato, dai colori delle primule, che timidamente iniziavano a

---

luoghi e si diceva: "Il tempo che ci metti a cantare o a narrare la storia di Elesian, ad esempio..."

5 - *Calcolo del tempo su Arvhèia:*
I giorni su Arvhèia sono suddivisi in venti periodi chiamati Siklein (Siklin al singolare) paragonabili grossomodo alle nostre ore.
L'ora decima corrisponde al nostro mezzogiorno.
La ventesima ora alla mezzanotte.
Per la loro misurazione venivano di solito utilizzati dei pali piantati in terra, rivolti all'alba verso il sole, che proiettavano l'ombra su un'asta graduata, oppure dei dischi in pietra affissi sui muri delle case, simili a meridiane.
I sottomultipli di un siklin (Viriklein), ognuno dei quali ha la durata di un/quarto di siklin, venivano di solito calcolati utilizzando un piccolo recipiente di vetro graduato, nel quale ad intervallo costante venivano versante delle gocce da un tubo. Una volta riempitosi, il contenitore si svuotava automaticamente, in base al principio dei vasi comunicanti, per poi venire nuovamente riempito attraverso il tubo.
Molto diffuso era anche l'uso di congegni simili a clessidre a sabbia.
Per comodità potremmo dire che un Viriklin contiene all'incirca un migliaio dei nostri comuni secondi.

sbocciare, annunciando così, con la loro presenza, il risveglio della natura. Gherson saliva lentamente, chiudendo ogni tanto gli occhi e respirando profondamente l'aria, profumata e frizzantina. Alcuni uccelli volavano sopra il gregge e ne accompagnavano cantando il suo cammino. Quell'atmosfera fece sentire il pastore stranamente appagato e soddisfatto come non lo era da molto tempo. La giornata scorse tranquilla, ogni tanto, s'intravedeva qualche marmotta che, incuriosita, sbirciava tra le rocce e squittendo, avvisava le compagne dell'arrivo di nuovi intrusi, come una sentinella ben addestrata. Gherson sorrideva tra sé, ammirando la perfetta organizzazione di quei roditori.

Giunto al lago superiore, fermò le pecore ed organizzò il pascolo come di consueto, comandando ai cani di portarsi alle quattro estremità. Dopo aver mangiato un boccone di pane ed aver sorseggiato l'acqua da un piccolo ruscello, si distese sul prato, cosparso di bucaneve, osservando nuovamente il falco del giorno prima, che continuava a volare sopra di lui, si appisolò.

Si svegliò intorno al secondo siklin del pomeriggio, quando improvvisamente il tempo cambiò, la temperatura era già scesa in modo repentino, le nubi plumbee solcavano il cielo minacciose nascondendo le vette delle montagne. In lontananza già si udivano i primi tuoni.

Il giovane radunò il gregge e aiutato dai cani, si accinse a tornare a valle «...cinquantasei, cinquantasette, cinquantotto...maledizione manca una pecora...com'è possibile! Si sarà allontanata quando mi sono addormentato.»

Intanto, le prime gocce di acqua cominciavano a cadere dalle nubi.

Il pastore ordinò a tre dei cani che lo accompagnavano di scendere giù col gregge, poi urlò «Laslo!», rivolgendosi al quarto, «andiamo a cercare Lia che si è persa.»

Insieme corsero a ritroso: il cane, annusando il terreno, Gherson, saltando di sasso in sasso e scivolando, ogni tanto, a causa delle pietre bagnate dalla pioggia, sempre più insistente. Superato il secondo lago, si inerpicarono per il sentiero che saliva su, fin verso il passo che separava la cima Isador dal monte Oron. I fulmini cadevano, di tanto in tanto, sui rilievi alla sua sinistra, seguiti dal boato dei tuoni sempre più rumorosi. Ad un certo punto, da una fenditura nella montagna, sentirono un belato. Era Lia, imprigionata in un cespuglio di rovi. Ma il suo, era una belare di terrore. Da entrambi i lati si erano già avvicinati due ghrourzaik, lupi randagi dei territori del Noren, di stazza quasi due volte superiore a quei normali predatori, neri come la pece, la bocca semiaperta, a mostrare le zanne acuminate.

«Due ghrourzaik!», trasalì Gherson. «Che cosa ci fanno qui? Non è questo il loro abituale territorio di caccia!»

I ghrourzaik, contrariati per l'inaspettato arrivo degli intrusi, si allontanarono lentamente dalla pecora, ringhiando, lo sguardo rivolto ai due avversari, le gambe tese, la bocca a rivelare i denti aguzzi in cenno di sfida. Gherson si muoveva con cautela, mulinando il bastone ed avvicinandosi alla pecora.

I ghrourzaik erano fermi, roteando gli occhi ora verso l'uno, ora verso l'altro antagonista e continuavano a ringhiare. Una bava fetida colava dalle loro fauci, sembravano volerlo mettere in guardia come se gli dicessero: «Vattene o sarà peggio per te!»

Il pastore intuiva le loro intenzioni ma era deciso a non indietreggiare, neanche di un passo.

Per alcuni istanti i quattro continuarono a studiarsi. I lupi da una parte, con le loro pupille rosse fisse su Gherson e sul suo amico a quattro zampe, gli altri, in attesa di una loro mossa.

Alla fine fu Laslo a rompere gli indugi, attaccando direttamente il ghrourzak alla sua destra. I due si avvinghiarono, rotolandosi per il sentiero e cercando di ferirsi a vicenda con gli artigli e con i morsi. Il pastore si avvicinò alla pecora e la fece uscire dal cespuglio. L'altro grosso lupo, ululando per la rabbia, gli saltò addosso. Gherson non fece in tempo ad estrarre il pugnale che cingeva al fianco e si schermì col bastone che roteò contro il lupo, senza però riuscire a schivarne l'attacco.

Il ghrourzak ora gli era sopra, con la bocca spalancata, pericolosamente vicina al viso e lo ferì alla spalla con gli artigli della zampa anteriore. Il pastore cercava con il braccio sinistro di tenere il collo della bestia il più lontano possibile dalla sua faccia, mentre con la mano destra, tentava disperatamente di afferrare il coltello legato alla cintura.

Alla fine, dopo alcuni interminabili secondi, riuscì ad estrarre il manico dell'arma ed a conficcare la sua lama tre, quattro volte nel fianco dell'animale che guaì di dolore e si accasciò infine su di lui, esalando l'ultimo respiro.

Gherson rimase a terra alcuni istanti, ancora ansimante. Poi, quasi inorridito, sollevò con forza l'immane peso della bestia, che gravava sopra di lui. Infine, si alzò barcollando, coperto di graffi e di sangue, e si diresse a cercare Laslo, là dove ancora infuriava la lotta. Fortunatamente il ghrourzak, che stava per avere la meglio sull'avversario, trovandosi ora a dover fronteggiare due nemici, decise, seppur a malincuore, di retrocedere. Continuò, tuttavia, a ringhiare rabbiosamente il suo disprezzo contro di loro. Laslo era ferito in più parti, in particolare sotto la coscia destra, a causa di un morso, sarebbe stato necessario intervenire con alcuni punti di sutura.

Il pastore prese la pecora in braccio, ancora tremante per lo scampato pericolo. Dopo aver guardato furtivamente alle sue spalle, nel timore di altre insidie, corse con il cane zoppicante giù per il sentiero, sotto il crescente diluvio.

Il falco, dal cielo, continuava a scrutarli.

Giunsero al rifugio dopo circa un siklin. Era quasi la quarta ora del pomeriggio.

Gherson mise il gregge nel recinto con l'aiuto dei cani. Iniziava a spiovere e tra le nubi, fece capolino un pallido sole. Sopra le nuvole, comparve anche un arcobaleno che abbracciò l'intera vallata, da parte a parte.

Il pastore entrò in casa e dopo essersi lavato ed asciugato, medicò le sue ferite e quelle di Laslo.

Poi stremato, si accasciò sulla sedia davanti al fuoco. "Devo essere pazzo", disse tra sé, "una volta ero servito e riverito da uno stuolo di schiavi, vivevo solo per me stesso e per la mia gloria. Oggi sarei morto per una stupida pecora. Che cosa mi sta accadendo?"

E, mentre continuava con queste riflessioni, si convinse sempre più di avere fatto la scelta giusta, fissando le braci accese, si addormentò, colto da un improvviso torpore.

Era quasi il terzo siklin del mattino. Un repentino colpo di vento spalancò l'uscio.

Gherson si svegliò di soprassalto. Laslo ringhiò, alzandosi lentamente. Una figura, avvolta in un mantello nero, comparve sulla porta. Il falco si posò sulla sua spalla destra, con gli occhi fissi sul pastore. L'individuo fece due passi verso il mandriano, poi si avvicinò al camino e si chinò per attizzare il fuoco, ormai quasi spento. Era alto appena più di un diacron, la faccia smagrita, grinzosa, le labbra circondate da un pizzetto cinereo, il naso aquilino, gli occhi piccoli infossati, ma penetranti, sormontati da due folte sopracciglia.

Laslo, continuando a digrignare i denti, sebbene esitante e ancora debole per le ferite del recente scontro, mosse verso di lui. Lo sconosciuto, senza neanche degnarlo di uno sguardo, alzò la mano sinistra verso l'animale e immediatamente il cane tornò nel suo cantuccio e lì si rintanò in silenzio.

«Chi sei?», chiese Gherson preoccupato. «Che cosa vuoi?»

«Se avessi voluto farti del male, sarebbe già successo.» Rispose l'altro senza girarsi.

Il falco continuava a studiare il pastore. Questi, sebbene ferito, si alzò così rapidamente da mettere in dubbio che solo pochi siklein prima avesse sostenuto un combattimento con un lupo delle alte terre del Noren, uno degli esseri più pericolosi e più temuti di quelle regioni.

«Il mio nome non è rilevante...», riprese l'incappucciato, «l'importante è il motivo per cui sono qui questa notte. Colui che tutto sa, infatti, ha ascoltato le tue angosce e si è preso pensiero per te.»

«Ma di che cosa stai parlando? Chi ti manda qui?», replicò Gherson, sempre più smarrito.

«Yrshar...», riprese l'oscuro signore, continuando a guardare il fuoco che stava ormai riprendendo vigore, «Yrshar!», questa volta si fece ancor più serio in viso, «...è colui che era prima di tutto, colui che è e colui che tutto ha creato, l'energia che muove l'universo.»

Seguirono alcuni attimi di silenzio, intervallati dallo scoppiettio dei tizzoni nel camino.

«Che cosa sei?», ribatté l'altro ora sarcastico. «Un filosofo? Un mago? Un girovago? Io non ho tempo da perdere... Che cosa vuoi? Prenderti gioco di me?»

«Gherson...», riprese lo sconosciuto, «Gherson, lo straniero, mi sembra significhi nella tua lingua, io so in realtà chi sei, conosco la tua storia e per questo ti dico...», si fermò un attimo e si girò verso di lui. Alzato lo sguardo, fissandolo in volto, con voce stentorea, continuò: «È ora che tu esca da questa valle e ti rechi ad Elevar. Là è pronta una missione per te. Dovrai recarti a Khareem Vasta (che vuol dire "antica dimora"), la sede degli uomini sacri. In quel luogo ti sarà chiarito tutto.»

«Una missione per me?», replicò Gherson incredulo. «A Khareem Vasta, lontana centinaia di verocron da qui!»

«Non mi interrompere! Non mi è stato concesso ancora molto tempo da trascorrere con te.» Sospirò un attimo. «Ascoltami, non essere sciocco, se non vuoi credermi, ti darò un segno. Fra due giorni si presenteranno qui alcuni uomini che chiederanno di te. Assecondali, vai con loro e non temere, segui il tuo destino.»

Detto questo, si avvicinò al mandriano e posando la sua mano sinistra sulla spalla dell'altro, continuò: «Non avere paura... Ti lascio un aiuto. Sono sicuro che sarà per te come un servitore fedele. Il suo nome é Ierax», girando lentamente il collo verso il falco e bisbigliò alcune parole nell'orecchio del rapace.

Poi, con estrema disinvoltura, preso il predatore con la mano sinistra, lo avvicinò a Gherson, posandolo sull'avambraccio destro del pastore. «È tempo di accomiatarsi, mio signore, ma ti prometto... Presto ci rivedremo.»

E, rivolto al falco, «Ierax abbi cura di lui.»

Quindi si accostò alla porta semiaperta e indicando il secondo ghrourzak fuggito qualche siklin prima, disteso a terra, senza vita, ad una decina di diacron dall'abitato, soggiunse: «Abbi fiducia in me. Come vedi, ho completato l'opera che avevi iniziato questo pomeriggio. Ora il tuo gregge sarà un po' più al sicuro.»

Il pastore, avvicinatosi anche lui all'uscio, sempre più perplesso, cercò di ribattere: «Ma...»

«Esatto!», continuò lo sconosciuto, frenando le sue parole, come se già sapesse che cosa volesse dire. «I ghrourzaik difficilmente cacciano da soli, di solito, lo fanno insieme ai loro padroni. Perciò Gherson, sta' attento e guardati le spalle, perché, ciò che ti attenderà nei prossimi giorni non sarà scevro da pericoli.»

Dopo essersi voltato per salutare, così come era arrivato, rapidamente scomparve nel buio.

Il povero pecoraio rimase così solo. Il falco nero sul suo avambraccio lo fissava, girando ogni tanto la testa, ora a destra, ora a manca. Il pastore si soffermò sulla porta ancora qualche istante, incuriosito dal rapace. Per il suo genere era di grosse dimensioni, lungo una trentina di siricron, con un peso intorno agli otto divar[6], occhi grandi circondati da sclere gialle; il becco giallastro era robusto e fortemente arcuato. Il collo era l'unica parte con striature bianche: il corpo aveva una linea aerodinamica e terminava con una lunga coda. Le ali, lunghe ed appuntite erano ricoperte da una folto piumaggio, le zampe erano stranamente prive dei consueti laccetti di cuoio, avevano artigli robusti, anch'essi giallastri e molto lunghi, soprattutto quelli centrali.

Gherson, sorrise debolmente: «Che hai tu da guardarmi? Deve essere proprio un incubo! Sai, da piccolo, nel poco tempo libero, mi divertivo a lanciare sassi contro i falchi...» Quindi, estese il suo braccio destro, come per invitare il rapace a spiccare il volo. Sapeva bene, infatti, quanto questi volatili amassero passare la maggior parte della giornata, in particolare la notte, da soli.

Intanto, aveva ricominciato a piovere lentamente, mentre il vento, ululando, faceva oscillare le cime delle grosse conifere. Rientrò, infine, in silenzio nella sua abitazione.

«Mio signore...», ripeté ad alta voce il pastore, pensando al modo in cui lo aveva apostrofato lo sconosciuto. «Mio signore di che cosa? Non sono più signore di nulla da tempo. Non ho più niente, non sono più niente!»

---

6 - Unità di peso su Arvhèia:
    1 goser equivale a 20 grammi (plurale gosar)
    1 diver equivale a 200 grammi (plurale divar)

Ma, richiudendo la porta, questa volta non provò più dentro di sé quel senso di livore che lo aveva accompagnato in quegli ultimi anni.

«Va bene così...tanto, ormai, che altro potrà più capitarmi?», disse e salì al piano di sopra poi si sdraiò sul suo giaciglio. Fissando il soffitto, cominciò a pensare, ricordi di un passato lontano...

~ 26~

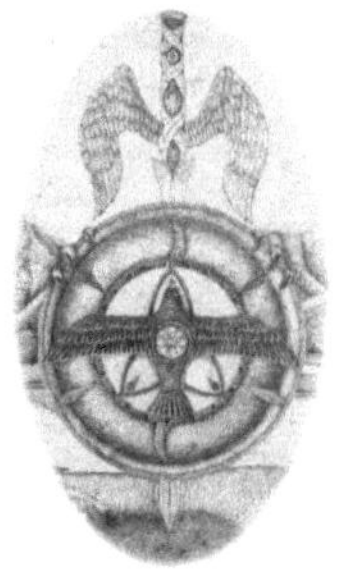

CAPITOLO II

««Sveglia, sveglia!», sentì strillare all'improvviso, la prima mattina dopo il suo arrivo nella caserma reale della cittadella di Zirchana, a Soren del paese e con sua enorme sorpresa, si ritrovò penzoloni a testa in giù, con le dita delle mani che raschiavano il pavimento sotto di lui.

«Non sei più protetto dalle gonne di tua madre», continuò la voce, ora più rauca. Si girò, e con sorpresa vide un uomo, in uniforme, la faccia annerita dal sole. I capelli e la barba erano striati di grigio. Dimostrava almeno una quarantina d'anni e una vistosa cicatrice deturpava la metà sinistra del viso, scendendo giù in modo irregolare dalla fronte fino al mento, rendendo il suo aspetto ancora più truce. L'orbita oculare era coperta da una benda nera.

«Il mio nome è Kratis, giovane principe. Come puoi ben vedere», e indicò con la mano il volto, «ho perso il mio occhio, versando però molto sangue nemico. Il Re, per riconoscenza, mi ha affidato l'educazione di voi giovani rampolli, per trasformarvi in buoni soldati e stai certo che ci riuscirò, con ogni mezzo, più o meno lecito.» Terminò la frase con una risata sarcastica.

Poi, guardando il giovane penzolante dalla corda, aggiunse: «Ora liberati, se ci riesci...e...va' a lavarti e a fare colazione. Qui non troverai nessuno che ti servirà!»

E si allontanò sghignazzando.

"Avevo sette anni...ci misi più di mezzo siklin a sciogliermi dalla fune. Alla fine, facendo forza sui muscoli addominali, raggiunsi le corde che mi legavano le caviglie e riuscii a slegarmi. Ma a quale prezzo!", ripensò Gherson.

Entrambe le caviglie erano segnate dai legacci e sanguinavano. Quando giunsi nel refettorio, Kratis mi stava aspettando: «Sei in ritardo, oggi niente colazione!»

«Fu questa la mia iniziazione nell'accademia militare!», commentò ironicamente a voce alta il pastore.

Per sette lunghi anni, ogni giorno, dal mattino alla sera, il ragazzo fu istruito, a costo di innumerevoli privazioni e sacrifici, nell'arte della guerra, nelle tecniche di assedio, nella battaglia campale, nel combattimento corpo a corpo. Oltre all'addestramento vero e proprio, apprese anche nozioni di grammatica, retorica, dialettica, gli elementi della geometria, l'aritmetica, l'astronomia e persino la musica. Il giovane, in particolare, eccelleva nell'uso dell'arco e nella scherma e si distingueva come cavaliere. Imparò anche la storia del suo popolo.

Nelle epoche passate, la gente di Urwan viveva dei prodotti della terra. Raccoglieva il grano, l'uva e le primizie offerte dalle fertili pianure e dall'acqua che scorreva abbondante. Ma quei luoghi pianeggianti non offrivano protezione dai nemici ed erano poveri di minerali preziosi e del ferro, necessario per difendersi. Per questo, ben presto gli Urwaian divennero predoni e successivamente abili guerrieri, conquistatori dei popoli vicini, per accaparrarsi ciò che la natura non aveva loro riservato. Poco alla volta, estesero la loro supremazia sulle regioni circostanti. Le minuscole e litigiose contee, ad oriente del fiume Alaurin e dei grandi laghi, che, per centinaia di anni si erano combattute tra loro, furono così assoggettate. Per poter conservare una parvenza di indipendenza, dovettero pagare periodicamente tributi in denaro o in materie prime. Gli sconfitti, a volte rimpiangevano il passato e nutrivano sentimenti ostili nei confronti dei nuovi arrivati. Per questo, era necessario avere un forte esercito, pronto ad intervenire rapidamente in caso di ribellioni e dei validi ufficiali in grado di saperlo comandare. Le terre ad occidente, invece, erano state conquistate fino alle colline nebbiose solo di recente, grazie alle campagne militari portate a termine da Tanis, il padre di Gherson. Questi, però, nel corso di uno degli ultimi sanguinosi scontri, vi aveva perso la vita.

A Noren Garth, nelle grandi foreste, viveva il popolo dei Toultaian, verso quelle terre, Urwan non si era mai spinto, anche perché non c'erano interessi strategici o ricchezze da incamerare. I Toultaian, poi, abitavano in villaggi costruiti sugli alberi in mezzo alla foresta, conducendo una vita semplice; vivevano con quanto la folta macchia forniva loro. A Soren Donau il regno terminava, dove aveva inizio il deserto di Sahin, nel quale abitavano tribù nomadi in oasi sperdute.

Al tempo di Gherson, gli Urwaian guardavano, invece, con particolare attenzione e bramosia verso Soren Garth, in quelle lande dimoravano gli Adamaint, le loro montagne erano rinomate per l'estrazione di ingenti quantità d'oro e pietre preziose.

Tali considerazioni tuttavia, interessavano poco al ragazzo che crescendo, dimostrava una predisposizione sempre più marcata verso le arti belliche. Con il tempo inoltre, aveva acquisito un fisico sempre più prestante e una spiccata attitudine al comando.

Sarebbe diventato famoso nella terra di Urwan, questo desiderava, ed era ansioso di diventare un uomo, di impugnare nelle sue mani una spada sfolgorante.

Adulto divenne, infine, imparando anche ad essere arrogante ed audace, qualità essenziali per distinguersi in battaglia. Dei suoi compagni di quegli anni, era rimasto legato in modo particolare a Larsis, un ragazzo magrolino, di carnagione chiara, che non parlava quasi mai.

Il vincolo di amicizia più profondo, però, lo creò con Arvaj, il figlio di un capo tribù dei Lachvaian. Questi erano un'etnia strettamente affine agli Urwaian, anche se d'indole completamente diversa. Erano stanziati nella parte settentrionale del paese, nelle praterie vicine ai grandi laghi. Vivevano in tribù nomadi o in piccoli villaggi costruiti su palafitte lungo i corsi d'acqua. Erano di carnagione chiara, usualmente portavano i capelli lunghi, inframezzati a piccole trecce allungate, raramente si facevano crescere la barba ed amavano vivere liberi all'aria aperta, cavalcando i loro destrieri, chiamati lamash, con i quali scorrazzavano su e giù per le ampie distese erbose. I lamash erano cavalli possenti, dalle forme slanciate. Avevano la testa larga e lunga con orecchie piccole dritte, occhi grandi vivaci ed espressivi, narici ampie e ben aperte, una folta criniera che i Lachvaian usavano tagliare corta per motivi bellici. Il collo era arcuato e muscoloso si inseriva su spalle possenti e inclinate, la groppa lunga con attaccatura della coda piuttosto alta, il petto ampio con il torace profondo ed esteso, gli arti vigorosi, solidi, potenti, elastici e con appiombi perfetti. Diversamente dagli equini, appena sopra le orecchie, erano visibili due piccole corna ricurve verso l'alto, a cui si tenevano saldi i cavalieri quando si cimentavano nelle loro acrobazie sul loro dorso. Erano davvero degli splendidi esemplari, lunghi in media un diacron e mezzo ed alti uno, molto resistenti alla fatica ed anche veloci, se incitati dai loro padroni, in grado di mantenere un'andatura sostenuta per molto tempo.

I Lachvaian erano arcieri eccelsi, non solo da fermo: anzi, si erano impratichiti in quella tecnica soprattutto in sella ai loro destrieri, tanto che nessuno era in grado di competere con la loro maestria. A prima vista, ricordava Gherson tra sé, faceva sempre impressione trovarsi di fronte ad un Lachvain in assetto da combattimento.

Tali reminiscenze, a lungo sopite in oscuri meandri della sua mente, si riaffacciarono fervide e anche il sangue che scorreva nelle sue vene, parve riacquistare il calore di un tempo, accelerando i battiti del suo cuore.

L'armatura che indossavano era composta da placche in cuoio sovrapposte parzialmente e cucite l'una all'altra con sottile filo metallico. Sui bracciali e sui gambali erano cucite lamine di colore argento o d'oro che sporgevano aumentandone la figura. Nonostante desse ai Lachvain un aspetto massiccio permetteva a questi cavalieri l'agilità necessaria per manovrare il cavallo e impugnare con destrezza l'arco corto, l'arma più micidiale del loro equipaggiamento. Le caratteristiche estetiche più appariscenti del loro abbigliamento erano l'elmo che era adornato da due propaggini ai lati della testa che venivano ricoperte di penne e due aste ricurve in alto, fissate ai lati della sella oltre un piede sopra la testa del cavaliere ed erano anch'esse adornate con penne di rapaci dai diversi colori, durante la carica della cavalleria il vento passando tra di esse creava delle ali immaginarie che si aprivano a ventaglio durante l'assalto emettendo un suono lugubre che aumentava progressivamente d'intensità. Questa visione era in grado di terrorizzare il nemico, facendogli credere di trovarsi di fronte un avversario numericamente superiore.

Il volto era coperto anch'esso da maschere in cuoio dalle sembianze zoomorfe e mostruose, che venivano utilizzate per provocare sgomento e terrore nei nemici durante i combattimenti. L'armamento di base di quei guerrieri era costituito da una lancia lunga almeno tre diacron, che serviva per superare, al momento dello scontro con le fanterie nemiche, le picche degli avversari, una pesante spada era posta sul lato sinistro della sella insieme ad uno scudo circolare, a destra, invece, erano sistemati una mazza ed il temibile arco corto.

La carica dei Lachvaian era devastante, non solo per la loro terribile forza d'urto, ma anche per lo spavento che incuteva la loro armatura.

Gherson aveva avuto modo di costatare di persona più volte sul campo di battaglia, la veridicità di quanto appena raccontato, per molto tempo aveva desiderato anche lui far parte integrante di quegli squadroni ma il suo ruolo nell'esercito di Urwan sarebbe stato un altro.

I Lachvaian più abili solitamente, costituivano uno dei reparti d'élite della cavalleria di Urwan, mentre i figli dei loro capitribù avevano la possibilità di frequentare l'accademia militare.

Fu così che il giovane principe conobbe Arvaj. I

due divennero subito amici e col tempo il loro legame si cementò sempre più. Un evento, in particolare, li avvicinò oltremodo, durante un addestramento nei territori limitrofi al deserto di Sahin, Arvaj fu morso alla gamba sinistra da un Kodros, un serpente velenoso. Gherson uccise il rettile e senza perdersi d'animo, con il coltello incise la regione attigua alla ferita, succhiò il veleno e legò l'arto inferiore sopra la lesione, cercando in questo modo di isolare o almeno ritardare l'azione della sostanza letale. Il giovane lachvain rimase per alcuni giorni in balia delle tenebre, tra la morte e la vita, con l'amico al suo fianco che non lo abbandonò mai, ma alla fine si salvò. Nel Solesan seguente, Gherson fu invitato dalla famiglia di Arvaj presso la loro tribù sul lago Lyrion ed i due suggellarono la loro stretta amicizia in riva al corso d'acqua sotto il riflesso delle due lune, con un vero proprio patto di sangue, incidendosi con un coltello i polsi così che ne fuoriuscisse del sangue e unendoli in maniera che si mescolasse.

Non con tutti, però, il principe riuscì a stringere un forte vincolo di amicizia. Anzi, con qualcuno i rapporti non furono mai idilliaci e con il tempo non poterono che peggiorare, creando, penose ripercussioni sulla sua vita.

Uno, in particolare, di questi suoi avversari fu il cugino Arcadis, figlio dello zio Varanis. Di due anni più grande, il primo del suo corso, forte, ambizioso, indottrinato sin da piccolo a primeggiare su tutti e su tutto, così che la sua superiorità fosse manifesta a chiunque, in modo da creare già in quell'ambiente di giovani promesse un clima di asservimento senza riserve, dettato non solo dai privilegi reali, ma anche dalla primordiale legge del più forte.

Inevitabilmente, Gherson finì per scontrarsi con il cugino, di cui non accettò mai l'autorità, neppure quella volta che fu quasi massacrato di botte, se non fosse stato per l'intervento di Kratis che li separò. In quell'occasione era stato l'unico a difendere il debole Larsis, beffeggiato da Arcadis e da altri quattro suoi amici.

Gherson ancora tutto sanguinante e con il naso rotto, andava mostrando fiero un pezzo d'orecchio staccato ad uno dei cinque, perché secondo lui se la sarebbe cavata tranquillamente anche da solo.

A quattordici anni dovette affrontare la prova decisiva, se l'avesse superata, avrebbe concluso il periodo di addestramento presso l'accademia di Zirchana. Sarebbe così entrato a far parte dell'élite della più bellicosa macchina da guerra di Arvhèia, l'esercito di Urwan. In dodici, i superstiti del suo corso, furono portati nelle terre dell'estremo Noren.

Avrebbero potuto fare ritorno solamente portando come trofeo una testa di Raukar, creatura bestiale, che viveva alla stregua degli uomini primitivi in piccoli gruppi insieme ai lupi, all'interno di impervie spelonche. Non tutti ci riuscirono.

Gherson, invece, si dimostrò all'altezza. Anzi, a causa della sua superbia, per rendere a tutti palese chi fosse il migliore, ricomparve da quei territori proibitivi, portando con sé non uno, ma due crani mozzati di quegli esseri mostruosi.

Ritornato a Valaur, il primo pensiero fu rivedere sua madre Elora.

Le notizie pervenutegli nell'ultimo periodo non erano state confortanti. Le sue condizioni di salute erano peggiorate. In quei sette anni trascorsi a Zirchana, aveva avuto modo di incontrarla solamente tre volte per delle brevi licenze. Nell'ultima occasione circa due anni prima, la madre, appena lo vide, gli corse incontro per stringerlo al petto, fin quasi a soffocarlo. Gherson aveva sentito il cuore scoppiargli dentro dalla gioia; solo in quel momento si era reso conto di quanto gli fosse mancata. Elora, invece, piangendo, aveva continuato ad abbracciarlo forte, fin quasi a conficcargli le dita nella schiena. «Mio piccolo awasin, mio piccolo ometto.», continuava a sussurrargli nelle orecchie.

Il principe era imbarazzato per quel nomignolo con cui lo aveva sempre chiamato sin da bambino.

«Come sei cresciuto, quasi non ti riconosco più... sei diventato un uomo adesso.»

Mentre aveva pronunciato queste parole, Gherson, però aveva percepito un'ombra d'infelicità. Anche l'aspetto di sua madre era cambiato. Aveva perso peso, la faccia era più scarna, alcune rughe avevano iniziato a solcarne la fronte e nella folta chioma bronzea si intravedevano alcune chiazze cineree.

Il ragazzo non se ne era dato pensiero più di tanto, anche perché non sarebbe stato opportuno ricordare alla donna quei cambiamenti, probabilmente legati al passare del tempo. Invece, con grande eccitazione, le aveva raccontato tutto quanto accadutogli dall'ultima volta che si erano visti, le sue prodezze ed i suoi miglioramenti nelle varie discipline. Lei aveva ricambiato sorridendo; ma era palese che la madre, in cuor suo, avesse qualche turbamento che la preoccupasse; come se tra i due si stesse per creare una immaginaria distanza, ormai incolmabile.

Ma il principe non era stato in grado di intuirne il perché. A quell'età un ragazzo non comprende altro che i propri sentimenti. Solo quando tornò al palazzo, al termine dei suoi corsi e la vide allettata, ormai sola e gravemente malata, iniziò a capire quante sofferenze aveva dovuto patire nel corso della sua vita. Si era sposata giovanissima con Tanis, il padre di Gherson, dopo aver trascorso la sua fanciullezza nella grande pianura orientale, era la figlia del governatore di Marron, una delle ultime piccole contee, limitrofe al grande mare. Il matrimonio con il principe guerriero era durato poco, a causa della prematura morte del marito, era rimasta sola con suo figlio, ormai per lei l'unica ragione di vita, in un mondo sempre più sgradito, perché sconosciuto e divenuto col tempo una prigione. Più volte aveva desiderato fuggire via, l'unico motivo per cui aveva deciso di rimanere, era il fanciullo. Poi, all'improvviso, per ragioni di stato, anche Gherson gli era stato tolto, per farlo diventare un condottiero, come il padre. Elora odiava Urwan, perché l'aveva derubata dei suoi affetti e della sua vita stessa.

Anche sul letto di morte lo tenne stretto a sé, sebbene questa volta non piangesse più. «Dimenticati di me, awasin...», gli disse con voce flebile, «pensa solo a divenire un grande uomo. Adesso vai e cerca di essere felice.»

Gli occhi del principe si riempirono di lacrime, questa volta si rese conto che l'avrebbe persa per sempre. Ormai l'oscurità la stava portando via, lasciando solo il povero ragazzo.

CAPITOLO III

Gherson si destò all'improvviso svegliato da Laslo, che si era avvicinato annusandogli la mano destra, il calore dell'alito dell'animale aveva fatto da contrasto alla frizzantina aria mattutina, da poco era albeggiato. Il pastore si alzò e fece una rapida colazione con pane secco inzuppato nel latte. Riempì la ciotola per i cani e si fermò a guardare il paesaggio ancora parzialmente nascosto da una fitta nebbiolina, che stava lentamente svanendo.

"...Solo tre siklein prima quell'incontro...", si propose di non pensarci più, anche perché era già tardi e le pecore dovevano essere portate al pascolo.

Il falco scese in picchiata dal cielo, quasi volesse portargli il buongiorno, atterrando direttamente sul suo polso destro, sebbene non fosse salvaguardato da alcun tipo di protezione.

"È ben addestrato...", pensò, perché non lasciò alcun segno, né tantomeno gli causò dolore.

"Quanto prima dovrò equipaggiarmi di un guanto, così da fornirti un comodo appoggio e da permetterti una presa sicura" rifletté guardando compiaciuto il falco.

Ierax, come se avesse inteso perfettamente il suo pensiero, approvò sbattendo leggermente le ali.

Gherson ora lo adagiò sopra la staccionata antistante alla casa e si medicò le ferite prendendosi cura anche di Laslo, applicando sulle lesioni una particolare specie di muschio che cresceva nel vicino bosco di conifere. Dopo di che, con i cani disposti alle estremità del gregge e s'incamminò su per la salita, seguito da Ierax che volteggiava nell'aria, dando scrutando l'orizzonte in cerca di eventuali minacce. Gherson questa volta aveva portato l'arco lungo e la faretra entrambi costruiti alcuni mesi prima. Ogni tanto, quando Ramson accudiva il gregge, non disdegnava di andare a caccia. Il suo sguardo si fermò su Lia, la piccola pecora scampata il giorno prima alle fauci dei due ghrourzaik e contento di averla ancora vicino a sé la prese in braccio, insieme raggiunsero i verdi alpeggi.

Mentre il gregge pascolava, Gherson prese l'arco, costruì un bersaglio e allontanatosi ad una congrua distanza, si allenò cercando di colpirlo, ma questa volta non più per svago, bensì per capire che cosa fosse rimasto in lui dell'antico guerriero.

Tornato a casa nel tardo pomeriggio, dopo aver ricondotto gli animali nel recinto, entrò nella dimora, si tolse prima la giacca di pelle poi la camicia e si guardò nello specchio di fronte al camino.

La barba era davvero troppo lunga e andava rasata, i suoi capelli scendevano oltre le spalle in maniera disordinata e trasandata, il suo corpo non era pulito, c'era davvero bisogno di darsi una lavata.

"Certo, se mi vedesse il mio vecchio istruttore, sai quanti colpi di frusta vedendomi in questo stato?!", pensò e istintivamente guardò nello specchio la sua schiena, dove erano ancora visibili i segni delle vecchie cicatrici.

Il suo sguardo poi, si soffermò sullo sfregio grossolano a forma di stella sul dorso in alto a sinistra, il più evidente, un altro esattamente alla stessa altezza sulla regione anteriore del torace, sempre a sinistra, appena sotto la clavicola. Quel colpo di freccia che lo aveva trapassato da parte a parte!

Istintivamente lo toccò come per proteggersi, poi, uscito dall'abitazione scese in direzione del lago, giunto vicino a riva si tuffò nell'acqua gelida. Più tardi, dopo essere rientrato in casa ed essersi asciugato, si rasò la barba e si tagliò i capelli all'altezza del collo, ora era decisamente più presentabile.

Ramson rientrò quando il sole era ormai tramontato. Il mulo che lo accompagnava era carico di provviste, il che significava che gli affari erano andati a buon fine.

Il vecchio squadrò il giovane e si accorse del suo mutamento estetico, soprattutto della ferita alla spalla e delle medicazioni apportate a Laslo, non disse nulla. Durante il fugace pasto serale ascoltò con molta attenzione la narrazione del giovane sugli eventi degli ultimi giorni, in particolare sull'attacco subito da parte dei ghrourzaik. Tuttavia, la concentrazione dell'anziano aumentò ancor di più quando il pastore, continuando nella sua esposizione, descrisse l'incontro notturno con il misterioso individuo. Ramson aggrottò la fronte, mostrando ancor di più le numerose rughe che solcavano il suo volto imbrunito dai raggi del sole. Posò il coltello con il quale stava tagliando un pezzo di formaggio, gli occhi verdi si illuminarono come bagliori nelle tenebre, mentre con la mano destra si accarezzò la folta barba bianca che scendeva fin sotto il collo.

«Continua...parlami di quell'uomo...avanti, descrivimelo, dimmi che cosa ti ha detto.», disse esortandolo.

E mentre Gherson procedeva nella narrazione, Ramson ascoltava in silenzio, riflettendo, con gli occhi semichiusi, come se stesse richiamando alla memoria immagini e ricordi di un tempo passato.

Quando ebbe terminato il racconto, il vecchio annuì, senza proferire parola, si alzò da tavola e andò vicino al camino cercando un po' di brace per accendersi la pipa, che aveva preso sul davanzale della finestra. Quindi si recò verso l'uscio di casa e si fermò a contemplare il paesaggio notturno, mentre nell'aria si spandeva la caratteristica dolce flagranza aromatica del tabacco.

Anche Gherson, dopo aver riassettato la cucina, uscì, ben sapendo che difficilmente il vecchio gli avrebbe rivelato i suoi pensieri su quanto accaduto e scese giù in riva al lago. In realtà Ramson qualcosa disse, ma a bassa voce, guardando l'altro che si stava allontanando in direzione del corso d'acqua: «È dunque giunta la tua ora, caro figliolo...è il tempo di separarci, mi mancherai...solo il cielo sa quanto mi mancherai.»

Il giovane si distese a terra in mezzo ai bucaneve nei pressi del lago. L'intero firmamento quella notte era illuminato a festa da miriadi di fulgide stelle. Gherson allora, si mise a fissare le costellazioni, Zigma, Emeros e più a settentrione Euleos con i suoi dodici astri. "Euleos..." Il suo nome gli fece tornare alla mente la storia di Euleos, raccontategli da sua madre, prima che fosse stato separato da lei, per essere condotto a Zirchana.

✝ V ✝

Euleos e Avaris erano due giovani fratelli vissuti nella prima era di Ghenesia, un pianeta lontano, distante chissà quante costellazioni da Arvhèia.

All'inizio dei tempi, Colui che era sin dal principio,

creò l'universo con la sua sapienza, felice di generare la vita nelle galassie, man mano che queste andavano formandosi. La solitudine non appartiene al Creatore, il quale anzi si deliziava ogni giorno nel vedere nuovi esseri da lui pensati, che, come dal nulla, prendevano coscienza della loro esistenza. Fu così, che tra i numerosi mondi concepiti, opera del suo amore, nacque anche Ghenesia, una terra fantastica, dove magia e realtà convivevano insieme. Molteplici creature abitavano il pianeta, elvaian, sarmaian, draghi alati ed altri numerosi esseri viventi, di alcuni dei quali si è perso il nome. Non esisteva il male, tutti vivevano in completa simbiosi tra loro, nel reciproco aiuto, gli uni verso gli altri. Ultimo ad essere creato fu l'uomo, anche lui inizialmente, non conosceva il significato del dolore, né tantomeno della parola morte.

L'uomo era curioso e desideroso della conoscenza, per questo era solito frequentare gli elvaian, i sarmaian e le altre magiche creature, per acquisire da loro il sapere. Fu proprio a causa di questo interesse, che si generò la divisione. Euleos conobbe Erianna, figlia di Ascalon, Re degli Elvaian e si innamorò perdutamente di lei. Anche Erianna scoprì di amare il giovane e il loro sentimento, inizialmente segreto, divenne ogni giorno sempre più visibile a tutti, fino a che non giunse agli occhi di Darkos, l'oscuro signore delle tenebre, il cui nome non è bene nominare neppure a bassa voce. Costui odiava l'universo perché da lui non era stato creato. In fondo odiava pure se stesso, perché anch'egli era una creatura. E non potendo realizzare la vita dal nulla, aveva deciso di manipolare tutto ciò che era stato plasmato. Stabilì così di dare un nuovo significato al progetto iniziale che Yrshar aveva disposto per gli esseri viventi.

Ma soprattutto, odiava gli uomini perché generati ad immagine dell'essere primordiale, con la stessa impronta genetica, figli di un unico Padre e su di loro scagliò la sua furia.

Così, l'oscuro instillò perfidamente nella mente di Avaris una malsana attrazione per la principessa elvain, passione, che suscitò nel tempo una riprovevole gelosia nei confronti del fratello, fino a che il giovane non concepì nel suo cuore un nuovo sconsiderato sentimento, il desiderio di sopprimerlo.

Fu così che Avaris avvicinò con l'inganno Euleos, mentre questi era in attesa della ragazza nei pressi del lago di Islandar e gli tolse la vita. Dopo aver compiuto l'insano gesto, il suo cuore fu colmo di un'infinita solitudine. L'assassino, preso dal terrore e dal panico, fuggì via. Erianna trovò il corpo del suo adorato esanime e rimase sconvolta da quella nuova sensazione mai prima sperimentata...la perdita dell'amato. Sentì il cuore sbriciolarsi nel petto. Niente poteva consolare il suo dolore, rimase accoccolata accanto al cadavere di Euleos, finché dalle proprie membra non spuntarono esili propaggini come radici che lentamente avvolsero il giovane, quasi a proteggerlo, in un ultimo tentativo di ridonargli la vita. I due divennero così un tutt'uno ma, il sonno eterno di Euleos cambiò il corpo di Erianna che si irrigidì. Il colore della sua pelle chiara divenne simile alla cenere, i suoi capelli dorati si trasformarono in esili rami, sparsi in tutte le direzioni, alcune delle sue ramificazioni penetrarono nella terra. Quest'ultima, dapprima inorridita, per aver assaporato il gusto del sangue di Euleos versato sul terreno, si lasciò infine commuovere dalle lacrime inconsolabili che, grondando giù dal volto dell'amata, avevano bagnato il suolo. Accettò così che l'afflizione della principessa si riversasse nelle sue profondità.

Fu la terra stessa che decise di nutrire Erianna attraverso le sue radici, queste, pregne di dolore, avevano ormai contaminato il suolo.

La natura stava ormai cambiando, prendendo coscienza delle conseguenze del peccato. Da quel momento, anch'essa avrebbe sofferto perché il male era entrato nel mondo e da allora non ha più avuto fine.

Erianna diventò Elèsian la creatura arborea, che prima fra tutte, aveva fatto esperienza della sofferenza, riversandola sulla terra. Poiché da lì a presto, tutti ne avrebbero sperimentato gli effetti.

Il dolore chiama la vendetta, la vendetta reclama la morte.

Il Re degli Elvaian, nella sua ira, inizialmente scacciò gli uomini dal suo cospetto, ma questo non calmò la sua collera, decise quindi di ucciderli tutti, uno ad uno, pur di placare il dolore che lo affliggeva. Neppure i sarmaian riuscirono a stemperare il suo furore, anzi, feriti nell'orgoglio dalla collera del re, gli si rivoltarono contro. Darkos aveva raggiunto il suo scopo.

Yrshar intervenne. Tutti furono chiamati in giudizio e la sentenza fu che l'oscuro venisse bandito per sempre in un luogo chiamato 'IL NON ESSERE'. Nell'ombra da questo luogo, continuò a tessere le sue trame distruttive "miserabile è colui che in esse rimane coinvolto."

L'essere umano, colpevole di essere stato ingannato e di avere portato la morte nel mondo, non sarebbe stato ucciso ma esiliato in un altro pianeta per un tempo indefinito. Qui lo stesso avrebbe dovuto sperimentare le conseguenze del suo insano gesto, fino a che ne avesse compreso integralmente la portata e i danni arrecati alla creazione.

Solo allora sarebbe stato riaccolto nella comunione con le altre razze.

Tuttavia, ad ascoltare i racconti sulle epoche successive all'esilio su Arvhèia, l'umanità si era ulteriormente imbarbarita; con il tempo, erano comparse divisioni ancora più marcate, che avevano determinato il nascere di rancori ed inimicizie, fino al sorgere di vere e proprie guerre fratricide. L'uomo non aveva avuto più fiducia nei sui simili e l'unica legge valida era quella del più forte.

Il custode Elaiar avrebbe vegliato, affinché i due mondi fossero separati l'uno dall'altro.

"...Fino a quando l'uomo non avesse completamente compreso la gravità del suo agire." Questo pensiero si ripresentava amaramente nella mente di Gherson, lo sguardo concentrato in Euleos, avvolto nella più ampia costellazione di Erianna.

"Saremo allora eternamente condannati a tutto questo?", rifletté tristemente Gherson che rimase ancora un po' a fissare gli astri, poi si rialzò.

Da lontano si udì il rumore sordo di un calpestio di zoccoli sul terreno. Dovevano essere almeno una decina di cavalli.

"Chi sarà mai? Possibile che le parole di quel singolare individuo si fossero davvero avverate?" pensò

Gherson. "E se fosse un caso? Certo non è frequente che un così gran numero di persone passi da queste parti."

Quindi incuriosito, di buon passo, si diresse verso l'abitazione. Il vecchio Ramson era già sull'uscio, i cani annusavano l'aria, oramai era solo questione di attimi. Superata la curva oltre il bosco, i cavalieri apparvero in maniera distinta. Giunti nei pressi dei due pastori, si fermarono nello spiazzo antistante alla dimora.

Erano in nove, tutti vestiti con giacche di pelle marrone scura e pantaloni di un color grigio verde. Uno di loro, sicuramente il comandante del drappello, un uomo sulla quarantina, con una folta chioma ed un vistosa barba rossa che ne incorniciavano il viso dalle grosse guance rubiconde, si chinò leggermente vicino alla criniera del suo cavallo e rivolgendosi a Ramson, disse con tono grave della voce: «Salute a voi.»

«Salute a te straniero!», rispose il vecchio per nulla intimorito: «Quale motivo ti induce a cavalcare in un'ora così tarda, lontano dalla tua casa?»

L'altro rimase leggermente risentito da quella risposta così diretta e dalla scarsa cortesia, peraltro proverbiale in certi individui abituati a vivere da soli sulle montagne e accarezzò il manto del suo cavallo che aveva appena ripreso fiato. Evidentemente avevano percorso un ultimo lungo tragitto senza soste.

Lo straniero, quindi, proseguì: «Hai ragione, vecchio, veniamo da lontano e siamo qui in missione.»

Infine, muovendo lentamente il collo, come per scrutare intorno, chiese: «Cerchiamo un uomo, il mio nome è Teirios e vengo da Elevar, capitale del regno di Adamant.»

«Elevar...», al solo sentir pronunciare quel nome,

Gherson fu percorso da un brivido lungo tutta la schiena. Senza batter ciglio, fece un passo indietro e si appoggiò con la schiena al tronco di un ombros, un imponente aghiforme, alto circa venticinque diacron, con radici robustissime, portò la mano destra al volto, lisciandosi la barba ora ben curata.

"Allora non è un caso...è tutto vero!", continuò a riflettere tra sé, ascoltando con attenzione e cercando di non dare nell'occhio.

«Se realmente venite da Elevar, non è sicuramente una passeggiata, ci deve essere un buon motivo per essere qui così numerosi, oppure, la persona che cercate, deve essere particolarmente pericolosa!», riprese Ramson.

Poi, avvicinandosi a Teirios, terminò la frase: «Il mio nome comunque è Ramson, sono un pastore, qui siete i benvenuti, anche, se come vedrete, ho ben poco da offrirvi.»

Ad un cenno di Teirios gli altri otto uomini scesero da cavallo.

«Ti ringrazio», riprese il suo interlocutore, ora un po' più sollevato. «Non daremo molto disturbo. Ci basterà un po' di formaggio ed un pezzo di pane, abbiamo ancora delle provviste nelle bisacce e saremo lieti di dividerle con voi. Per il resto, poiché la vostra dimora non è particolarmente spaziosa, se non daremo fastidio, ci accontenteremo di dormire all'aperto.»

Sceso anche lui dal suo destriero, Teirios appariva decisamente massiccio. Sul viso burbero spiccavano due occhi verdastri, nascosti tra le gote e la massiccia fronte. Le braccia robuste ed il portamento fiero avrebbero fatto passare a chiunque la voglia di discuterci animatamente.

Avviandosi lentamente verso l'uscio e guardando di sfuggita l'ombros, domandò al vecchio: «A proposito chi è lui?»

«Il mio aiutante!», rispose imperturbabile Ramson. «Gherson è il suo nome».

«Gherson?», ripeté ad alta voce uno degli uomini che seguivano Teirios, di nome Nestor, il viso scuro, le guance smagrite e rugose. Aveva una cicatrice che gli attraversava tutto il volto, dalla fronte fino al pizzetto, nero come i suoi occhi.

«Tutto questo viaggio fin qui per un capraio! Bah...» E sputando per terra, terminò la frase con un cenno di disgusto.

Dal buio della notte, Ierax scese improvvisamente in picchiata in mezzo a quel gruppo di uomini con uno stridio acuto, posandosi sulla spalla destra di Gherson rimasto immobile e fissò con lo sguardo i nuovi venuti.

«Un capraio con un falco!», esclamò Teirios. «Interessante...», varcando la soglia dell'abitazione, proruppe in una fragorosa risata. Non tutti però entrarono nella casa. Due uomini rimasero ad accudire i cavalli, mentre un terzo si dissolse nella foresta circostante.

Era palese che quegli individui non fossero degli sprovveduti, ma persone che sapevano il fatto loro e soprattutto ben armate, ognuno infatti, aveva un grosso pugnale in un fodero appeso alla cintura, ai lati delle selle dei loro destrieri erano riposte delle spade con scudi circolari, più di uno recava con sé una balestra.

«Staremo a vedere», pensò Gherson.

Anche lui, dopo aver lasciato il falco sul davanzale della finestra aperta vicino alla porta d'ingresso, entrò, si appoggiò all'angolo della stanza opposto al camino con le braccia conserte e lo sguardo rivolto in basso. Gherson percepì che il rapace lo fissava con i suoi occhi svegli ed ebbe la strana sensazione che volesse comunicare con lui, "No...non è possibile!"

La presenza di Ierax lo rassicurava, era come se lo incoraggiasse. Gli altri sei si accomodarono un po' stretti intorno al tavolo, mentre Ramson riattizzava le braci morenti.

Nel corso del frugale pasto ebbe modo di conoscere i nomi degli altri quattro commensali: Harin, un uomo di media statura di carnagione chiara con i capelli castani rasati e la barba incolta; Gad, probabilmente il più anziano, a giudicare dai tratti somatici, dimostrava almeno una cinquantina d'anni, era il meno loquace; Garund, il più robusto, con due lunghi baffi ed una folta chioma color limone, raccolta in almeno quattro trecce che scendevano lungo i lati del collo; Larios, infine, il più esile.

Terminata la sobria cena, Teirios, dopo essersi sfregato le mani, con un rapido cenno degli occhi verso Larios e Garund, invitò questi ultimi due ad uscire e a dare il cambio a chi era rimasto fuori con i cavalli. Poi, dopo aver osservato velocemente Gherson, incoraggiandolo con un cenno della mano aperta, lo invitò a sedersi accanto a sé.

"Ci siamo!" pensò il pastore e annuendo col capo, si accomodò di fronte al 'grosso barbuto'.

«Bene, parliamo un po'», riprese Teirios, «anche se mi sembra di capire che non sei un tipo alquanto loquace. Siamo venuti in questo luogo su ordine di Alcain, sovrano del regno di Adamant, per portarti con noi. Non mi chiedere perché. Io sto solo obbedendo a degli ordini e per quanto strani possano essere, così farò! A costo della mia vita!»

«Capisco. Il tuo sovrano, sarà sicuramente orgoglioso di avere al suo servizio un servo fedele come te. Per il resto, non penso di avere molta scelta, anche perché se mi opponessi, come potrei ribellarmi da solo, contro nove di voi?», disse Gherson, guardandolo fisso negli occhi.

Teirios annuì compiaciuto. Metà dell'opera era compiuta, ora non rimaneva altro che tornare a casa. Lo scrutò e rimase colpito dal magnetismo dei suoi occhi blu il suo era sguardo talmente penetrante che risultava difficile sostenerlo.

«Bene, allora se non vi dispiace, andiamo fuori a riposare qualche siklin. Prepara le tue cose, partiremo all'alba.» Detto questo, uscì, seguito dallo sfregiato, che non appariva per niente convinto e dagli altri due.

Gherson si recò con calma nella sua camera, il pavimento di legno scricchiolava all'incedere dei suoi passi, prese uno zaino e vi infilò i suoi pochi averi. Mentre stava per coricarsi, entrò Ramson. Il vecchio sembrava triste, il suo viso appariva più scavato del solito, solcato da rughe profonde.

«Ramson, ti sarò sempre eternamente grato per quello che hai fatto.» La voce del giovane era rotta dalla commozione. «Tu mi hai ridato la vita e sei stato come quel padre che non ho mai conosciuto e…»

«Basta così, non andare oltre!», lo interruppe quasi bruscamente l'anziano pastore.

«Sapevamo tutti e due che prima o poi sarebbe successo. È giunto il tuo tempo.», dopo avergli accarezzato il viso con la mano destra, benedicendolo, disse:

«Ricordati chi sei e da dove vieni, ascolta sempre il tuo cuore e considera ogni persona che incontrerai come un dono per la tua vita.», lo baciò sulla fronte e voltatosi uscì.

L'ultima notte sul lago...

Uscito dalla capanna, Gherson salì su un costone di roccia antistante allo specchio d'acqua, nel silenzio, di nascosto, si mise a parlare a voce bassa con il paesaggio circostante, quasi stesse accomiatandosi da un caro amico che probabilmente non avrebbe mai più rivisto.

Addio cime di Oron, Isador ed Asion, impareggiabili per bellezza, che con le vostre maestose vette imbiancate dalla pallida neve siete come una corona regale che dà lustro alle circostanti vallate. Addio a voi limpidi e scroscianti torrenti che, instancabili, date vita a questo lago, le cui rive dai variegati colori ho imparato tardi ad amare. Anche voi avete contribuito a sanare le mie ferite, non solo quelle fisiche, ma anche quelle interiori e a ridonare un po' di sollievo alla mia anima, in virtù del vostro splendore. Vi prometto che un giorno, se questo mi sarà possibile, tornerò a trovarvi.

E mentre nella sua testa vagheggiavano questi pensieri, volse lo sguardo tutto intorno cercando di memorizzare ogni particolare, anche il più insignificante. Poi, nella sua mente, risuonarono dei versi, che spesso sua madre gli cantava da piccolo:

> *Grande è il Creatore e tutte le sue imprese,*
> *le contemplino tutti i viventi su questa terra.*
> *L'universo è tutto splendore e bellezza,*
> *ovunque appare il segno dei suoi prodigi.*

Dalle sue alte dimore irrora i monti,
col frutto delle sue opere sazia la terra
Al Supremo sia gradito il mio canto.
Eccelsa sulle mie labbra la sua lode.

CAPITOLO IV

Il sole non era ancora sorto quando Gherson si destò di soprassalto. Sentiva nel suo intimo, che il falco lo stava avvisando di un imminente pericolo. Si vestì infilandosi rapidamente i calzoni ed un giaccone di pelle sopra la camicia ed uscì con l'arco in mano e la faretra a tracolla colma di frecce. Teirios, sveglio anche lui, si era voltato verso il pastore. Tutt'intorno, regnava un silenzio irreale ed una fine nebbia, calata durante la notte, nascondeva ai loro occhi gran parte della vallata.

Il giovane, col dito, fece un cenno di fare silenzio e gli si avvicinò sussurrandogli nell'orecchio. «C'è qualcosa di malevolo qui intorno, lo sento e lo percepisce anche la natura. Guarda, i cani si sono alzati ed annusano l'aria, i cavalli scalpitano, ma, soprattutto, è questa atmosfera che non mi piace. I ciuwai, i piccoli uccelli che annunciano l'alba, si sono ammutoliti.»

L'altro mugugnò qualcosa, poi entrambi distesi sulla pancia, cercarono con difficoltà di scrutare il territorio circostante, in attesa.

Ramson stava uscendo in quel momento dall'abitazione, Gherson con un gesto della mano, gli intimò di rientrare immediatamente e di rimanere nascosto.

Dopo alcuni istanti un urlo agghiacciante ruppe l'aria e dal folto della foresta, una testa roteò nello spazio di fronte a loro.

«Dannazione!», esclamò Teirios. Era il nono uomo, quello che la notte prima era scomparso nel bosco. Gherson si girò in quella direzione e inspiegabilmente, notò che la sua vista, all'improvviso, si era acuita. Penetrò con lo sguardo la foresta e alla fine, vide un enorme essere, alto due diacron, il corpo completamente nudo, ricoperto di irsuti e folti peli, sopra il capo, indossava i resti della testa di un lupo, il cui manto scendeva dietro le sue robuste spalle. Aveva le sclere gialle, con pupille nere cariche d'odio e una lunga barba incolta.

«Maledizione!», esclamò Gherson.

«Che cosa vedi?», domandò Teirios.

«Spero di sbagliarmi, ma ne dubito ormai...», continuò il pastore. Poi, dalla faretra dietro la schiena, prese una freccia, si alzò in piedi, incoccò lentamente, gli occhi fissi sul bersaglio. Espirò ed allo stesso tempo il dardo partì, zipf...un sibilo nell'aria, la freccia entrò nella selva, un attimo dopo, un nuovo urlo lacerò l'aria. La saetta aveva raggiunto il bersaglio, si udì un trambusto tra il fogliame, poi l'essere uscì all'aperto, era spaventoso e sbraitava di rabbia, mista a dolore. Il dardo l'aveva trafitto appena sotto la clavicola destra, da dove usciva un fiotto di sangue, sapeva di essere stato ferito gravemente, forse in modo mortale, a questo punto, rotti gli indugi attaccò i suoi avversari correndogli contro.

"Era come temevo, un Raukar, un uomo delle caverne!" Gherson pensò fra sè.

«Che idiota!!! Dovevo aspettarmelo!», esclamò, «I ghrourzaik non vanno mai da soli a caccia, ma sono accompagnati dai loro padroni. Maledizione, ma dove sarà l'altro?»

Rolfo, uno dei cani di Ramson, si avventò contro la terribile creatura, nonostante il pastore gli avesse gridato di fermarsi. Troppo tardi. Il bestione afferrò con la mano destra l'animale nel momento stesso in cui quello gli si gettava addosso. Lo trattenne per il collo a mezz'aria, dopo averlo scosso, lo gettò contro un ombros poco distante. Il cane si accasciò a terra senza vita.

Quattro frecce trafissero l'aria e colpirono l'immondo essere in più parti. Il Raukar continuava ad avanzare, era ormai giunto a circa dieci diacron di distanza. Gherson mirò di nuovo con cura. Questa volta lo centrò nell'occhio sinistro. Il mostro, impazzito per il dolore, ancora più inferocito, deciso a vendere cara la pelle, si staccò il dardo dalla faccia e si avventò su Gad, il più vicino, afferratolo, mentre questo urlava terrorizzato, lo addentò al collo, dilaniandolo con i suoi denti acuminati. Il malcapitato s'irrigidì mortalmente, lasciando cadere la spada a terra. Il Raukar, guardando gli altri, semi rannicchiato, in gesto di sfida, lo lasciò scivolare al suolo. Altre tre frecce lo colpirono.

«Non è possibile!» esclamò Teirios. «Non accenna a cedere.»

Gherson si fece avanti, mormorando tra i denti «È ora di finirla.», mentre Teirios lo guardava attonito. Il suo avversario, ansimante, era a meno di cinque passi e lo fissava con gli occhi gonfi di rabbia. Il pastore, chinandosi lentamente, prese la spada di Gad.

Poi attaccò con una rapidità che lasciò tutti di stucco. Uno, due, tre fendenti, il mostro era disteso in una pozza di sangue di fronte a lui. Ancora respirava. Gherson con un urlo immane, uscito dal profondo delle sue viscere, alzò la spada e gliela conficcò nel ventre. Quello, irrigiditosi, alla fine spirò.

Ma non era finita. Dalla stalla, dove erano custoditi i cavalli, si levarono in alto forti nitriti. Dietro i quadrupedi, comparve la sagoma della seconda bestia.

I destrieri, atterriti, fuggirono via.

Teirios ordinò subito ad alta voce: «due di voi, a recuperare i cavalli!»

Gli altri cinque si avventarono sulla spaventosa creatura che sembrava non aspettasse altro. La mano destra brandiva due asce bipenni, una venne scagliata contro il primo uomo venutogli addosso, sfondandogli il torace. Gli altri, atterriti, rallentarono la loro corsa. Il Raukar estrasse l'ascia dal corpo del cadavere e con un'agilità impressionante, prese a rotearla insieme all'altra contro i suoi spauriti avversari. Un secondo ed un terzo caddero sotto i fendenti della belva inferocita. I due superstiti si allontanarono terrorizzati. Il bestione, furioso per la morte del compagno, cominciava ora a pregustare il sapore della vittoria.

Gherson si piazzò di fronte a lui. La distanza tra i due era veramente irrisoria. Arco in mano, dritto, impassibile, scagliò una prima freccia che lo colpì in pieno petto. Il Raukar emise un lamento di stupore. Guardò il dardo, poi chi l'aveva tirato, quindi l'estrasse dal torace, come se niente fosse. Con uno scatto felino raggiunse Larios, uno dei due superstiti e con la sola forza del braccio destro, gli staccò la spalla sinistra dal corpo e la mostrò a Gherson come trofeo, urlando per la soddisfazione. Una seconda freccia lo colpì nuovamente al torace, penetrandogli nel polmone. La creatura, senza curarsene, finì Larios, che ancora guardava inorridito la sua spalla monca, affondandogli l'ascia sinistra nel ventre. Alla vista dell'amico morente, Teirios si gettò contro la belva, mentre una terza freccia di Gherson colpiva l'avversario all'addome. Il Raukar lanciò l'ascia destra contro Teirios, che si difese parandosi con lo

scudo. Tuttavia, l'urto della scure fu così tremendo, che l'uomo cadde a terra tramortito. In un balzo, l'avversario gli fu sopra, ma, proprio nel momento in cui stava per sferrare il colpo finale, Gherson, da dietro, lo ferì con la spada ai legamenti del ginocchio destro che si spezzarono. La bestia con un gemito perse l'equilibrio, scivolando verso il basso, e nel cadere riuscì, seppur di striscio, a colpire il pastore con il gomito destro che roteava nervosamente nell'aria. Il giovane rimase per un attimo sbilanciato. Il falco, dal cielo, accorse in aiuto e si avventò con gli artigli sul mostro, graffiandolo sugli occhi. Questi urlò di rabbia mista a disperazione. Ma era troppo tardi.

Il pastore, ripresosi immediatamente, affondò la spada nel ginocchio sinistro del Raukar tranciandogli tendini e legamenti. Il bestione cadde pesantemente in avanti, non essendo più in grado di reggersi in piedi. Era il momento che attendeva, Gherson brandì la spada e con un unico colpo netto, gli staccò la testa dal collo. Era finita.

«Ma tu chi diamine sei?» chiese Teirios sbalordito, rialzandosi in piedi.

"Vartaxar! Invincibile in battaglia!". Così avrebbe voluto rispondere, invece, si volse dall'altra parte, trattenendo il respiro affannoso per lo sforzo appena compiuto e gettò la spada a terra.

Dopo aver recuperato i cavalli, il resto della mattinata fu impiegato a seppellire i sei sfortunati cadaveri, nella piccola radura, appena fuori dalla foresta. I Raukaur furono bruciati sopra una pira di legname secco. Uno strano fumo scuro e nauseabondo saliva lentamente verso il cielo.

Prima di partire, Garund si avvicinò a Gherson e pieno di commozione gli porse una spada ed uno scudo, dicendo: «Queste sono le armi di Larios, mio fratello. Le dono a te, so che le userai con destrezza. Lui, avrebbe certamente voluto così.»

Il pastore, commosso, accettò con gratitudine: «Ti ringrazio Garund, anche se avrei mille volte preferito che tuo fratello fosse ancora vivo, qui tra noi. Ne sono comunque onorato. Sarà mia cura farne un buon uso.»

Detto questo, lo abbracciò. Teirios decise di lasciare uno dei destrieri in sovrannumero al vecchio Ramson. Gherson, dal canto suo, scelse di viaggiare sul cavallo di Gad, simile ad un robusto frisone dal manto scuro.

Lasciarono la valle di Isador nel primo pomeriggio, addentrandosi nella foresta. Lo sguardo di Ramson li seguì a lungo, mentre il falco, alto nel cielo, accompagnava il lento incedere della comitiva.

Cavalcavano lentamente seguendo l'angusto sentiero che digradava verso il fondovalle e ogni tanto, dove questo si faceva più scosceso, scendevano di sella e continuavano a piedi. Poco prima del tramonto si alzò il vento, la temperatura scese rapidamente e comparvero delle grigie nubi nel cielo. Le alte conifere ondeggiavano ululando. Già da tempo, gli uccelli avevano iniziato a volare basso.

Cominciò a piovere a scrosci. Trovarono un piccolo antro e decisero di fermarsi, per evitare di bagnarsi come pulcini. Durante il tragitto, i quattro non avevano praticamente mai aperto bocca, ognuno perso nei propri pensieri, procedendo in fila indiana. All'interno della grotta, dopo aver acceso un fuoco di fortuna, Teirios,

Nestor e Garund si sedettero a scaldarsi. Di tanto in tanto, parlavano tra loro, ricordando sommessamente gli amici deceduti e ragionavano sul modo in cui ne avrebbero dato notizia ai familiari.

Gherson, invece, si era appoggiato ad una grossa pietra all'ingresso, concentrato in se stesso, guardava verso il fondovalle. In lontananza, tra le nubi, si intravedeva il piccolo villaggio di Aser.

Teirios, infine, forse per non farlo sentire un estraneo, ma anche per cercare di carpire qualche informazione in più su quella persona così enigmatica, si alzò dal piccolo gruppo e si avvicinò, «Li avevi già combattuti, vero?»

«Sì una volta, molto tempo fa... Molto tempo fa... Anche se a dire il vero, li ricordavo meno aggressivi, meno assetati di sangue. È come se fossero...stati posseduti da un demonio.», confermò il pastore, dopo alcuni attimi di silenzio.

«È vero quello che si dice di loro, cioè che siano il risultato dell'unione tra uomini e lupi?», chiese Teirios con interesse.

«Per quel che so io...i Raukaur sono una razza di uomini che abitano nelle desolate terre del Noren, oltre le montagne di ghiaccio. Per questo, probabilmente, hanno un manto così folto. Vivono in modo primitivo insieme a dei grossi lupi, i ghrourzaik, da cui non si separano mai. Alcuni dicono che si accoppino con loro... Su questi particolari non sono così ben informato e francamente non ho mai avuto modo di approfondire la questione. Hanno invece, un loro proprio linguaggio comunicativo fatto di gesti e strani mugugni. Non amano farsi notare. Sono molto forti, come hai potuto sperimentare tu stesso. Ciò che mi lascia perplesso, è il motivo per cui si siano spinti così lontano dalle loro terre.», concluse Gherson.

«Avranno visto i cavalli ed avranno progettato di rubarli, pensando così di fare un buon bottino...» suppose Teirios.

«I Raukaur non volevano i cavalli, cercavano me.» Affermò Gherson chiaramente, senza battere ciglio. «Avevo già ucciso i loro due ghrourzaik tre giorni fa. Questo significa che mi stavano già seguendo da un po'. La vostra presenza deve avere scombinato i loro piani e li ha spinti ad attaccare.»

«E per quale motivo avrebbero dovuto cercarti?» domandò l'altro incuriosito.

«Non ne ho la più pallida idea. Forse qualche risposta alla tua domanda l'avremo dove mi state portando.», rispose.

«Sei un tipo dalle mille sorprese, francamente anch'io non vedo l'ora di sapere per quale motivo il nostro Re ti voglia conoscere così ardentemente.», disse Teirios.

Gherson lo fissò negli occhi, poi soggiunse: «Sta spiovendo, se partiamo subito, probabilmente riusciremo ad entrare in Aser, prima che chiudano i cancelli.»

Proseguendo lungo il sentiero curvilineo all'interno della folta macchia, giunsero al villaggio quando il sole ormai era già tramontato. Il borgo si trovava in mezzo al fondovalle circondato da un prato intensamente colorato di primule rosse e gialle, alternate ad anemoni e gigli dal colore viola intenso, il cui piacevole profumo permeava l'aria. Il centro abitato era delimitato da una palizzata alta circa due diacron, che terminava in corrispondenza delle due porte d'ingresso, una che dava verso i monti e l'altra verso Soren. Appena all'esterno della recinzione scorreva un torrente che raccoglieva le acque cristalline degli immissari circostanti, per poi scendere sinuosamente a valle in mezzo ad un faggeto, in direzione delle grandi pianure.

Bussarono al portone.

Dopo alcuni attimi si aprì una finestrella ed una voce roca domandò: «Chi siete?»

«Gherson, il pastore di Isador con tre compagni.», rispose, senza indugio.

Una luce illuminò la finestrella e due occhi furtivi fecero capolino: «Sei Gherson? Avvicinati... Sì!, sei proprio tu, ti riconosco. Ma non è un po' tardi per girare tra i boschi?»

«Hai ragione Ronan...» rispose l'altro, «ma siamo stati attardati dal temporale.»

Il guardiano bofonchiò qualcosa, poi, dopo alcuni secondi, si sentirono rumori di catenacci ed il portone lentamente si aprì. I quattro entrarono in Aser e seguirono il corso principale del paese. Le case, una cinquantina circa, quasi tutte costruite su due piani erano in pietra grigia con tetti di ardesia. Lungo le pareti correvano, arrampicandosi, profumati gelsomini in fiore e piante di glicine. Molte finestre erano già chiuse. La maggior parte delle persone che vi abitavano erano contadini e cacciatori, che, la mattina, si alzavano presto per andare a lavorare.

Lasciati i cavalli allo stalliere, si recarono lì vicino nell'unica locanda del paese, 'LA TAVERNA DEL RIO ARGENTATO', con l'intenzione di mettere qualcosa di sostanzioso tra i denti. L'interno del locale era rustico, i tavoli sembravano ricavati da alberi secolari, attorno ai quali potevano sedere tra le quattro e le otto persone. Al centro, un grande camino garantiva il giusto tepore nelle giornate più fredde. Sul fondo della sala, spiccava il bancone con diversi sgabelli e a sinistra si intravedeva la cucina, da cui provenivano, attraverso le porte girevoli, i caratteristici odori di carne e pesce cotti alla brace. Le finestre avevano vetri colorati e piombati. Quadri raffiguranti scene di caccia, correvano lungo tutte le pareti della taverna fino al bancone dove, su grosse mensole facevano bella mostra svariate bottiglie. In quel momento nella locanda vi erano una decina di popolani.

I quattro si rivolsero all'oste, un uomo sulla cinquantina, con una folta e lunga barba grigia, che contrastava con i radi capelli in testa, un tipo abbastanza robusto e muscoloso per l'età, indossava una camicia a quadrettoni con le maniche tirate su e dei pantaloni di pelle. Al fianco aveva appesa una spada, questo faceva supporre, che da quelle parti si erano verificate delle zuffe. Fu accordata loro ospitalità per la notte, solo dopo che ebbero mostrato un sacchetto pieno di monete. Quindi si accomodarono e aspettarono la cena, sorseggiando della buona birra.

Dalla parte opposta della sala, quattro uomini guardavano Gherson di sottecchi, dopo aver parlottato tra loro, uno di loro, il più alto, si alzò e si avvicinò al giovane.

«Ehi tu!» disse rivolto al pastore che gli dava la schiena «per caso ti sei perso? Questo non è un ovile, è un posto per uomini.»

Il suo interlocutore sembrava non dargli ascolto,

tenendo lo sguardo fisso sul boccale. Gli altri due compari, dal tavolo, cominciarono a belare.

«Ehi tu!» riprese l'altro alzando la voce e posando la mano sinistra sulla spalla di Gherson, «puzzolente capraio, fai finta di non sentirmi? Ho detto che questo posto non è un ovile, quindi tornatene da dove sei venuto!»

«Grummar smettila!» intervenne l'oste. «Lascia in pace i miei clienti!»

Per tutta risposta, questi scosse violentemente all'indietro la spalla di Gherson, dando un calcio alla sedia. Il pastore cadde a terra. Un cupo silenzio calò sul locale.

«Bene, non sai stare neanche in piedi.» Continuò lo spaccone senza darsi posa. «Allora striscia, verme!» e guardando i suoi tre amici come per farsi forza, si mise a ridere.

«Ora basta!» La voce proveniva dalla parte opposta del tavolo, dove i nostri quattro si erano appena seduti. Nestor, che come gli altri compagni fino ad allora era rimasto impassibile, si alzò dalla sedia e si pose ad un diacron di distanza da quello sbruffone. Alcuni dei presenti si defilarono verso l'uscita.

«Anche tu cerchi guai?» lo ammonì Grummar. «Bene li hai trovati.»

Ma ancor prima di muovere un dito, Nestor allargò il mantello alla sua sinistra ed afferrò una frusta, che roteò nell'aria, sibilando. Un attimo dopo sul viso e sul petto dell'avversario si aprirono due solchi sanguinanti.

Lo smargiasso cominciò a gridare «Non ci vedo, non ci vedo! Maledetto, che cosa mi hai fatto?!»

Lo sfregiato, per tutta risposta, replicò: «Ne hai assaggiata abbastanza o ne vuoi ancora?!» L'altro si allontanò di corsa, maledicendolo.

Nestor allora si diresse verso Gherson allungando la mano, per aiutarlo a rialzarsi: «Tutto bene, mio signore?»

"Mio signore?", pensò il pastore tra sé, mentre guardava il nuovo amico fisso negli occhi, con riconoscenza. Dalla sera prima, quando si erano conosciuti, non si erano più scambiati parola. I terribili avvenimenti di quella mattina dovevano avergli fatto cambiare opinione nei suoi riguardi.

Infatti, a bassa voce continuò. «Perdonami se ieri ti ho offeso col mio comportamento.»

«Non ti devo perdonare niente», rispose Gherson sommessamente, «anch'io mi sarei comportato così ed oggi sono contento di essere tuo compagno in questo viaggio.» I due, guardandosi negli occhi, si strinsero vigorosamente la mano destra.

Teirios si alzò da tavola e osservando prima l'oste e poi i commensali rimasti, chiarì, una volta per tutte, il suo pensiero: «Bene, poiché tutto si è concluso nel migliore dei modi, se non c'è altro da dire, noi vorremmo mangiare, perché abbiamo fame!»

L'oste annuì, mentre il grosso omone dalla barba rossa si rimetteva seduto con le mani sulla pancia. Intanto, vista la situazione poco conveniente, anche i tre amici di Grummar uscirono dal locale.

Terminata la cena, Gherson si recò in silenzio nella stalla ancora aperta, per verificare se i cavalli fossero stati trattati bene. Dopo alcuni istanti Teirios fece capolino.

«Dovremo vendere i cinque cavalli in sovrannumero; nel nostro viaggio ci saranno di impedimento. Conosci qualcuno qui in zona?»

Il pastore, senza voltarsi, annuì.

«Certo che sei proprio strano...» riprese l'Adamant, appoggiandosi ad un palo. «Non ti capisco... Perché non hai reagito?»

«Perché non ho reagito? ...Perché non possiamo lasciarci una scia di morte dovunque andiamo. Anche un cieco, se volesse, sarebbe in grado di seguirci.» disse Gherson, girandosi verso di lui.

Il compagno rimase un attimo silenzioso, poi proseguì. «Posso anche capirlo e condividerlo, ma a tutto c'è un limite. Non puoi farti trattare così!»

«Le mie mani già grondano sangue», replicò il giovane. «Teirios, troppe vite ho spezzato inutilmente a causa della mia arroganza, questo per me, è già un peso assai duro da sopportare e di cui dovrò rendere conto un giorno.»

«Ma la tua dignità?» insistette l'altro. «Non ci pensi?»

«In verità, mi è stato tolto più della dignità, amico mio.» Il giovane sospirò, abbassando il capo. «Ma questa è un'altra storia e non desidero parlarne, perdonami.»

Terminò di accudire i cavalli, mentre Teirios lo studiava in silenzio. Poi Gherson riprese: «Vieni, si fa tardi. Andiamo a riposare, anzi...sarebbe meglio se qualcuno rimanesse qui di guardia. Non vorrei che quei quattro perditempo tornassero con strane idee, per vendicarsi del torto subito.»

«Sarebbero degli idioti se lo facessero, comunque hai ragione.», rispose l'altro.

«D'accordo, allora ti manderò qualcuno tra due siklein a sostituirti, nel frattempo cerca di non farti ammazzare.»

«Ci proverò!» concluse il pastore.

Era quasi arrivato il momento del cambio, quando il falco, fino ad allora posato su uno dei pali all'interno della stalla, con un rapido battito d'ali, attirò l'attenzione di Gherson. Fuori, in mezzo alla via, si aggiravano ombre furtive. Ad un tratto, due di queste si intrufolarono nella scuderia.

«Come temevo.» Pensò Gherson e si nascose dietro lo steccato, mentre Grummar ed uno dei suoi compari si avvicinarono ai cavalli, sussurrando qualcosa.

«Che cosa cercate?» Il giovane si alzò davanti a loro.

«Ancora tu, puzzolente capraio!», rispose lo sbruffone, con la faccia tumefatta. «Bene, vorrà dire che, oltre a prenderci i cavalli, lascerò un ricordino anche a te.», estratto un coltello dalla cintura, si avventò su Gherson che lo schivò facilmente, Grummar andò a sbattere contro la staccionata, innervosendo i cavalli che cominciarono a nitrire ed a scalciare.

«Maledizione!!! Andiamo via!» gridò il suo compagno.

«Non se ne parla proprio!» lo riprese il gradasso, lo sguardo pieno di odio. «Muoviti e chiama quegli altri due babbei.» Questi, per l'appunto, sentendo tutto quel trambusto, erano entrati nella stalla. Ora, erano in quattro contro uno. Lo avevano accerchiato e si stavano lentamente avvicinando. Gherson urlò il nome di Teirios.

«Maledetto!» pagherai per tutto questo disse

Grummar, bloccandolo alle spalle. Ierax, con un urlo stridulo, si lanciò immediatamente sul volto dell'uomo già martoriato e gli conficcò gli artigli nell'orbita destra strappandogli l'occhio. Lo smargiasso, atterrito, gridò per il dolore e mollò la presa cercando di liberarsi del rapace. Gherson si divincolò e istintivamente, con la mano sinistra, estrasse dalla cintura il suo lungo coltello, conficcandolo nella gamba del losco individuo. Questi, urlando nuovamente per il dolore, cadde a terra e nel movimento, urtò la lampada ad olio che rotolò sulla paglia rompendosi. Subito divampò un incendio. I cavalli, già innervositi, alla vista del fuoco, nitrirono sempre più disperati, scalciando in tutte le direzioni. I tre compari, vedendo che la situazione stava prendendo una brutta piega, scapparono via.

Dalla locanda, intanto, scesero Teirios con i suoi amici, ancora insonnoliti. «Che diamine sta succedendo?» domandò rivolto verso il pastore.

«Presto, datemi una mano a liberare i cavalli e fuggiamo!» urlò Gherson.

Dalle case intorno si accesero le prime luci e si aprirono alcune ante, sguardi sparuti iniziarono a comparire dietro alle finestre.

«Al fuoco, al fuoco!» le grida di allarme cominciarono a propagarsi per le vie.

«E tu saresti quello che vorrebbe passare inosservato?» Constatò ironicamente Teirios. Subito liberarono gli animali dalle pastoie e li fecero uscire dalla stalla.

Dalle strade adiacenti, accorsero le prime persone, tra cui il padrone della locanda, semi vestito, con i primi secchi d'acqua.

«Maledizione, ma che cosa avete combinato!?» domandò adirato ai quattro presenti.

Questi, come se fossero anche loro capitati lì per caso, alzarono le spalle con noncuranza. Teirios, poi, rivolgendosi verso Garund, gli lanciò un'occhiata. Il compare capì al volo e tornò rapidamente nella stanza per prendere le poche cose rimaste, pronto a scappare. Nel frattempo, grazie al lavoro delle persone che erano sopraggiunte, l'incendio iniziava a scemare. Il barbuto Adamant, volendo evitare che la gente del posto li incolpasse del disastro, se non altro perché erano stranieri, fece un rapido cenno agli altri tre di eclissarsi.

La manovra non sfuggì a qualcuno che subito li apostrofò: «Ehi voi, dove state andando? Tornate qui!»

Per tutta risposta, i quattro salirono sui loro cavalli e partirono velocemente, inseguiti solo dal clamore dei presenti. Giunsero così all'altra estremità del villaggio, cercando di evitare nel loro percorso quante più persone possibili. La porta, però, era chiusa. Due guardiani uscirono loro incontro, intimando di fermarsi. Per tutta risposta, Garund e Nestor, che erano i due davanti, estrassero le spade dai foderi e minacciandoli di morte, si fecero consegnare le chiavi e scesero quindi da cavallo, ma, mentre stavano aprendo il grosso portone, furono raggiunti dalle grida dei primi inseguitori.

«Presto, presto!» urlò Teirios, «stanno arrivando!», così dicendo, armò la sua balestra.

Una volta risaliti in sella ai loro destrieri, tutti e quattro fuggirono via, tirandosi dietro anche i cavalli dei loro vecchi compagni. Dopo una cinquantina di diacron, superarono un vecchio ponte di legno, che attraversava il torrente, poi galopparono veloci verso il fondovalle, seguendo un sentiero che scendeva per il bosco. Qualche freccia sibilò ai loro lati, ma nessuno rimase colpito.

Dietro di loro uno stridio acuto li raggiunse. Gherson tirò un sospiro di sollievo. Il falco era con loro, non li aveva abbandonati.

Cavalcarono tutta la notte, cercando di mettere più verocron possibili tra loro ed il villaggio di Aser. Sicuramente il fatto sarebbe giunto alle orecchie delle guardie della contea, l'indomani avrebbe avuto luogo una gigantesca caccia all'uomo. Meglio allora fuggire dalla valle di Isador.

CAPITOLO V

In tarda mattinata, raggiunsero la vasta pianura di Sinnarim. Con i suoi quasi trentamila verocron quadri di superficie, era la più grande tra tutte le altre pianure conosciute in Arvhèia. Delimitata a settentrione dalle estreme propaggini della catena montuosa degli Zauros, al cui interno era situata anche la valle di Isador, scendeva verso Soren, fino alle montagne azzurre (così chiamate perché alla luce delle due lune, le loro vette acquistavano una colorazione azzurra tale, da confondersi quasi con il cielo), spingendosi ad oriente, in gran parte delle terre di Urwan. I numerosi corsi d'acqua che l'attraversavano, si snodavano con andamento per lo più sinuoso a causa della pendenza assai debole, convergendo infine nel corso d'acqua più importante del paese, il fiume Alaurin. Come già narrato, il territorio ad oriente del grande fiume era suddiviso in varie contee, quasi tutte sottomesse al bellicoso stato guerriero. Indipendentemente da chi le governasse, gli insediamenti umani tipici erano tra loro molto simili e chiamati "Calasin", ove risiedevano, quasi esclusivamente, contadini. Orientati verso il meridione, per meglio ricevere i raggi del sole, erano spesso veri e propri villaggi per dimensioni e funzioni. Un'ampia corte centrale era delimitata da vari edifici: la casa padronale, le stalle, i fienili, le rimesse per gli attrezzi agricoli. Le abitazioni degli agricoltori occupavano un lato del perimetro che circondava l'area centrale, dove si svolgeva la vita delle famiglie. Talvolta, negli insediamenti più grandi, era anche presente una scuola per i bambini.

Queste imponenti aree agricole, intersecate dal disegno geometrico di canalizzazioni, create ad arte dall'uomo, per rendere ancora più fertile il territorio, erano coltivate a foraggio, riso, mais, soia e frutta. Di frequente, comunque, si potevano vedere anche boschi coltivati, o lunghi filari di pioppi, salici ed olmi, che interrompevano la monotonia della campagna. La nebbia, quasi impenetrabile nei mesi invernali, era una caratteristica di quella pianura. L'abbondante umidità era dovuta soprattutto ai numerosi corsi d'acqua. Inverni rigidi si alternavano ad estati calde e afose. Le città come Foscar, Anturion, Stirion e Savodart, anche se popolose, erano rare.

Attraversato il piccolo fiume Sestron, Teirios si chinò un attimo sul dorso del cavallo e guardando l'orizzonte, prese la parola: «Bene, da questo momento siamo nel territorio di Alceon, signore di questi luoghi e vassallo degli Urwaian, cerchiamo di cavalcare il più possibile lontani dai centri abitati, fermandoci solo il necessario. Meno daremo nell'occhio e meglio sarà per noi.»

Quindi, spronati i destrieri, si diressero verso Soren. Di tanto in tanto, scorgevano le teste di alcuni contadini indaffarati nei campi. Qualcuno, incuriosito, si voltava verso i viandanti, per poi tornare alle proprie occupazioni. Nel primo pomeriggio, arrivarono ad Ervan, un piccolo paese. Entrarono in una stazione di posta, all'estremità meridionale del centro abitato, costruita in pietra su due piani davanti ad un ampio cortile, dove scorrazzavano indisturbate alcuni animali d'allevamento. C'erano due ingressi, quello principale che dava accesso ad un locale, adibito al ristoro per i viaggiatori, dove vi era affisso lo stemma del signore del luogo. L'ingresso secondario conduceva ad un magazzino, per la vendita di merci di vario genere, sparse in modo disordinato. In entrambi i luoghi, grossi travi in legno reggevano le volte in muratura. Al piano superiore, cui si accedeva attraverso una scala esterna in pietra, si trovavano le stanze per i viandanti che desideravano fermarsi a riposare anche per pochi siklein. Nel retro, invece, vi erano le scuderie, le rimesse delle carrozze e la bottega del maniscalco. Adiacente alla costruzione, su un unico piano, vi era un ultimo vano, probabilmente adibito a deposito dei bagagli. I quattro compagni scesi dai loro destrieri, si diressero senza indugio a rifocillarsi.

Il padrone era un uomo di bassa statura, con due grossi baffoni grigiastri. Sul viso gioviale, bello tondo, spiccavano le guance rubiconde e paffute, dietro cui si celavano due occhietti, piccoli come spilli. Venne loro incontro, uscendo da dietro il bancone. Fece un po' di fatica, a causa del suo buzzo enorme, tanto che le bretelle riuscivano, a stento, a reggere i calzoni. Dopo i primi convenevoli, li invitò a sedere ed offrì loro dei bei boccali di birra. I quattro avventori, che si trovavano seduti all'interno su due tavoli distinti, quasi non prestarono attenzione al loro ingresso.

"Meglio così!" pensò Teirios dentro di sé, dopo essersi guardato intorno, in cerca di possibili vie di fuga.

Mangiarono con soddisfazione quanto proposto dal menù del giorno: antipasto di formaggio, prosciutto di Zardog, riso con fiori di zucca e per secondo, della cacciagione. L'oste, dal suo bancone, gongolava nel veder divorare con tanta voracità i suoi manicaretti.

Dopo il pasto, si recarono nel magazzino, dove contrattarono con il padrone il prezzo dei cavalli in soprannumero, con l'accordo che il ricavato sarebbe stato versato ai familiari dei defunti. Mentre stavano uscendo, Teirios chiamò Gherson in disparte. Aveva sotto il braccio un nuovo paio di pantaloni scuri, una camicia chiara, una giacca nera e stivali di pelle di ottima fattura.

«Sono per te. Togliti i vestiti che indossi, non sei più un pastore, di sicuro non lo eri in passato», soggiunse, «così darai meno nell'occhio, è difficile incontrare caprai in pianura.»

L'altro era visibilmente imbarazzato.

«Suvvia», continuò l'amico, «se non altro, consideralo un modo gentile per ringraziarti di avermi salvato la vita.»

Gherson accettò il dono e dopo aver cercato tra le merci sparse alla rinfusa, comprò, con una parte delle poche monete in suo possesso, un guanto da falconiere, uscendo soddisfatto dall'emporio. Superato da poco il terzo siklin, nel pomeriggio, ripresero il loro viaggio.

Quei giorni passati insieme crearono un forte legame tra Gherson e gli altri tre. La sera, se non avevano trovato ospitalità presso qualche calasin, si accampavano in una radura e acceso un falò, vi si sistemavano intorno, rincuorandosi a vicenda, talvolta scherzando. Gherson partecipava ridendo con gli altri, anche se era restio a parlare del suo passato. I compagni lo avevano capito dal modo in cui eludeva certi argomenti e più di tanto non insistevano. Così, lentamente, tra una chiacchiera e l'altra, Gherson cominciò a entrare in confidenza con loro e a comprenderne l'indole.

Di Teirios, apprese che era un ufficiale superiore della guardia personale del Re Alcain, era tenuto in grande considerazione tra la sua gente, sia per le doti militari che per il suo carattere gioviale. Aveva una moglie di grande personalità e sei figli. Gli altri due, punzecchiandolo, più di una volta, lo avevano schernito, affermando che l'unico luogo in cui non sarebbe mai riuscito ad imporsi, era proprio la sua casa, perché già vi regnava un'altra condottiera più formidabile.

Anche Garund era un soldato, non si era mai sposato e viveva con la madre anziana ed inferma a causa di una grave malattia. Era il maggiore di tre fratelli. Il più giovane, Larios, che ormai era morto, aveva trascorso tutta la sua esistenza nella sua ombra, il biondo Adamant, infatti, lo aveva sempre protetto e per tenerlo sotto controllo, se lo era sempre portato dietro, in ogni avventura. Ora però, il robusto uomo d'armi, non si dava pace, ritenendo di essere la causa della sua scomparsa prematura. Aveva anche una sorella di nome Sidora, sposata, con tre figli piccoli e al momento era lei che si prendeva cura della madre malata.

Nestor, infine, era un tipo più difficile da definire. Di sicuro era un ottimo guerriero. Parlava poco, e quando lo faceva, appariva cinico e severo con tutti, ma soprattutto con se stesso, era sfuggente e non consentiva ad alcuno di entrare in relazione con lui, come se portasse un peso nel cuore che non voleva condividere con nessuno. Probabilmente era stato testimone di qualcosa che lo aveva segnato profondamente. Nessuno tra loro, neanche Teirios, ne era a conoscenza e chi in passato aveva cercato di aprire un varco in quel suo muro impenetrabile, si era dovuto immediatamente arrendere, per non incorrere nella sua ira. La sera, quando decidevano di dormire all'aperto, si offriva per il primo turno di guardia. Allora, andando a sorvegliare l'area intorno ai bivacchi, si discostava da tutti, per rimanere solo con se stesso.

Teirios, dal canto suo, giorno dopo giorno, si andava convincendo che, Gherson nonostante cercasse di dissimularlo, adattandosi anche ad eseguire i compiti più ingrati, dovesse avere origini di tutto rispetto. Il portamento, ma soprattutto gli occhi, lasciavano trasparire una intelligenza fervida ed un ardore che, raramente, aveva avuto modo di riscontrare in altri individui.

Una sera poi, al termine di una giornata piuttosto calda, accampatisi vicino ad un corso d'acqua, costeggiato su di un lato da una lunga fila di alberi di pesco in fiore, decisero di darsi una rinfrescata. Quando Gherson si tolse la camicia, l'Adamant non poté fare a meno di notare le cicatrici che ne ricoprivano la schiena, in particolare quella grossolana, a forma di stella, sul dorso in alto a sinistra.

"Di certo," pensò tra sé, "questi non sono i ricordi di una vita sedentaria. Aspetterò, amico mio, anche se la curiosità mi divora!. Ma, prima o poi, dovrai dirci chi sei..."

Ierax, ogni mattina, con il suo frullo d'ali, ormai divenuto familiare, svegliava il principe, posandosi al suo fianco e lo fissava con il suo sguardo profondo. Aveva sempre l'impressione che volesse comunicargli qualcosa, poi, però, si convinceva che doveva essere solo una sua suggestione. Si attardava ad accarezzargli le ali ed il dorso, ricevendone in cambio segnali di gratitudine.

Il quinto giorno del loro viaggio attraverso le pianure, a metà mattina, all'inizio del mese di Enver, accadde un episodio che avrebbe potuto far luce sulla reale identità del giovane.

Dirigendosi a Soren, la strada costeggiava la città di Stirion, passando in mezzo a distese di prati, ornati da un letto di primule e margherite fiorite, intervallate, ogni tanto da gigli e fiordalisi sparsi qua e là. Il loro profumo richiamava tutt'intorno insetti di ogni specie, intenti, con il loro consueto ronzio, a svolazzare di fiore in fiore. Nel cielo, privo di nuvole, i willidrein, uccellini dal piumaggio argentato, forieri della buona stagione, si rincorrevano tra loro, disegnando iperboliche acrobazie nell'aria. Il sole, con i suoi raggi miti, rendeva piacevole il cammino dei nostri amici.

L'insediamento urbano era stato costruito originariamente su un isolotto, lungo il corso del fiume, laddove l'Alaurin disegnava una estesa curva verso oriente. Le poche casupole, sorte molti anni prima, erano divenute, col tempo, un esteso centro abitato, anche in considerazione del fatto che, in quel tratto, il corso d'acqua era facilmente guadabile. Al tempo della nostra storia, la parte originaria della città, costruita sull'isola, era delimitata da una cinta muraria alta circa cinque diacron. Due erano gli ingressi, difesi da imponenti torri, da cui partivano i rispettivi ponti di pietra, che collegavano il centro alla terraferma. Tutto intorno erano sorti numerosi agglomerati. Anche Stirion da tempo, era sotto il controllo diretto di Urwan, soprattutto negli ultimi anni, dopo la caduta di Volturion era divenuta un fiorente centro commerciale, crocevia di numerose vie di comunicazione.

I quattro avevano deciso, per quanto possibile, di tenersi alla larga dalla cittadina, ma la sorte, purtroppo, dispose in modo diverso. Il cavallo di Garund aveva perso uno dei ferri alle zampe posteriori ed era necessario l'intervento di un maniscalco. Vennero a sapere che, a circa cinque verocron di distanza dal centro abitato, nella contea di Rovion, vi era un calasin con un piccolo emporio ed una stazione per il cambio dei cavalli, con annessa la bottega del fabbro. Pertanto, seppur controvoglia, dovettero fermarsi.

In attesa che il lavoro fosse portato a termine, decisero di recarsi a bere una birra nella locanda del posto. Rimasero impressionati dal robusto portone di quercia dell'edificio, contornato da lussureggianti piante che si inerpicavano fin al primo piano. Ancor prima di entrare, le loro orecchie furono piacevolmente raggiunte dalle note provenienti da uno strumento a corda, sapientemente sfiorato dalle abili dita di un musicante, seduto ai margini dell'ingresso. Varcata la soglia, si trovarono di fronte ad un ambiente decisamente rustico. Lungo tutto il perimetro della sala, correvano robusti tavoli di legno, ricavati da alberi secolari. Sul fondo spiccava il bancone lucido, che, comunicava con la cucina retrostante, grazie ad un'anta laterale. Le mensole, in alto, traboccavano di bottiglie e di piccole botti. Le grosse finestre, dai vetri colorati, filtravano una luce calda e vivace al tempo stesso.

Dietro il banco, l'oste, un tipo alto, magrolino, con una leggera gobba, capelli brizzolati e pizzetto, stava servendo un giovane di media statura con due lunghi baffi e la barba incolta. Due tavoli oltre, tre individui erano intenti ad addentare, con avidità, delle grosse cosce di pollo. In fondo al locale, altri due uomini, probabilmente mercanti di pelli, mangiavano, gesticolando animatamente. Dopo aver ordinato da bere, anche i nostri si sedettero in disparte. Mentre stavano ancora sorseggiando le loro birre, giunse da fuori lo scalpiccio di zoccoli sulla strada. Erano un gruppo di cavalieri in arrivo, quattro soldati di Urwan, insieme ad altrettanti militari della contea. Sebbene quelle terre, infatti, appartenessero al Conte di Rovion, gli Urwaian, non di rado, facevano servizio di pattuglia sulle frontiere insieme ai vicini, in virtù dei buoni rapporti che intercorrevano tra loro. Una volta scesi dai loro destrieri, due militari si allontanarono con i cavalli, mentre gli altri sei entrarono nella locanda chiacchierando tra loro.

«Questa non ci voleva» sospirò Teirios, trangugiando l'ultimo sorso di birra dal boccale ed asciugandosi la bocca con il braccio. «Svelti, svuotate i bicchieri anche voi e andiamo via il prima possibile, senza dare nell'occhio.»

I soldati, intanto, stavano ordinando anche loro da bere e continuando a scherzare, osservavano distrattamente le persone presenti nel locale.

«Ehi...voi laggiù!», la voce proveniva da una delle guardie della contea.

"Ci siamo..." pensò tra sé l'ufficiale Adamant che istintivamente, portò la mano alla cintura, avvicinandola all'elsa della spada.

«Da dove venite? Non ho mai visto prima le vostre facce da queste parti...» continuò l'armigero, avvicinandosi. «Siete forse stranieri?»

«Siamo commercianti di spezie.» Rispose Teirios, quanto più cortesemente possibile. «Stiamo tornando al nostro paese, la contea di Taurin, ad oriente, vicino al grande mare, proprio oggi abbiamo finito di vendere le nostre mercanzie.»

Uno degli Urwaian, intanto, il più anziano, intorno alla cinquantina, con una barba brizzolata ben curata, incuriosito anche lui, discostandosi dai compagni, si era lentamente avvicinato, portandosi di fronte a Gherson, per osservarlo meglio. C'era qualche traccia familiare in quell'uomo, doveva averlo già visto da qualche parte, ma non ricordava dove. Il principe si era accorto di quel movimento ed aveva abbassato lievemente il capo, poggiandolo sulla mano sinistra, mentre, col gomito, si reggeva al tavolo, per nascondere il volto.

«Conosco la contea di Taurin e molti dei suoi abitanti e francamente...il vostro accento non pare proprio di quelle parti, ricorda invece, molto di più l'idioma delle terre del Soren, Lamoran ad esempio, o addirittura Adamant...non sarete per caso delle spie!?» disse il soldato, girandosi verso i commilitoni con un ghigno che non prometteva niente di buono, mentre portava lentamente la mano alla spada.

Improvvisamente, all'anziano soldato si illuminarono gli occhi ed ebbe come un sussulto che non sfuggì al principe.

«Lasciali stare!!!» intimò il veterano urwain al militare borioso, «Non abbiamo tempo da perdere, né, tanto meno, ho voglia di discutere con degli stranieri. Andiamocene!»

L'altro lo guardò infastidito per quel richiamo, ma, essendo evidentemente l'Urwain il più alto in grado tra i suoi, accondiscese e dopo aver rivolto uno sguardo malevolo in direzione dei quattro ancora seduti, si allontanò, così come fecero gli altri.

Teirios tirò un sospiro di sollievo. «...È andata bene! Cominciavo già a sentire odore di legnate.»

«Direi comunque di andarcene, il prima possibile,- non vorrei...che qualcuno dei nostri amici ci ripensasse.» suggerì Nestor.

«Buona idea.», concluse Garund, svuotando il suo bicchiere di birra. «È giunta proprio l'ora di andarcene.»

Detto questo, si alzarono e salutato l'oste, si diressero verso la bottega del maniscalco. Il lavoro non era ancora terminato. Nell'attesa Gherson, per nulla convinto del comportamento eccessivamente sbrigativo dell'ufficiale urwain, si diresse con circospezione verso le scuderie limitrofe, attraverso un angusto corridoio. Voleva, sincerarsi che i soldati non stessero preparando una trappola ma avessero effettivamente deciso di andarsene.

«Vartaxar!» la voce giunse improvvisa come una coltellata dietro la schiena, il giovane si girò d'istinto.

«Allora sei davvero tu...non mi ero sbagliato!» esclamò il soldato.

Gherson era impietrito e francamente non sapeva che fare, anche perché non era a conoscenza delle reali intenzioni dell'armigero. «Quel nome non esiste più, così come la persona che lo portava.» rispose in modo perentorio.

«Mio principe.» lo riprese quello, avvicinandosi. «Non devi temere, non sono tuo nemico!» e gli si prostrò di fronte. «Tu hai salvato mio figlio in battaglia e solo per questo ti sarò eternamente debitore.»

«Ti prego, alzati.» replicò l'altro, visibilmente più sollevato ed anche imbarazzato. Da molto tempo non era più abituato a quel genere di onori.

L'anziano soldato si rimise in piedi. «Non tradirò il tuo segreto, mio principe, ma ricordati...in Urwan le tue gesta non sono state dimenticate. Non sei stato cancellato dai cuori delle persone che ti hanno conosciuto.» Detto questo, con gli occhi umidi di lacrime e solo dopo essersi inchinato, si allontanò.

La parte finale di quell'incontro, tuttavia, fu scorta da Nestor, che stava cercando proprio Gherson con urgenza, perché il cavallo di Garund era stato ferrato e gli altri erano ormai pronti a partire.

Cavalcarono tutto il giorno, cercando di mettere più verocron possibili tra loro e la città di Stirion.

Quella sera, si accamparono e accesero il fuoco, una brezza leggera faceva ondeggiare lievemente le foglie delle betulle, disposte ai margini di un ruscello argenteo, al termine della cena Teirios prese la parola.

«Allora Gherson...che cosa ne pensi di questa giornata?», passandosi una mano sulla folta barba rossa.

«Avrebbe anche potuto essere decisamente più movimentata. Direi che ci è andata abbastanza bene.», rispose continuando a disegnare strane figure con un bastoncino sul terreno.

L'Adamant fu allora più diretto. «E...che cosa mi dici del vecchio ufficiale urwain?»

Gherson si trattenne un attimo, come se avesse accusato il colpo.

Il falco, da poco sceso dal cielo ed appoggiato sul ramo di un albero lì vicino, sbatté leggermente le ali e lo fissò con i suoi occhi acuti. «Stai attento a quello che dici.», pareva suggerirgli.

Teirios, che non si dava per vinto, ma che sicuramente non era un fine diplomatico, gli porse inavvertitamente una via d'uscita: «Nestor è del parere che vi conoscevate da parecchio, dal modo in cui vi ha visti parlare. Tu che hai da dire in merito?»

Gherson sollevò lo sguardo verso il suo interlocutore, mentre Nestor si stava lentamente portando dietro l'Urwain, la mano destra vicina al pugnale, fischiettando.

«Sì...», rispose il principe, «avevo già avuto modo di incontrarlo tanto tempo fa.»

«Ed in che occasione, se mi consenti?» replicò l'altro sempre più incalzante.

«In passato, prima di conoscere Ramson, ho viaggiato molto, anche nella terra di Urwan, dove ho conosciuto la persona con cui Nestor mi ha visto scambiare qualche parola. Mi trovavo in quei luoghi per vendere la lana di pecora, ma avevo un grosso difetto. Mi piacevano le donne, specie quelle degli altri. E per tale motivo sono dovuto scappare, se volevo avere salva la pelle.»

Teirios fissò l'Urwain con attenzione, mormorando qualcosa tra sé. «Ascoltami bene, Gherson!» e la sua voce apparentemente calma, in realtà, non faceva presagire nulla di buono, come la quiete prima di una tempesta, «ho qualche anno più di te, non sono nato ieri. In tutta franchezza non credo a nessuna delle parole che mi hai detto. Se fosse per me, userei qualche metodo poco ortodosso, per tirarti fuori la verità. Ma ho promesso al Re di portarti da lui tutto intero, e così farò. Però una cosa te la dico: se ti azzardi a combinarci qualche sorpresa, di qualunque genere, ti assicuro, già da ora, che ti staccherò la testa dal collo con queste stesse mani!»

Terminò la frase con la voce in crescendo, gettando con stizza nel fuoco un pezzo di legno secco trovato lì accanto. Le braci si ravvivarono nuovamente.

Gherson riabbassò il capo. "Come cambiano le cose..." pensò, sorridendo ironicamente tra sé. "Una volta, se qualcuno mi avesse minacciato così, la testa dal collo gliela avrei staccata io. Ora, invece, devo rimanere zitto, in silenzio."

Esitò un attimo, poi rispose «Nessuna sorpresa, Teirios, nessuna... non ve ne ho date fino ad oggi e non ne avrete.»

«Benissimo!» terminò l'Adamant, alzandosi, evidentemente, voleva avere l'ultima parola su quella discussione. Nestor si allontanò, continuando a fischiettare, la mano ora lontana dal pugnale, per iniziare, come suo solito, il primo turno di guardia.

Il mattino seguente, proseguirono il loro cammino di buona lena. Nessuno parlò. Era come se qualcosa si fosse rotto tra loro. Evidentemente, il confronto della sera precedente, non era stato ben digerito da più di una persona.

Una delle ultime notti, si accamparono presso un boschetto di pioppi, vicino ad un piccolo corso d'acqua. Il tempo, quel giorno, era stato clemente e nonostante, il cielo fosse stato coperto da grigie nuvole, che non promettevano niente di buono, alla fine, non vi erano state precipitazioni. Nestor era da poco tornato, portando con sé un gustoso bottino. Era riuscito a catturare due bei lanusaian, come li chiamavano loro, animali simili a grossi conigli selvatici.

«Accendi il fuoco, Garund!», aveva esclamato, tutto orgoglioso. «Stasera, abbiamo ospiti a cena!»

Dopo il gradito pasto, Garund prese, da una sacca della sella, un piccolo strumento a corde e sedutosi, cominciò a pizzicarle. «Non fa per te.», lo schernì Teirios.

«Lo so!» rispose l'altro, «l'artista in famiglia era mio fratello Larios.» Quindi, non curandosi delle critiche, intonò una ballata in voga presso il loro popolo:

Vorrei a te cantar mia dolce fiammetta
Vorrei a te suonar mio tenero amor
Non solo per nome la fama ti spetta
Ma per le ferite che infliggi nei cuor
Cammini danzando in melodiche note
Da cetre e violini ne escon di belle
I tuoi biondi capelli tu a me porti in dote
Balla per me tra le fulgide stelle.

«Non dargli ascolto...», fece Nestor, quasi annoiato, rivolto verso Gherson, «in realtà non è proprio così!»

«Che cosa intendi?» rispose Garund risentito, smettendo improvvisamente di suonare.

«Intendo...che se continui a strimpellare in quel modo imbarazzante, di certo, il nostro amico non avrà una buona opinione delle nostre tradizioni.» riprese l'altro.

Innervosito, il soldato si alzò e rimise nella sua custodia la piccola cetra, mentre Nestor si allontanò come se niente fosse, continuando a limare un piccolo coltello che teneva in mano.

Gherson, allora, si alzò e si avvicinò a Garund. «Che cosa c'è che non va?» gli chiese. «Sto pensando a mio fratello che non c'è più. La cetra era sua. Ecco cosa c'è che non va!» Rispose l'altro sfogandosi, a pugni stretti. «Lui era il migliore di tutti noi, l'animo sensibile, io il rude soldato! Però mi amava, per lui ero l'unico punto di riferimento, qualsiasi cosa io avessi deciso, mi sarebbe venuto dietro, fosse anche in capo al mondo. E guarda che fine ha fatto! Ne valeva la pena? Sto pensando a mia madre che è malata e...non so neanche se la troverò viva al mio ritorno. Ora, a casa con lei, c'è mia sorella. Ma quando tornerò, lei dovrà occuparsi dei suoi tre figli ed io, rimarrò da solo.»

Gherson gli posò una mano sulla spalla. «Nessuno potrà mai lenire il dolore per la perdita di tuo fratello, ma non incolparti per la sua morte...porta stretto, nel tuo cuore il suo ricordo, ti ha sempre voluto bene per quello che sei. La vita è già piena di tribolazioni...non aggiungere a queste, inutili sensi di colpa. Tanto così è, nessuno può farci niente.»

Gherson tornò vicino al fuoco e si sedette con la tristezza nel cuore. La sofferenza era un male comune a tutti gli uomini e lui, per troppo tempo, aveva considerato solo la sua, dimenticando le pene dei suoi vicini.

Dopo circa una settimana di viaggio nell'estesa pianura, il paesaggio, improvvisamente, mutò, cominciarono a vedersi le prime colline e in lontananza, le cime dei monti azzurri, ancora imbiancate di neve.

Un tempo, questa regione era stata soggetta al controllo di Volturion. La città, costruita in prossimità della riva orientale del fiume Alaurin, era stata distrutta circa sette anni prima dagli Urwaian. La popolazione, da allora, era stata dispersa o ridotta in schiavitù. Di tanto in tanto, si intravedevano piccoli calasin o addirittura sparuti casolari di qualche contadino, rimasto a coltivare la terra, a suo rischio e pericolo. Non esistevano dei veri e propri signori in questo territorio, che veniva, invece, sempre più spesso battuto dai soldati urwaian, sebbene si trovasse al di là del loro confine orientale. Erano in molti a pensare che, presto, quel tratto di terra sarebbe stato il trampolino di lancio per una successiva invasione delle truppe di Urwan verso le terre degli Adamaint.

Improvvisamente, dietro una collina apparvero delle colonne di fumo nero, che salivano verso il cielo. Il falco stava già volteggiando sopra di esse.

«Deve essere successo qualcosa, laggiù.» disse Garund, indicando nella medesima direzione.

«Temo niente di buono.» precisò Nestor, a mezza bocca.

«Andiamo a vedere.» proferì Teirios, con curiosità mista a preoccupazione e subito, i quattro partirono al galoppo.

Oltrepassato il colle, si trovarono di fronte ad uno spettacolo raccapricciante; una fattoria con tre case ed attigua una piccola stazione di posta, erano stati completamente incendiati. Per terra, giacevano almeno una decina di cadaveri. Si avvicinarono con circospezione e infine, giunti sul posto, scesero da cavallo.

«Urwaian» disse Gherson.

«Già!» annuì Nestor «queste sono le loro frecce.», indicando il piumaggio dei dardi conficcati nel corpo di un anziano, disteso alla sua destra.

«Dalle tracce lasciate, dovevano essere un gruppo composto da almeno nove o dieci soldati.», aggiunse Teirios pensieroso, portandosi la mano alla bocca.

«Dieci!» lo corresse Gherson. «Era un drappello di nove soldati con il loro comandante, probabilmente, una pattuglia uscita con compiti di vigilanza che ha sconfinato in cerca di un facile bottino. Hanno fatto una strage. Sul terreno ci sono almeno dieci cadaveri. Quattro donne e sei uomini... No! Aspetta! Guarda là!» ed indicò alla sua destra, dietro una delle case in fiamme, un uomo torturato, appeso mani e braccia con le corde, in mezzo a due pali.

«Maledetti!!!» gridò Teirios e corse in avanti, recidendo con il coltello i legacci che immobilizzavano la vittima. L'uomo cadde a terra esanime.

«I corpi sono ancora caldi.» attestò Nestor.

«Si! Quei bastardi avranno finito il loro sporco lavoro non meno di un viriklin fa, saranno ancora nelle vicinanze, forse devono ancora guadare il fiume per rientrare nel loro territorio.», rispose Gherson.

Garund fece cenno di avvicinarsi all'ingresso, ormai cadente, di una delle abitazioni. Gli altri tre lo raggiunsero subito. Sulla soglia della casa, ormai ridotta ad un rudere fumante, era distesa prona una povera donna, semi carbonizzata, in fin di vita, ma che cercava con le mani, artigliandosi alle tavole di legno del pavimento, di uscire dall'abitazione. Nestor la girò e la prese tra le sue braccia, rabbrividendo per l'orrore. Alla vittima erano stati cavati gli occhi.

«Perché quest'atrocità! Perché!!!?» urlò, guardando Nestor, il quale, a sua volta, si girò dall'altra parte, imprecando parole impronunciabili.

La povera malcapitata, con la mano alzata, quasi in atto di preghiera, continuava a ripetere, la voce roca: «Salvate mio figlio...salvate anche Elazar...vi prego salvateli...» Dopo alcuni attimi spirò. Garund la depose dolcemente a terra. Poi i quattro si portarono lentamente verso il centro del cortile, con il capo chino.

«Che facciamo?» Esordì Nestor, incrociando le braccia.

«Che domanda!» rispose Gherson, di rimando, senza neanche pensarci. «Andiamo a liberare i figli di quella poveretta!»

Gli altri lo squadrarono incerti.

«Ma è una follia!» esclamò Teirios. «Siamo in quattro, quelli saranno, come minimo, il doppio di noi e qualora li raggiungessimo, saremo in territorio nemico, con il rischio di andare incontro a chissà quali altre brutte sorprese.»

«Hai paura Teirios?» replicò Gherson. «Io non ho intenzione di disattendere alle ultime volontà di una povera donna, né tantomeno di lasciare che due poveri ragazzi finiscano schiavi in qualche cava di pietra o peggio ancora.»

«Non ti azzardare mai più a dirmi che ho paura!» gli gridò in faccia l'altro stizzito, avvicinandoglisi pericolosamente: «Ti ricordo che abbiamo anche una missione da compiere. Il nostro dovere è arrivare sani e salvi ad Elevar.»

Gherson, più accomodante, ribatté: «Perdonami, non volevo offenderti. Ora, però ascoltami, fino ad oggi, vi ho seguito senza riserve. Di fronte a questo scempio, voi fate come volete, ma io, anche se da solo, andrò contro questi bastardi, perché non voglio più vedere in vita mia cose del genere.»

Detto questo, si girò ed andò incontro al suo cavallo. Gli altri si guardarono l'un l'altro. «Aspetta dannazione, veniamo con te!» gridò Teirios furioso.

Ripartirono così velocemente, il falco volteggiava

sopra di loro.

Durante la folle corsa, l'ufficiale Adamant, ancora offeso, si rivolse al principe «Se mi consenti, cosa ne facciamo di tutte quelle persone assassinate?»

«Torneremo più tardi. Li seppelliremo dopo, ora pensiamo a salvare i vivi.», replicò l'altro.

«Come pensi di agire? Hai, per caso, già un piano?» domandò Teirios, mentre continuavano a cavalcare ad andatura serrata.

«Conosco il loro territorio e penso di sapere come si comporteranno. Ascolta Teirios, a circa tre siklein da qui, oltre il confine, c'è un loro avamposto. Probabilmente, provenivano da lì e quasi certamente vi torneranno. Se noi li inseguiamo, si accorgeranno di noi, per cui, cerchiamo di precederli, tornando sui nostri passi, se percorriamo a questa andatura la riva destra del fiume, abbiamo la possibilità di anticiparli. Attraverseremo gli argini più a Noren, in prossimità di un boschetto di platani, che ho intravisto circa due siklein fa. Sono sicuro che ce la faremo. In questo modo, staremo meno tempo in territorio Urwan. Loro sono più lenti di noi. Saranno sicuramente carichi di bottino.» disse Gherson, rivolto all'amico.

Teirios annuì bofonchiando, lanciandogli un'occhiataccia. Svoltarono a destra. Dopo circa mezzo verocron, trovarono uno dei due ragazzi dispersi. Giaceva a terra, senza vita, il collo squarciato. Gherson si oscurò in volto. I suoi occhi lampeggiavano. «Andiamo!!! non c'è tempo da perdere!!!», gridò.

Corsero come forsennati e finalmente, arrivarono al guado. Attraversato il fiume, raggiunsero il boschetto.

«Che facciamo ora?» chiese Garund.

«Il piano è questo...» rispose Gherson. «Tra poco, i soldati dovrebbero sbucare oltre quella curva. Io andrò loro incontro, come un mendicante. Quando vedrete che il loro comandante farà cenno di catturarmi, voi, nascosti dietro quel masso, bersagliateli con le balestre e tu, Nestor, anche col mio arco. Poi, raggiungetemi e datemi man forte.»

«Non se ne parla», ribatté Teirios. «Io verrò con te!»

«Fai come ti dico», ribadì l'altro, posandogli la mano destra sulla spalla. L'ufficiale annuì a malincuore, borbottando.

Non era trascorso neanche un quarto di viriklin, quando il drappello dei soldati urwaian, appena oltrepassato il tornante, si trovò davanti un uomo a cavallo, a capo chino, avvolto in un manto nero, che gli sbarrava il passo, sulla mano destra teneva un falco.

I militari, dieci in tutto, avanzavano in fila indiana sui loro destrieri, portandosi dietro un carro, carico del ricavato delle loro razzie, sul quale era seduto un bambino, di circa sette anni, legato ai polsi. I soldati ridevano sguaiatamente tra loro.

Quando si avvicinarono al nuovo arrivato, il comandante del distaccamento lo apostrofò, gridando: «Togliti dalla strada miserabile!»

Gherson si fermò, alzò il volto ancora coperto dal nero mantello, sollevò lentamente il braccio destro, fissando il rapace e questi spiccò il volo. L'uomo gli venne incontro, con fare sprezzante. «Non hai capito, cialtrone, fatti da parte! Non te lo ripeterò più!»

«Calmati, soldato...», replicò «che cosa porti con

te? Hai fatto un buon bottino? Un'impresa degna di gloria?»

L'Urwain, colto di sorpresa dalle parole dello straniero, rimase un attimo sconcertato, poi riprese.

«Hmmm...un temerario a quanto pare.», rivolgendosi verso i compagni. «Ebbene sì, abbiamo portato a termine una buona razzia quest'oggi, una grande impresa, come dici tu.» continuò sghignazzando, «ma ora dimmi, signorino...quale è il tuo nome, così quando stasera sarò di ritorno in caserma, tra le mie gesta, potrò anche raccontare di avere bastonato uno stolto come te!»

Gherson si avvicinò, reclinando lentamente il capo sul suo destriero e gli accarezzò il manto del collo con la mano sinistra, rivolgendosi poi all'ufficiale, gli sussurrò nell'orecchio: «Il mio nome è Gherson, ma in Urwan, il mio popolo mi conosce anche con l'appellativo di Vartaxar!»

Quello, per un attimo, rimase come interdetto, quasi avesse perso la parola, gli occhi sbigottiti. Poi fece un cenno ai suoi uomini, cercando di gridare qualcosa.

Era il segnale. Tre dardi sibilarono nell'aria e un istante dopo, altrettanti cavalieri caddero a terra. Due colpiti mortalmente, l'altro ferito ad una gamba. Gherson estrasse la sua balestra dal nero mantello e colpì un quarto soldato in pieno petto, mentre nel medesimo istante, con un poderoso calcio, disarcionava il comandante delle guardie. "Ora siamo quasi pari.", pensò più sollevato tra sé.

Quindi, spronò la cavalcatura verso l'armigero che aveva di fronte e con violenza, lo colpì al volto con la balestra. Questi cadde a terra fragorosamente. Poi il principe sguainò la spada, raggiungendo l'avversario che guidava il carro, il quale, nel frattempo, si era alzato, nel tentativo di difendersi. Non ne ebbe il tempo. Gherson, con due fendenti, lo ricacciò al suolo privo di vita. Intanto, mentre Teirios e Garund, correndo erano quasi giunti al luogo dello scontro, Nestor, messa da parte la sua arma aveva già imbracciato l'arco di Gherson e colpito in pieno petto un altro soldato poi scoccò una seconda freccia che trafisse mortalmente alla schiena uno degli avversari, che cercava di fuggire a cavallo. Vartaxar, nel frattempo ne stava finendo un altro, che gli si era parato dinanzi.

Garund, dal canto suo, ebbe facilmente ragione del militare precedentemente ferito alla gamba, mentre Teirios, dopo aver infilzato il guerriero disarcionato da Gherson, uccise l'ultimo dei dieci. Il tutto si era svolto in pochi attimi. Ora rimaneva vivo solo il capitano. Caduto dal suo destriero, si era rialzato con la spada in mano. Vartaxar, furente, un fascio di nervi tesi, carico come mai, scese da cavallo e gli si fece incontro, mentre i suoi compagni lo circondarono.

«Allora, bastardo!!!», gridò, «che gloria c'è nell'uccidere donne e bambini dopo averli torturati? Fammelo capire. Da quando i soldati di Urwan sono caduti così in basso? Non c'è più onore tra voi? Avanti, combatti e muori da uomo!»

L'ufficiale si guardava intorno, smarrito. Era evidente che non c'era per lui alcuna via di fuga, perché era attorniato su tutti i lati. Allora, carico d'ira, si scagliò disordinatamente a spada tratta, contro Vartaxar. Questi, evitatolo abbastanza facilmente, menò un tremendo fendente di taglio con la sua spada, colpendo la lama dell'altro, appena sopra l'elsa. Il colpo fu spaventoso. L'ufficiale urlò per il dolore. L'arma gli cascò dalla mano colpita, slogata e sanguinante.

«Alzati!!!» urlò «alzati e combatti!!!». Gherson pareva un animale inferocito il suo istinto guerriero si era completamente ridestato, ora era 'Vartaxar'. Anche i suoi amici a quella visione ne erano intimoriti. L'avversario cercò, sollevandosi in piedi, di riprendere la spada con l'arto ferito, mentre con il sinistro gli lanciò della terra in faccia. Vartaxar riuscì ad evitarla, facendosi schermo con il braccio, poi, fece roteare la sua lama e questa volta, trafisse il nemico alla coscia sinistra, aprendogli un vistoso squarcio sanguinante.

Il soldato cadde a terra, in ginocchio, gridando per il dolore. «Pietà!!!» cominciò a strillare «Pietà!!!».

«Quale pietà?!» ribatté l'altro. «Quella che avete avuto per quei poveri contadini???»

Con un balzo gli fu addosso. Prese la sua testa per i capelli. Stava per sferrare il colpo di grazia, quando improvvisamente si fermò.

«Chi sei tu per decidere della vita di un altro, Gherson?». Il falco volteggiava in aria sopra di lui.

«Già chi sono io?» ripeté Gherson fra sé. Allora lasciò cadere la spada, incurante dello sguardo degli altri.

Sollevò l'avversario, come fosse un sacco di patate, e stringendolo a sé, in stretto idioma urwain, perché gli altri non capissero, gli disse: «Da vas Varanis, laga ei», lo afferrò ancora più forte, «laga ei. Vartaxar as valon!» (Torna da Varanis e digli che Vartaxar è vivo.)

Poi lo scaraventò via, lontano dalla sua vista. L'ufficiale cadde a terra, si rialzò incespicando e scappò, ma non fece neanche tre passi, che sentì una fitta improvvisa al ventre.

Guardò in basso. Aveva una spada conficcata in mezzo all'addome. Di fronte a lui, Nestor. I due si guardarono negli occhi. Poi l'Adamant affondò la lama. L'avversario si piegò sulle ginocchia, lo sguardo di fronte a sé, infine, finì riverso a terra, senza vita.

«Mi dispiace Gherson...», affermò lo sfregiato «ma non condivido la tua pietà per questo maiale. Dopo quello che ho visto alla fattoria, il minimo che si meritava era di morire.»

Il fanciullo, fino allora seduto sul carro, aveva seguito trepidante tutti quegli avvenimenti. Terminato il combattimento, corse incontro a Gherson e si gettò su di lui.

"Quando terminerà quest'odio che genera solo violenza?" si domandò il principe, accarezzando con calma la schiena del piccolo.

Poi rivoltosi al bimbo, mentre gli liberava i polsi, chiese: «Come ti chiami?»

Quello sollevò il viso, ma non proferì parola, facendo un cenno con la testa.

«Non è in grado di parlare.» disse Nestor avvicinandosi. «Forse il trauma di questi momenti.»

«Già! Lo shock.», annuì Gherson, coccolando ora la testa del fanciullo. Non poteva avere più di sette anni, i capelli bruni, le guance rosse come il fuoco.

Lo sguardo penetrante dei suoi occhi azzurri lo colpì. Quell'espressione...

Anche Garund si accostò, distogliendolo dai suoi pensieri. «Bene che facciamo adesso?»

«Nestor!» intervenne Teirios. «Accertati che non ci sia nessuno nelle vicinanze.»

L'Adamant corse lungo la via per verificare che non vi fossero in arrivo nuove sorprese.

«Ascolta, Teirios.» intervenne Gherson. «Se vogliamo guadagnare tempo, prendiamo i cadaveri e gettiamoli nel fiume, disperdiamo i loro cavalli e cerchiamo, per quanto possibile, di nascondere le tracce di questo scontro. Poi guadiamo subito la riva e fuggiamo. Se saremo fortunati, i militari del forte si allerteranno tra un paio di siklein, quando non vedranno tornare i loro commilitoni, e sarà già il tramonto, se facciamo un buon lavoro, penso che, prima di domani mattina, non riusciranno a trovare tracce utili a permettergli di capire cosa sia realmente accaduto, dovremo avere quindi un discreto vantaggio.»

L'altro annuì. Poi, rapidamente, diede un'occhiata al ragazzo. «E lui?»

Gherson sospirò. «Lo portiamo con noi.»

In un viriklin circa, riuscirono a terminare quanto pianificato, senza essere visti da occhi indiscreti; quindi, oltrepassato il guado, ripresero rapidamente il loro cammino. Prima di giungere nei pressi della fattoria, Gherson si avvicinò a Teirios: «Ascolta!», gli disse: «Tu prosegui con Garund ed il ragazzo, io con Nestor ci tratteniamo a dare una degna sepoltura a quei poveri contadini, prima che vengano dilaniati dagli animali selvatici. Vedi quella collina alla tua sinistra? Vi raggiungeremo su quell'altura quando avremo finito!»

Più tardi, sotterrati i corpi, si ritrovarono al luogo convenuto. Il bambino era ancora chiuso nel suo silenzio, ma anche gli altri, dopo quella giornata, non avevano una gran voglia di parlare.

Il fanciullo ritiratosi un po' in disparte aveva inciso con un coltello il proprio nome su una pietra: "Elazar".

Nestor gli cedette la sua coperta, poi, sedutosi vicino ad un grosso pino, iniziò il turno di guardia.

CAPITOLO VI

Il giorno seguente, di buon mattino, ripresero il cammino lungo un sentiero, in mezzo agli alberi di un bosco. La via si inerpicava lentamente tra larici e noccioli, fino a raggiungere i ruderi di una vecchia casa in pietra. Ogni tanto, qualche scoiattolo si fermava sui rami, incuriosito, con gli occhioni sgranati, intento ad osservare quei nuovi intrusi. Lungo il percorso, sparsi qua e là a terra o vicino alle grosse pietre, che delimitavano la via, si vedevano dei curiosi ciuffi grigiastri, erano licheni, organismi costituiti dalla simbiosi tra un fungo ed un alga, dotati di proprietà curative. Gherson ne raccolse alcuni li depose in una sacchetta ai lati della sella, destando curiosità negli altri compagni. In cima alla salita svoltarono a sinistra, entrando in una nuova vallata completamente ricoperta da un bosco lussureggiante, che si estendeva per molti verocron. In lontananza, in splendida posizione panoramica, si stagliavano le alte vette dei monti azzurri. Scesero, quindi, lungo il fianco della valle e giunti ad un bivio, proseguirono a manca, per un tratto pianeggiante che diradava verso il lago inferiore di Visona, circondato da alti ombros. Qui, si fermarono per una breve sosta e si rifocillarono con pane e formaggio. Lungo il corso d'acqua dalla parte opposta alla loro visuale, notarono un piccolo cerbiatto che si stava abbeverando insieme alla madre, mentre in lontananza un grosso cervo dalle enormi corna vegliava circospetto.

Nel pomeriggio, lasciato il lago sulla destra, si spinsero attraverso la vegetazione più lentamente perché la pendenza del sentiero era aumentata e raggiunsero, dopo quasi tre siklein, il lago superiore di Visona, più grande e profondo del primo, sulle sponde del quale si trovava una capanna abbandonata. Decisero di pernottare lì per la notte. Gherson, dopo cena, si sedette lungo la riva, mentre il falco, che per tutto il giorno si era nascosto alla loro vista, ora se ne stava tranquillamente appoggiato sulla sua mano destra. Quell'atmosfera gli fece tornare in mente i suoi trascorsi nella valle di Isador, sebbene in quel momento si trovasse molto distante. Da lì, con la coda dell'occhio, notò che il bambino stava timidamente dietro di lui, un po' discosto. Era tutto il giorno che il piccolo lo fissava.

"Sicuramente, sarà incuriosito da Ierax", pensò Gherson, quindi si girò, facendogli cenno di avvicinarsi, il fanciullo obbedì, sedendoglisi accanto. Gherson lo guardò in viso e si commosse.

«Chissà quanti orrori devi aver visto, povero piccolo.», gli disse.

Il ragazzino, per tutta risposta, chinò la testa. Allora Gherson lo cinse con le braccia e lo attirò a sé. I due rimasero così, come incantati, ad ammirare il riflesso delle due lune di Arvhèia sulle acque del lago.

La mattina seguente imboccarono un sentiero che si dirigeva verso Soren, salendo lentamente lungo il lato destro della vallata. Gli alberi, ormai, si stavano diradando, man mano che avanzavano, finché non raggiunsero la cima del passo, un ameno pendio, ricco di rododendri. Si presentò davanti a loro un panorama mozzafiato. Il paesaggio era completamente cambiato, in basso, si aprivano a picco le profonde gole del fiume Kaleidon, che spaccavano la terra per una lunghezza di circa quindici verocron, creando un canyon impressionante, con pareti a strapiombo, alte fino ad un verocron al di sopra del fiume, color verde smeraldo.

«Sbalordito vero? Tutto questo non è fantastico?», domandò Teirios a Gherson.

Il falco che, quella mattina, come al solito, li aveva accompagnati seguendoli dall'alto, dopo aver volteggiato sulle loro teste, ora, pareva inquieto. Improvvisamente calò in picchiata, gettandosi nel canyon fino a sottrarsi alla loro vista. Gherson, dapprima incuriosito, si sporse verso il basso, ma, nonostante il suo tentativo, non riuscì più a vederlo. Alla fine, non si preoccupò più di tanto. Già altre volte il falco si era allontanato per lunghi momenti, ricomparendo quando meno se lo aspettavano.

«Gherson devi sapere che dalle nostre parti c'è una leggenda che narra come si sia formata questa valle. Si dice che anticamente due popoli, che abitavano questi territori, fossero in guerra tra loro e stavano per darsi battaglia, proprio in questo luogo, dove il terreno un tempo era pianeggiante. Quando ormai stava per iniziare lo scontro, sopraggiunse Elaiar, uno degli antichi custodi di Arvhèia. Egli, con la sua spada fiammeggiante, toccò il suolo, che immediatamente si aprì. Si creò nella terra uno squarcio così profondo ed esteso, che dall'immensità degli abissi sgorgò il fiume. La terra, si lamentò con il custode per la piaga subita, chiedendo quale male avesse mai potuto commettere, per meritare una tanto grave punizione. Elaiar le rispose che di nessuna colpa era imputata la terra, ma il suo gesto era stato necessario, perché da quella ferita sarebbe sgorgata un'acqua pura. Il suolo vivificato e irrigato, avrebbe sparso nuova linfa su tutta la regione. Una natura rigogliosa di fiori aveva suggellato la pace tra i due popoli. Da questa unione derivò il regno di Adamant.

Si narra anche che il custode, lasciò nascosta la sua spada, ben custodita in questi luoghi, affermando che, un giorno, sarebbe stata riportata alla luce da un suo erede... Ebbene, mio caro amico...le leggende hanno sempre il loro fascino, non trovi? Ora, però, dopo tutte queste chiacchiere, sarà meglio riprendere il nostro cammino.», concluse Teirios.

Il sentiero ora si presentava impervio e scosceso. Pertanto i cinque dovettero scendere da cavallo e continuare il percorso a piedi, in fila indiana, ponendo attenzione a non inciampare, in modo da evitare rovinose o, addirittura fatali cadute verso il basso. Camminarono lungo il costone roccioso per tutta la mattinata. A metà giornata, si fermarono per sostare in un piccolo spiazzo sopra un dirupo.

Ripresero il loro viaggio dopo un breve riposo, sentendo in lontananza il fragore di una cascata, che accompagnava il loro cammino in discesa lungo il costone sul lato sinistro del fiume. A questo punto, il fiume deviava improvvisamente verso destra creando un'imponente cataratta che, da uno strapiombo di circa un galacron, precipitava spumeggiante attraverso tre salti, creando così un effetto fantastico di luce e fragore tra il verde circostante, formando così una profonda insenatura ad U. Il fiume Kaleidon, poi, continuava placido il suo tragitto lungo la valle, delimitando un piccolo isolotto, lungo circa tre galacron, appena oltre la cascata.

«Ammira le cascate di Altair!», disse con orgoglio Teirios, rivolgendosi a Gherson che era rimasto estasiato e senza parole di fronte a quello spettacolo. Gherson, fissando con attenzione il piccolo tratto di terra in mezzo al fiume, notò Ierax che stava volando tutto intorno a pelo d'acqua, sbattendo l'estremità delle ali sopra le piccole onde ed emettendo il suo caratteristico stridio. Sembrava felice, come se quel luogo gli fosse familiare. Appena si accorse dei cinque vicino alla cascata, spiccò il volo raggiungendoli e fermandosi, come al solito, sull'avambraccio del padrone, che lo accolse accarezzandolo dolcemente sul capo.

Poi Gherson, rivolto ai suoi compagni di viaggio, domandò: «A questo punto, come faremo a passare dall'altra parte con i cavalli? Dovremo risalire il corso della cascata fino alla sua sommità, oppure scendere in basso?»

Teirios sorrise, guardando Nestor con un cenno d'intesa, come due che la sapessero lunga, poi, rivolgendosi nuovamente a Gherson, rispose: «Vieni, seguici.»

I tre Adamaint si avviarono verso le rapide e continuando a percorrere il piccolo sentiero lungo il dirupo, entrarono all'interno della cascata stessa, seguiti dal piccolo Elazar e da Gherson, sempre più incantato. Una volta all'interno, si trovarono in un piccolo antro umido, qui c'erano ad attenderli tre soldati adamaint, che riconosciuti i loro conterranei, li salutarono. Uno in particolare, probabilmente il loro superiore, si attardò con Teirios. Dal modo in cui parlavano animatamente, sembrava stesse chiedendo notizie dei compagni partiti con loro alla volta di Isador e non più tornati. Gherson non riusciva a capire un granché, poiché il fragore delle cascate era assordante, alle sue orecchie arrivavano solo suoni inarticolati. Dall'interno della cascata, si dipartiva una cupa galleria alta più di un diacron, che si addentrava risalendo all'interno della montagna.

A gesti, Teirios fece notare al principe che lungo le pareti erano state inserite delle torce, che furono accese per fare luce. I cinque, salutate le tre guardie, si addentrarono nel cunicolo, saturo di un forte odore di muffa.

Camminarono per un mezzo siklin circa. Gherson teneva per mano il bambino, rincuorandolo ogni tanto, poiché immaginava che il piccolo non si trovasse a suo agio in tutto quel buio. Poi, improvvisamente, dalla parte opposta, cominciarono a percepire, in lontananza, una brezza soave, anche la fiamma delle torce seguì il corso dell'aria, ed intravidero in fondo, un esile punto luminoso, infine erano giunti all'altra estremità del tunnel. Man mano che si avvicinavano, la luce aumentava e la galleria si allargava sempre più, finché non ne raggiunsero il limite, ritrovandosi in una grotta immensa. Qui, spensero quel che restava delle torce e si diressero verso l'uscita, dove due soldati adamaint erano fissi di guardia. Teirios salutò i due armigeri che lo riconobbero immediatamente e li fecero passare.

Gherson ebbe un sussulto. Rimase per un attimo senza respiro di fronte alla vista mozzafiato che gli si presentava innanzi. Uno stormo di willidrein attraversò il cielo turchino rallegrando l'aria con i loro richiami. Più in basso, strade e sentieri si rincorrevano tra loro in mezzo a campi, prati verdi e fioriti, come smeraldi in un mare di perle.

Una nuova vallata si apriva davanti ai loro occhi, incorniciata dalle vette circostanti, diradava verso il fondovalle in coltivazioni di alberi da frutta, per declinare, infine, in un folto bosco.

Sotto di loro, Elevar, la capitale del regno, imponente, abbagliante per i riflessi del sole sui tetti delle case, con le vie affollate e ricche di schiamazzi, le piazze e le fontane a più gradoni, che allietavano i passanti con i loro giochi d'acqua.

Alla loro sinistra, più in alto, lungo il costone della montagna, svettava, protagonista assoluta, la fortezza del Re.

Dopo un primo attimo si stupore, il giovane cominciò ad analizzare la visione nel suo insieme. La città era difesa da una cinta muraria e da un ampio fossato, il vasto centro abitato, che, a occhio e croce poteva ospitare almeno quarantamila persone, si inerpicava lungo il rilievo montuoso, fino alla dimora del sovrano. Questa, era stata costruita in parte all'interno del massiccio roccioso ed era protetta da due cinta murarie. Ai lati della vallata, tre torrenti scendevano verso la città, penetrandovi tramite dei canali, che passavano attraverso le fortificazioni. Spesse grate e massicci bastioni proteggevano quei potenziali punti di accesso alla capitale. I tre corsi d'acqua, all'interno del centro urbano, ora delimitati da viali abbelliti con alberi di pesco in fiore, confluivano, infine tra loro, per dare origine al fiume Levian, che attraversava sereno tutta la città. In prossimità della porta principale, il fiume si incanalava in una condotta, creata nelle spesse mura, con inferriate al suo interno e difesa ai lati da imponenti torri, per poi continuare dolcemente il suo percorso lungo la vallata.

I cinque iniziarono quindi a dirigersi verso il borgo, seguendo una mulattiera, dopo alcune centinaia di diacron, divenne una vera e propria strada mattonata. Giunti alle imponenti porte del centro abitato, Teirios

si avvicinò alle guardie, riconosciutolo, si misero sugli attenti, senza far domande sui due stranieri.

Entrarono così nella via principale, in direzione della fortezza. Per le strade lastricate era un via vai di persone, ognuna immersa nelle proprie occupazioni. Ogni tanto, qualcuno alzava gli occhi e si fermava per salutare ora Teirios, ora Garund, ora Nestor, con battute più o meno gioviali, che venivano quasi sempre ricambiate. Altri invece, si giravano incuriositi nei confronti dei due stranieri, domandandosi chi fossero. Dal cammino principale, si dipartivano poi, come in un dedalo, viuzze secondarie, delimitate da belle case, costruite con la caratteristica pietra color ocra della regione. Erano ornate quasi tutte da rose rampicanti, che, con l'approssimarsi della bella stagione, avrebbero abbellito le mura di colori straordinari. Al termine della salita, si trovarono di fronte alle porte della prima cinta muraria della fortezza, alta una decina di diacron, in cui si aprivano molteplici feritoie e coronata da merlatura. All'interno, sul cammino di ronda, si intravedevano alcune sentinelle di sorveglianza. Questa volta le procedure di ingresso furono più complesse. Teirios, infatti, dovette fornire l'identità dei nuovi venuti, i quali scesero da cavallo per controlli più accurati. Superata la prima cinta, capitarono in un vasto cortile delimitato dai numerosi alloggi dei servi e degli artigiani: fabbri, falegnami, scalpellini, calzolai, tutti coloro che lavoravano per fornire il necessario alla vita degli abitanti del castello.

C'erano anche le stalle ed i canili e poi i magazzini, il forno e le cantine dove si conservavano le provviste.

Superarono anche la seconda cinta di mura, alta

una decina di diacron e sorvegliata da una muta di sentinelle. Infine, si trovarono di fronte alla fortezza vera e propria, costituita da una decina di torri a pianta circolare. Al centro della struttura, sorgeva il mastio, la torre fortificata più alta, con mura molto spesse che si prolungavano nella parte posteriore, all'interno della montagna.

Questa volta furono tre i soldati che gli si fecero incontro. Uno di loro, sicuramente il più alto in grado, si diresse dritto verso Teirios che discese immediatamente da cavallo. I due si salutarono amichevolmente e si allontanarono dal resto del gruppo, parlottando tra di loro.

Pochi istanti dopo, il grosso Adamant tornò verso la compagnia un po' contrariato.

«Che ti è successo?», chiese incuriosito Garund.

«Dannazione neanche stasera potrò tornare a casa a vedere i miei sei figli e mia moglie!», rispose l'amico, bofonchiando.

«Come mai?», intervenne Nestor incuriosito.

«Il Re è in riunione col suo consiglio, Bours, l'ufficiale al protocollo con cui ho parlato ora, mi ha detto che riceverà Gherson questa sera dopo la cena, ed io dovrò essere presente. Voi, invece, siete liberi.», rispose Teirios, guardando gli altri due con un pizzico di invidia.

«Mi dispiace», fece Gherson rivolto all'amico.

«Fa niente, male che vada, avrò guadagnato un giorno di vita... mia moglie mi ucciderà domani.», rispose Teirios.

Tutti scoppiarono in una risata.

«Ed il bambino?», domandò Gherson, fissando il

piccolo.

«Elazar?», rispose Garund «Ci penserò io, verrà a casa con me in questi giorni, poi vedremo.»

I cinque si salutarono e così, mentre Garund con Elazar e Nestor riprendevano la via per la città, Gherson e Teirios si incamminarono verso l'interno della fortezza, dopo aver lasciato i loro cavalli in una scuderia.

Gherson fu ospitato in un appartamento di due stanze, situato al primo piano: un piccolo ingresso, per accogliere eventuali ospiti, ed una camera da letto con un balconcino orientato verso il meridione. Alle pareti erano disposti alcuni arazzi, raffiguranti scene di vita quotidiana. Uno specchio si trovava di fronte al letto. Le due finestre erano abbellite con vetri smerigliati dai molti colori e la porta a ogiva con due ante, che dava sul balcone. Aprendo l'armadio, nella stanza, si accorse che vi erano alcuni abiti di diverse misure. Trovò un paio di calzoni scuri che gli stavano a pennello ed una camicia di panno color amaranto.

Più tardi, Teirios lo venne a prendere per accompagnarlo in un grande salone con soffitto a volta, percorso da due file di colonne. Un lungo tavolo di legno di castagno, disposto a ferro di cavallo, era sistemato al centro dell'ambiente, davanti ad un enorme camino. Alle pareti erano appesi arazzi raffiguranti scene di caccia. Alla sinistra, c'era un piccolo palco allestito per l'esibizione degli artisti che occasionalmente, allietavano gli ospiti con le loro interpretazioni. In quel momento, si trovavano nello stanzone una ventina di persone, probabilmente gli alti funzionari del reame, che discutevano amabilmente tra loro, in piccoli gruppi di tre o quattro persone. L'ingresso dei nostri non passò inosservato. Teirios cercò di presentare lo straniero ai presenti, anche se Gherson non aveva tutto questo desiderio di familiarizzare con quegli sconosciuti, preferendo starsene in disparte, tra l'altro aveva avuto la netta sensazione che, dal momento in cui aveva fatto la sua comparsa nel salone, qualcuno lo stesse sorvegliando.

Ad un tratto, una voce risuonò solenne nell'aria. «Signori, il Re!»

Dopo alcuni istanti, Alcain entrò nel salone. Era un uomo alto, di carnagione chiara, con capelli brizzolati, lunghi e fluenti fino alle spalle ed una barba anch'essa grigia, ben curata. Alla sua sinistra la figlia Ainousa, giovane e molto attraente, nobile non solo per nascita, ma anche nei modi e nel portamento, i capelli lunghi color dell'oro, gli occhi azzurri come il cielo, le sue guance rosee risaltavano nei delicati lineamenti del viso.

Indossava un lungo vestito di seta turchino, finemente ricamato, che disegnava elegantemente le forme armoniose della principessa.

Una volta che il sovrano e la figlia si furono accomodati a tavola, anche gli altri invitati vennero ammessi al banchetto. I camerieri cominciarono a servire le portate. Si iniziò con: 'zuppa alla montana' a base di carne di capra, seguì arrosto di capretto con salsa e contorno di verdure affumicate, cinghiale ripieno con salsa di funghi, il tutto innaffiato con il buon vino prodotto dalle vigne personali del sovrano. Infine, non poterono mancare i dolci, particolarmente graditi quelli con i frutti di bosco.

Il Re, nel corso della cena, più di una volta fissò incuriosito Gherson, voltandosi poi alla sua destra, dove era seduto il suo primo consigliere, con cui scambiò alcune parole.

Le note dei coristi rallegravano l'aria, già resa lieta dalle abbondanti libagioni che scioglievano le lingue degli invitati.

Ad un certo punto della serata, però, uno dei cantori intonò una melodia con il suo strumento a corde:

Com'è bella la mia sposa,
assomiglia ad un bocciol di rosa.
I tuoi occhi son stelle lucenti,
Come il sole sono tuoi capelli.
Le tue labbra come un petalo delicato,
tengono il mio cuore incatenato.
Rose, viole e fior di pesco
che s'inchinan ad un tuo gesto.
Vieni presto mia signora,
che il mio cuor s'innamora;
Sei più bella tra le belle porti invidia tra le stelle;
Viene meno il mio cuore, al cospetto del tuo amore;
Le tue labbra come un petalo delicato,
tengono il mio cuore incatenato.
Rose, viole e fior di pesco
che s'inchinan ad un tuo gesto.

Man mano che le note si diffondevano nell'aria, Gherson abbassò il volto e sembrò estraniarsi da tutto ciò che lo circondava.

Alcain, al termine dell'esibizione, si voltò per accertarsi che fosse stata gradita al suo ospite. Notando però che questi non aveva applaudito, anzi, continuava a rimanere immerso nei propri pensieri, dopo un attimo di esitazione, gli si rivolse, tra il preoccupato ed il risentito: «Il mio ospite forse non ha apprezzato la musica?»

Il chiacchiericcio di consenso si spense improvvisamente.

«Lungi da me recare offesa al mio signore, che mi ha onorato con il suo invito», rispose l'altro, alzando la testa e guardandolo fisso negli occhi. «La tua mensa ed i tuoi commensali sono degni del massimo rispetto. Ti chiedo perdono, se posso avere recato offesa a te o ai tuoi amici in qualche modo.»

«Ed allora qualcosa ti sta turbando?», riprese l'altro.

«In verità, queste note hanno riportato la mia mente in altri tempi e luoghi», continuò Gherson.

Ainousa, incuriosita, si voltò verso il padre e bisbigliò qualcosa nel suo orecchio.

Alcain, quasi infastidito, portò il dito indice della mano destra sul labbro superiore: «Ritengo allora...che approfondiremo la nostra conversazione in altra sede, anche se sono convinto che i miei indiscreti vicini...», e sbirciò la figlia, «vorrebbero sapere qualche cosa in più sul tuo passato.»

"Ci siamo!" pensò il giovane tra sé, mentre un brivido gelido come il ghiaccio gli scendeva giù lungo la schiena. "È finito il tempo di giocare, se mai lo avessi fatto prima, ora devo stare molto attento a quello che dirò, se non voglio tradirmi."

Ma in cuor suo sapeva che queste considerazioni erano solo fievoli speranze, come lumi di candela accesi sul davanzale in una ventosa notte di Noldair. Quindi, abbassando gli occhi e sorridendo replicò quasi ironico: «Ci crederesti se ti dicessi che quella canzone la scrissi io?»

Gli invitati guardarono Gherson con stupore, increduli.

«Che cosa sei, dunque, un poeta, un artista?», rispose Alcain, scettico. Quando aveva ordinato di farlo condurre al suo cospetto, nell'attesa del suo arrivo, tutto aveva pensato, fuorché di trovarsi di fronte ad un musico.

«Vartaxar!" una voce piena d'odio sibilò oltre una colonna. «Vartaxar! Così da noi è conosciuto!», un uomo, dal manto rosso, con i capelli corvini separati in mezzo alla fronte, gli occhi scuri infossati, pallido in viso e le labbra circondate da un pizzetto ben rasato, si fece avanti. «Vartaxar! Alto ufficiale dell'esercito del nostro più acerrimo nemico, dato per morto da alcuni anni.»

«Tradimento!!!», risuonò nella sala da più parti «Tradimento! Come è possibile?»

Molti si sollevarono di scatto, chi alzando i pugni, chi insultando, chi minacciando.

Gherson, dal canto suo, rimase immobile, da quando, circa due settimane prima, il misterioso individuo si era presentato nella valle di Isador, predicendogli la venuta degli Adamaint ed il suo successivo viaggio per Elevar, aveva considerato che il rischio di essere riconosciuto fosse alto.

"Che strano scherzo del destino", pensò tra sé. "Andare spontaneamente incontro al proprio nemico per farsi uccidere. Roba da folli".

Poi, mentre gli altri continuavano ad urlare, senza girare il volto, spostò gli occhi verso Teirios, alla sua sinistra. Questi, rosso anche in viso, era ammutolito, le mani sulle gambe che stringevano le ginocchia, quasi artigliandole. Di nuovo rivolse lo sguardo nella direzione del Re, aspettando, mentre nella sua mente cercava di ricordare dove avesse mai potuto aver incontrato l'uomo dal mantello rosso.

«Basta così!!!», gridò Alcain, posando fortemente il pugno sul tavolo.

Lentamente, le urla divennero brusio ed il brusio silenzio. «Che cosa hai da dirmi, straniero?» La voce del Re era minatoria, il suo volto visibilmente corrucciato.

«Il tuo servo ha ragione...il mio nome è Gherson, figlio di Tanis, principe di Urwan, e sono stato uno dei comandanti nell'esercito del mio paese, fino a sette anni fa.», disse Gherson con voce decisa.

«Assassino!!!», qualcuno strillò dal fondo della sala.

«Silenzio!!!», ribadì Alcain, gridando ancora una volta. «Dunque, Gherson, principe di Urwan, quale follia ti ha spinto a venire qui tra noi?»

«Non sono venuto di mia spontanea volontà.», replicò l'altro, senza battere ciglio. «Tu mi hai cercato. Io ho obbedito.»

Il Re rimase un attimo sorpreso dalla risposta, poi continuò. «Tu lo sai, che così facendo hai firmato la tua condanna a morte?»

«La morte è parte della nostra esistenza ed io non la temo più da tanto tempo, mio Signore...spesso, anzi... molto spesso l'ho invocata, perché mi venisse a prendere.», rispose Gherson.

Alcain si soffermò a lungo su quell'affermazione, scrutandolo con interesse, ma in fondo meravigliato per tanto ardire.

"Che animo!" pensò tra sé il sovrano. "Con quale audacia presentarsi qui a sprezzo del pericolo. Eppure c'è qualcosa che mi sfugge. Devo assolutamente parlare da solo con quest'uomo, per capirne di più. In fin dei conti, politicamente parlando, potrebbe anche tornarmi utile come ostaggio."

«Riportate lo straniero nelle sue stanze!», ordinò infine il sovrano. Ad un cenno del capo delle guardie, quattro soldati si avvicinarono a Gherson. Questi, alzatosi in silenzio, fu scortato nel suo appartamento. Entrando, chiuse la porta e avvicinatosi al balcone, guardò pensieroso le mura del palazzo con le braccia incrociate davanti al petto.

Il falco, artigliato alla ringhiera, lo fissava profondamente con i suoi occhi intensi.

«E tu che cosa vuoi da me?», gli si rivolse Gherson, spazientito.

"Già il falco...un altro bell'enigma da decifrare. In alcuni momenti sembra un rapace, di bell'aspetto senz'altro e sicuramente ben addestrato, ma solo un animale! Poi all'improvviso, come per magia, pare che voglia comunicare con me, stabilendo un processo empatico.", rifletteva fra sé Gherson

Quanti pensieri...quanti turbamenti...ma non era questo il tempo delle risposte.

Il falco alzò le sue ali e si librò nel cielo.

Gherson si distese allora sul letto e con le mani dietro la testa, cercò di rammentare in quale momento poteva aver incontrato l'uomo misterioso che lo aveva riconosciuto nel salone.

Altri ricordi si affacciarono dal profondo della memoria, come pericolosi iceberg nelle buie notti dei mari del Noren.

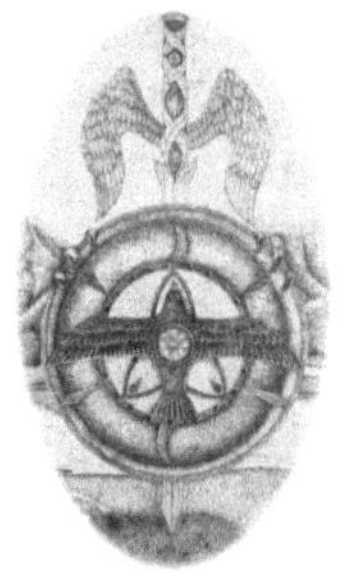

CAPITOLO VII

Scavando a fondo nella sua mente Gherson, all'improvviso, trovò la soluzione all'enigma: «Volturion ma certo, è lì che l'ho già visto!», esclamò a voce alta.

Volturion era una città prosperosa, al centro delle principali vie di commercio, sorta molti anni prima sul lato orientale del fiume Alaurin. La sua sfera d'influenza andava dal corso d'acqua fino alle montagne azzurre, al confine del regno di Adamant. La vicinanza con il bellicoso popolo di Urwan e le continue minacce di questi ultimi, avevano indotto la cittadinanza, per un certo periodo, a pagare un cospicuo tributo all'aggressivo vicino pur di mantenere la propria indipendenza. Man mano che aumentava il benessere si insinuò nei suoi abitanti la superbia e la convinzione di essere immuni da ogni sorta di minaccia. Fu così che quando gli esattori di Urwan si presentarono per riscuotere l'imposta annuale, si trovarono di fronte ad un netto rifiuto, anche perché il governatore aveva contratto un'alleanza con il regno di Adamant. Il Re Lachis, furioso, radunò allora il consiglio di guerra ed inviò il suo esercito contro la popolazione.

A capo della spedizione fu posto il vecchio generale Tarsidis e tra gli ufficiali emergenti c'era anche Gherson, cui era stato affidato il comando della cavalleria urwain. L'armata attraversò il fiume a Soren del centro abitato, attraverso un ponte di barche, giunte sul posto risalendo il corso dell'Alaurin. L'insediamento fu così circondato dalle truppe nemiche. Iniziò l'assedio.

Gli Urwaian realizzarono macchine belliche necessarie per espugnare la città. Scavarono gallerie, per passare sotto le mura e circondarono il loro stesso accampamento con un doppio bastione difensivo, uno interno, per prevenire le sortite degli abitanti di Volturion e l'altro esterno, in attesa dell'imminente arrivo delle truppe di Alcain. Il sostegno logistico, invece, giungeva periodicamente via fiume.

E le truppe di Alcain non tardarono ad arrivare. Fu proprio in questa occasione che Gherson si coprì di gloria. Gli assedianti, infatti, si trovavano tra due fuochi. Una parte dell'esercito rimase all'interno dei due bastioni, arroccato a difesa di una possibile sortita delle truppe di Volturion. Il contingente più considerevole delle truppe, invece, si posizionò al di fuori del vallo esterno, con la cavalleria ed i carri di Gherson sull'ala destra, al centro la fanteria e sull'ala sinistra, la cavalleria lachvain comandata da Silaj, fratello maggiore di Arvaj, l'amico fraterno del principe.

L'esercito Adamant era disposto quasi in maniera simmetrica, con la cavalleria sulle ali e al centro, la fanteria, suddivisa in varie coorti. Gherson, come stabilito, senza indugio, attaccò l'ala sinistra del nemico, ma quando questa gli venne contro, lui diede ordine di convergere nel mezzo, con una rapida virata, puntando diritto i fanti avversari. La cavalleria nemica gli corse dietro, ma venne decimata dagli arcieri urwaian, nascosti dietro una collina limitrofa e protetti da alcuni reparti di fanteria leggera.

Il principe, nel frattempo, irrompeva sugli Adamaint con i suoi cavalieri ed i carri falcati, armati con lame disposte sul timone e sui mozzi delle ruote, creando lo scompiglio tra le linee avversarie ed aprendo in esse uno squarcio irreversibile. La fanteria urwain, a quel punto, penetrò nel varco creato dalla cavalleria, facendo ulteriore strage dei nemici che, ormai, vista la situazione, si dettero ad una fuga disordinata.

Gherson, quindi, terminata la carica, si diresse contro l'ala destra dello schieramento ostile che, a questo punto, si vide presa come in una morsa, tra i cavalieri lachvaian e quelli del giovane principe. Alla fine, anch'essi, per non soccombere, dovettero fuggire via.

I valorosi comandanti delle rispettive cavallerie, carichi di entusiasmo, si diressero a questo punto, verso il vallo, lo superarono ed irruppero come un fiume in piena nel tratto pianeggiante tra le difese urwaian e la città di Volturion, in quel momento stracolma di soldati provenienti dal centro abitato, che si stavano arrischiando in una sortita. L'ondata dei cavalieri raggiunse la fanteria nemica di sorpresa e la sbaragliò, facendone strage. I pochi superstiti riuscirono appena in tempo a rientrare all'interno delle mura. Per Volturion il destino era oramai segnato.

Ed anche in questo evento, Gherson avrebbe avuto la sua parte di gloria.

Prima di espugnare la città, al termine della battaglia, una delegazione Urwain, comandata dall'esperto generale Tarsidis, ed in cui era presente anche il principe, incontrò una pari rappresentanza degli Adamaint.

Alla conclusione di quel colloquio fu stabilito che gli sconfitti avrebbero fatto ritorno al loro paese, lasciando come preda di guerra, le armi, i cavalli e cento prigionieri in ostaggio, questi sarebbero stati liberati solo dopo il pagamento di un cospicuo riscatto in oro. Così erano andati i fatti.

«Che mi venga un colpo!», Gherson si sollevò di scatto dal letto e dai suoi ricordi. Ecco dove aveva visto l'uomo che poco prima lo aveva riconosciuto nel salone! Era uno dei membri del comitato, venuti a discutere i termini della resa!

Tra questi ricordi, il principe trascorse la sua notte insonne e il giorno seguente, ancora turbato, rimase nella sua camera. Ai lati della porta d'ingresso, erano state lasciate due guardie, ma il giovane era quasi certo che altri occhi stessero spiando i suoi movimenti.

"Non mi sorprenderebbe se tra queste pareti ci fossero dei fori attraverso cui sorvegliarmi", pensò tra sé.

Dal terrazzo, scrutando in lontananza, vide, tra le montagne, alcuni accessi delle gallerie che gli Adamaint, tempo addietro, avevano scavato in cerca dei minerali preziosi, per i quali le loro terre erano rinomate. Ogni tanto faceva il giro della stanza, gettando l'occhio qua e là, con noncuranza, ma con l'intenzione di trovare conferma alle sue congetture. Quando il sole raggiunse il suo apice nel cielo, si sdraiò sul letto.

Bussarono alla porta. Un inserviente portò del cibo e lo posò sul tavolo, poi, rispondendo con un inchino al cenno di ringraziamento di Gherson, uscì. Il principe si avvicinò, trovando conforto nel piacevole odore proveniente dallo stufato.

«Sarà avvelenato?», si domandò sorridendo. Poi,

schernendosi, decise che non gli importava e sedutosi a tavola, consumò il pasto.

Sul tardo pomeriggio verso l'ora sesta, quando ormai il sole aveva fatto capolino dietro le montagne e le poche nuvole in cielo si erano colorate di viola, Teirios bussò pesantemente alla porta: «Sono venuto per accompagnarti dal mio Re!», disse con voce netta con viso impassibile, non lasciando trasparire emozioni.

«Vorresti uccidermi pure tu?», domandò Gherson, volgendosi verso di lui, mentre con la mano sinistra, accarezzandone il piumaggio, posava delicatamente il falco sopra il bracciolo di una sedia.

«Ciò che vorrei fare non ha importanza, maledizione!», rispose l'Adamant a denti stretti. «Certamente tu non finirai mai di stupirmi! Mai, in tutta la mia vita, avrei potuto pensare di passare quindici giorni insieme ad un comandante dell'esercito nemico e di poterci anche ridere e scherzare. Che dannata beffa del destino!»

E mentre, nel frattempo, si stropicciava la folta barba rossa, continuò. «Tu, se non altro, sapevi chi eravamo e dove ti avremmo condotto. Ma allora sei pazzo per davvero! No, non sei pazzo…»

Si fermò un istante abbassando gli occhi e guardando il pavimento «Tu non sei folle, un poco ti ho conosciuto in questo tempo, sei una persona fuori dal comune e…dannatamente abile con le armi. Che mi venga un colpo! Avrei dato non so che cosa per combattere ancora al tuo fianco!»

«Non è detto che non possa ancora accadere», obiettò Gherson, anche se lui stesso aveva in quel momento seri dubbi sulla reale fattibilità di una tale affermazione.

Infine, dopo aver sorriso, guardandolo negli occhi, aggiunse: «Fammi strada ora, il tuo sovrano ci attende.»

Uscirono insieme scortati da quattro guardie. Camminarono per un lungo corridoio, finché raggiunsero una grande sala, utilizzata di solito per le grandi occasioni. Qui, infatti, si tenevano concerti, con bardi e musici provenienti da ogni parte del regno, esibirsi in questo luogo era considerato un grande onore. Usciti dal salone, entrarono nella parte centrale dell'edificio, situata, probabilmente, già all'interno della montagna e salirono al piano superiore. Superarono la sala d'armi, un'ampia stanza che, talvolta, veniva impiegata per lezioni di scherma e passarono poi per la biblioteca, amplissima, con gli scaffali colmi dei volumi sui più disparati argomenti.

Raggiunsero infine la stanza, dove il sovrano li stava aspettando. Il pavimento era in legno, così come i muri, completamente rivestiti di doghe color noce. Alla sinistra, una enorme finestra ad ogiva, con vetri colorati, separati da ferro battuto, divideva in due la parete. A destra era stato costruito un enorme camino in pietra, dove in quel momento stavano bruciando lentamente due grossi ceppi di quercia, che riscaldavano quell'ambiente con un dolce tepore. Due cani, simili a levrieri, erano sdraiati vicino al focolare. Al centro della stanza era posizionato un tavolo in legno intarsiato con sopra alcuni fogli e sigilli. Sulle pareti, erano appese teste di grossi cervi ed altri trofei di caccia.

Doveva essere lo studio personale, dove il Re era solito circondarsi dei suoi fidi nei momenti cruciali.

Alcain era in piedi davanti alla finestra, lo sguardo fisso a terra, le mani giunte dietro le spalle rivolte alla porta. Era sovrappensiero. Una volta entrati, ad un cenno di Teiriòs, le guardie uscirono.

Nella stanza, erano presenti anche la figlia del re, alla destra del camino, l'individuo dal mantello rosso, ed altri due uomini. Il sovrano si girò verso i nuovi arrivati.

«Bene, mio caro ospite, avremo modo questa sera di approfondire la nostra conoscenza, senza essere importunati da lingue ed orecchi indiscreti, sono curioso di sapere come mai un principe di Urwan, tra l'altro, a quanto mi risulta, dato per morto, fosse nascosto in una sperduta valle semisconosciuta tra le montagne del Noren.»

«A proposito...», e rivolse lo sguardo ai due di fronte, «questi è Simei, il comandante del mio esercito e questi è Efaialtos, il mio primo consigliere, invece, l'uomo che ti ha riconosciuto», continuò indicandolo col dito, «è Drusan, una delle mie guardie personali.»

Gherson lo degnò di un breve sguardo, poi rivolto al sovrano, non senza essersi prima inchinato, prese la parola: «Dubito che la mia storia possa interessare al mio signore, ci sono cose sicuramente più importanti della mia vita, cui penso sia giusto si presti maggior attenzione.»

«So io a cosa debba prestar attenzione!», replicò l'altro un po' spazientito. «E se ho deciso di concederti un poco del mio tempo è perché, forse, da questo non dipende solo la tua vita, ma anche la sorte del mio regno. Suvvia parla, perché l'ora si fa tarda!»

Il Re si sedette sul suo seggio e ad un suo cenno, così fecero anche gli altri presenti. Gherson rimase invece in piedi, così come Ainousa accostata al camino e

Teirios che le si avvicinò a sinistra.

In quei pochi istanti, nella mente di Gherson, balenarono gli attimi più salienti della sua esistenza. Cercò di organizzarli, poi cominciò a parlare. «Bene, sono figlio del principe Tanis, il fratello maggiore di Varanis, attuale tiranno di Urwan.»

Si fermò un attimo stringendo i pugni: «Mio padre morì quando avevo tre anni, in una campagna militare nei territori a Donau. A sette anni fui allontanato da mia madre e portato nella 'Casa della guerra', per apprendere l'arte del comando e una volta divenuto adulto, difendere il mio paese ed il mio popolo. Nel corso degli anni ho così servito il mio sovrano.»

S'interruppe nuovamente, un sorriso amaro sulle sue labbra. «Allora a comandare su Urwan era mio nonno Lachis. Ho combattuto per lui con valore ed il mio Re ne era oltremodo compiaciuto, in me rivedeva le gesta di mio padre, il suo amato figlio. Di vittoria in vittoria, mi assegnò nuovi e sempre più prestigiosi incarichi, che mi portarono infine a comandare, seppur ancora giovane, i reparti della cavalleria del nostro esercito. Nella mia stoltezza io vedevo solo me stesso e la mia fama, ma la gloria, è come un idolo affamato, che ha bisogno di essere continuamente nutrito. Alla fine io vivevo per essa.»

Si fermò un attimo, per riordinare le idee, prese un respiro e continuò: «Ma la fama genera l'invidia, e non c'è niente di più volubile che la celebrità. Mio nonno, il mio unico sostegno, morì appena dopo aver iniziato la guerra contro Volturion. Varanis, mio zio, divenne il nuovo Re. Fu così che quando tornai in trionfo dalla caduta della città, il popolo in festa, mi acclamò come

Vartaxar l'eroe, Vartaxar il vero Re. La notizia fu riferita a Varanis che, da quel momento, cercò in ogni modo di trovare un pretesto per eliminarmi.»

Gherson si fermò ancora. A tutti i presenti era evidente che si era giunti al culmine della narrazione. «A quel tempo ero perdutamente innamorato di Rhiannon, la mia giovane moglie, originaria delle terre oltre il deserto di Sahin. Ci eravamo conosciuti due anni prima, durante una missione diplomatica in quelle regioni e sin da allora, ci giurammo eterno amore. Prima che mio nonno lasciasse questa vita, ci sposammo con la sua benedizione. Ma quella notte...», il principe abbassò lo sguardo, la voce rotta dall'emozione, era incrinata da un nodo in gola. Deglutì un istante, poi continuò «Rhiannon era incinta già al quinto mese. Giacevamo abbracciati insieme, nel nostro talamo, quando improvvisamente sentimmo un trambusto provenire al di fuori dei nostri appartamenti. I servi gridavano. Rhiannon si aggrappò a me, pregandomi di stringerla forte, perché aveva paura. Io, d'istinto, la tranquillizzai, ma non feci in tempo ad alzarmi dal letto che un manipolo di guardie personali del Re, dopo aver sfondato la porta, irruppe nella stanza. Un momento dopo entrò anche mio zio. Fui accusato di alto tradimento, qualcuno, quella sera aveva cercato di avvelenare Varanis. Il suo assaggiatore personale era morto tra atroci spasmi addominali, dopo aver assaporato alcune porzioni dei pasti preparati per cena. Due schiavi confessarono di aver aggiunto nelle vivande una dose di aranox, un potente veleno. Minacciati di tortura, avevano fatto il mio nome come mandante, subito erano stati messi a morte. Non ebbi modo di difendermi, cercai di divincolarmi, ma le guardie erano troppe e alla fine, mi dovetti arrendere, anche perché uno di loro, afferrata mia moglie, fece il gesto di colpirla.

La vendetta del Re non si fece attendere. «Tua moglie... Andrà ad accrescere il numero delle mie concubine.», mi disse.

Lo guardai con orrore: «Ma zio, ti giuro, sono innocente!», gridai più volte, cercando di liberarmi inutilmente dai due guerrieri che mi tenevano stretto per le braccia.

Mentre alcune guardie portavano via Rhiannon, che urlava disperata, dimenandosi in maniera scomposta, lui riprese: «Quanto sei stolto, ancora non hai capito? Tu non puoi più vivere. La tua sola presenza è per me un pericolo.»

Infine, mi si aprirono gli occhi. Gli garantii, fino allo stremo, che non ero interessato alla corona, ma solo alla gloria militare.

Lui ridendo beffardo, si avvicinò con la bocca al mio orecchio e mi sussurrò crudelmente: «Ucciderò tuo figlio quando nascerà, non avrai più una discendenza, il tuo genere sarà maledetto, lo farò sparire dalla faccia della terra, anzi...», continuò ghignando, «...dai fianchi di tua moglie farò nascere una mia stirpe, mentre tu morirai solo, come un cane randagio, senza speranza, dimenticato da tutti.»

Così fui condotto via da lui, imploravo inutilmente misericordia, mentre in lontananza mi giungevano alle orecchie le risa di mio zio. Il mio nome fu messo all'indice, maledetto tra gli uomini e cancellato da qualsiasi opera che celebrasse le mie gesta, i miei beni furono requisiti dalla corona. Fu decretato che chiunque mi avesse sostenuto in qualsiasi modo, sarebbe stato messo a morte.

Fui così deportato nelle cave di pietra di Graevion, nel Noren del paese. Il capo della guarnigione, Satis, un mediocre ufficiale del mio corso, con cui non avevo, in verità, mai stretto alcun rapporto di amicizia, fu ben lieto di avermi tra le sue grinfie. Per quattro mesi venni trattato come un comune schiavo, lavorando quattordici siklein al giorno, frustato come un cane, vessato in ogni modo, torturato al minimo gesto di ribellione, per il piacere del comandante, che godeva nel vedermi ridotto in quel modo.

«Il principe Gherson.», ripeteva continuando a deridermi, mentre mi tirava su per i capelli, «...il primo del suo corso! Guarda adesso come sei caduto in basso! Non sei nessuno! Raccontami, che cosa si prova a non essere più nelle grazie del Re?»

«Poi una sera...», e a questo punto la voce divenne ancor più roca e deglutì, come per inghiottire un boccone amaro, «una sera, dicevo...fui condotto da due guardie nell'appartamento di Satis. Questi mi fece inginocchiare davanti a lui. Poi disse, con sarcasmo, che aveva un regalo per me. Estrasse lentamente da un sacco sporco e maleodorante, la testa in decomposizione di un bambino appena nato, mio figlio...e me la gettò addosso.»

Gherson smise di parlare, gli occhi fissi nel vuoto, umidi di lacrime, come se improvvisamente stesse rivivendo quella stessa scena che ora stava narrando. La sua faccia divenne dura e grigia come la pietra, i muscoli delle sue braccia erano tesi come corde di violino. Nella stanza, tra i presenti la tensione si poteva tagliare con il coltello.

Nessuno osava parlare od asserire alcunché. Cadde tra loro un silenzio di tenebra. Poi Teirios si voltò dalla parte opposta al giovane, mormorando qualcosa tra i denti. Alcain, invece, continuava a guardare Gherson impassibile, mentre Ainousa lo fissava raccapricciata.

«Ho combattuto per anni sui campi di battaglia», riprese l'Urwain lentamente con voce monocorde, «ho visto violenze, efferatezze di ogni tipo, ma a questo non ero preparato. Un urlo squarciò il mio petto. Gridai la mia disperazione. Quello...», riferendosi a Satis «rideva, rideva, rideva di gusto. Poi sguainò la daga dal fodero, ed ordinò alle due guardie di tirarmi su e di afferrarmi per le braccia. Mi ribadì che Varanis voleva essere certo che prima che morissi, fossi consapevole di non aver più una discendenza. Solo allora avrei potuto passare ad altra vita. Detto questo mi si accostò. Fu in quel momento, non so neanche io come, che esplosero, dentro di me, una violenza tremenda, la voglia di sopravvivere, il desiderio di vendetta. Con una forza inaudita, scaturita dal profondo delle mie viscere, mi divincolai dalla presa dei due soldati e li scagliai contro Satis. Questi se li vide entrambi precipitare addosso e sbilanciato, cadde, lanciando per aria la sua daga. Prima però che toccasse il suolo, la raccolsi e mi avventai su di loro. La prima guardia era ancora a terra e lì rimase esanime. Dalla carotide, tranciata dal mio fendente, schizzava sangue dappertutto ed io stesso ne ero ricoperto. Ero come una belva furente, desiderosa solo della morte del proprio nemico. Afferrai per la gola il secondo soldato che si stava rialzando da terra e con la sola mano

destra, premetti con tutto il vigore possibile per soffocarlo, mentre con la sinistra minacciavo Satis con la
daga. Quello strisciava come un verme verso la porta,
implorando pietà. –Quale pietà!– gli risposi. Gli fui sopra in un'istante, lo sollevai da terra come un fuscello
e lo lanciai contro il muro della stanza. Poi, spinto da
un livore incontrollabile, lo colpii al ventre tre, quattro,
cinque volte, non ricordo più, finché un rivolo di sangue non gli uscì dalla bocca. Lo lasciai stramazzare al
suolo. Altre guardie si erano allarmate, a causa di tutto
quel trambusto. Non c'era più tempo da perdere. Presi
due lance appese al muro insieme ad uno scudo e scesi per le scale al piano terra. Infilzai i due soldati che
mi si erano parati innanzi, il terzo, lo finii con la lama
della mia spada. Nulla mi avrebbe potuto fermare quella notte. Dovevo scappare, uscire da quell'inferno, solo
questo contava. Raggiunsi la cinta del bastione, uccisi
altre due guardie e mi calai giù per le mura. Intanto
l'allarme era stato dato. Tutto l'accampamento era in
subbuglio. Le luci erano accese dappertutto, anche sulla fortificazione esterna, nel tentativo di scovarmi. Le
porte della piccola roccaforte si stavano aprendo, già si
udiva il latrato dei cani lanciati al mio inseguimento.
Corsi fino all'argine del fiume Laus, due diacron sotto
di me. Già stavo per tuffarmici dentro e far così sparire
le mie tracce, quando nel cielo fioccarono tre dardi. Uno
mi colpì nella schiena, all'altezza del polmone sinistro.
Un gemito e caddi nel fiume, poi fu buio assoluto.»

Dopo alcuni istanti, il principe rialzò la testa, la
sua voce era tornata limpida: «Mi risvegliai dallo stato
di coma in cui ero sprofondato, dopo quasi tre settimane, alternando, in seguito, per un altro mese circa, stati

di veglia a lunghe parentesi di incoscienza. Seppi, successivamente, che il torrente mi aveva condotto giù verso il fondo valle, lontano da Graevion, dove fui trovato da una famiglia di contadini. Ero in condizioni pietose ed in stato di incoscienza. Mi nascosero agli occhi di tutti, cercando di curarmi. Poiché tuttavia, nei giorni seguenti, non solo i soldati ma anche altri individui, probabilmente delatori, avevano chiesto, con insistenza, notizie su di un fuggiasco ferito, quelli, presi da timore, decisero di affidarmi ad un loro lontano parente, un uomo di nome Ramson, che, con un carro, mi portò nella valle di Isador. Il viaggio non fu facile anche perché io ero completamente incapace di **mantenere la lucidità**, in preda a febbre squassante e a continui incubi. Infine, raggiungemmo la sua dimora, lontana da occhi e orecchie indiscrete. Trascorsero altri sei mesi prima che io potessi pervenire ad una perfetta guarigione. Fu allora che presi la decisione di rimanere con Ramson nella valle. Non volevo avere più rapporti col mondo fin allora conosciuto, sperando che il tempo potesse lenire anche le ferite della mia anima. Nel silenzio, tra le montagne, spesso i miei pensieri tornarono al passato. Più volte si è affacciato in me il desiderio di tornare nel mio paese, per rivedere mia moglie. Riflettevo su come poter liberare Rhiannon dalle grinfie di quel tiranno, ma alla fine mi sono dovuto arrendere di fronte all'evidenza dei fatti. Da solo, contro tutti, non avrei mai avuto alcuna possibilità di successo. In verità, oggi, non saprei realmente di chi potermi fidare nella mia patria. Non so nemmeno se ho effettivamente ancora degli amici vivi in Urwan. Quindi, negli ultimi sette anni, ho condotto la ma vita come un semplice pastore, fin ché voi siete venuti a cercarmi. Questa è la mia storia. Se forse tu mio signore, pensavi di ottenere un buon riscatto da Varanis, contrattando con lui la mia vita, ti sei ingannato. Probabilmente il tiranno ti pagherebbe, ma solo per la gioia di uccidermi con le sue stesse mani. Se invece, è tua intenzione porre fine alla mia vita, fallo subito e concludiamo una volta per tutte questa faccenda.», terminò il principe rivolgendosi verso il Re.

Il Re non parlò, ragionando a lungo su quanto esposto da Gherson. Guardò poi impercettibilmente negli occhi la figlia che ricambiò il gesto con un lieve movimento del capo. Infine prese la parola: «Non è mia intenzione usarti come merce di scambio per denaro o in qualsiasi altro modo con Varanis, né tantomeno ucciderti con le mie mani. Non è per questo che sei stato contattato. A questo proposito, però, vorrei ora parlare solo con te.»

Trattenne un attimo il respiro, come per riordinare ulteriormente le idee e poi, allargando le braccia sul tavolo, continuò: «Pertanto...ho bisogno a questo punto, che tutti voi, tranne Efaialtos e mia figlia, usciate e che ci lasciate soli con l'Urwain. Anche tu, Drusan», ordinò, fissando la sua guardia che esitava a muoversi. Questo, capendo che non poteva fare altrimenti, chinò il capo e si unì agli altri, che si affrettavano ad uscire.

Rimasero così nella stanza solamente in quattro: il sovrano, sua figlia, il consigliere e lo straniero.

Il Re fece cenno ad Ainousa di sedersi al suo fianco, mentre Gherson si avvicinò al camino, apprezzandone il calore. «È stata mia intenzione farti condurre qui, e ammiro il fatto che tu sia venuto senza chiedere spiegazioni, poiché sto per raccontarti un episodio, accadutomi recentemente, nel quale si è fatto direttamente riferimento alla tua persona. Senza dubbio, dopo aver ascoltato, capirai la mia curiosità nei tuoi confronti, e soprattutto, le mie perplessità quando ho saputo delle tue origini. Concorderai, con me tra poco, che le notizie che mi accingo ad esporti e di cui solo mia figlia è a conoscenza, debbano rimanere tra noi, per il bene del mio paese.»

Efaialtos squadrò risentito, per un attimo, il suo sovrano, perché evidentemente, come aveva accennato il suo Re, anche lui ne era all'oscuro, ma, subito dopo, con le braccia conserte, decise di ascoltare con attenzione, avvicinandosi alla principessa.

«Circa una ventina di giorni fa», riprese Alcain con calma, «di notte, ho avuto un sogno, anche se era così reale, che, ancora oggi, stento a comprendere se si fosse trattato di una visione o di un episodio realmente accaduto. Davanti ai miei occhi si è presentato un uomo dall'aspetto misterioso. In realtà, dalle sue sembianze, mi ricordava un awax vaimar (che vuol dire "uomo sacro") di Arvhèia. Non lo avevo mai visto prima e non mi rivelò il suo nome. Mi disse che il mio regno era in serio pericolo, perché in procinto di essere invaso dal tiranno di Urwan. L'unica speranza per il mio popolo risiedeva in un uomo di nome Gherson, che si trovava in una lontana valle oltre la pianura di Sinnarim: la valle di Isador, come ben sai. La visione scomparve quasi immediatamente. Rimasi molto turbato e non ne feci inizialmente menzione con alcuno, pensando che fosse stato solo un incubo. Tuttavia, la notte seguente, l'awax vaimar riapparve e mi rimproverò per non aver ancora agito, poiché l'ora della fine stava avanzando e non c'era più tempo da perdere. Per confermarmi la veridicità del sogno, aggiunse che, se mi fossi recato sulla terrazza alle prime luci dell'alba, avrei visto gocce di rugiada su tutta la superficie del tavolo, ma non sulle sedie e sul pavimento. La visione anche questa volta svanì quasi immediatamente, lasciandomi agitato e in preda ad un'enorme preoccupazione. Ovviamente, di buon mattino, andai a controllare ed ebbi conferma di quanto mi era stato presagito.»

«Aspetta non ho finito!» Continuò il sovrano, alzando la mano, come a fermare il principe, che aveva espresso con un gesto il desiderio di parlare: «Dopo essermi confidato con mia figlia, inviai ad Isador, come ben sai, una spedizione comandata da Teirios, per cercarti, contemporaneamente mandai anche Drusan con altri soldati, senza dar loro troppe spiegazioni, a Khareem Vasta, la valle dove, di solito, dimorano gli uomini sacri, con la descrizione di colui che mi era apparso. Era mia convinzione, infatti, accertarmi che, l'uomo della visione fosse uno di loro, con la recondita speranza di ottenere qualche ulteriore chiarimento sulla questione. Il mio servitore tornò con una notizia ancora più sconcertante. Gli awox vaimer presenti, ascoltate le parole del mio suddito, apparvero, fin da subito, molto preoccupati. Sapevano bene chi fosse l'individuo sognato, ma non vollero rivelarmi alcun indizio sulla sua identità, neppure il suo nome. Mi raccomandarono, però, di prendere in seria considerazione quanto mi avesse consigliato. Il misterioso personaggio, a loro dire, aveva abbandonato da tempo il nostro mondo ed era solito manifestarsi, solo nei frangenti più estremi. Capisci ora il mio stato d'animo? Secondo gli awox vaimer, io avrei parlato con un morto, o quanto meno, con un essere soprannaturale! Immagina poi che cosa sia passato per la mia mente quando ho scoperto che tu, un illustre sconosciuto, in realtà, altro non sei se non un nobile di spicco tra i miei principali nemici!»

Di nuovo il silenzio calò nella stanza per attimi che sembrarono interminabili, interrotto dallo scoppiettio della legna nel camino. Uno dei due cani si avvicinò lentamente ad Ainousa, accucciandosi alle sue gambe, in attesa di carezze.

Fu Gherson a riprendere la parola, mosso dalla curiosità di sapere quanti più dettagli sulla misteriosa figura della visione. «Mio Signore, puoi descrivermi, le fattezze di questo sconosciuto?»

Il Re non prestò particolare attenzione a quella richiesta e prontamente, rispose. «È presto detto. Era un uomo avvolto in un mantello scuro. Alto, oltre la media, i suoi occhi tradivano una intelligenza fervida; dai particolari del suo volto, dedussi che la sua età fosse molto avanzata. Il viso, infatti, era smagrito e disegnato da profonde rughe. Aveva un pizzetto grigiastro e la voce molto cupa. Altro non saprei dirti, perché era buio ed il suo corpo era quasi completamente ricoperto dal manto.»

Gli occhi del principe furono attraversati da un balenio di stupore.

"Lo sapevo! La stessa persona che incontrai quella notte.", disse tra sé.

Il Re si accorse di quel breve sussulto e gli domandò: «Che cosa ti turba? I miei discorsi ti hanno forse riportato alla mente qualche cosa?»

Gherson, per tutta risposta, raccontò per sommi

capi del suo incontro ad Isador con l'enigmatico forestiero.

Infine, dopo alcuni istanti di silenzio, continuò:
«Pensando a tutto questo, mi viene quasi da credere
che siamo vittime di un misterioso scherzo del destino. Non avrei mai pensato che un giorno avrei rivisto
mio zio e la qual cosa non mi fa certo piacere! Ma addirittura chiedermi di combattere contro il mio popolo,
mi pare francamente assurdo... Sono senza parole! Comunque, per quanto possa tu credermi, voglio dirti che
io non nutro rancore contro di te, anzi, da quando sono
arrivato, sono stato trattato con tutti i riguardi. Ora la
mia vita è nelle tue mani, anche se, e spero che tu non
ti offenda, sono sempre più convinto che i nostri destini
dipendano da qualche forza che sta sopra tutti noi e che
tutto governa. Ho però una richiesta da presentarti, se
mi è concesso.»

Gherosn terminò, fissando l'altro che ricambiò il
suo sguardo, facendogli cenno con la mano di proseguire, «Volendo assecondare la visione che tu hai avuto,
desidero recarmi di persona a Khareem Vasta, scortato
da qualcuno dei tuoi fidi, sperando così di ottenere più
informazioni su questa vicenda.»

Il Re, dopo averlo ascoltato, chinò il capo pensieroso. «Sta bene,», disse dopo alcuni istanti, «ho bisogno di
un po' di tempo per meditare. Poi ti farò sapere. Per il
momento, sebbene ti sia concesso di muoverti all'interno della fortezza e della città, ricordati di considerar-
ti come un prigioniero. Anche se con discrezione, sarai
sempre sotto il controllo dei miei soldati. Confido nella
tua lealtà. Ma, non lo dimenticare mai!», terminò con
tono inflessibile della voce, «Un solo inganno e non avrò

pietà. Non amo essere messo in discussione.»

Gherson si inchinò senza proferire parola. Un attimo dopo fu riaccompagnato dalle guardie nelle sue stanze. Il Re, quindi, comandò che fossero riammessi nel salone quanti erano stati esclusi dal colloquio. Dalle loro espressioni, di Drusan in particolare, era palese che non avessero ben digerito la loro estromissione.

Alcain, tuttavia, non se ne preoccupò più di tanto e prese la parola: «Vi ho fatto uscire prima, miei collaboratori, per darvi tempo di riflettere. A questo punto vorrei che ognuno di voi mi dicesse che cosa pensa realmente di quest'uomo. Efaialtos!», riprese dopo un attimo, mentre i presenti si guardavano l'un l'altro con imbarazzo, «mio vecchio amico e fidato consigliere, tu che sempre in passato mi hai suggerito per il meglio, allora che idea ti sei fatto su questa storia?»

Questi, il volto grigio, stempiato, con un filo di barba scura, su cui si incominciava ad intravedere qualche filo bianco dovuto all'età, deglutì leggermente e disse: «Mio sovrano, ciò che penso, già ti è noto, avendo avuto modo di comunicartelo non più tardi di qualche siklein fa. I fatti, di cui ci ha dato notizie l'Urwain, per quanto toccanti possano essere, non devono farci dimenticare che quest'uomo è un nostro nemico, è un nobile e quindi, politicamente, un'occasione, oserei dire, più unica che rara per poter contrattare con i nostri avversari. Ancor di più, il fatto che costui sia inviso a Varanis gioca a nostro favore. Il nemico sarà disposto a qualsiasi compromesso pur di riavere il principe nelle sue mani. Tutto sommato, quest'uomo potrebbe creare i presupposti per una valida alleanza con gli Urwaian, o, quanto meno, per intavolare rapporti di buon vicinato che, in fin dei conti, farebbero comodo a tutti. Ciò nonostante, dobbiamo muoverci con cautela. Se, infatti il tiranno dovesse venire a sapere che noi nascondiamo qui il principe proscritto, allora la sua ira potrebbe essere devastante. Dirò di più: la permanenza del fuggitivo nel nostro territorio, sarebbe un ulteriore motivo per attaccarci, la classica goccia che fa traboccare il vaso.»

«Tu quindi mi stai suggerendo di contrattare la vita del principe e di stringere un patto con i nostri avversari, Efaialtos?», replicò il Re.

Il consigliere annuì e continuò sempre più convinto: «È un'occasione che non possiamo perdere e da cui possiamo trarne solo vantaggio. Ma, chiaramente, mi rimetto al tuo metro di giudizio, che, sono certo, saprà indicarci la giusta via da seguire.»

Il Re abbassò leggermente la testa ed annuì, poi voltandosi verso Drusan, domandò: «E tu? Che mi dici?»

«Io dico che è un nemico e che, fidarsi di un Urwain, è follia pura! Deve essere eliminato, quanto prima. Concordo con il consigliere Efaialtos sul fatto che se Varanis venisse a sapere che Vartaxar è vivo e si trova qui, avrebbe un ulteriore pretesto per attaccarci, mio Signore.»

Fu la volta di Simei, il comandante dell'esercito, un uomo robusto sulla cinquantina con i capelli brizzolati, rasati quasi a zero, gli occhi scuri, il viso austero che raramente lasciava trasparire emozioni. «Mio Re, io non darò consigli, essendo abituato ad eseguire ordini senza discutere, ma ti dirò che cosa penso. L'urwain non mi è simpatico, ma è da tutti conosciuto come un uomo valoroso e leale, questo lo devo riconoscere, non ti nascondo che sarebbe per me interessante approfondire la sua conoscenza e confrontare le nostre competenze in ambito militare.»

Alcain continuava ad ascoltare, assorto nei suoi pensieri. «Teirios», disse infine il sovrano «Tu che hai avuto modo, più di tutti noi, di stare a stretto contatto con lo straniero, che cosa pensi?»

Teirios, che si aspettava la medesima domanda, rispose prontamente, facendo un passo avanti: «Mio Re, se il principe ha detto la verità, penso che avremo con noi un valido alleato. L'esperienza di questi ultimi giorni mi ha dato modo di riconoscere in lui un uomo leale e coraggioso e personalmente, sarei fiero di continuare a combattere al suo fianco, sebbene anch'io sia rimasto sconcertato quando ho saputo che nelle sue vene scorre sangue urwain.»

«Come fai ad essere così sicuro delle virtù di quello straniero? Sembra quasi che ti abbia ammaliato», replicò piccato Drusan.

«L'ho visto personalmente lottare, anche contro gente del suo popolo per salvare un bambino, mettendo a repentaglio la sua vita e mi vergogno a dirlo, anche contravvenendo alle mie disposizioni. Per questo dico che venderlo al nemico, sarebbe una porcheria.», ribatté Teirios.

Seguì un silenzio carico di tensione. Efaialtos guardò l'ufficiale quasi con disprezzo, sentendosi offeso dalle sue parole.

Drusan, sempre più colmo di livore, riprese la parola: «Vedi che ti contraddici? Affermi che è una persona di cui ci si può fidare e poi ci racconti che ha versato sangue del suo sangue? Come ti puoi fidare di un uomo del genere?»

«Mi fido di lui!!!», rispose Teirios alzando pericolosamente la voce, sempre più rosso in viso, «perché combatte perseguendo la giustizia e non per il desiderio di potere. Non ha chiesto lui di venire qui, ce l'abbiamo portato noi, lui ha obbedito e noi ora lo vorremmo cedere a Varanis? Ma stiamo scherzando? Di che cosa stiamo parlando? Ci sono ancora sani sentimenti tra noi Adamaint?»

«Ora basta Teirios!», lo apostrofò stizzito Simei. «Ricordati che sei di fronte al tuo sovrano.»

L'ufficiale incontrò lo sguardo del Re che appariva visibilmente contrariato, e chiese scusa per il suo sfogo eccessivo.

Poi Efaialtos prese la parola dicendo: «Allora mio sovrano, che decisione hai preso in merito al forestiero?»

«Non lo so!», rispose pensieroso, le mani giunte davanti al volto: «ancora non lo so...l'unica certezza è che nei prossimi giorni studierò il da farsi e poi deciderò.» Detto questo, li congedò tutti e rimase solo con la figlia.

Ultimo a lasciare la stanza fu Efaialtos, che rivolse uno sguardo ambiguo verso Ainousa.

«Non hai chiesto il mio parere», chiese lei a suo padre, ancora appoggiata al camino, dopo che gli altri furono usciti.

«Pensi di poter essere obiettiva?», rispose Alcain dubbioso, contraccambiando lo sguardo della figlia.

«Perché, Drusan forse lo è stato?», ribatté la giovane leggermente risentita.

«Drusan aveva i suoi buoni motivi per non esserlo e comunque, le sue considerazioni non sono del tutto sbagliate e vanno tenute in debito conto», obiettò il padre. «Ti ho osservata mentre il principe narrava la sua storia e ti conosco, figlia mia, non vorrei che ti facessi influenzare da sentimenti di pietà.»

«Mi sottovaluti padre mio.», fu la risposta piccata della principessa, mentre le sue gote presero ancor più colore, «se pensi che io giudichi un uomo solamente in base alla quantità di ormoni che circolano nelle mie vene!»

«Non dico questo, figlia mia...», cercò di scusarsi il sovrano, «però capisco quanto sia difficile esprimere un giudizio su quest'uomo. Indubbiamente è una persona fuori dal comune ed è facile pertanto essere condizionati dal suo atteggiamento.»

«Se così fosse...», riprese l'altra, avvicinandosi lentamente al padre, «allora avremmo fallito in due. Dimentichi forse tutti gli insegnamenti con i quali mi hai istruito, sin da quando ero fanciulla? Un giorno dovrò regnare su questo popolo e non potrò certo farmi sviare dal mero contegno di una persona.»

Il Re la fissò nuovamente in volto, preoccupato, e sospirò, cingendola al fianco, come per abbracciarla: «A volte, guardandoti, provo pena per te, figlia mia e mi sento in colpa. Quanto vorrei che questo fardello non ti ricadesse addosso, quando verrò chiamato nell'altra vita insieme ai miei padri. Ainousa...una figlia è il più soave piacere per un padre, ma allo stesso tempo una penosa afflizione. Riuscirò mai a trovare un uomo che ti ami, ti rispetti e ti protegga, come ho fatto io, ed allo stesso tempo sia in grado di governare con saggezza, rendendoti felice?»

Lei capì le sue preoccupazioni e lo accarezzò in volto: «Non ti devi preoccupare. Io sono grande ormai e comunque, accetterò quello che tu vorrai per me. So che, qualunque iniziativa prenderai, sarà per il mio bene.»

"Ecco, ora parlava come una regina." pensò tra sé Alcain, leggermente rincuorato.

Ma nel suo intimo la principessa sapeva di mentire. Nel suo cuore, ne era cosciente, lo straniero aveva aperto una breccia e lei, tutto sommato, desiderava solo questo. Già nuove sensazioni le scorrevano nel profondo e benché cercasse di frenarle, ingannando se stessa, sognava di assecondarle. Purtroppo, era quello che temeva suo padre. Ma non si può arginare la passione di una donna, come i flutti del mare in tempesta travolgono tutto ciò che incontrano, così il suo intimo tormento non le avrebbe più dato pace fino a che non fosse stato appagato.

«Tu, invece...», riprese la giovane, «perché non ti sei ancora pronunciato?»

«Non lo so, Ainousa», fu la risposta di Alcain, corrucciato, «forse hai ragione tu, forse sono io che mi sono lasciato influenzare, ma quest'uomo è per me un enigma, come, del resto, tutta questa vicenda.»

«Ed allora?», replicò l'altra con calma «restiamo in attesa, perché, come mi hai insegnato in passato, anche il bocciolo di rosa più indietro nella fioritura, prima o poi, a suo tempo si aprirà.»

Detto questo, lo baciò amorevolmente sulla fronte e si accomiatò da lui. Il padre, alzatosi dalla sedia si avvicinò alla finestra immerso nei suoi pensieri.

L'orizzonte era terso, le stelle splendevano a miriadi ed un piccolo volatile quella notte, si alzò nel cielo verso Noren.

~ 142~

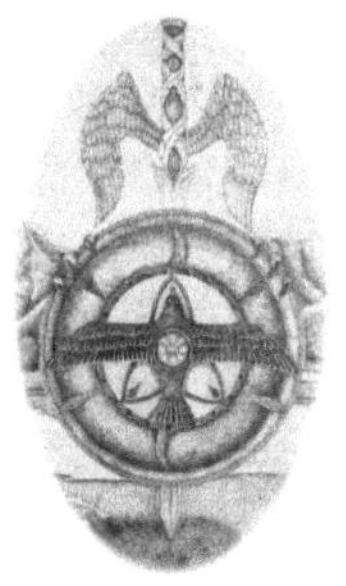

CAPITOLO VIII

Il mattino seguente, Gherson, dopo essersi lavato e vestito, si diresse nel piccolo parco situato all'interno della fortezza. Il giardino, era suddiviso in tre settori, delimitati da altrettanti viali. Siepi artisticamente potate in armoniose forme, statue, fontane e magnifiche aiuole fiorite, producevano un delizioso effetto estetico. La parte settentrionale era dedicata alla floricoltura, quella centrale fungeva da orto, mentre quella meridionale da frutteto. Nella prima zona, sorgeva anche una grande serra, in cui venivano coltivate specie rare, provenienti da altre regioni di Arvhèia.

Mentre camminava, di tanto in tanto, dava qualcosa da mangiare al falco, aggrappato al suo avambraccio destro. Passeggiando lungo i sentieri, incontrò Ainousa con alcune dame di corte. Indossava un lungo vestito, candido come la neve, adornato da inserti in pietre prezione, smeraldi e zaffiri, che risplendeva sotto i raggi del sole. Di tanto in tanto la principessa si soffermava nel giardino ad ammirare i diversi fiori e a annusarne il gradevole profumo. Un cerchietto argentato incorniciava i suoi splendidi capelli d'oro. L'ospite si avvicinò e fece un cenno d'inchino. La principessa ricambiò, abbassando gli occhi. A un fugace cenno della mano, le sue accompagnatrici si scostarono leggermente, mentre la giovane invitò lo straniero a proseguire con lei il cammino.

«Mi avevano riferito che possedevi un falco...è molto bello...lo hai addestrato tu?», disse la principessa interessata.

«No, mia signora, è un dono fattomi di recente.», rispose Gherson.

«Dicono che sia un animale fedele, il falco...alcuni affermano che abbia una sola compagna per tutta la vita.», terminò Ainousa.

«Già! Così si dice.», annuì Gherson, guardando Ierax.

Seguirono alcuni attimi di silenzio. Gherson, distese il braccio ed il rapace spiccò il volo verso l'alto.

«Perdonami, mio signore...», riprese la giovane, «non volevo essere scortese, ho, per caso, ridestato in te tristi ricordi?»

«No, non hai risvegliato niente. Quanto accaduto in passato è costantemente parte di me.», rispose Gherson.

«Ogni uomo sulla terra ha come compagni di viaggio dispiaceri ed afflizioni», replicò la principessa.

«Che intendi dire, mia signora?», Gherson la guardò incuriosito.

«Intendo dire», riprese Ainousa, «che il carattere di ogni individuo è condizionato dal modo in cui si relaziona con le proprie avversità. Le sofferenze, infatti, possono rendere le persone sorde e cieche ai bisogni altrui, oppure possono aiutare a comprendere gli altri.»

Lui guardò la donna, con ammirazione e si fermò. «C'è davvero tanta saggezza in te, nonostante la tua giovane età!»

Lei, quasi risentita, rispose: «Sono stata educata sin da piccola ad essere una principessa...il mio compito non è essere servita, ma provvedere alle necessità ed ai bisogni del mio popolo.»

«Perdonami mia signora.», Gherson si scusò con

imbarazzo, «...non era mia intenzione offenderti, ma non tutti hanno questa visione del potere.»

Ainousa accettò le sue scuse e insieme, ripresero a camminare, seguiti a breve distanza dalle dame.

«Perdona la mia indiscrezione», riprese Gherson dopo alcuni istanti: «Come mai vivi ancora con tuo padre? Se tu abitassi nel mio paese, immagino che saresti già sposata o, quanto meno, promessa a qualche giovane nobile!»

«E chi ti dice che io non sia già impegnata?», obiettò Ainousa, abbassando la testa ed accennando un sorriso, «...Mio padre è molto legato a me, specialmente dopo la morte di mia madre e quindi, prima di offrirmi in sposa, penso voglia essere sicuro che il mio futuro marito sia in grado di portarmi rispetto. Comunque, in realtà, esiste un accordo di massima tra il nostro Re ed il sovrano di Arvor, per una alleanza tra i due paesi che dovrebbe concretizzarsi entro la fine dell'anno, suggellata con le nozze tra me e Syrion, il figlio del nostro nuovo alleato.»

L'altro fece un cenno di assenso col capo. Si fermarono, infine, di fronte ad una fontana che raffigurava un essere alato in procinto di spiccare il volo. La principessa si sedette su una panchina di pietra, per ammirarne i particolari già conosciuti ed i divertenti giochi d'acqua.

Il cielo era terso ed i raggi del sole, passando tra le prime foglie degli alberi, rendevano ancora più brillanti i suoi capelli dorati.

Esitò un attimo poi, a capo chino, con pudore, prese la parola: «Mi dispiace per quanto ti è accaduto. Sono profondamente rattristata per il tuo dolore e anche se le mie parole non sono in grado di cambiare la realtà, spero possano recare un po' di sollievo al tuo cuore.»

Gherson alzò i suoi occhi fino ad incontrare quelli della giovane. Notò infine che le sue gote erano diventate rosse. Non c'era bisogno di dire altro. Dopo alcuni attimi lei si alzò. I due tornarono verso l'ingresso del parco.

All'inizio del viale, incontrarono Alcain con alcuni consiglieri, stavano venendo loro incontro. «Tra poco andremo a caccia, verrai con noi?», più che una domanda pareva un comando.

Gherson si inchinò «Ogni tuo desiderio è per me un ordine.»

Prima che il sole raggiungesse il suo apice nel cielo, una dozzina di uomini a cavallo uscì dalla valle, entrando nel bosco. Tra coloro che accompagnavano Alcain, Gherson aveva avuto modo di conoscere solo Efaialtos, il comandante dell'esercito Simei e ovviamente Teirios. Il cinguettio festoso degli uccelli, che svolazzavano spensierati tra i rami sopra di loro, rendeva piacevole la lenta passeggiata lungo le tranquille acque del fiume. Il Re cavalcava al fianco del suo consigliere, con il quale, ogni tanto, scambiava qualche parola.

Gherson, invece, si trovava vicino Teirios, che quella mattina appariva abbastanza contrariato, pertanto, stimolato dal quell'insolito mutismo e con fare scherzoso, gli disse: «Infine, dopo che sono rientrato nelle mie stanze, avete emesso la sentenza? Colpevole...o innocente?». L'altro borbottò qualcosa tra sé, poi stropicciandosi il naso, rispose quasi astioso: «Fossi in te, non farei tanto lo spiritoso! Dannazione!!! Non invidio per niente la tua posizione.» Sospirò un attimo, poi riprese «Più ci penso e più mi domando...ma come hai fatto ad essere così folle da seguirci fino ad Elevar? Assomigli ad un pesce che si getta spontaneamente nella rete del pescatore!»

«Mi ci avete portato voi! Che altro avrei potuto fare? Dirti di no?», replicò Gherson, sorridendo. Ci fu una breve pausa di silenzio. Poi Gherson riprese: «Devono essere molto uniti.», indicando con un cenno della mano Alcain ed Efaialtos.

«Hanno all'incirca la stessa età e si conoscono da quando sono bambini. Sono amici per la pelle, il Re tiene in grande considerazione il giudizio del suo consigliere, se posso darti un consiglio benevolo, cerca di ingraziartelo...ieri sera ha espresso molte perplessità sulla tua presenza in questo luogo e questo non gioca a tuo favore.», rispose Teirios sottovoce per non farsi sentire.

«Probabilmente al suo posto, mi sarei comportato nello stesso modo.», tagliò corto Gherson. Proseguirono così la strada per un altro mezzo siklin, mentre il falco volava alto sopra di loro, seguendoli come un'ombra.

Usciti dal bosco, si ritrovarono in una vasta pianura. Scorsero, a quasi un verocron di distanza, una nube di polvere alzarsi verso il cielo.

«Che cosa succede?», domandò Gherson. «Vedi laggiù?», rispose Teirios. L'altro annuì. «Un branco di Lonegrain», riprese il robusto Adamant, «cavalli selvaggi mai domati, allo stato brado. Pare che il Re abbia sentito parlare delle tue valenti doti di cavaliere e voglia metterti alla prova. Riuscire a domarne uno, non è un'impresa che tutti siano in grado di portare a termine. Tra i presenti, forse solo il Re e il sottoscritto, ci sono riusciti.»

Alcain si avvicinò a Gherson e disse con aria di sfida: «Sono curioso di vedere come un Urwain se la cavi con questi animali.»

Il giovane rispose: «Perdonami, ma è così importante saggiare la mia abilità nel domare i cavalli?» Subito, però, si rese conto di avere parlato a sproposito.

Difatti, il Re ribatté risentito «Forse che i tuoi trascorsi da pastore ti hanno fatto dimenticare cosa significhi obbedire all'ordine di un sovrano?»

Gherson fece un gesto di scuse, poi, partì al galoppo verso il branco, seguito da altri cinque cavalieri. Il frastuono dei nuovi venuti mise in allarme i Lonegrain. Alcuni cominciarono a nitrire nervosamente e si dettero alla fuga. Gli altri, fiutata l'aria, decisero anche loro di scappare via. Iniziò così l'inseguimento. Gli Adamaint si allargarono sui lati, cercando di controllare il branco e allo stesso tempo, di individuare lo stallone da catturare. Il rumore degli zoccoli sul terreno era assordante e la polvere alzata non consentiva di avere una corretta visuale. Alla fine uno dei Lonegrain uscì dal gruppo e su di lui si gettarono gli inseguitori. I cacciatori lanciarono le loro corde e due raggiunsero il bersaglio. Il cavallo nitrì pieno di terrore, alzandosi sulle zampe posteriori e cercando, invano, di liberarsi. Ma era ormai troppo tardi. Anche altri lacci imprigionarono l'animale, che infine barcollando cadde a terra di schianto.

Efaialtos, che osservava la scena da lontano, prese la parola rivolto verso il suo Re: «Alla fine ne hanno catturato uno».

Alcain, a denti stretti, rispose: «Vedremo ora che cosa sarà in grado di fare l'Urwain, coraggio andiamo!» Detto questo, spronò il suo destriero e partì di corsa seguito dai suoi sudditi. Raggiunsero in poco tempo gli altri sei che avevano ormai imbrigliato tra le corde il povero cavallo.

Alcuni dei cavalieri erano già scesi a terra e si stavano avvicinando con circospezione al Lonegran, che ancora si dimenava furiosamente.

All'improvviso, all'orizzonte, sopra una collina, comparve un purosangue, nero come la notte più scura, la pelle sottile tanto da lasciar trasparire le venature, la muscolatura possente come non si era mai vista, il pelo simile al velluto, la coda e la criniera ondeggianti nell'aria.

«Non è possibile, Evalion!» Esclamò esterrefatto Teirios.

«Che cosa sta succedendo?», domandò Gherson, voltandosi verso l'amico.

«Evalion, l'indomito, il capo branco dei Lonegrain, il solitario, nessuno è mai riuscito ad avvicinarlo. Di lui si narrano storie quasi leggendarie, si dice che sia il custode delle caratteristiche peculiari della sua razza e per questo motivo, ogni cavallo lo riconosce degno di onore e rispetto sopra ogni cosa.»

Il purosangue si sollevò sulle zampe posteriori, nitrendo furiosamente, poi attaccò a testa bassa, nel tentativo di difendere il compagno intrappolato. In un attimo, fu addosso ai cavalieri che, per evitarlo, lasciarono andare le corde. Il cavallo che era imprigionato, liberatosi dai lacci, colse al volo quell'opportunità e scappò via, raggiungendo velocemente i suoi simili.

«Dannazione!», imprecò Alcain, adirato per la fuga dell'animale. Istintivamente, in preda all'ira, serrò le redini e si diresse contro Evalion. Il signore dei cavalli, però, scartò con maestria il Re ed il suo destriero, che pareva vistosamente intimorito al cospetto del nero purosangue. Così, nonostante gli ordini impartiti dal suo padrone, si piantò irrigidito sulle zampe e il sovrano fu disarcionato per il contraccolpo. Un attimo dopo, lo stallone nero gli fu sopra, cercando di colpirlo con gli zoccoli, mentre Alcain, agitando le braccia, tentava di difendersi come poteva, già sapendo, in cuor suo, che avrebbe avuto la peggio. Gherson, che aveva osservato tutta la scena dalla sua posizione, ripartì immediatamente al galoppo verso di loro. Nel momento in cui il purosangue fu sopra il re, si lanciò dal suo destriero sul fianco destro di Evalion. Questi, sentendosi improvvisamente assalito di lato dall'estraneo, cercò, infuriato di morderlo più volte. Infine, in preda all'ira, partì via per una corsa folle, scartando di continuo su entrambi i lati, nel tentativo di disarcionare il suo avversario che ora si era avvinghiato al suo dorso con tutte le forze.

A quel punto, dal cielo, Ierax scese in picchiata verso il cavallo, stridendo in modo acuto. Sembrava che i due stessero comunicando tra loro. Poi avvenne un fatto incredibile. Dentro di sé, Gherson sentì la superba voce del Lonegran parlargli. "Che cosa vuoi da me? Domarmi? Non ci riuscirai mai se io non lo voglio."

«Non voglio domarti.», rispose l'altro istintivamente, ancora incredulo per quanto stesse accadendo. «Volevo evitare che tu uccidessi il Re.»

"Uccidere? ...Voi awox avete portato la morte nel mondo e avete condannato noi tutti a farne esperienza.", continuò a comunicare Evalion, inarcandosi sulle zampe posteriori in atteggiamento di ribellione. Ierax stridette ancora più forte. Il cavallo scartò violentemente verso destra. Gherson cadde a terra, non riuscendo a rimanere più in equilibrio. Evalion fu sopra di lui, mentre il principe cercava di rialzarsi, dolorante per la caduta. Per un attimo sembrò che lo stallone volesse colpirlo. Poi abbassò le zampe anteriori e la testa, scuotendola più volte, rabbonendosi.

Gherson si alzò, accostandosi con circospezione all'animale, poi, con la mano destra, prese ad accarezzare lentamente il muso del cavallo, avvicinando la sua testa a quella del purosangue.

Da lontano Alcain, alzatosi da terra, osservava la scena, muto, non credendo ai propri occhi «Non è possibile, non è possibile!», continuava a ripetere. «Che prodigio è mai questo? Sembra che lo straniero stia parlando con Evalion.»

Anche Teirios scuoteva il capo a bocca aperta, senza proferire parola. Ma il fatto più incredibile avvenne da lì a poco. Lo stallone si lasciò montare dal principe urwain ed i due fuggirono via in una corsa sfrenata, seguiti dal falco che volteggiava sopra di loro. Corsero a più non posso, per un tempo che al giovane parve interminabile, in mezzo a distese verdi adornate di fiori variopinti, attraversando limpidi e scroscianti corsi d'acqua. Il rapace li accompagnava, come in una danza, con le ali spiegate, lasciandosi trasportare dalle correnti d'aria. Evalion non si fermò mai. Gherson sentiva nelle sue orecchie il rumore degli zoccoli che calpestavano la terra, i muscoli del cavallo tesi come corde di violino, mentre i verocron sparivano dietro di loro nella polvere.

Il vento scolpiva i suoi lineamenti, in quella folle galoppata senza meta. Si chiedeva se tutto questo fosse un sogno. No, non lo era. Il purosangue gli aveva parlato e lui lo aveva capito, anzi era come se fossero diventati un tutt'uno.

Era la prima volta, dopo non si sa quanto tempo, che si sentiva un uomo libero.

Ma in verità, si domandò, lo era mai stato? Aprì allora le braccia davanti a sé e portò la testa all'indietro continuando a cavalcare, dopo aver gettato la camicia al vento ed aver urlato al mondo intero tutta la sua voglia di vivere. Alla fine, stremato, con le lacrime agli occhi, felice come non mai, chiese al cavallo di fermarsi. Quello terminò la sua corsa nei pressi di un torrente, grato anche lui, nitrendo.

Gherson scese dal destriero e si ristorarono insieme alla riva.

«Grazie Evalion per le emozioni che mi hai fatto provare. Tu mi hai domato, io sono sfinito.»

Il cavallo rispose al suo cuore: "La tua natura ha domato me, giovane principe degli awox. Il tuo spirito è sincero e leale. So che ti è stato affidato un compito, da cui potrebbero dipendere le sorti del nostro mondo. Desidero pertanto esserti compagno in questo viaggio fino a che il Creatore di questo Universo lo permetterà."

Gherson non capì il senso di questa frase. Ma non importava. Infinite sensazioni attraversavano le sue vene, donando un nuovo calore ed una nuova vita alle sue membra. Ierax planò dal cielo atterrando sul suo braccio. Così i tre, di buon passo, ripresero la via del ritorno e raggiunsero il luogo in cui si era radunato il branco.

Era ormai quasi giunto il tramonto ed il sole si stava accingendo a salutare la valle, nascondendosi tra le montagne. Gherson non si sentiva più un estraneo, ma parte essenziale di un tutto, era entrato in simbiosi con una nuova realtà, fino a quel momento a lui sconosciuta.

«È ora di lasciarci», disse a malincuore Gherson allo stallone, accarezzandone il mantello, mentre insieme a lui passeggiava tra gli altri cavalli. Ogni tanto, strappava dei fili d'erba dal terreno e li porgeva ai quadrupedi lì vicino, sotto lo sguardo attento di Evalion.

"Non vuoi che venga con te?", comunicò il purosangue emettendo un nitrito.

«No, amico mio...non voglio che gli altri awox pensino che il tuo spirito indomito sia stato vinto. Rimani libero con i tuoi. Quando avremo bisogno l'uno dell'altro ci troveremo. Il nostro cuore, lo sai, ormai pulsa all'unisono.», rispose Gherson.

Evalion si alzò sulle zampe posteriori, nitrendo all'impazzata. Poi avvicinò il suo muso al viso del giovane, continuando a farsi accarezzare. "Ti stanno aspettando oltre quella collina", riprese a comunicare il purosangue, girando il collo in direzione degli Adamaint che da un po' li stavano osservando con attenzione, in sella ai loro cavalli.

Gherson annuì sospirando.

I due rimasero così ancora per qualche istante.

Da lontano, Alcain ammirava con i suoi occhi quella scena, senza dire niente. Infine, il principe urwain si allontanò dai Lonegrain, prendendo la strada del ritorno. Dopo circa un viriklin raggiunse Teirios, che con alcuni soldati gli stava venendo incontro.

«Sei ancora tutto intero?», domandò l'ufficiale in tono canzonatorio invitandolo a salire sul destriero, con cui aveva iniziato quella spedizione.

«Il Re non è con te?», fu la risposta di Gherson.

«Non penso che sia dignitoso per un sovrano attendere un comune mortale che si attarda a giocare come un ragazzino in mezzo ad una mandria di cavalli». Replicò divertito l'altro. «Comunque», continuò, avvicinandosi al suo orecchio, con la mano davanti alla bocca, «pare che, alla fine, sia rimasto particolarmente impressionato dalla tua dimestichezza con i cavalli, sebbene tu sia tornato a mani vuote. Avresti fatto un figurone ad entrare in Elevar cavalcando Evalion.»

«Già una volta feci ingelosire un sovrano e non mi ha giovato, ho imparato, a mie spese, che è meglio mantenere un basso profilo.», ribatté Gherson.

«Giusto! Meglio non attirare troppo l'attenzione... Il problema caro mio, è se ci riuscirai...», mormorò Teirios, che detto questo, incitò gli altri ad avvicinarsi al galoppo verso la città.

Giunsero ad Elevar, quando ormai le tenebre erano subentrate alla luce del giorno. Il falco si dipartì da Gherson, sparendo nel buio, con leggeri battiti d'ala, come suo solito, lui si era abituato al suo atteggiamento autonomo, ma ogni volta che il rapace spariva, era come se un pezzo di sé andasse via e questo lo rattristava. Si era profondamente legato a Ierax.

Varcate le mura, si trovarono improvvisamente di fronte ad un assembramento di persone che accorrevano da più parti, alcuni chiedendo aiuto. Smontati da cavallo, incuriositi, si avvicinarono, passando in mezzo alla folla.

«Che succede?», gridò Teirios col suo solito vocione burbero: «fate largo, non vi accalcate.»

Giunti al centro della ressa, trovarono per terra un ragazzo di una decina di anni piagnucolante, che si sorreggeva la spalla destra con la mano sinistra, mentre l'avambraccio penzolava scomposto verso l'addome. Al suo fianco c'era la madre, una donna di circa trent'anni, che piangeva anche lei, tutta tremante di paura.

«Che cosa è successo, Darida?», le chiese Teirios, il quale evidentemente la conosceva bene.

«Mio figlio...poteva essere una disgrazia. Si trovava di sopra, al primo piano, mentre giocava ha perso l'equilibrio, cadendo giù dalla finestra. Ora però non muove la spalla ed il braccio...pare che sia uscito dall'articolazione.» E così dicendo, continuava a singhiozzare, senza darsi pace.

«È quella la tua abitazione?», chiese Gherson indicando la casa subito a fianco. Lei annuì.

«Portiamolo dentro, forse posso fare qualcosa per lui.»

Teirios allora prese il ragazzo in braccio, cercando di non sollecitare troppo la parte dolente e lo condusse all'interno della dimora, mentre gli altri soldati disperdevano i curiosi.

Una volta entrati nel salone avvolto per lo più nella penombra e rischiarato solo dalla debole fiamma che ardeva nel camino, Gherson fece togliere la camicia al giovane, c'erano alcuni lividi visibili e delle sbucciature, che deterse con l'acqua. Il fanciullo continuava a piagnucolare per il dolore e per la manifesta impossibilità di utilizzare l'arto contuso. Gherson notò subito che l'articolazione appariva visibilmente deformata, fuori sede, penzolante più in basso rispetto all'altra.

«Come ti chiami?», domandò al piccolo.

«Ander», rispose.

«Bene, Ander, ora ascoltami...oltre al dolore ed al fatto che non puoi muovere il braccio, senti anche per caso formicolio o debolezza alla mano?», il ragazzo fece cenno di no, allora Gherson toccò la cute che sembrava aver conservato la sua normale temperatura e notò che il colore non era diventato bluastro.

«Sembrerebbe solo una lussazione della spalla, ragazzo, però di più non so dirti. L'osso, palpandolo, sembra non essere rotto. Ora però, se vuoi che il braccio ritorni a posto, dovrò fare alcune manovre e probabilmente sentirai un po' di dolore.»

Appena Gherson ebbe terminato la frase, gli altri presenti nella stanza, che stavano assistendo alla scena, rimasero interdetti. Teirios gli si avvicinò, squadrandolo dubbioso dall'alto in basso: «Dimmi un po' Gherson...ma sei sicuro di quello che dici?» Questi, quasi sorridendo, gli rispose: «Coraggio, attizza un po' il fuoco e poi aiutami, tenendomi il ragazzo.»

Darida si voltò verso Teirios, come se cercasse da lui una conferma sulle reali capacità dello straniero.

Per tutta risposta, il soldato guardò un attimo Gherson negli occhi e poi le disse: «Lascialo fare.» Quindi, anche lui eseguì quanto gli era stato comandato.

Fu cosi che, Gherson, avvicinatosi al piccolo traumatizzato, con un movimento ben assestato, riportò l'omero all'interno della cavità glenoidea.

Ander dapprima trattenne il fiato e poi gridò, con la fronte rigata dal sudore per il dolore patito.

«Coraggio che ci siamo riusciti!», esclamò Gherson soddisfatto. Rivolgendosi alla madre, continuò: «Mi servono delle fasce, perché dobbiamo immobilizzare la spalla al petto.»

Quella corse subito al piano superiore e tornò alcuni istanti più tardi con quanto richiesto.

Gherson poté procedere così a bloccare la spalla in qualche modo. Alla fine, fece passare una federa sotto il gomito e la annodò dietro la nuca come se fosse una tracolla.

«Bene, ragazzo mio», disse quando ebbe terminato. «Ora dovrai stare così per almeno una trentina di giorni se vuoi avere una possibilità di guarire.»

Rivoltosi alla madre, tirò fuori da un sacchetto della sua bisaccia alcuni minuscoli pezzi di corteccia tritata. «Ascoltami...riducili in briciole e preparaci un decotto, che nei prossimi giorni darai da bere a tuo figlio, questo lo aiuterà a lenire il dolore. Se possibile, poi, procurati del miele, favorirà la sua ripresa.»

La madre era ammutolita ed ora pendeva dalle sue labbra, voleva in qualche modo sdebitarsi e li invitò infine a rimanere a cena da loro.

Ma Gherson rifiutò la proposta: «Dobbiamo rientrare alla fortezza, ci staranno sicuramente aspettando.»

Si era già diretto verso l'uscio, quando Darida gli si avvicinò: «Aspetta straniero, almeno, dimmi, qual è il tuo nome? Mio marito non è in casa, quando tornerà gli racconterò quello che hai fatto per noi. Di certo ti ricompenserà.»

L'altro, con un timido sorriso sulle labbra, rispose: «Gherson è il mio nome», e si allontanò, seguito dai suoi compagni.

«Che tu sia benedetto allora, Gherson», soggiunse la donna.

Ma lui non la poté sentire, era ormai salito sul suo cavallo e con gli altri si stava già dirigendo verso la rocca. Cavalcavano in silenzio, erano quasi giunti alla prima cinta di mura, quando Teirios gli si accostò. «Tu non finirai mai di stupirmi, amico mio, però, questa volta, probabilmente, quello più sorpreso tra i due sarai tu.», disse sogghignando, «Lo sai chi è il padre del ragazzo?» L'altro rispose di no.

«Drusan!», terminò il soldato, continuando a ridere sotto i baffi.

Rientrati a palazzo, Teirios comunicò che, per volontà del sovrano, quella sera, avrebbero cenato insieme, nella mensa delle guardie.

L'immenso salone avrebbe potuto tranquillamente ospitare anche trecento persone. Era stato costruito all'interno della montagna e le pareti, seppure ben levigate, mantenevano il caratteristico color ocra. La volta era sostenuta da due file di colonne che dividevano la struttura in tre navate. Lungo tutte le pareti erano appese armi, scudi e stemmi araldici. Era un luogo fresco, che comunicava con l'esterno per mezzo di grosse aperture scavate all'interno della roccia, abbellite con finestre variopinte, attraverso cui filtravano i raggi lunari, disegnando sul pavimento arcobaleni di colori. Dalla parte opposta all'ingresso, era stato costruito un grosso camino e alla sua destra, una porta in legno dava accesso alla cucina.

Quando i due amici vi entrarono, erano presenti

all'interno almeno una trentina di persone, che confabulavano tra di loro. Immediatamente un cupo silenzio calò sulla sala. A prima vista, Gherson non scorse visi familiari tra quegli uomini. Poi, osservando più attentamente, notò invece che Drusan era tra loro. Teirios accennò un saluto che venne ricambiato da quasi tutti i presenti, quindi, mormorando qualcosa tra sé invitò Gherson ad accomodarsi ai lati di uno spesso tavolo in legno, che poteva ospitare almeno una decina di persone. Anche alcuni degli Adamaint presenti si sedettero lì vicino, continuando a fissare con sguardi non proprio amichevoli, i nuovi arrivati.

Drusan, infine, si avvicinò a Gherson con cinque compagni.

Uno di loro, alto quasi un diacron, dallo sguardo altero, prese la parola: «Bel coraggio hai a presentarti qua, assassino!»

Teirios intervenne immediatamente, alzandosi in piedi: «Modera il linguaggio Garvin! Chi ti ha dato l'autorizzazione a parlare? Hai dimenticato che cosa sia l'ospitalità?»

«Ma comandante!», replicò l'altro, per nulla intimorito dal richiamo del suo superiore, «Come fai a sederti a tavola con un nemico?»

«Ti ho già detto di non seccarci e non lo ripeterò più», ribatté il rosso ufficiale, alzando la voce, ora rubicondo anche in viso, le vene del collo turgide. «Questa persona, si trova qui per ordine del nostro Re. Chi sei tu per andare contro il volere di Alcain? Un'altra parola e ti faccio mettere ai ferri.»

«Perchè ti scaldi così tanto Teirios?», intervenne Drusan caustico. «Garvin ha solo espresso le sue ragioni, che poi, sono quelle di tutti noi.»

«Ho sempre pensato che fossi un idiota, Drusan, ma oggi me ne stai dando ampia conferma. Dopo tutto quello che hai sentito ieri notte, ancora vai seminando zizzania? Se non ti garba la nostra presenza, puoi anche andartene.», ribatté l'altro.

Per tutta risposta il suo interlocutore dette uno spintone a Gherson seduto, che non si aspettava quella reazione e finì così riverso in avanti sul tavolo, irridendolo. «Che fai vigliacco, non reagisci?»

«Adesso basta, Drusan!», Teirios lo prese per il collo e lo sollevò da terra. Gli altri attorno intervennero, separandoli immediatamente.

«Sei un bastardo!», gli gridò il grosso Adamant, mentre in tre lo tenevano per le braccia. L'uomo, aggiustandosi il colletto della giacca, ancora tutto stropicciato, si rivolse nuovamente a Gherson in modo sferzante: «Tu pensi di essere al sicuro qui, protetto dal nostro Re? Credi di poter fare quello che ti pare? Allora ti dico chiaramente che non sei ben accetto tra noi, anche se Alcain ti ha dato il benvenuto, farai bene ad andartene quanto prima. Sei come tutti coloro che appartengono alla tua dannata feccia. Un Urwain è buono solo sepolto sotto due diacron di terra. Con le tue storielline patetiche, ieri sera, pensavi di far colpo su qualcuno? Eri convinto di commuoverci? Forse ci sarai riuscito con la principessa, ho visto come vi parlavate questa mattina! Ma di sicuro non ingannerai me!»

E detto questo, gli sputò addosso. Il principe rimase immobile come una pietra, poi con la mano si pulì lentamente il volto. Nuovamente un tetro silenzio calò sulla sala.

«Dunque, non reagisci?», continuò l'altro. «Guardate di che pasta è fatto! È un vigliacco! Che cosa vi avevo detto?» E saltellava per la stanza come se fosse stato tarantolato, gli occhi spiritati.

«Che cosa stai cercando, Drusan? Una scusa per batterti con me?», rispose il giovane con voce rauca, cercando di rimanere calmo, anche se dallo sguardo, ma soprattutto dal modo in cui stringeva i pugni, era visibile a tutti la sua difficoltà per tenersi a freno. «Non ti affronterò, finché sarò ospite di questa dimora. Tu però, stai attento a ciò che dici, se vuoi offendere me, fallo pure, ma non mettere in mezzo altre persone. Dalle mie parti, non è buona norma screditare il nome dei reali.»

«Dalle nostre parti», urlò l'altro, «non si importunano impunemente le figlie dei reali, Urwain!», con una mossa fulminea colpì Gherson al volto con un pugno. Questi accusò il colpo e cadde a terra, subito si rialzò, mentre un rivolo di sangue scendeva sul lato destro della bocca.

«Insomma che cosa sta succedendo qui dentro?» Una voce familiare solcò l'aria.

Era il Re che, avvisato dei fatti, mentre si trovava nei pressi della mensa, era entrato nel salone senza farsi annunciare, assistendo, così, all'ultima parte della conversazione.

Ora però, quello che aveva visto era decisamente troppo.

«Che cosa sta succedendo nella mia casa?», ripeté nuovamente ad alta voce. «Il più alto in grado, mi dia immediatamente una spiegazione!»

Teirios si scrollò i tre uomini di dosso e raccontò brevemente quanto accaduto.

Alla fine il Re prese la parola rivolgendosi verso Gherson, ma con un timbro di voce chiaro e forte, perché fosse udito da tutti. «Quanto accaduto oggi, mi reca profondo dolore. L'ospitalità è sacra, anche verso un nemico, specialmente se sono io ad avergli dato asilo. Chi ha offeso lui, ha oltraggiato pure me. Per questo motivo...», continuò, girandosi verso il provocatore, «tu, Drusan, pagherai severamente per le tue azioni e così sarà per chiunque altro mi disobbedirà in futuro, in merito alla questione.»

«Mio Re», implorò ora l'altro inginocchiandosi, «non era mio volere insultarti. Se ho agito in questo modo, è per tutelarti e difenderti da chi trama alle tue spalle, sotto gli occhi di tutti. Chiedo umilmente il tuo perdono, anche se accetterò la tua decisione, qualunque essa sia.»

«Condonagli la colpa», Gherson fece un passo in avanti e tra lo stupore di tutti, continuò: «Mio signore, se posso proferire parola davanti a te, chiedo che il tuo soldato venga perdonato. Comprendo il livore di questi uomini. Siamo stati avversari sul campo di battaglia e per loro non è facile accettare la mia presenza qui. Se lo ritieni opportuno, per la serenità di tutta la comunità, ti invito a lasciarmi andare via, così come sono venuto.»

Il Re annuì in silenzio, abbassando leggermente il capo, mentre con la mano destra si accarezzava lentamente la barba grigia. «E sia!»

Infine, le sue labbra pronunciarono queste parole: «Lo straniero rimarrà qui, fintanto che io lo voglia e chiunque oserà ancora mettergli le mani addosso o proferire parola contro di lui, che sia messo a morte, quanto ho enunciato, sia reso manifesto in tutta Elevar.»

Così detto, uscì dal salone con il volto visibilmente corrucciato.

I presenti si allontanarono senza fretta, tornando ognuno al proprio tavolo.

Drusan, dal canto suo, rialzatosi, si avvicinò al principe accennando un debole inchino, ma, al contempo, emise, a denti stretti, la seguente velata minaccia: «Se pensi che tra noi sia finita così, ti sbagli di grosso.» e voltatosi, se ne andò anche lui.

"Non ho mai preso in considerazione questa eventualità", pensò tra sé Gherson, "no davvero."

Anche Teirios si accostò al suo amico, sussurrandogli nelle orecchie: «Continua a fare del bene e questo è quanto otterrai.»

CAPITOLO IX

Una voce squillante risuonò fra le altre «Raccontaci un'altra storia!» Nella piccola piazza una decina di bambini, tra i cinque e gli otto anni, si era radunata attorno ad un vecchio calvo dalla lunga barba bianca, vestito con una specie di saio grigio scuro e con zoccoli usurati ai piedi. L'anziano era seduto su una sedia di legno, davanti al portico di una abitazione, costruita in mattoni. «Sì, ancora...vogliamo ascoltare una favola.», gridarono in coro gli altri fanciulli.

Il vegliardo alzò la testa, come per prendere l'ispirazione, poi cominciò: «Dunque ascoltatemi bene, la storia che sto per iniziare non è una leggenda, anche se può sembrarvi incredibilmente strana, è una vicenda veramente accaduta, tanto, tanto tempo fa.»

I piccoli ascoltavano in silenzio, gli occhi fissi sul narratore, rapiti da ogni sua singola parola. Tra loro, c'era anche il piccolo Elazar.

«Dovete sapere che, in un passato remoto, un guardiano fu messo a sorvegliare il passaggio che faceva da spartiacque tra il nostro mondo e Ghenesia, dove si dice, vivano ancora oggi, elvaian, sarmaian ed altre creature magiche.» «Oooh...», si udì la voce di un bambino tra i più piccoli, con gli occhi spalancati, per lo stupore.

«Bene!», continuò il vecchio. L'inflessione della sua voce ricordava tanto a Gherson quella del misterioso individuo nella valle di Isador.

«Il guardiano si chiamava Elaiar. Trascorreva i suoi giorni a considerare il comportamento degli uomini. Più il tempo passava e più il suo cuore s'intristiva. L'umanità infatti, si era completamente dimenticata di Yrshar e commetteva ogni sorta di efferatezza.

Un giorno, il Creatore lo chiamò a sé e gli domandò: "Che cosa ti turba Elaiar?"

"Vedi...gli uomini che hai plasmato a tua immagine e somiglianza e che tu hai cacciato da Ghenesia, affinché si ravvedessero, ti hanno completamente dimenticato, pensano solo a se stessi e sono chiusi nel loro egoismo" rispose lui.

Il Creatore riprese: "Ciò è la conseguenza dell'inganno di Darkos. Il dolore, entrato nel mondo, genera solo altra sofferenza. Per paura della morte, l'uomo cercherà sempre di salvaguardare se stesso dagli altri e si chiuderà ancor di più all'amore. Noi desideriamo solo trasformare il male in bene. Non odiare l'uomo per i suoi errori. Egli sbaglia, perché non conosce la natura profonda del peccato. Amalo nella sua debolezza."

Elaiar tornò alla sua occupazione, con il cuore pesante, ma la tristezza che lo opprimeva, lo indusse ad un pianto sommesso. Le lacrime che lente, scendevano sulle guance, vaporizzate dai raggi del sole, si tramutarono in nubi chiare, che riversarono pioggia sulla terra deserta. Il suolo divenne fertile e nacquero dai semi trascinati dal vento, piante rigogliose di diverso genere e specie.

"Yrshar aveva ragione, là dove regnava il niente, generato dal peccato, poteva risorgere nuova vita.", esclamò Elaiar.»

Gherson era in piedi, appoggiato ad un muro ed ascoltava pure lui, assorto nei suoi pensieri. Conosceva già quella storia che lo indusse a pensare: "Dovunque vai, gli uomini sono sempre gli stessi, le storie che si raccontano pure e i bambini, hanno il medesimo desiderio di apprendere e di vivere in un mondo di fiabe."

Gli occhi si soffermarono sul piccolo Elazar, seduto con le gambe incrociate, i gomiti puntati sulle ginocchia, le mani appoggiate al mento. Le sue pupille brillavano d'interesse. Era completamente assorto dal racconto del vecchio.

Gli venne spontaneo pensare a suo figlio, con un pizzico di amarezza. Forse, avrebbe avuto la stessa età e sicuramente, anche a lui sarebbe piaciuto udire le storie fantastiche e giocare con gli amici nelle piazze.

«Allora, anche i principi amano le favole!» La voce proveniva da dietro le sue spalle. Si girò d'istinto. «Tu?!» esclamò, colto alla sprovvista. «Che ci fai qui, mia signora?»

Ainousa era improvvisamente comparsa dietro di lui, con una sua ancella. Indossava abiti maschili, con pantaloni color fumo ed una giacca di pelle, portava due stivali che calzavano fino a metà gamba. I suoi capelli erano raccolti in alto sul capo e tenuti fermi da una finissima rete d'argento. Un lungo mantello grigio l'avvolgeva tutta.

Portando il dito indice alla bocca, come per invitarlo a parlare piano, aggiunse: «L'anonimato offre questa grande prerogativa, posso bazzicare per le piazze e i mercati, indisturbata e conoscere i veri pensieri della mia gente al di fuori dei rigidi protocolli.» Gherson, sorpreso, le si avvicinò: «Mi stupisci sempre, giovane principessa.»

Lei, un po' risentita, con una punta di orgoglio, rispose: «Anche se mi consideri giovane, conosco già le gravose responsabilità legate al mio ruolo.»

Gherson, sorrise a quella reazione ed annuì.

«Vieni con me...», riprese l'altra e facendo cenno con la mano destra, lo invitò a seguirlo lungo un vicolo laterale. Il principe fece un fischio ad Elazar, per attirarne l'attenzione e lo richiamò a sé. Il piccolo visibilmente corrucciato, inizialmente scosse la testa. Era completamente avvinto dal racconto del vecchio. Ma lo sguardo severo di Gherson gli fece cambiare idea, per cui, seppur controvoglia, uscì dal cerchio e si avvicinò a lui, che lo prese per mano.

Ainousa guardò il bimbo, incuriosita e rivolse lo sguardo verso lo straniero. Questi, in breve le raccontò di come aveva conosciuto il piccolo e del loro viaggio fino ad Elevar. Mentre proseguivano il loro cammino, lei, fissandolo negli occhi, riprese il discorso: «in verità qualcuno c'è che lascia tutti di stucco e quello sei tu, mio signore!»

L'altro, senza fermarsi, la guardò interessato.

«Forse non ne sei al corrente, ma è sulla bocca di tutti», continuò la principessa con fervore, «l'impresa dello straniero che ieri ha salvato la vita di mio padre e che è riuscito a cavalcare Evalion, il leggendario purosangue, lasciandolo poi libero di tornare al suo branco!»

«Giudichi forse un uomo dal destriero che cavalca?», rispose lui, evidentemente imbarazzato.

«No di certo! Non è questo il punto. Si dice che tu parli con gli animali, *zoiser logar*, così ti chiamano, compi imprese strabilianti, fuori del comune, non ti rendi conto che intorno a te...», si fermò alcuni istanti, cercando di trovare le parole appropriate, «...è come se vi fosse un alone di magia.»

Gherson sorrise, come per schernirsi. «Mia signora, se un uomo compie un gesto coraggioso ed il giorno dopo questa impresa viene esaltata da tutti, nel giro di pocho tempo si crea una leggenda, da recitare la sera, magari davanti ad un camino. La realtà, però, è ben diversa. Anzi, ascoltami bene...», anche lui si interruppe un attimo per riflettere, poi, quasi a bassa voce, continuò: «...ti chiedo una cortesia...non avere un'opinione troppo alta di me, perché un giorno potresti ricrederti e rimanerne delusa.»

Lei non replicò, anche, se in quel momento, la pensava diversamente, i due continuarono per la via, insieme alla dama di compagnia che li seguiva, con discrezione, a breve distanza ed al piccolo Elazar, ancora attaccato alla mano di Gherson.

Ad un tratto, Gherson riprese a parlare: «Se non ti reca fastidio, mia signora, vorrei raggiungere l'abitazione di Garund, uno dei soldati che mi hanno accompagnato qui ad Elevar. Tu sai dove si trovi?»

La principessa si girò verso l'ancella e dopo alcune parole bisbigliate impercettibilmente tra di loro, gli si riavvicinò dicendo: «Vieni, andiamo per questa via.»

A metà percorso, Ainousa, domandò: «Perché stiamo andando da quest'uomo?»

Gherson sorrise maliziosamente. «Anch'io penso sia giusto interessarmi della vita dei miei amici.»

Presero così una stradina mattonata che sbucava alla loro destra. Non era trascorso neanche un viriklin che si trovarono davanti alla porta di casa del biondo Adamant. Bussarono.

Passati alcuni istanti, sbucò dall'uscio la testa incuriosita di Sidora, la sorella di Garund, una giovane trentenne piuttosto grassottella, con due grosse gote rubiconde ed occhi azzurri come il cielo. I lunghi capelli biondi erano raccolti in una grossa treccia, che le scivolava sulla schiena. Indossava un lungo vestito beige sopra il quale spiccava un enorme grembiule a quadrettoni. La donna, riconosciuta la principessa, subito, visibilmente imbarazzata, s'inchinò senza proferire parola. Poi, quando Gherson si presentò, gli occhi di Sidora s'illuminarono ed un sorriso comparve sulle sue labbra. Li fece accomodare nel salone. I pavimenti dell'abitazione erano in terracotta, dalle pareti intonacate di bianco spuntavano ogni tanto isolate pietre ocra, probabilmente lasciate così a scopo ornamentale. Il soffitto era sostenuto da robuste travi di legno scuro, il camino, costruito al centro del locale, era parzialmente nascosto dal tavolo, circondato a sua volta, da quattro seggiole con seduta in paglia.

Dopo averli messi a proprio agio, la donna riferì che Garund era uscito per delle compere, ma sarebbe rientrato presto. In quel momento, in casa erano presenti solo lei e l'anziana madre, al piano superiore.

Gherson espresse il desiderio di vederla. Salirono le scale. In una delle tre camere era distesa sul letto una vecchietta dai capelli canuti, emaciata, il volto pieno di rughe. Lui si accostò al giaciglio e si sedette. «Sono Gherson, un amico di Garund, vengo a salutarti.»

Un raggio di luce entrò nella stanza, lei aprì gli occhi sofferenti girandoli lentamente verso di lui: «Gherson?», disse con voce fioca, «mio figlio mi ha parlato di te e delle tue gesta, dice anche che gli hai salvato la vita.»

Poi abbassò il viso, rattristandosi. «Larios non è ancora ricomparso, Garund dice che è partito per un'altra missione, ma io non gli credo.» Tossì un poco. «Una madre conosce i suoi figli e sa quando questi mentono o raccontano la verità, per me ha poca importanza, sento che presto lo raggiungerò.»

Gherson non disse nulla, ma istintivamente posò la mano destra sul viso della donna e la accarezzò, in quell'istante, percepì che il soffio vitale da lì a poco, avrebbe abbandonato l'anziana. La donna si rilassò, sospirando di sollievo. Rimasero tutti in silenzio per un pò.

Ainousa e la sua ancella osservavano la scena accostate alla porta, insieme ad Elazar e Sidora.

Gherson rivolgendosi all'anziana donna: «Una cosa ti chiedo, mia signora. Dammi la tua benedizione, prima che parta per un nuovo viaggio, come è usanza dalle mie parti. Se il destino ha deciso, come affermi, che tu mi preceda nell'altra vita, allora dal cielo come una stella, veglia su di me, altrimenti, che sia io a sostenervi da lassù.»

Lei socchiuse gli occhi e sorretta dalla figlia, sollevò la mano destra e la posò sul capo di Gherson, che si era inginocchiato di fronte a lei.

Lui, infine, si alzò, baciò la donna sulla fronte ed uscì, accompagnato dagli altri quattro. L'inferma rimase sola nella stanza e si girò, mentre una lacrima lentamente le rigava le guance rugose.

Al piano di sotto, incontrarono Garund, appena rientrato dalle sue faccende.

Subito corse incontro a Gherson. I due si abbracciarono calorosamente. Poi, Gherson, lo prese sotto braccio, lo condusse fuori, dove parlarono per un pò.

Infine, l'Adamant fece per rientrare insieme al piccolo Elazar, che sarebbe rimasto ancora suo ospite, in attesa di una nuova sistemazione. Si girò sulla porta e salutò con un inchino le due donne.

Sulla via del ritorno, Ainousa chiese a Gherson. «Perdona la mia indiscrezione, mio signore, ma che cosa vi siete detti con il tuo amico?»

Lui esitò un attimo, poi rispose con franchezza: «Gli ho detto che, probabilmente, sua madre lascerà questa vita a breve e che sarei fiero di averlo al mio fianco il giorno in cui partirò per Khareem Vasta, ora andiamo, è tardi e non vorrei che a corte, qualcuno si preoccupasse per la tua prolungata assenza.»

Percorsero così, di buon passo, il cammino verso il palazzo.

Dentro di sé, la principessa si sentiva lieta per quel fuori programma, che le aveva dato modo di conoscere più a fondo l'animo dell'Urwain.

Nel pomeriggio seguente, Garund incontrò Gherson, fuori dalla prima cinta delle mura. Aveva con sé il piccolo Elazar che, appena lo scorse, gli saltò al collo e lo baciò sulla guancia. I tre s'incamminarono velocemente per la città. Erano stati invitati a casa di Teirios.

Lungo la strada, Garund prese coraggio e disse: «Pare che il sovrano intenda inviarti a Khareem Vasta, quanto prima, dagli awox vaimer, presto dovremo partire, Gherson! Teirios ha suggerito ad Alcain i nomi di coloro che ti accompagneranno e tra questi, dovrei esserci pure io; il viaggio non durerà molti giorni...» Si fermò un attimo, gettando uno sguardo verso il bambino, che si era attardato davanti alla bottega di un falegname, intento a rimirare alcuni balocchi in legno. «Il piccolo non può restare da solo con mia madre», riprese, «sempre che lei sia ancora viva quando torneremo e comunque, al di là di tutto, penso che dovremo trovargli, al più presto, una sistemazione adeguata, che gli consenta uno stile di vita tranquillo. Non può rimanere con uno scavezzacollo come me! Mia sorella non se la sente di addossarsi la responsabilità della sua educazione.»

Vi fu un attimo di silenzio. Entrambi si appoggiarono con la schiena al muro di una casa, osservando Elazar che poco distante, ora, li guardava sorridendo.

Infine, Gherson riprese la parola: «Sono d'accordo con te, questa sera, o quanto prima, accennerò la questione alla principessa Ainousa, sicuramente, troverà lei una soluzione.»

Man mano che si avvicinavano alla casa dell'amico, si cominciarono a sentire grida e strepiti per la via.

«Ci risiamo...», disse Garund, scuotendo il capo e ridacchiando nel contempo.

L'altro lo guardò incuriosito.

«Teirios e sua moglie stanno litigando...», riprese l'Adamant. «Uno spettacolo...veramente da non perdere.»

Ed in effetti, dalle finestre delle abitazioni circostanti, erano subito sbucate fuori, come funghi dopo il temporale, le teste interessate dei vicini, mentre ai crocicchi delle strade limitrofe, i passanti si fermavano ad ascoltare e inevitabilmente a commentare, tra risa e sguardi ironici, le vicende della famiglia del burbero ufficiale, quasi sempre di dominio pubblico.

Questa volta il motivo del contendere era il figlio Denaer. Il giovane, diciassettenne, alto e robusto, quasi quanto il padre, aveva espresso il desiderio di partire insieme con lui per la nuova missione.

Ovviamente l'ufficiale si era rifiutato. «Devi stare insieme a tua madre ed aiutarla con i tuoi fratelli!», così gli aveva ordinato, senza troppi giri di parole.

«È qualcun altro che dovrebbe rimanere a casa con la propria moglie, invece di trovare continuamente scuse per scappare e non darsi mai pace», era stata, invece, la caustica sentenza della donna, indaffarata tra le pentole e che non perdeva mai occasione per dire la sua. La progressiva degenerazione della discussione, portò Denaer ad uscire di casa con il viso rosso di rabbia mentre arrivavano gli ospiti con il bambino, degnandoli a malapena di un saluto.

Gherson lasciò l'amico ed il piccolo nei pressi dell'abitazione di Teirios e corse dietro al ragazzo, fintanto che non lo raggiunse in una piccola piazza lì vicino. Si avvicinò con calma al giovane seduto su una panchina presso una fontana e si accomodò accanto a lui: «Allora ragazzo, cosa c'è che ti turba?»

L'altro si girò un attimo verso il suo interlocutore, poi scosse la testa e sconfortato, rispose: «Nessuno di voi può farci niente!»

«Come fai ad esserne certo, se non ci dai la possibilità di sapere?», replicò il principe.

Il ragazzo, scrollando le spalle, raccontò, sempre più sconsolato, il motivo della discussione, dopo essersi spiegato: «In fin dei conti, ormai sono grande anch'io!», terminò il ragazzo.

«Denaer...parlerò con tuo padre, cercherò di convincerlo...»

Una luce illuminò il volto del ragazzo.

«...non so se ci riuscirò...ma se non ce la dovessi fare, non giudicarlo e obbedisci, io non ho mai avuto modo di conoscere mio padre e ti assicuro, che avrei tanto desiderato il contrario, non disprezzare il tuo. e seppur non abbia figli, immagino che non sia facile crescerne uno, spesso, non siamo in grado di giudicare neanche noi che cosa sia realmente giusto. Però, di una cosa sono certo, non credo che i tuoi genitori ti abbiano generato per farti soffrire, quindi, qualsiasi cosa essi decidano, tu ascoltali, agiscono per il tuo bene.»

Il giovane, seppur a malincuore, alla fine annuì, mentre Gherson gli dette un buffetto sul capo.

Tornarono sui propri passi e giunsero, così, all'abitazione di Teirios. Ovviamente la discussione proseguì durante tutta la cena, per quanto, in modo meno animato. Ogni volta che Denaer, con l'impulsività tipica dell'adolescente, cercava di spiegare le sue ragioni, Gherson lo fulminava con gli occhi ed il giovane riabbassava la testa, fissando rassegnato il suo piatto. Più di una volta il padre fece caso a quella circostanza.

Dopo il pasto, si alzarono tutti da tavola, Teirios si avvicinò all'uscio di casa per fumare la pipa. Gherson si accostò e dopo essersi appoggiato con la schiena alla parete, disse all'amico: «In fin dei conti che cosa è che ti turba? Il ragazzo mi sembra in gamba, staremo via non più di dieci giorni e non dovremmo incontrare pericoli!»

L'altro borbottò qualcosa tra i denti: «Non mi va! Non mi va proprio giù!!!»

Nel tentativo di far ragionare Teirios continuò: «Scusa, ma tu non hai cominciato ad uscire di casa a quindici anni? Perché non dai anche a tuo figlio la stessa opportunità?»

«Perché non voglio che metta a repentaglio la sua vita per nulla! Ci sono già io che la rischio per loro, per lui sogno un'esistenza diversa, tranquilla!», replicò l'altro, alzando la voce. Nemmeno il tabacco riusciva a calmarlo.

«Non siamo noi che possiamo decidere del nostro futuro. Tu lo sai, e tanto meno siamo in grado di scegliere per gli altri, lascialo libero, dagli una possibilità, alla fine è meglio che venga con noi, che lo terremo d'occhio, piuttosto che un domani, certe esperienze le faccia da solo, lui ti vuole bene, è orgoglioso di te, se poi questa non è la sua strada, lo capirà da solo.», ribatté Gherson, fissando profondamente l'amico negli occhi.

«E va bene...e va bene! Mi avete messo in minoranza, tu e mia moglie... Lo porteremo con noi, ma ti avverto! Alla prima idiozia che commetterà, lo ricaccerò a casa...di corsa!!!», rispose Teirios, stringendo i pugni.

Dopo essersi accomiatati, Gherson accompagnò anche Garund ed il piccolo Elazar alla loro dimora. Poi, di buon passo, riprese il cammino verso la fortezza. Voltandosi, ogni tanto, aveva notato, alle sue spalle, un po' discosti, due individui, le cui sembianze ormai gli erano familiari, avendoli già visti anche nei giorni precedenti. Erano, probabilmente, due guardie che lo seguivano con discrezione, come peraltro, lo aveva avvertito Alcain, decise quindi, di non darsene cura.

In prossimità del primo cerchio di mura, intravide una locanda dall'insegna invitante: "TAVERNA DEL CACCIATORE". Si fermò davanti all'ingresso, poi, dopo aver esitato un attimo, alla fine ruppe gli indugi ed entrò. Oltrepassata la soglia, si trovò di fronte ad una grande sala a pianta circolare, rivestita fino a mezza altezza da doghe di legno color noce ed intervallata da robuste colonne di pietra. Una decina di tavoli erano stati ben disposti, a debita distanza l'uno dall'altro. Tutta la stanza era impregnata di un buon odore di stufato. Di fronte all'ingresso, era situato un grande bancone, dietro il quale lavorava, indaffarato, il proprietario ed oste, un omone di mezz'età dalla barba brizzolata. Un giovane ragazzotto, dalle braccia robuste, girava per i tavoli, prendendo le ordinazioni.

Gherson scorse ad un tavolo in fondo al salone, nella penombra una figura conosciuta che da alcuni giorni non si era fatta più vedere, stava davanti a tre grossi boccali di birra, due dei quali già svuotati, guardandola meglio disse fra sé: "Sì, è proprio lui, Nestor."

Lo sguardo dell'uomo era fisso sul boccale, colmo per metà. Gherson gli si avvicinò lentamente, l'altro si girò verso di lui e lo invitò a sedersi, con un cenno della testa.

«E così, sei un principe di Urwan!», commentò sconsolato.

Gherson fece per annuire con il capo, ma l'Adamant lo prevenne, gettando giù quel che restava del boccale. «Oste, portamene un'altro, anzi due, uno anche per il mio amico.» Dall'altra parte del bancone, il padrone della locanda lo guardò torvo e dopo averli riempiti, si diresse verso Nestor. «Ehi amico che ti prende? Stasera sei più adombrato del solito?»

Nestor gli lanciò un'occhiataccia, poi, scansò vigorosamente i grossi bicchieri vuoti. «Tieni portali via!»

«Questa sera non ci si discute», fu la replica del

proprietario, ammiccando verso Gherson e si allontanò.

«Comunque, lo avevamo capito tutti, sai?», riprese lo sfregiato: «Un pastore non combatte in quel modo, conoscevi troppo bene il territorio e poi parli il loro idioma correttamente, solo che…solo che…bah lasciamo perdere.»

"Nestor! So di avervi delusi tutti, ma credimi, non era mia intenzione tradirvi. Come avrei potuto dirvi chi ero, quando mi siete venuti a cercare? Ci avreste mai creduto? Anche per me, tutta questa storia non ha senso.", ribatté Gherson con fermezza, poi si fermò un attimo ed abbassò la testa continuando: «Credimi, in tutto il tempo che siamo stati insieme, ho imparato a considerarvi come amici, anzi di più, come fratelli d'armi; tu sei un soldato, al pari di me, e conosci il significato di certe affermazioni, sarei stato disposto a sacrificare la vita per voi, così come, sono certo, anche voi l'avreste fatto per me.»

Allontanando il boccale di birra mise le braccia conserte sul tavolo riprendendo nuovamente a parlare, «Oggi, alla luce di quanto accaduto, mi chiedo se abbia un senso essere nemici, solo perché siamo nati in due terre diverse, o se non sia preferibile fermarsi e parlare attorno ad un tavolo, come stiamo facendo noi. È forse una colpa essere nato Urwain, piuttosto che Adamant? Che cosa realmente ci divide?»

L'altro lo squadrò perplesso, mugugnando qualcosa tra sé. «Colpe? Quali colpe hai tu, mio signore? Sei sempre stato leale, da che ti conosco.»

Afferrò l'altro bicchiere e lo buttò giù, come fosse acqua, poi lo posò con violenza sul tavolo, tanto che gli altri presenti si girarono verso di loro. «Le colpe sono altre, sono quelle che ti divorano dentro, quelle che ti accompagnano ovunque, quelle che non ti lasciano dormire la notte.» Ora guardava fisso davanti a sé, con gli occhi sbarrati.

«Non sono il tuo signore, Nestor, per te sarò sempre Gherson, compagno di mille avventure.», gli rispose, appoggiandogli la mano destra sull'avambraccio. Questi abbassò il capo, sostenendolo con la mano sinistra e scuotendosi, disse a voce bassa: «E meglio morire che vivere così.»

L'oste si avvicinò. Gherson lo guardò imbarazzato, ma anche lui scrollò la testa, non sapendo cosa dire. Poi, dopo aver ritirato il boccale svuotato da Nestor, si accostò lentamente all'orecchio di Gherson, sussurrandogli: «Non farci caso, talvolta, quando è solo, viene qui la sera ed alza il gomito, pronunciando frasi sconnesse senza senso.»

«Che hai tu da bofonchiare all'orecchio del mio amico, oste? Lascialo in pace e portaci altra birra!», lo rimproverò Nestor.

«Adesso basta!», ribatté il proprietario. «Non alzare la voce con me, altrimenti ti faccio cacciare a pedate!»

«Come osi!!!», gridò l'altro, alzandosi immediatamente e sguainando il pugnale dal fodero.

Subito anche i presenti nel locale si drizzarono in piedi.

Gherson si levò pure lui: «Calma, calma tutti!», esclamò, «non è successo niente, non è successo niente, ora ce ne andiamo». Poi, prese delle monete dalla tasca e le gettò sul tavolo. «Tieni oste, trattieniti pure il resto.»

Quindi avvicinandosi a Nestor che aveva rifoderato lentamente il pugnale lo invitò amichevolmente a seguirlo.

I due camminarono lungo le vie buie, illuminate, di tanto in tanto, da qualche candela ancora accesa alle finestre. «Vieni, Nestor, dimmi dove abiti che ti accompagno a casa.» Le due guardie li seguivano sempre a debita distanza.

«Lasciami solo, mollami qui!», fece l'uomo, con voce piena di angoscia.

«No non ti lascerò, non abbandonerò un amico solo nel bisogno.»

«Amico? Quale amico? Se tu sapessi chi si nasconde dentro di me! Te ne andresti disgustato!»

«Tutti noi abbiamo scheletri nell'armadio, ma non per questo veniamo condannati senza appello», rispose Gherson.

«No, Gherson! Queste favole raccontale ad un altro.», controbatté di rimando, appoggiandosi alle mura di una casa.

«Ora basta, Nestor!», esclamò Gherson, scuotendolo vigorosamente. «Che diavolo ti sta succedendo?»

«Volturion!», pronunciò l'altro.

«Volturion?», ripeté il principe. «Che cosa c'entra Volturion?»

«Che cosa ti ricorda quella città, Gherson?», continuò lo sfregiato.

Gherson si fermò un attimo, poi, cercando di trovare le parole giuste, tenuto conto della delicatezza dell'argomento (forse Nestor aveva perso dei parenti durante l'assedio), rispose: «I miei ricordi sono di una città conquistata, ormai più di sette anni fa.»

«Sii più esplicito, Gherson!», lo incalzò con veemenza. «Non aver paura nell'attribuirti colpe che non hai, tu eri mio nemico ed hai fatto il tuo dovere, raccontami invece, com'è andata dal tuo punto di vista.»

«Beh…», riprese il principe, prendendola alla larga, «per una serie di motivi, Varanis decise di mettere sotto assedio la città. Anch'io ero presente, come comandante dell'ala destra della cavalleria urwain. Il blocco, tuttavia andava per le lunghe, sebbene avessimo già annientato i rinforzi inviati dal tuo re, a sostegno della popolazione. Così una notte cercammo di entrare di nascosto dentro Volturion.»

«Bravo Gherson!», lo fermò Nestor. «Parlami di quella notte, che cosa accadde?»

Il principe continuò: «Venimmo a sapere che c'era una galleria che collegava il centro con la riva esterna del fiume, insieme ad altri miei uomini facemmo il percorso inverso e penetrammo all'interno delle mura, praticamente indisturbati, riuscimmo poi, ad aprire le porte, dopo aver facilmente sopraffatto le guardie. I soldati di Urwan, già in assetto di combattimento, nascosti appena fuori Volturion, entrarono, senza alcun ostacolo e misero a ferro e fuoco la città, tanto che, ancora oggi, non ne rimangono che macerie; tornai in patria acclamato come un eroe e da quel momento, iniziò la mia rovina.»

«Bravo Gherson, hai detto la tua versione della storia», lo fermò. «Ora ascolta la mia: quella notte, non cominciò solo la tua, ma fu l'origine anche della mia rovina.» La sua espressione adesso appariva come spiritata: «Non ti sei mai chiesto come veniste a sapere di quel maledetto tunnel, vero?»

L'altro si fermò un attimo, cercando di ricordarsi,

poi disse: «Mi sembra di rammentare che alcune nostre spie che operavano all'interno della città, ne furono informate, se non sbaglio, da un ubriacone, un soldato che aveva alzato un po'...», Gherson esitò un attimo, temendo di aver intuito la verità, «...il gomito».

«Proprio così Gherson! Proprio così... Quel maledetto ubriacone ero proprio io!», replicò Nestor. Detto questo, cadde in ginocchio piangendo e stringendosi il volto tra le mani continuando nella sua confessione liberatoria: «Io sono il colpevole, io sono quel maledetto, io devo essere punito, tutti quei volti sanguinanti, quei cadaveri straziati, quelle donne violentate, quei pochi scampati, condotti in schiavitù! I loro volti compaiono davanti ai miei occhi ogni maledetta notte che mi è dato vivere...e mi accusano. Tutti quegli amici morti a causa mia, per colpa mia, ho desiderato mille volte di perire, poiché è meglio la morte che vivere in questo eterno inferno di rimorsi.»

Gherson si chinò su di lui e lo abbracciò, per molto tempo piansero così, insieme, amaramente.

CAPITOLO X

Quella notte, il cielo era completamente coperto da nubi scure come il carbone, che non promettevano niente di buono. In lontananza, si intravedevano già i primi bagliori dei lampi tra le nuvole ed il rumore di qualche tuono aveva rotto il silenzio delle tenebre. Anche la temperatura era scesa rapidamente ed il vento si era alzato impetuoso. Un bel temporale era in arrivo.

«La stagione delle piogge...», mormorò tra sé Varanis, rientrato in camera dal suo terrazzo, dove poteva rimirare, con orgoglio, tutta Valaur, la capitale del suo impero. Eppure qualcosa lo turbava, non ci si poteva mai sentire completamente al sicuro. Riuscire a gestire un così vasto dominio, non era affare di poco conto. Ogni evento, anche il più banale, avrebbe potuto creare difficoltà, difficili poi da dirimere.

Fin dall'inizio, il suo regno si era fondato sulla forza delle armi, ogni focolaio di resistenza, anche il più insignificante, era stato soffocato con violenza. Tuttavia, non bisognava mai abbassare la guardia. Il potere genera l'invidia e lui lo sapeva fin troppo bene, per tanti anni, aveva desiderato raggiungere quel trono, da cui ora regnava incontrastato. Conosceva molto bene l'animo umano e fino a che punto, ogni singolo individuo si sarebbe potuto spingere, pur di raggiungere il comando.

Mentre camminava lentamente in silenzio, rimuginando nella sua mente questi pensieri, intervallati da tuoni sempre più rumorosi, qualcuno bussò alla porta.

Entrò Kouderos, il suo consigliere. «Mio signore e Re», così iniziò a parlare dopo essersi inchinato.

«Dimmi Kouderos, coraggio, l'ora è tarda, che cosa ti spinge a venire sin qui da me?», domandò Varanis con voce cupa, continuando a passeggiare lentamente nella sua stanza.

L'uomo riprese, esitando. Sapeva bene, infatti, quanto certe notizie potessero indisporre il suo sovrano. «Mio signore, ci sono giunte voci provenienti dal nostro informatore ad Elevar.»

«Da quel covo di topi di fogna?», rispose l'altro. «Bene parla, quali nuove giungono?»

«Ebbene...», proseguì, quasi balbettando «Sembra che ad Elevar sia giunto un tale che asserisce di essere tuo nipote Gherson.»

Varanis si bloccò, come fosse diventato di pietra, il sangue gli ghiacciò nelle vene, dopo alcuni attimi, alzò la testa quasi completamente calva ricoperta solo ai lati da ciuffi di capelli grigiastri e rivolse uno sguardo omicida verso Kouderos.

«Chi mi aveva assicurato che era morto sette anni fa?! Chi mi voleva convincere, nonostante il cadavere non fosse mai stato trovato?! Chi?! Luridi incapaci!!! Di chi mi devo fidare io, di chi???!!!»

Ora il suo volto era diventato rosso dalla collera che stava salendo sempre più.

Il consigliere invece, stava in silenzio a capo chino non osando guardare il volto del suo Re.

«Che altro mi devi dire? Coraggio, parla!!!», intimò Varanis.

«Inoltre, mio signore...», riprese il poveretto, sempre più spaventato, «ci sono giunte notizie che dieci nostri soldati di stanza presso la guarnigione di Olverath, sulla frontiera a Soren Garth, inviati su tuo espresso ordine per catturare quel bambino che stavi cercando con insistenza, siano stati trovati senza vita lungo il corso del fiume Alaurin.»

«Nooo!!!», urlò il sovrano. «Questo è troppo! Tutto ciò è inconcepibile! È inammissibile!!!» Prese il pugnale che aveva nascosto sotto il mantello e lo conficcò con violenza sul tavolo.

Il rumore del tuono ruppe nuovamente l'aria mentre un'improvvisa raffica di vento spalancò le ante della porta che dava sul terrazzo, stava iniziando a piovere.

Il consigliere ora tremava in silenzio.

«È stato quel maledetto!!!», gridò ancora più forte il tiranno. «Quel maledetto!!! Ne sono sicuro, quanto esiste Arvhèia!»

Kouderos ora davvero temeva per la sua incolumità, ma era costretto suo malgrado a terminare il resoconto dei fatti. «Sì mio signore...», continuò con voce insicura, «dalle nostre informazioni, ci risulta che sia andata proprio così!»

«Maledetto, maledetto, mille volte maledetto!!!», Varanis lanciò, con tutte le sue forze, una sedia contro il muro.

Le guardie alla porta entrarono di corsa.

«Fuori! fuori!!!», gli urlò a brutto muso. «Chi vi ha ordinato di entrare!!!»

I soldati, guardandosi smarriti l'un l'altro, uscirono immediatamente chinando il capo.

«Ma...mio signore e Re...», cercò ora di controbattere in qualche modo il suo consigliere. «Qualora tuo nipote fosse veramente vivo, rimane sempre un uomo solo contro un regno e tu lo hai già sconfitto una volta.»

«Stolto!!!», si voltò il Re furioso. «Ma non capisci?! Un uragano si fa sempre precedere da una brezza soave. Gherson doveva essere ucciso, schiacciato come una formica, rimosso dalla faccia della terra. Io non l'ho annientato, l'ho solo ferito e un Vartaxar ferito, che rispunta dal nulla, può diventare più letale del cancro, che ti uccide in men che non si dica.»

Sulla città ora pioveva a dirotto e una nuova raffica di vento entrò ululando nella stanza, alcune candele si spensero e tutto si fece più scuro.

«Comunque!», riprese il sovrano, respirando rumorosamente, mentre si lisciava i baffi, «forse non tutto il male viene per nuocere. Già avevo in mente di schiacciare, una volta per tutte, quel verme di Alcain. E sia! Raduna domani con urgenza il consiglio di guerra! Hai capito idiota?»

L'altro annuì con la testa tutto tremante.

«In quanto a te Gherson! So io come stanarti, serpe maledetta.», esclamò ad alta voce Varanis.

Poi, giratosi verso la porta, gridò «Guardie, chiamatemi Sartanis!!!»

CAPIϮOLO ӾI

E venne il giorno della partenza. Gherson fu ricevuto insieme ai suoi compagni nella sala delle udienze. L'immensa struttura costruita all'interno della montagna era divisa in tre navate da due lunghe file di colonne. Brillava di luce propria per l'enorme quantità di pietre preziose scintillanti fissate alle pareti, queste disegnavano ovunque mosaici multicolore. Il pavimento di marmo con striature nere e verdastre, era così lucido che ci si poteva specchiare. Gherson si guardava tutt'intorno, ogni particolare era stato curato nel minimo dettaglio in funzione degli altri e ne faceva così risaltare la peculiarità e l'unicità delle decorazioni. – Gli esseri umani non erano solo in grado di compiere barbarie, ma quali figli dell'Unico, avevano anche la capacità di compiere opere straordinarie per le quali valeva la pena di vivere. – pensò estasiato dall'armoniosa bellezza che lo circondava,

Il Re scese dal suo trono e andò loro incontro. Accompagnavano Gherson, Teirios, suo figlio Denaer, Garund e Nestor.

Il sovrano li salutò brevemente augurando loro un viaggio tranquillo, poi li congedò. Ainousa invece anche lei presente, li accompagnò fino alle scuderie dove erano già pronti i cavalli, rassicurò Gherson sulla sorte di Elazar, si sarebbe presa personalmente cura del piccolo facendolo trasferire il giorno stesso a palazzo. Mentre parlava e fingendo di accarezzare il cavallo fece scivolare con noncuranza un oggetto nella tasca della sua sella. Infine lo salutò dicendo: «Abbi cura di te mio principe, Awax-clamhan, che scruti nel profondo.»

Il gesto della Principessa però non sfuggì a Teirios e nemmeno a Ierax che osservava la scena dall'alto, solo quando uscirono dalla città scese lentamente disegnando dei cerchi regolari nel cielo e planò sul guanto del padrone. Questi, lo accarezzò lentamente con la mano sinistra rimproverandolo con dolcezza: «Finalmente hai deciso di farti rivedere, pensavo ti fossi dimenticato di me.»

Appena usciti dalla valle di Elevar si trovarono di fronte ad una nuova sorpresa, Evalion li stava aspettando.

Subito, comunicò al cuore di Gherson: "Desidero accompagnarti in questo viaggio, amico mio."

Il giovane scese dal suo destriero e gli si avvicinò: «Ti sono grato per la tua generosità e sono onorato della tua amicizia.» Accarezzò e baciò il suo manto nero poi, gli saltò sopra davanti agli occhi stupiti dei suoi compagni.

Proseguirono per una strada sterrata che saliva verso il vallone di Vrona in direzione Soren Donau, addentrandosi in un bel bosco, le piante di latifoglie man mano che salivano lasciavano il campo a una sempre maggiore presenza di larici. Durante il cammino di tanto in tanto, come già avevano notato i suoi compagni in passato, Gherson raccoglieva alcuni licheni o muffe e li riponeva poi direttamente nelle tasche della sella del destriero con cui aveva iniziato il viaggio.

Nestor incuriosito gli si avvicinò domandandogli: «Non è la prima volta che ti vediamo raccogliere piante o simili, so anche che hai curato il figlio di Drusan con degli estratti medicamentosi da te preparati, se mi è lecito chiedertelo...da chi hai appreso l'arte di curare con le erbe? Sei forse anche un guaritore?»

Gherson, voltatosi verso l'amico, rispose sorridendo: «Non sono un guaritore...fin da ragazzo però quando studiavo nella nostra accademia militare, ho imparato che gli estratti di alcune piante potevano essere utili in caso di necessità, peraltro nei nostri accampamenti c'è sempre stata un'infermeria, lì spesso andavo a trovare i miei uomini feriti e così ho avuto modo di osservare i nostri guaritori all'opera quando effettuavano i loro interventi o somministravano i loro preparati. Inoltre anche Ramson, durante il periodo trascorso ad Isador mi ha istruito affermando che la natura vive in stretta simbiosi con noi e ci offre rimedi contro molte malattie. Questo, ho potuto constatarlo io stesso durante la mia lunga convalescenza. Sebbene abbia appreso alcuni insegnamenti, tuttavia ho ancora molto da imparare sull'argomento.»

Oltrepassato un fiumiciattolo al primo tornante verso destra incontrarono un bivio, imboccarono il sentiero che seguiva il corso del torrente, nel giro di circa mezzo siklin, giunsero nei pressi di una piccola cascata che preannunciava l'ingresso al piano inferiore di Vrona. Si trovarono così su un ampio pianoro erboso, in mezzo al quale si ergeva la casa di caccia del Re Alcain, che in realtà era un vero e proprio castello con funzione difensiva un estremo baluardo sui monti a Soren Donau del suo regno. Qui il sovrano amava passarvi parte del periodo estivo per riposarsi e svolgere la sua attività preferita, la caccia. Di forma pentagonale e delimitato da un fossato esterno, con torri circolari e mura perimetrali completamente merlate. Era organizzato all'interno su tre ampi cortili sovrastati da due torrioni circolari e da un massiccio palazzo centrale di forma quadrata, sede della residenza del sovrano.

I tre cortili erano collegati tra loro da un androne che passava al centro della struttura. I cinque varcato un maestoso arco in pietra giunsero infine all'ingresso del maniero.

All'interno, gli ambienti austeri erano riscaldati da grandi camini in pietra con raffinati affreschi alle pareti. Le possenti mura erano state edificate con i massi provenienti dalle vicine cave ed erano state posate in linee irregolari, con una tessitura dinamica e suggestiva che si integrava perfettamente con lo spazio circostante. Nella proprietà si trovavano inoltre, casali e cascine, la maggior parte erano utilizzate dai contadini e dai soldati della guardia.

«Non sembra di stare in Paradiso?», domandò Nestor, avvicinandosi nuovamente a Gherson.

«Già! se non fosse che oltre quelle cime, alla nostra destra, ha inizio la contea di Lamoran, governata da quel bandito di Arsen», borbottò Teirios, che pur trovandosi alcuni diacron più avanti aveva udito le parole dell'amico.

Entrarono nel castello dopo essersi fatti riconoscere nei pressi del corpo di guardia e si diressero quindi verso le scuderie.

Teirios, vedendo che Gherson era rimasto leggermente indietro rispetto agli altri si avvicinò e prendendo coraggio gli disse: «Se non sono indiscreto, posso sapere che cosa ti ha donato la principessa Ainousa?»

L'altro giratosi lo guardò perplesso.

«Permetti mio signore...», e facendosi dappresso al

destriero solitario che li seguiva docilmente Teirios, con tutta calma estrasse una fascia color zaffiro dalla tasca della sella.

«Mmm...», mugugnò il soldato «Proprio come temevo.», e scosse il capo sconsolato.

«Non capisco...», disse Gherson confuso.

«Caro il mio principe...oramai ci conosciamo da un po' di tempo ed ho imparato a stimarti, malgrado ti avrei volentieri sbudellato come un cane, quando sono venuto a conoscenza delle tue origini.»

Dopo un breve sospiro, come per scusarsi della sua ultima affermazione continuò: «Indubbiamente c'è qualcosa di speciale in te...non ridere ti prego, ma è come se tu fossi avvolto da un alone di magia che emana tutto intorno benessere e pace. Più di una volta me ne sono accorto, quando ero adirato e nervoso la tua sola presenza è bastata a placare il mio animo.»

L'amico lo ascoltava incuriosito senza proferire parola.

Teirios, non trovando obiezioni, proseguì nel suo discorso: «Ascoltami, il tuo modo di fare attrae le persone e questo è fuori di dubbio ma tale peculiarità può essere anche un pericolo. Il dono che ti ha fatto la principessa ha un significato particolare per il nostro popolo, Ainousa ha voluto esprimerti così il desiderio che tra voi nasca un legame, non so di quale natura e non lo voglio neanche immaginare...ma stai attento! La principessa è promessa ad un altro uomo, non metterti contro il volere di Alcain, non potrei più aiutarti.»

Nel pomeriggio partirono dal castello, dopo avervi lasciato in custodia il cavallo in sovrannumero e ripresero il sentiero. Trascurarono a sinistra una diramazione che saliva verso un bivacco e oltrepassato un torrente, percorsero un robusto ponte di legno raggiungendo il piano superiore di Vrona. Ierax contrariamente alle sue abitudini, accompagnava il padrone appoggiato al suo guanto facendosi accarezzare le ali e solo raramente si alzava in volo.

La strada a questo punto si biforcava. «Vedi il sentiero sinuoso che sale alla tua sinistra?», domandò Teirios rivolgendosi al principe che annuì con la testa «Si dirige ai laghi di Vrain Dahar[7], secondo la leggenda qui Elaiar pianse la morte della sua amata Antalia seduto vicino alla vetta del monte Druos, il suo pianto era così inconsolabile che le sue lacrime dettero origine a questi laghi.»

I cinque andarono oltre, imboccando un viottolo a destra ristrettosi a tratti a mulattiera che saliva a tornanti all'interno di un bosco di larici. Man mano che avanzavano gli alberi si diradavano sempre più, fino a che il paesaggio mutò in un prato erboso alternato a massi di rocce sparsi qua e là.

Attraversati un paio di ruscelli su dei ponticelli in legno, proseguirono diritti fino ad arrivare al lago superiore del Vrona, dominato sulla destra da una piccola costruzione in pietra adibita a rifugio. Ormai il sole stava tramontando dietro alcune nuvole comparse all'orizzonte.

«Ci fermeremo qui per la notte.», sentenziò Teirios alzando la mano in direzione del bivacco e scendendo lentamente da cavallo. Due di loro recuperarono della legna e accesero un fuoco per riscaldarsi durante la notte.

---

7 - *Vrain Dahar:* significa la moglie morta

Prima di coricarsi, Gherson si fermò seduto sopra una roccia a guardare il cielo illuminato da miriadi di stelle «Chi ha creato questo mondo, ha fatto opere mirabili, non credi?», rivolgendosi a Ierax che si trovava al suo fianco mentre lo stava fissando come se lo avesse compreso. Tormentato da infiniti dubbi su quell'ultimo periodo della sua vita, prese la cetra di Garund e intonò un canto:

"Ho alzato gli occhi verso il cielo,
ho contemplato le meraviglie del tuo creato
capire tutto questo per me è un mistero
a me basta saper d'essere da te amato.
Chi potrà mai eguagliare le tue opere?
Chi mai comprenderà la tua sapienza?
So che son polvere
con la mia inutile insipienza.
aiutami, sostienimi, rafforzami
perché possa intender la sorte a me assegnata"

Nascosto dietro un albero, Nestor ascoltava con le braccia conserte, quasi a disagio ma in fondo al suo cuore per un attimo trovò quella pace che aveva ormai perso da tanto tempo.

Il giorno seguente appena dopo l'alba, si alzarono e dopo una frugale colazione ripartirono di buon passo. Il sentiero ora si districava tra pietre e sassi di varie dimensioni, ogni tanto si udivano i richiami di qualche marmotta che avvistati gli intrusi segnalava la loro presenza. Ad un tratto in alto a destra si stagliò la figura di uno Zardog, un grosso stambecco dal colore bianco con due enormi corna che immobile sopra una roccia, osservava con interesse i cinque nuovi arrivati.

«Che dici, Teirios...lo tiriamo giù con un paio di frecce? Oggi potremmo mangiare costolette alla brace.», disse Nestor.

«L'idea non è malvagia ma perderemmo troppo tempo, quanto prima, saremo ospiti di qualche awax vaimar, che ci preparerà un bel pranzetto.», rispose.

«Allora ci sarà da stare allegri!», subentrò Garund, «ne ho conosciuto qualcuno, passano il tempo a masticare radici o altre porcherie del genere.»

La discussione terminò in una comune risata.

Risalendo lungo il costone destro della vallata, le pietre del sentiero erano disposte in maniera quasi simmetrica come se la strada fosse lastricata, dietro ad una curva sulla sinistra si trovarono di fronte ad una spettacolare galleria naturale scavata all'interno della montagna e lunga un centinaio di diacron. Vi entrarono un po' intimoriti, al suo interno si respirava un forte odore di muffa, la luce era fioca e proveniva da fenditure scavate nelle pareti. Gherson si domandò come si fosse potuto creare un simile complesso, probabilmente era stata l'erosione delle acque o di qualche antico ghiacciaio.

Usciti, infine, dall'altra parte, tornando a respirare l'aria fresca e frizzantina, tirarono un sospiro di sollievo. La strada saliva ormai sempre più fino a raggiungere il passo zigzagando lungo il pendio.

A metà mattino, giunsero al vallo che separava il monte Vrona dal vicino monte Scaurin, entrambi ancora imbiancati di candida neve sulle rispettive vette. Il vento era forte e gelido. I cinque si ripararono con i propri mantelli, decisero di scendere giù lungo il vallone di

Khareem Vasta a piedi poiché il sentiero era ripido e seminascosto all'interno di una pietraia. Dovettero camminare con circospezione, per non rischiare di scivolare in quanto a tratti la mulattiera era nascosta da lingue di neve ancora non sciolta.

Più in basso, si fermarono a mangiare vicino a un piccolo torrente. Quindi dopo essersi riposati, entrarono in un bosco di larici che digradava lentamente verso valle facendo da cornice al corso d'acqua che, scendendo tumultuoso riempiva l'aria col suo fragore. Il sole era ormai tramontato quando si fermarono per la notte in uno spiazzo tra gli alberi, nei pressi di un piccolo lago.

Al termine della cena, Gherson e Teirios rimasero soli davanti al fuoco.

«Domani nel pomeriggio, se tutto va bene, dovremo giungere a destinazione alla dimora degli awox vaimer. Francamente, in passato non ho avuto molto a che fare con loro e sono un po' sovrappensiero, tu che ne sai a riguardo?», chiese con curiosità Teiros.

L'altro, giocherellando, come suo solito, con un legnetto, rispose: «Né più né meno di quello che sanno tutti, sono una confraternita di persone che ad un certo punto della loro esistenza hanno deciso di separarsi dai loro cari e di vivere come asceti. Ritengono che una qualche forma di magia sia in grado di controllare ogni essere vivente. In effetti alcuni di loro compiono azioni fuori del comune. Altri dediti allo studio, approfondiscono le loro conoscenze nell'ambito della medicina, dell'astronomia o della storia, tramandando la loro erudizione ai discepoli sia oralmente che con appositi manoscritti affinché, quanto appreso non venga perduto. Non tutti però conducono una vita solitaria. Alcuni non è raro trovarli a difesa di piccoli villaggi dove a volte reclutano nuovi adepti. La maggioranza tuttavia, preferisce vivere in luoghi remoti come Khareem Vasta. Non amano la conversazione ma preferiscono osservare ed ascoltare, per cui ogni loro riflessione va adeguatamente soppesata ed interiorizzata, ogni parola o espressione del viso, può assumere diversi significati. Coloro che desiderano diventare awox vaimer devono seguire un precettore, solitamente il più anziano. Il percorso iniziatico è molto duro. Pochi sono in grado di giungere alla conoscenza dei segreti più reconditi.» Terios, scuotendo la testa sbuffò, questo modo di vivere non faceva proprio per lui.

Il mattino seguente, ripresero il cammino con molta calma, risalendo la vallata lungo le pendici del monte Suntasis, procedevano lentamente, perché si era alzato un forte vento fastidioso. Dopo aver sostato per un pranzo a base di pane e formaggio, riparati dietro un costone roccioso, nel pomeriggio entrarono in un bosco di conifere secolari, dove ogni tanto era facile imbattersi in anfratti.

Proseguirono per un sentiero ciottolato accompagnati dal cinguettio degli uccelli fino a giungere a un ponte in muratura, una volta oltrepassato si trovarono di fronte ad una terrazza di forma esagonale, che si affacciava a strapiombo sulla vallata.

La pavimentazione era di pietre ben levigate e al centro, una fontana creava spettacolari giochi d'acqua verso l'alto. Collegato da un robusto ponte in pietra all'estremità opposta vi era un muro di cinta in pietre chiare alto tre diacron, con un basamento di due e di uno e mezzo all'apice superiore, al centro un portone in legno massiccio fungeva da entrata principale. Ai lati dell'ingresso, dominavano due statue, alte sei diacron, che rappresentavano uomini alati così descritti: i capelli lunghi lisci, lineamenti perfetti, gli occhi austeri fissavano, il viandante che si accingeva a dirigersi verso l'ingresso, in qualsiasi posizione si trovasse, lo sguardo delle stesse era sempre presente. La statua di destra, reggeva una bilancia, mentre quella di sinistra una clessidra. Stavano lì, come se sorvegliassero, l'arcano passaggio. Gherson si sentì a disagio sotto il loro sguardo quasi schiacciato, come se lo scrutassero nel più intimo dell'animo. Nelle sculture non c'erano segni di deterioramento. Eppure, lui pensò, che dovevano essere state erette molto, molto tempo prima. Superata la soglia si trovarono in uno splendido giardino. Tutt'intorno si apriva una schiera ordinata di aiuole ornate da siepi di rose con boccioli ancora chiusi, queste si alternavano a bianchi gigli che stavano timidamente schiudendosi nonostante il freddo di quei giorni. Un tappeto di profumi, colori e suoni che avvolgevano e rapivano i sensi. Ma ciò che veramente attirò la loro attenzione fu il magnifico edificio a pianta circolare che dominava lo spazio. Si sviluppava in slancio verticale, le pareti esterne dell'edificio, anch'esse in quarzo traslucido e vetro piombato, si abbracciavano come un bocciolo di fior di loto. La Maestosa porta era in Azzurrite con intelaiature in metallo sconosciuto con inciso sulla superficie un albero dai rami simmetrici e foglie in oro che si protendevano verso l'alto, il suo orientamento era verso Garth, punto in cui sorge il sole in coincidenza degli equinozi di Eivan ed Othgar.

L'ingresso era semi aperto e dalla fessura della

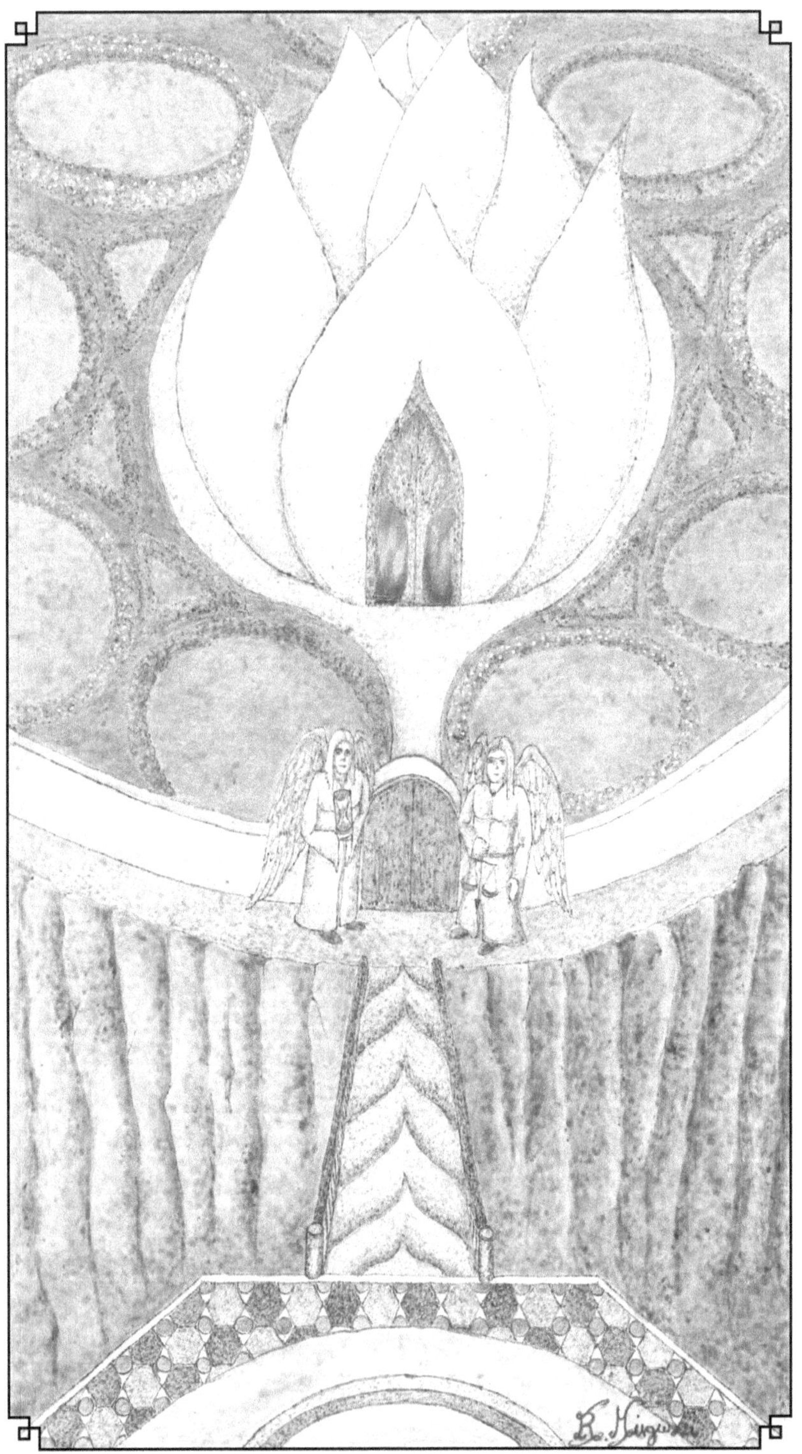

porta filtrava un raggio di luce che investiva il pulviscolo in sospensione facendolo fluttuare. I cinque uomini si guardarono intorno sbalorditi per la splendida architettura. Non osavano ancora muoversi e per qualche attimo lasciarono vagare lo sguardo sul giardino. Alla fine preso coraggio entrarono con circospezione.

Si trovarono in un'ampia sala circolare, in cui dominavano nove magnifiche colonne spiraliformi interamente rivestite di foglie che si sviluppavano armoniosamente fino all'apice della struttura.

Le spirali erano orientate in senso orario secondo una componente rotatoria che nell'avanzare tracciava attorno al fusto un'elica immaginaria.

Le foglie erano completamente simmetriche e avvolgevano la colonna seguendo una sequenza tale per cui dopo uno, due, tre, cinque, otto, tredici ecc., giri della spirale si poteva trovare sempre una foglia allineata con la prima.

Lo spazio era pieno di colore per la presenza di immense vetrate in cristallo piombato. La luce che entrava attraversava le trasparenze del cristallo e dava l'impressione che le pareti, le colonne e tutta la materia investita perdesse di consistenza, divenendo immateriale, grazie alle rifrazione che rendevano l'ambiente magico. Un cordolo d'oro, incastonato nel pavimento di Hematite ben levigato che rifletteva come uno specchio chi vi camminava sopra, faceva da guida ai cinque uomini che, in silenzio lo seguirono arrivando ai piedi delle colonne. Qui il cordolo seguendo la linea dei contorni univa quattro mosaici l'uno all'altro. Il primo mosaico di fronte alla prima colonna raffigurava su sfondo dorato la creazione, dall'universo alle sue galassie e pianeti.

R. Murguzzi

Raggi luminosi partivano dal nucleo centrale, sfolgorante per l'immensa quantità di diamanti incastonati. A seguire tra la seconda e la terza colonna era rappresentata in un nuovo mosaico la creazione di tutte le sue creature angeliche, più avanti tra la terza e la quarta colonna il mosaico che raffigurava la nascita della vita nelle sue svariate forme, animali e vegetali. L'ultimo mosaico tra l'ottava e la nona colonna raffigurava l'inizio del genere umano in Ghenesia. Da una luce al centro prendeva forma un nuovo essere, l'uomo e la donna uniti in una sola carne tra lo stupore delle altre creature già esistenti. Mentre osservavano questo mosaico passarono di fronte ad una pesante porta in pregiato legno massello con intarsi in oro massiccio sulle cui ante erano raffigurate in rilievo le figure di un uomo e di una donna con le mani aperte che fungevano da maniglie. Oltrepassarono la porta e si trovarono sette scalini che scendevano in quanto, il salone che avevano di fronte risultava più basso di alcuni acron rispetto alla loro posizione. Due file di colonne spiraliformi correvano lungo i lati. Al centro, era posizionato un tavolo rettangolare, interamente costruito in pietra d'onice, sorretto da quattro figure alate decorate in oro. Ai lati, in modo ordinato, erano inserite una decina di sedie in legno, foderate di pelle scura. Le immense vetrate, costruite negli spessi muri di quarzo, erano in pietra d'ambra, attraverso cui la luce filtrava luminosa all'interno.

Nestor, si diresse allora dalla parte opposta della stanza verso un enorme camino grigio chiaro, vi erano all'interno ciocchi di legno parzialmente bruciati. Avvicinò la mano alla cenere e percepì che era ancora calda.

«Qualcuno è stato qui, di recente!», affermò.

Gli altri si guardarono titubanti. Continuarono quindi a perlustrare la struttura, salendo sospettosi al piano superiore tramite una scala in pietra situata alla sinistra del camino. Qui erano ubicate le camere degli awox vaimer, erano arredate in modo semplice rispetto a quanto si era visto prima, un letto in legno, un armadio a due ante e nessun arazzo o quadro ad abbellire le pareti.

Nella struttura non c'era anima viva. Uscirono infine dal complesso con sentimenti controversi, tra un misto di frustrazione e di timore.

Intorno a loro si percepiva solo il cinguettio degli uccelli ed il dolce frusciare delle foglie agitate dal vento sempre più pungente, che, col passar del tempo andava aumentando di intensità.

Mentre Denaer pensava ai cavalli gli altri continuarono a guardarsi intorno, cercando anche nelle vicinanze qualche segno della presenza degli "uomini sacri".

Poi, improvvisamente dal folto bosco, si udì un grido di richiamo, «Venite un po' a vedere!», era Nestor.

Corsero tutti immediatamente in quella direzione. Nello spazio antistante tra gli alberi, vi erano alcune tombe scavate di recente.

«Pensate anche voi la stessa cosa?», domandò avvilito Teirios.

I compagni annuirono lentamente con la testa.

«Chi potrà mai essere stato?», s'interrogò Denaer.

«Bella domanda!», rispose il padre, sempre più sconsolato, «...penso che sarà difficile trovare qualcuno ancora vivo da queste parti che ce lo possa spiegare.»

«A questo punto...mi par di capire che questo nostro viaggio sia stato del tutto inutile.», intervenne quasi dispiaciuto Garund.

«Pare proprio di si!», sentenziò il rosso Adamant, scuotendo il capo.

«Che facciamo allora?», domandò Denaer.

«Intanto torniamo alla costruzione in pietra e passiamoci la notte, ormai è quasi buio ed il tempo sta peggiorando, ma stiamo attenti...l'aria qui intorno non mi piace per niente.», concluse Teirios.

«Anche perché, c'è una considerazione da fare...», intervenne Gherson, che fino a quel momento era rimasto ad ascoltare le riflessioni dei compagni senza dir nulla. Gli altri si voltarono verso di lui, in attesa che continuasse. «...le tombe sono state scavate da poco, chi ha seppellito gli awox vaimer, potrebbe essere ancora da queste parti, anzi, non mi stupirei se...in questo momento ci stesse osservando», ed istintivamente portò la mano all'elsa della spada.

Teirios annuì con un cenno del capo e ad un suo gesto, si diressero tutti rapidamente verso l'edificio.

All'improvviso, una figura incappucciata in un saio grigio, si stagliò tra gli alberi alla loro destra, Ierax stridette dal cielo piombando rapido su di loro, come se avesse avvistato una preda atterrando rapidamente su un ramo, vicino allo sconosciuto. Anche i cinque si avvicinarono all'estraneo e sguainarono le loro spada.

«Riponete le vostre armi!», disse il misterioso individuo fecendo un breve cenno in avanti, col braccio destro.

«Chi sei?», domandò Teirios fermamente.

L'altro con voce cupa, alzando lentamente il capo e mostrando il suo viso scarno, rugoso, dai profondi occhi infossati e la barba grigia rispose: «Valdor è il mio no-me...l'ultimo degli awox vaimer in questa valle.»

«Che cosa è successo qui? Perché non c'è più nes-suno?», incalzò inquisitorio Gherson.

L'uomo non esaudì subito le sue domande, lo scrutò profondamente dalla testa ai piedi, tanto che Gherson si sentì a disagio, come spogliato nel suo intimo, da-vanti al suo interlocutore. «Gherson Tanisdar tindaril[8], conosco la tua storia.», ed abbassò gli occhi sospirando.

Il giovane rimase folgorato da quell'affermazione. Non si erano mai incontrati prima di allora, eppure, aveva l'esatta sensazione che quell'uomo sapesse dav-vero tutto di lui.

Ierax girò il capo verso il suo padrone, conferman-do quell'intuizione, emettendo uno stridio.

Gherson rivolgendo lo sguardo verso Ierax riflet-teva mentalmente: "È strano, ma sento che questo luo-go è permeato dalla magia, la percepisco chiaramente Ierax, mi sto quasi convincendo che anche tu ne faccia parte, ti prego stammi vicino ed aiutami."

Poi, sempre con un cenno della mano, il vecchio li invitò a seguirli verso la sua dimora. Il cielo intanto si stava oscurando, grigie nubi minacciose si stavano approssimando all'orizzonte.

Una volta all'interno del salone, dove il freddo or-mai penetrava fin dentro le ossa, l'Awax Vaimar accese il fuoco. Si sedette al lato del tavolo, seguito a ruota dagli altri cinque forestieri e senza tirare troppo per le lunghe, guardando i suoi interlocutori ad un ad uno, esordì dicendo: «Circa due settimane fa, si presentò in

---

8 - *Gherson Tanisdar tindaril:* "Tu sei Gherson figlio di Tanis" tradotto dalla lingua degli Awox Vaimer.

questo luogo un gruppo di cacciatori urwaian, facendo domande sempre più insistenti su un bambino che, secondo le informazioni in loro possesso, doveva trovarsi nascosto da noi. Non avendolo trovato e sentendosi ingannati, si vendicarono uccidendo senza pietà i miei fratelli.»

Teirios, grattandosi la barba, mormorò qualcosa tra sé, poi lo interruppe: «E tu allora, perché sei stato risparmiato? Non è che...per caso...ci stai raccontando qualche frottola?»

L'altro sembrò non curarsi dell'Adamant e si limitò, con preponderanza morale, a voltargli le spalle. «Non ero in questo luogo, nel momento in cui avvenne la strage. Tornato trovai a terra i corpi senza vita dei miei compagni, ponendo la mano sul loro capo, riuscii a visualizzare le ultime immagini catturate dalle loro menti. Solo così appresi, che gli Urwaian dopo l'eccidio, avevano lasciato questa dimora. Decisi, quindi di seppellire le salme, come anche voi avete constatato.»

Gherson lo fissò negli occhi, poi si voltò verso Teirios con un cenno di assenso.

«Bene ora che facciamo?», domandò ansioso Denaer.

«Tu, per cominciare, ti vai a fare il primo turno di guardia», replicò il padre, adombrato, perché a suo modo di vedere, il figlio aveva parlato anche troppo.

Garund, che fino a quel momento era stato in silenzio intervenne: «Sarebbe interessante sapere, per quale motivo gli Urwaian si siano macchiati di una simile colpa. Soprattutto...chi è questo bambino che stanno cercando e perché mai è tanto importante per loro?»

Gherson cercò lo sguardo di Valdor aspettandosi

delle risposte, profondamente convinto che questi sapesse più di quanto avesse raccontato.

«Non è per ascoltare la mia storia che voi avete percorso così tanta strada...non è vero, Gherson Tanisdar tindaril?», disse Valdor lasciando ancora una volta sorpreso e senza parole Gherson.

Continuando Valdor: «L'ora è tarda principe, ma sono convinto che quanto prima, avrai le tue risposte, forse anche questa stessa notte.»

Senza aggiungere altro, in silenzio si allontanò da loro, con un incedere che nessuno si sognò neppur minimamente di contrastare. I cinque rimasero così, soli e demoralizzati, con nuovi interrogativi cui trovare risposta e senza aver ancora risolto le questioni che li avevano portati fin lì.

Più tardi Gherson, quando ormai era buio, sentì nell'intimo, il desiderio di avventurarsi nel bosco. S'inerpicò lungo un piccolo sentiero tra la folta macchia, accompagnato **dal verso di un Terpsiphone**[9], arrivò a ridosso di un costone roccioso, completamente diviso in due parti da una profonda e stretta fenditura, come se una enorme mannaia fosse calata sulla pietra dividendola a metà. Si addentrò in quella spaccatura, camminando di fianco, poiché lo spazio era davvero esiguo. Giunto dall'altra parte, si trovò in cima ad un piccolo dirupo che dominava la vallata.

«Benvenuto principe di Urwan...che cosa stai cer-

---

9 - *Terpsiphone:* uccellino di piccole dimensioni dal capo color azzurro notte. Il corpo, dotato di un piumaggio candido terminava con una lunghissima coda dalle sfumature blu notte con riflessi argentei.

cando?», disse un uomo seduto alla sua destra, che lo stava aspettando, teneva il capo chino e avvolto in uno scuro mantello.

Ierax si era posato sui resti di un albero secco.

Quella voce fece tornare alla mente di Gherson le immagini del vecchio cantastorie di Elevar e quelle del misterioso personaggio incontrato tempo prima ad Isador «Ma allora sei lo stesso...», Gherson non fece però in tempo a terminare la frase, perché l'uomo subito riprese:

«Ho saputo molte cose su di te, dall'ultima volta che ci siamo incontrati», fissò il falco, che stava sbattendo lievemente le ali.

Gherson rimase ancora in silenzio perché quell'individuo lo metteva in soggezione. Fattosi coraggio, con semplicità, rispose: «Ho solo cercato di essere me stesso.»

«E chi sei tu, Gherson, in realtà? Infine lo hai scoperto?», lo incalzò l'uomo.

«Non lo so. Forse non sono niente...», replicò il principe, dopo un attimo di esitazione.

Alzandosi in piedi l'uomo continuò: «È una giusta considerazione anche questa. Ogni essere viene dal nulla, ma se è stato creato, c'è una ragione. Ti ripropongo allora la domanda in maniera differente...Gherson, certamente tu hai sperimentato nella tua vita molteplici emozioni, sofferenze di vario genere, fatiche, tristezza interiore, dolore fisico e hai vissuto un'infinità di avventure, realizzando imprese degne di nota e allora, ti richiedo...tu perché sei stato creato? Qual è la tua missione reale in questa vita?»

Gherson, sempre più perplesso restava in silenzio

riflettendo sulle parole dell'uomo.

«Ascoltami bene, Gherson...cosa rammenti di quella notte a Graevion, quando fosti ferito mortalmente?», lo sollecitò l'uomo.

Il principe abbassò lo sguardo e portando la mano destra alla tempia, dalla sua mente riaffioravano quei ricordi che aveva sempre cercato di nascondere, pure a se stesso. All'improvviso, la ferita al torace tornò a bruciare come fuoco vivo. «Ricordo di essere entrato in un tunnel buio come la pece, in fondo scorsi una luce luminosa che vinceva le tenebre poi...fui rigettato indietro... nel nostro mondo.»

Terminò la frase ansimando tenendosi il petto con la mano sinistra per il dolore lancinante che, stava lentamente scemando.

«Bene, allora lo sappiamo entrambi. La tua sorte con quella freccia era stata segnata...ma è stato deciso che la vita continuasse a scorrere nelle tue vene.»

Ora, il principe non sapeva proprio più cosa dire e cosa pensare, dentro di lui continuava a chiedersi: "come fa quest'uomo a conoscere così tante cose su di me? A questo punto, voglio proprio sentire cosa ha da dirmi», si appoggiò con la schiena alla roccia tenendo le braccia conserte per continuare ad ascoltarlo.

L'uomo riprese a parlare: «Adesso è necessario che ti racconti una storia, hai mai sentito parlare di Elaiar, l'eletto?» Gherson rispose quasi stupito: «La leggenda del custode posto a sorvegliare il passaggio tra i mondi di Ghenesia e Arvhèia? Se si tratta di quella allora sì, l'ho ascoltata da piccolo.»

«Perché non me la racconti Gherson? O...vuoi che lo faccia io?» La voce dell'uomo cambiò assumendo un tono molto più serio.

Il principe, con un gesto cortese della mano, lo invitò a continuare.

«D'accordo, allora parlerò io. Elaiar era un eletto, un custode, come dici tu, posto a sorvegliare la barriera creata tra i due mondi. Come aveva predetto Yrshar, Elaiar, forse spinto dal suo smisurato desiderio di conoscere, osservando il comportamento degli uomini, le loro fatiche e i loro tormenti, invece di giudicarli, cominciò a comprenderli, a volergli bene, a desiderare di aiutarli. Fu così che chiese il permesso di poter scendere sulla terra di Arvhèia.

L'Onnipotente, ricordò all'eletto che, qualora fosse sceso su Arvhèia, avrebbe perso le sue peculiarità: "Non avrai più le tue fulgide ali e sarai soggetto al destino di tutti gli uomini. Non sarai più immortale, sperimenterai anche tu la prostrazione, il dolore e la morte."

Questo Elaiar lo sapeva bene, ma il suo amore per l'uomo, condiviso peraltro dall'Onnipotente, fu più forte e lo indusse a venire su questa terra.

L'eletto, nel corso della sua vita mortale, imparò così a vivere come un uomo, cercando però, di portare un seme di speranza ovunque questa fosse stata sottratta, tentando di generare il bene laddove questo era stato sopraffatto dal male. Sperimentò l'amarezza e la sofferenza, ma conobbe anche l'amore umano.

Incontrò infatti, una donna di nome Antalia, una giovane vedova che aveva deciso di rimanere ad accudire la suocera inferma in una terra straniera. Vedendo che Antalia mendicava per le strade, decise inizialmente di offrirle un lavoro nei suoi possedimenti. In una fredda notte di Noldair, Elaiar terminata la sua giornata di lavoro, mentre tornava alla sua dimora, trovò per strada semi assiderata Antalia, aveva i piedi scalzi, violacei e preso da un grosso senso di pietà, decise di portarla nella sua casa insieme con l'anziana suocera. Con il tempo, la pietà divenne rispetto, il rispetto ammirazione e infine, si trasformò in profondo e vero amore per Antalia e si unirono.

Da quell'unione nacque Chesron, da Chesron fu generato Narsis e così via, una lunga discendenza, fino ai giorni nostri. Cominci ora a capire Gherson?»

Il vecchio, con il suo sguardo penetrante, fissava il principe negli occhi, questi rimase folgorato e improvvisamente, ogni infinitesima parte del suo corpo risuonò in armonia comunicandogli chi fosse.

«Non è possibile...non è vero...non può essere... Gherson, vherren Elaiadar», mormorò a bassa voce, chinando il capo.

Mentre in lontananza, un lampo illuminava le tenebre della notte l'uomo continuò: «Per l'esattezza, non il discendente ma Gherson, l'ultimo discendente di Elaiar su questa terra. Ciò che hai detto, non è frutto della tua intelligenza, ma come hai sperimentato, è il tuo stesso essere che te lo ha rivelato.»

Il tempo sembrò fermarsi, il brusio degli uccelli notturni si affievolì improvvisamente.

Gherson cercò quasi istintivamente nel cielo, la costellazione del suo antenato, sebbene parzialmente nascosta dalle nuvole, ai suoi occhi pareva splendere ancora di più, mentre dolcemente una lacrima solcava il suo viso per la commozione.

«Ora...se tu hai capito chi sei, forse ti sarà più facile comprendere il compito che ti è stato affidato.», aggiunse l'uomo.

Il principe, ancora sgomento, lo squadrò titubante ma come un nodo allo stomaco sentiva una nuova premonizione che lo avrebbe ancor più turbato e preoccupato.

L'uomo, vedendo lo stato di turbamento di Gherson per render ancor più chiara la sua posizione continuò: «Ascoltami bene, tu non sei venuto al mondo per essere solo un principe, erede al trono di Urwan. Il titolo che ti è stato ingiustamente tolto, ti verrà accreditato come giustizia, ma tutto quello che hai vissuto finora, era in funzione di un evento più grande. Il tuo compito è quello di riunire l'umanità divisa e di riportarla a Ghenesia.»

«Come è possibile?!», disse Gherson facendo un passo in avanti, ancora visibilmente smarrito, malgrado dentro di sè comprendeva che quanto sentito era veritiero. «Mai nessuno è riuscito a rappacificare popoli così diversi, non saprei da che parte cominciare, non vedi che sono solo?», terminò.

«C'è sempre un inizio Gherson, Ramson mi aveva assicurato che eri pronto.»

«Ramson? Che cosa c'entra Ramson in tutto questo?», replicò.

«Anche lui è un awax vaimar, Gherson, Ramson si prese cura delle tue ferite, quelle del corpo e quelle del tuo animo. Quando ritenne che tu fossi guarito, mi chiamò ed io fui da te.»

«Ma se le cose stanno così, perché non mi hai detto la verità quella notte? Perché tutti questi misteri?», replicò nuovamente Gherson.

«Ti potrei rispondere in molti modi diversi, ma tu

mi avresti mai creduto se ti avessi raccontato questa storia un mese fa? No, Gherson, non lo avresti fatto. C'è un tempo per ogni cosa, era invece necessario che tu lasciassi la vita sedentaria della valle di Isador, per iniziare un nuovo cammino.»

Si fermò un istante, poi si avvicinò al principe e gli mise una mano sulla spalla in segno di sostegno.

«Gherson, abbi fiducia, la semplicità che hai appreso in questi anni di esilio, ti aiuterà ad unire le genti. Sono le persone normali quelle che portano avanti le sorti terrene, tu, puoi aiutarle a credere che possa esistere un mondo diverso, in cui tutte le genti possano vivere in pace. Non ti crucciare, sii sereno, non sei solo, come affermi, nessun uomo lo è, altrimenti non potresti compiere alcunché, basandoti sulle tue sole forze. Dall'alto qualcuno veglierà sempre su di te. Ti darò, infine un suggerimento, cerca la spada di Elaiar e la sua armatura. Ne avrai bisogno per la tua impresa.»

In quell'istante infiniti dubbi e molteplici altre domande turbinavano nella mente del giovane che, pensieroso, aveva portato la mano alla bocca, volgendo ora lo sguardo in basso, ma nella sua confusione ripeté:

«L'armatura di Elaiar! ...Esiste davvero? Non è frutto di fantasia? Dov'è? Dove cercarla?», aumentando il tono della voce.

Sospirando l'uomo: «Gherson, il mio tempo qui sta volgendo al termine. Sappi che dovrai tribolare ancora molto, perché in quest'universo esistono altre creature malvagie che si adoperano ogni giorno, affinché tu possa fallire, utilizzeranno qualsiasi mezzo per ostacolarti. Tu le hai già incontrate, anche se non lo avevi compreso completamente. Ricordi i due Raukaur, la loro furia cieca? Erano posseduti da due demoni con l'intenzione di ucciderti. Gherson, sta' attento, perché la tua lotta non è solo contro creature terrene, che abitano il mondo da te conosciuto, ma anche contro creature maligne celesti e oscure create dall'innominabile, che vivono nel tartaro, sotto dense tenebre.»

Detto questo l'uomo, si volse verso la fenditura nella roccia e lì come per incanto, svanì.

Gherson rimase solo, con i suoi dubbi e le sue incertezze, mentre Ierax lo stava fissando intensamente, nel buio della notte.

Iniziò lentamente a piovere, mentre si alzava sempre più un forte vento gelido proveniente dal Noren, che cominciava a far piegare le cime degli alberi tutto intorno a lui.

Il principe tornò sui propri passi, seguendo il sentiero che rientrava nel bosco, Nestor comparve improvvisamente dal buio: «Ti ho visto dirigerti oltre quel masso presso lo strapiombo, ero preoccupato, sembrava stessi parlando con qualcuno.»

Gherson asserì a bassa voce, sotto lo sguardo perplesso dell'amico. «Già! Con delle ombre...Vieni, torniamo giù dagli altri, qui non abbiamo più niente da fare, domattina torniamo ad Elevar. Le risposte che dovevo avere, forse le ho trovate.» A breve distanza, un tuono fece vibrare l'aria preannunciando una forte tempesta.

CAPITOLO XII

R hiannon era seduta nella sua stanza, nel palazzo reale di Valaur, con lo sguardo fisso oltre la finestra, perso nel vuoto. Fuori era ormai buio, sebbene in lontananza s'intravedessero le luci della città, che sembravano voler comunicare con le poche stelle visibili nel cielo adombrato dalle nuvole. All'interno il fuoco del camino, che rischiarava la stanza, donava un piacevole tepore all'ambiente e anche alle sue membra, fredde come il marmo. Negli ultimi tempi si era smagrita, i profondi occhi azzurri erano infossati in un viso candido come la neve. Gli zigomi erano più pronunciati di un tempo e un accenno di rughe era comparso sulla fronte. La sua espressione seria e il suo portamento austero la facevano apparire più adulta di quanto realmente fosse. Dimostrava molto più dei suoi venticinque anni, ma a lei tutto questo non interessava. Sebbene le sue ancelle facessero di tutto per sottolineare la sua bellezza fuori del comune, lei preferiva invece, vivere in modo misurato, evitando le feste e vestendosi sobriamente ornata di pochi gioielli essenziali.

Erano trascorse tre primavere da quando aveva concepito il frutto della violenza di Varanis, da allora il suo fisico non si era più ripreso. Il parto era stato travagliato e aveva avuto complicazioni, a causa di un'emorragia, la donna, profondamente triste e disgustata si era augurata di morire in quella circostanza.

Si salvò, ma la sua salute rimase cagionevole. Di recente, le sue condizioni erano ulteriormente peggiorate a seguito di una fastidiosa infezione ai polmoni che l'aveva colpita in quell'ultimo freddo Noldair, appena concluso. Negli ultimi sette anni, le poche amiche rimaste avevano tentato inutilmente di scuoterla dalla sua apatia, fornendole mille ragioni per affrontare la vita più serenamente. Non era la prima e di certo, non sarebbe stata l'ultima a vivere con un uomo che non amava. Sotto un certo punto di vista la sua era una posizione invidiabile, era una delle spose del Re. Le sarebbe potuto andare anche peggio, per come si erano messe le cose. Sarebbe potuta morire o diventare schiava e passare la sua esistenza a servire qualche temibile padrone che l'avrebbe picchiata dalla mattina alla sera, se non fosse stato per la sua bellezza che aveva fatto invaghire Varanis.

Lei odiava la sua bellezza, per questo si augurava di perderla quanto prima e di venire dimenticata da tutti, in special modo da quel porco di Varanis che ogni tanto, invece, si ricordava di lei.

In quell'ultima settimana, dopo l'ennesimo colpo di tosse, erano apparse delle macchie di sangue rosso vivo nel suo espettorato. Inizialmente, aveva tremato per la paura, sapeva cosa significassero. Da quella malattia non si guariva, non esistevano rimedi efficaci. Infine, se ne fece una ragione e si distese sul letto con un unico pensiero quello di ricongiungersi con il suo vero amato.

Non ne aveva parlato con nessuno. Non voleva essere curata inutilmente, non aveva alcun senso continuare a vivere così. Fu Eliana, la sua dama personale che accortasi dei fazzoletti sporchi di sangue e seriamente preoccupata, riferì a chi di dovere quella novità.

Rhiannon fu visitata dai guaritori di corte che,

alla fine, confermarono quanto la donna aveva già presagito: poriformalicosi.

La notizia fu subito riportata al Re, al quale fu consigliato vivamente di non avere più contatti con la donna, perché contagiosa. "Un altro aspetto positivo di questa malattia", pensò Rhiannon, sorridendo tristemente tra sé.

La donna rimase completamente isolata con Eliana. Già da tempo Varanis, gli aveva sottratto il figlio, poiché non si fidava di lei e lo aveva affidato alle cure di altri.

All'improvviso la dama nonostante l'ora fosse tarda, entrò nella sua stanza: «C'è una visita, mia Signora, Sartanis chiede di conferire con te urgentemente.»

Rhiannon fece cenno di fare accomodare l'ospite. Un attimo dopo si alzò in piedi, mentre, di fronte a lei, si parava uno dei più stimati consiglieri militari del Re, compagno di accademia di Gherson. Alto, slanciato, il capo completamente rasato, l'espressione severa, con due occhi azzurro ghiaccio, che non lasciavano trasparire alcuna emozione.

«Ti saluto, mia Signora», esordì Sartanis, abbassando leggermente il capo. Si capiva subito che non era sua abitudine inchinarsi e che, tantomeno, gli facesse piacere.

Lei ricambiò l'ossequio: «A che devo la tua visita imprevista in quest'ora così inconsueta?»

«Ti porto gli omaggi del tuo sovrano e sposo Varanis», rispose lui, accennando un sorriso ironico. Lei contraccambiò il gesto con una debole smorfia del labbro.

«Il Re è in pena per il tuo stato di salute.», continuò l'altro.

Rhiannon annuì e si avvicinò alla sedia, invitando il suo ospite a fare altrettanto.

«Per questo motivo, il Sovrano dopo aver consultato i guaritori, ha deciso per il tuo bene, che tu trascorra un lungo periodo di convalescenza in una regione più salubre vicino alla costa, nella nostra città di Carvaria, l'ordine è di scortarti in questo viaggio, per poi tornare quanto prima a Valaur e partecipare alla campagna militare contro il regno di Adamant.», espose Sartanis.

«Per quando è stata prevista la mia partenza?», domandò Rhiannon dimessa, abbassando gli occhi e portando le mani sulle ginocchia.

«Al massimo entro due giorni.», rispose l'altro in modo formale.

Dopo un breve silenzio, la giovane riprese a parlare: «Perdona la mia curiosità mio signore, per quale ragione la scelta è ricaduta su di te, visto il ruolo che ricopri a corte? Non sarebbe stato più opportuno che tu ti occupassi dei preparativi per la guerra?»

«Non sono abituato a discutere gli ordini, io li eseguo, anche se posso non condividerli.», ribatté l'altro stizzito.

Vi fu un attimo di silenzio, poi, a voce bassa, sorridendo maliziosamente, terminò con una velata vena critica: «Soprattutto poi per delle chiacchiere...»

«Quali chiacchiere...», domandò lei incuriosita, voltandosi verso il suo interlocutore.

«Come...proprio tu non ne sei al corrente? Non ti hanno informata? Pensavo, che anche qui nelle tue stanze si fossero diffuse le voci, che ormai risuonano per tutto il palazzo!», rispose lui scettico.

Si fermò scrutandola per verificare la sua reazione, però, a giudicare dall'espressione dipinta sul volto, sembrava francamente ignorare il motivo delle sue allusioni. Infine Sartanis concluse, non senza una velata ironia: «In fondo, avresti dovuto essere la prima a saperlo!»

«Sapere cosa?» Rispose Rhiannon, sempre più preoccupata.

«Vartaxar, mia signora!», alzando la voce indispettito Sartanis progeguì. «Sono giunte notizie che il principe Gherson, che tu dovresti ben conoscere, dato per morto ormai da diversi anni, in realtà, sia vivo. Capisci? Ti pare mai possibile? Perdonami, mia signora...mentre tu ti struggi qui vivendo da sola, come un eremita fedele al suo ricordo e rinunciando ai privilegi che ti competono, lui non solo sarebbe vivo, ma non te ne avrebbe dato neanche notizia in tutto questo tempo. Forse ti ha dimenticata? Forse ha conosciuto un'altra? Francamente, ritengo che non sia plausibile! No, non può essere! Saranno certamente dicerie, frutto di qualche immaginazione! Voci prive di fondamento, quelle che parlano di un ritorno di Gherson dal regno dei morti.»

Il consigliere del Re si fermò nuovamente, aspettando una risposta che non venne.

Lei non lo stava più ascoltando. Si era irrigidita, il suo cuore aveva smesso di battere alcuni istanti, per poi riprende a correre sempre più veloce, all'impazzata, poi, sentì una fitta al ventre che le fece mancare il respiro.

«Mia signora, mi stai ascoltando?», riprese l'altro.

«Perché mi stai dicendo questo cose, Sartanis, vuoi forse prenderti gioco di me?» Nonostante cercasse di mantenere un atteggiamento formale, si percepiva chiaramente, nel tono esitante della voce, un filo di emozione. Nel profondo del suo cuore era germogliata una nuova speranza alla quale ora desiderava aggrapparsi con tutte le sue forze dandogli una nuova ragione per vivere.

«Non è mia intenzione farmi beffe di te, Rhiannon.», replicò l'ufficiale seriamente.

«Se allora sei venuto o qualcun altro ti ha mandato per avere conferma da me di quanto mi hai riferito, ti posso assicurare che io ne ero completamente all'oscuro, peraltro, come ben sai vivo come una reclusa in questo palazzo.», replicò lei, continuando a fare forza su se stessa per nascondere i suoi reali sentimenti.

«Io non desidero nulla da te, mia signora, se Gherson sia vivo e si trovi in questo momento ad Elevar, è tutto da dimostrare, sta di fatto che il Re su suggerimento dei guaritori, ha deciso di farti trasferire a Carvaria per il tuo bene e ha ritenuto necessario farti scortare dal sottoscritto, al fine di garantire la tua incolumità. Anch'io sono del parere che la mia presenza qui sia del tutto superflua, solo un pazzo potrebbe pensare di sfidare Varanis nel suo territorio. Comunque, come ti ho già detto, mi attengo agli ordini impartiti e non appena ti avrò accompagnata, quanto prima, tornerò a Valaur per unirmi al resto dell'esercito in partenza. Ora, se permetti, ti chiedo il permesso di congedarmi.», concluse cinico Sartanis.

Rhiannon si alzò e con un breve cenno della mano, lo invitò a lasciare le sue stanze. L'ufficiale uscì, dopo aver ossequiato la dama. Una volta che le porte dell'appartamento si chiusero, l'uomo si allontanò a passi rapidi con un ghigno malefico dipinto sul volto, gli occhi raggianti di crudeltà. La trappola era stata tesa. Non avrebbe dovuto fare altro che attendere. La portata di una tale notizia su quella povera sventurata, ne era convinto, l'avrebbe sicuramente indotta a qualche azione sconsiderata.

"Sì, ora devo solo aspettare il corso degli eventi! Presto i pesciolini abboccheranno all'amo e sarò lì pronto a catturarli ponendo fine definitivamente a quanto tralasciato in passato.", disse tra sé esultante, battendo il pugno destro sull'altra mano aperta.

Sartanis purtroppo aveva ragione. Infatti, appena il consigliere si fu allontanato, la giovane donna si abbandonò nel vortice delle emozioni. Il sangue sembrò essere tornato a scorrerle nelle vene e a darle un nuovo calore. Le tempie le rimbombavano. Le sembrava d'impazzire: "Non è possibile...non è vero...Calma...calma...mi devo calmare, devo cercare di ragionare, devo rientrare in me stessa.", continuava a dirsi tra sé, camminando nella sua stanza avanti ed indietro, nervosamente. A questo punto il suo stato d'animo era veramente turbato e prese una decisione gridando: «Eliana! Eliana, vieni subito qui...ho bisogno di parlarti!»

CAPITOLO XIII

Non era ancora l'alba, quando Valdor, avvolto nel suo mantello, si avvicinò al principe che stava riposando insieme agli altri nel tepore del salone, ancora riscaldato dalle ceneri del camino. Quella notte, infatti, avevano deciso di dormire insieme al piano terra, avvolti nelle loro coperte, soprattutto per una questione di sicurezza. Meglio essere uniti in quell'ambiente sconosciuto e misterioso, che divisi in singole stanze al piano superiore. Non si poteva mai sapere...

Il racconto di Valdor poi, non li aveva per niente rassicurati, anzi, aveva suscitato sentimenti di timore e preoccupazione in più di una persona.

«Vieni...», gli sussurrò Valdor nell'orecchio, «ho qualcosa da mostrarti.»

Gherson si alzò lentamente, cercando di non fare rumore, per non disturbare il sonno dei suoi amici.

L'awax vaimar aprì una porta in legno massello alla destra del camino che dava accesso ad un angusto spazio buio. Poi toccò leggermente una pietra del muro, alla sua destra. Si udì un cigolio e dopo alcuni istanti, una porta, comparsa come per magia nella parete, si aprì di scatto. Davanti a loro, si rivelò una ripida scalinata a chiocciola. Valdor accese due torce e con circospezione, iniziarono a scendere, chinando il capo, per non sbattere la testa contro la volta. In fondo alla discesa si intravedeva una luce fioca.

Gherson, incuriosito, allungò il passo. Raggiunsero una cripta con il soffitto semisferico, color indaco, con tanti piccoli punti luminosi scintillanti, che, a prima vista sembravano disposti in modo caotico. Il principe però, osservandoli con maggior attenzione ed abituato in passato a scrutare gli astri nella valle di Isador, riconobbe in quelle piccole luci brillanti la rappresentazione di costellazioni a lui familiari. Al centro del salone, era stato collocato un grosso leggio che reggeva un libro aperto.

Si avvicinò interessato, con sorpresa si accorse subito che le lettere utilizzate per comporre le parole, gli erano del tutto sconosciute.

«Toccale!» La voce profonda proveniva da dietro le sue spalle, era Valdor. Gherson si girò e rimase sbigottito. Il volto di Valdor sembrava aver subito una metamorfosi, era privo di rughe, brillava di luce propria e le sue vesti erano diventate candide come la neve.

«Non temere!», disse Valdor.

«Avevo intuito una presenza magica in te.», rispose Gherson esitando.

«Non devi avere paura di me, Gherson...non voglio farti del male. Avanti...tocca il libro.», lo esortò.

Appena Gherson sfiorò le lettere, al centro della stanza si formò una colonna spiraliforme, simile ad un ologramma. Al suo interno, apparvero molteplici immagini di persone a lui sconosciute, intente a svolgere le loro occupazioni, come se non lo vedessero. Il giovane, seguitò a far scorrere la mano sulla pagina ed ebbe la visione di creature simili a uomini, dal portamento fiero con capelli lunghi color argento ed orecchie appuntite che cavalcano per le pianure, "devono essere elvaian" pensò tra sé. Vide città costruite sotto il livello del mare, abitate da strani esseri, alcuni con pinne al posto degli arti inferiori, sarmaian al lavoro, intenti a costru-

ire gallerie all'interno di montagne, circondati da miriadi di pietre preziose, creature alate che danzavano tra le nubi. Mentre continuava a sfogliare il libro, rimase costernato da numerose scene di violenza, battaglie, uomini e donne imploranti che venivano condotti in schiavitù e in ultimo, un'enorme nube nera, soffocante, che lentamente si espandeva, cercando di inglobare quanto Gherson aveva osservato fino ad ora.

«Sono visioni di mondi fantastici o realtà?», domandò Gherson, rapito di fronte alle visioni che si alternavano in quella spirale virtuale.

«Gherson, non tutto quello che vedi è ancora accaduto, vi sono immagini che rappresentano, il passato, il presente e altre sono possibili scenari di un futuro che si potrebbe avverare... Questo è il libro della vita, dove è stato scritto il progetto di Yrshar sull'umanità, ma dove è stata inserita la possibilità per ogni persona di cambiare il suo destino, in virtù della libertà che gli è stata concessa.»

Gherson smise di guardare il libro per un istante e prestò attenzione a Valdor che portando la mano al mento, continuò pensieroso: «La libertà è un'arma a doppio taglio, ogni volta che prenderai una decisione, irrimediabilmente, nel bene o nel male, tu cambierai la tua vita, quella di chi ti sta vicino, quella di altri e quella delle persone che vivranno forse centinaia di anni dopo di te. Gherson, non viviamo solo per noi stessi, ma come la trama di un tessuto, siamo uniti gli uni agli altri, in un unico destino.»

Il silenzio cadde nella cripta, la spirale del tempo scomparve e Valdor riprese «...Alla fine della tua visione, hai intravisto l'oscura nube del male, Darkos è all'opera mio caro e vuole distruggere tutta la creazione, annullare il progetto della vita, è in atto una battaglia e che ti piaccia o no, tu sei chiamato a parteciparvi, hai scelto da che parte stare?»

«Si può forse scegliere?», chiese Gherson.

«Fino all'ultimo respiro...Certamente. L'Onnipotente ti ha creato, affidandoti un compito, ma tu puoi scegliere se restare ad affrontarlo, disertarlo o se passare nelle file del nemico. Ricordatelo sempre, non essere mai troppo sicuro di te stesso.» Rispose e dopo alcuni istanti di silenzio tra i due, Valdor riprese «Vedi... il libro della vita è in continuo mutamento, le sue stesse lettere cambiano in seguito alle nostre decisioni, giuste o sbagliate che siano. Anche Yrshar interviene, facendo nuove tutte le cose, creando dal male che noi commettiamo, una nuova possibilità di generare il bene. Questa è la speranza, per questo noi siamo qui. Ascolta, l'esempio recente più eclatante è stato l'assassinio dei miei confratelli. Quest'episodio, di una violenza inaudita, non era stato preventivato. È frutto di una mente malvagia che ha condizionato il comportamento degli uomini. Da questa triste vicenda, il presente ed il futuro si aprono a nuove prospettive e una di queste sei tu.»

Gherson, in silenzio, custodiva nel suo cuore quelle parole. Tutto ad un tratto, la sua mente mise a fuoco un unico pensiero, Rhiannon! ed allora, toccò nuovamente le pagine del libro.

Di nuovo, comparve la spirale del tempo e al suo interno, vide una stanza. In fondo, vicino a una finestra, una donna stava in piedi silenziosa, vestita di grigio, con un mantello che le copriva le spalle. Aveva fluenti capelli rossi e il suo sguardo era rivolto verso l'esterno. La visione cambiò orientamento, si poté notare che il viso, sebbene di profilo, era pallido e profondamente triste. La riconobbe subito...era lei.

Corse immediatamente verso la spirale del tempo per toccarla, ma le mani passarono attraverso l'immagine non ghermendo altro che aria. Cadde a terra in ginocchio urlando, con i pugni chiusi, le lacrime agli occhi e con il cuore gonfio di tristezza e frustrazione.

Valdor gli si avvicinò e mettendo una sua mano sulla testa di Gherson disse: «Questa ferita è ancora aperta e forse non guarirà mai...ma stai attento, perché dove sei più debole, lì verrai attaccato.»

Lentamente ripresero la via del ritorno, salendo la ripida scala a chiocciola.

Giunsero infine nel salone, dove gli Adamaint, stavano ancora dormendo. Il fatto era stranamente insolito, Gherson si girò disorientato verso Valdor, che nel frattempo, aveva ripreso il suo consueto aspetto e lo fissava profondamente negli occhi. Di certo, su quello strano torpore doveva esserci il suo zampino.

Il principe riattizzò il fuoco e preparò la colazione per tutti. Dopo circa un viriklin, gli altri si svegliarono dal loro sonno e come se niente fosse, si sedettero a tavola. Gherson, per sommi capi, raccontò loro, dell'incontro avuto, la notte precedente, con il misterioso individuo. Tralasciò tutti i particolari che facevano riferimento alla sua genealogia e terminò, asserendo che quanto prima, sempre secondo lo sconosciuto, avrebbero avuto notizie su una misteriosa armatura.

La narrazione dei fatti, già di per sé fuori dal comune, si prestava a numerosi dubbi ed obiezioni, tuttavia mentre parlava, notò che Valdor, con lo sguardo, si soffermava intensamente sugli amici. Nessuno di loro ebbe da ridire e non vi furono domande, tutti sembravano soddisfatti delle sue spiegazioni e non vedevano l'ora di tornare a casa.

Dentro di sé Gherson si preoccupò pensando: "Valdor ha il potere di controllare le menti e se per caso avesse manipolato pure me?"

Al momento della partenza, Valdor si avvicinò a Gherson, che si trovava già a cavallo di Evalion. «Tieni...conservala con cura, perché un giorno potrebbe tornarti utile.», gli disse, porgendogli una boccetta di terracotta.

Poi chinò leggermente il capo e si allontanò di due passi, mentre il giovane ricambiava rispettosamente il gesto.

Un attimo dopo il falco scese dal cielo, invece di dirigersi verso Gherson si posò sul braccio di Valdor che lo accarezzò lungamente fissandolo, dopo vedendo gli altri che si stavano allontanando, lo lasciò volare via. Continuò a seguire tutti con lo sguardo fin quando non scomparvero dentro la foresta.

Pioveva a dirotto ormai da quasi cinque siklein e non accennava a smettere. Sotto gli zoccoli dei cavalli il sentiero era ridotto ad una poltiglia fangosa. L'acqua che scendeva a scrosci, non dava tregua ai poveri uomini, rendendo difficile la visuale. Alla fine stremati si fermarono alle pendici del monte Suntasis, in una delle grotte avvistate lungo la strada. Scesero dai destrieri scrollandosi l'acqua dagli indumenti che ormai erano pesanti e completamente inzuppati. Il tempo tuttavia, non accennava a migliorare, la temperatura scese ulteriormente e il cielo era coperto in modo uniforme da nuvole grigio chiare.

«Se continua con questo freddo, presto comincerà a cadere anche la neve.», prese a parlare Garund, strofinandosi le braccia con le mani per riscaldarsi.

«Che razza di tempo...la bella stagione, quest'anno, non vuole proprio arrivare. Abbiamo già superato la metà del mese di Enver, ma sembra di essere ancora nel più cupo Noldair.», borbottò Teirios, accarezzandosi nervosamente la barba. Poi, si diresse con calma verso Gherson seduto in disparte e a bassa voce, gli disse: «Amico mio, se pensi di avermi incantato con quella storia che ci hai raccontato ti sbagli di grosso. Non sono un babbeo come mio figlio e quegli altri. Ignoro le ragioni per cui tu ci abbia mentito, ma voglio fidarmi di te. Quanto prima però, sputa il rospo e dimmi la verità!»

Il principe alzò gli occhi e gli rispose: «E se la verità fosse più assurda di quanto vi ho raccontato?»

«Non preoccuparti di questo da quando ti conosco, ho imparato che con te l'irrazionale fa parte della normalità.», borbottò Teirios.

Gherson sorrise, contento di non sentirsi solo, ma di avere un compagno a cui confidare le sue pene: «Presto ti rivelerò tutto amico mio, stai tranquillo.»

L'atmosfera stava cambiando, la temperatura calò ancora e la pioggia diventò un fitto nevischio. I cinque, all'interno della grotta, sembravano animali in gabbia.

«Tra l'altro...se qui nevica, che cosa starà succedendo più su, al passo di Vrona?», fu il commento preoccupato di Garund. In effetti, i suoi timori erano più che giustificati. In alta quota, nello stesso momento, una violenta tormenta stava abbattendosi su tutta la regione montuosa, rendendo inagibile il valico.

Rimasero in quel riparo per tutto il resto della giornata, mentre fuori la neve, scendendo copiosa, sinuosamente ricopriva il terreno e avvolgeva oramai di bianco i rami degli alberi. Con il calare delle tenebre, il sentiero si era completamente imbiancato. La buona notizia fu che, nonostante l'aria fosse gelida ed il vento ululasse tanto da far temere la caduta di qualche alto fusto, lentamente la perturbazione calò di intensità.

«Un po' di tregua finalmente...», sospirò Garund.

Con le prime pallide luci dell'alba, ripresero il cammino, nonostante il cielo fosse coperto. Dovettero avanzare a rilento, perché il sentiero era quasi impraticabile. Giunti in prossimità del lago, dove avevano bivaccato alcune notti prima, si dovettero arrendere all'evidenza. L'enorme quantità di neve caduta e le avverse condizioni meteorologiche sconsigliavano di procedere attraverso il valico di Vrona.

«Non ci resta che un'altra via, quella che non avrei mai voluto seguire, deviare ad occidente, scollinare più bassi ed entrare nella contea di Lamoran, per poi riportarci verso la casa di caccia di Alcain.», commentò Nestor avvilito.

«Dovremo passare per le terre di Arsen allora?» Domandò preoccupato Denaer.

«Ne avrei fatto volentieri a meno. Ma hai ragione, dobbiamo modificare i nostri piani.», fu il laconico commento di Teirios.

A malincuore, i cinque si diressero verso il nuovo itinerario, accompagnati da una fitta e fastidiosa pioggerellina che trasformò la coltre bianca in una viscida poltiglia. Il percorso perlomeno, era meno tortuoso che all'andata, anche perché il passo era più facilmente raggiungibile. Poco prima del tramonto giunsero in vista del valico di Ontar, che dava accesso ai possedimenti del conte Arsen.

Decisero quindi di fermarsi e di pernottare in un rifugio per i pastori, costruito vicino ad un esile corso d'acqua.

«Meno tempo staremo in quelle terre e meglio sarà per tutti!», brontolò il barbuto Teirios.

L'indomani, si svegliarono circonfusi da una fitta nebbia, che non permetteva di vedere ad un palmo dal naso. Questa era come un vapore soffice, traslucido, quasi un velo, che nascondeva tutto il paesaggio, si udiva soltanto il gorgoglio del torrente ed il sussurro delle foglie gocciolanti, agitate dal vento.

«Non tutto il male viene per nuocere, in fin dei conti, avremo meno possibilità di dare nell'occhio.», considerò Nestor.

Durante la giornata, tuttavia, dopo aver oltrepassato l'altura, il tempo accennò ad un lieve miglioramento. Nel cielo un pallido sole faceva ogni tanto capolino tra le grigie nubi, ciò che risollevò maggiormente i cinque viandanti, fu la scomparsa di quel vento fastidioso ed il lieve rialzo termico, accolto come un dono inaspettato.

Lungo la discesa, il sentiero li condusse in un bosco di larici che declinava verso il fondovalle. Avanzavano respirando l'odore forte e penetrante della vegetazione. Sopra le loro teste gli alberi, con l'intrecciarsi dei rami, formavano quasi una galleria, da cui filtravano bagliori di luce che li rischiarava. Il cinguettio degli uccellini accompagnava i loro pensieri, mentre uno scoiattolo curioso sgranocchiando delle nocciole li spiava, nascosto nei resti di un vecchio tronco d'albero squarciato in passato da un fulmine.

Quando oramai sembrava che tutto stesse andando per il meglio, all'improvviso, il cavallo di Garund nitrì furiosamente alzandosi sulle zampe posteriori. Alla zampa sinistra, però mancò l'appoggio col terreno, facendo arrancare nel vuoto il destriero, il soldato fece appena in tempo a lasciare le redini per vedersi sbalzare a terra, mancando di ulteriore appoggio sul terreno cedente sotto le sue zampe precipitò rovinosamente lungo il pendio.

Ierax dal cielo, si lanciò come un fulmine contro la causa di quell'imprevisto, un kodros, un serpente velenoso lungo all'incirca un diacron e mezzo, nascosto dietro un grosso sasso. Probabilmente irritato dal sopraggiungere dei nuovi arrivati, si era all'improvviso drizzato davanti al cavallo di Garund, facendolo imbizzarrire. In un attimo, il rapace dette dimostrazione delle sue doti di cacciatore. Con entrambi gli artigli afferrò il rettile, staccandogli la testa con il becco. Poi, fiero della sua impresa, atterrò su un masso, ai lati della strada, con i resti della preda ancora sanguinanti negli artigli, per farsi ammirare.

Gli altri quattro, scesi da cavallo, si diressero immediatamente verso il biondo Adamant, per sincerarsi delle sue condizioni. Questi si toccò la spalla sinistra, che aveva urtato il suolo nella caduta. Era ancora tutta intera, ma i vestiti laceri lasciavano intravedere vistose sbucciature lungo il braccio. Il vero problema però, fu quando tentò di mettersi in piedi. La caviglia sinistra era dolente e l'uomo non riusciva a poggiarla a terra. «Dannazione, speriamo non ci sia niente di rotto!»

imprecò.

I suoi amici gli tolsero lo stivale e scoprirono il piede. La caviglia, sul lato esterno era tumefatta per la presenza di un vistoso ematoma.

Gherson cercò di muovere l'articolazione, ma l'altro reagì gridando per il dolore. «Sembra proprio una brutta distorsione, dovremo immobilizzare l'arto.», fu il commento del principe che, dopo aver rovistato in un sacchetto della sua sella, ne estrasse un unguento e lo spalmò sulla regione sofferente, poi dopo aver cercato nei dintorni due rami adatti, steccò con un laccio il piede dell'amico. Denaer lo aiutò a salire sul cavallo di Nestor che decise di continuare a piedi. Il destriero di Garund, dopo la rovinosa caduta, si trovava senza vita circa venti diacron più in basso.

«Che facciamo?», domandò Teirios, grattandosi la testa preoccupato.

«Con Garund in queste condizioni e con un cavallo in meno non ce la faremo a passare il valico oggi», commentò sconsolato Nestor.

«Potremmo sempre scendere laggiù, e chiedere aiuto nella contea di Lamoran, dietro quel costone di roccia, non c'è forse il castello di Arsen?», suggerì Gherson, indicando il fondovalle.

Teirios sbuffò: «Mi dispiace, amico mio, ma questa volta, non sono per niente d'accordo con te!»

«Perché? Anche se è vero che il conte non è rinomato per la sua cordialità...di certo, in fin dei conti, non dovremmo chiedere molto, al massimo un po' di ospitalità per Garund, stanotte, qualche benda per medicarlo ed un cavallo, il tutto ovviamente dietro ricompensa! Domani, se il tempo ci assiste, potremmo tranquillamente andare via e raggiungere, con un po' di fortuna, la casa di caccia di Alcain prima che faccia notte.», rispose Gherson,

«Tu la fai troppo facile, comunque, se proprio lo desideri, andiamo.», replicò Teirios mugugnando.

Ripresero il cammino lentamente. Il falco, sopra di loro, disegnava cerchi concentrici nell'aria, mentre, nel cielo, le nubi si stavano pigramente diradando, portate via da una brezza leggera. Continuarono quindi ad avanzare nel profondo del bosco, senza parlare. Il frinire delle cicale era assordante, si interrompeva di quando in quando, scalfito dai deboli stridii degli uccelli. La vegetazione, fitta ed intricata, era di un verde cupo, trascorsero così due siklein.

Infine, dietro una curva del sentiero, apparve improvvisamente il fianco aspro di una montagna, oltre il quale si ergeva il maniero di Arsen, signore della contea di Lamoran. Costui era molto ricco e non faceva mistero di essere alleato con gli Urwaian, ai quali ogni anno, come molti altri, versava un tributo, per continuare a gestire con tranquillità i propri affari, imposta che, ovviamente, faceva scontare ai suoi sudditi, tartassandoli in modo eccessivo. Arsen aveva fama di essere un uomo brutale e cattivo.

Procedevano di malumore, girando il capo intorno guardinghi. Avevano la sensazione di essere spiati, in quel posto così cupo. Si fermarono di fronte ad un ampio portico, costruito all'interno di una torre, con merli a coda di rondine, era l'accesso al maniero.

La fortezza era costruita su di uno sperone roccioso a cui si adattava completamente, sfruttandone la pendenza e le caratteristiche morfologiche, in totale simbiosi con la natura circostante. Nell'ampio perimetro delle mura e su un'area molto ripida, si trovavano rispettivamente la casa delle guardie e al centro, l'imponente palazzo del conte, realizzato con il grigio pietrame reperito nella zona. Era organizzato su tre piani. Il primo era adibito alle stanze di servizio, mentre il secondo ed il terzo erano gli spazi abitativi del padrone e della servitù. Più lateralmente, a destra, dominante su tutta la vallata si ergeva il mastio, la massiccia torre a pianta esagonale che, con ogni probabilità, era la costruzione più antica del castello a cui si aveva accesso attraverso un grande scalone in pietra.

I cinque compagni si avvicinarono al portone, ma furono fermati da un perentorio «Alt!», intimato da qualcuno, di vedetta sulla torre. Due guardie si affacciarono, mentre dalle feritoie delle mura sbucarono alcune punte di frecce: «Fatevi riconoscere!».

«Sono il principe Gherson di Urwan, con quattro compagni, di cui uno ferito, siamo qui per chiedere ospitalità per la notte.», rispose questi.

«Di solito gli stranieri non sono benvenuti nelle nostre terre, ma, se come dici, tu provieni da Urwan, allora dateci tempo di riferire al nostro signore.»

Mentre l'armigero rispondeva, un altro si allontanava, scendendo delle scale in pietra, per dirigersi al palazzo.

«Non ci resta che aspettare», dichiarò sconfortato Teirios.

Circa un viriklin dopo, sentirono distintamente una voce che imprecava al di là della cinta.

«Ci siamo, deve essere il nostro amico Arsen», sospirò Teirios.

Il nobile, sulla quarantina, in evidente sovrappeso, con un'incipiente calvizie sopra la fronte e la barba fina, stava berciando contro le guardie, perché lo avevano distolto dalle sue occupazioni. Non contento, salì sulla torre sopra il portone e continuò ad urlare pieno di livore: «Gherson? Non conosco nessun Gherson principe di Urwan! Proprio in questi ultimi siklein, invece, mi è giunta voce di un traditore che sarebbe dovuto giustamente morire alcuni anni fa e che oggi, pare si aggiri come un cane randagio per le terre di Arvhèia, cercando di rivendicare qualcosa che non gli appartiene. Dovrei essere così stolto da dividere il pane, l'acqua e la carne, con cui nutro il mio popolo, con dei maledetti come voi? Andatevene, uscite dalla mia terra, prima che vi aizzi contro i miei cani! E non tornate mai più!» Così dicendo, gli sputò addosso.

Il principe lo ascoltava in sella ad Evalion, stringendo sempre più forte le redini, man mano che Arsen lo insultava tenendo gli occhi fissi su di lui.

«Vuoi che incocchi una freccia e lo tiri giù dal bastione?», borbottò il grosso Adamant.

«No, lascia perdere, andiamo via di qui, non siamo ben accetti, troveremo ospitalità da un'altra parte... Comunque torneremo.», replicò l'altro. Voltati i loro cavalli, ripresero il cammino allontanandosi dalla rocca.

Mentre risalivano il sentiero, Denaer, rosso in viso, esclamò adirato: «Non è giusto essere trattati così, non merita forse una dura lezione? Invece, noi ce ne stiamo andando via, senza dire niente!»

«Calma...ogni cosa a suo tempo! Coraggio, dimmi ora! A che cosa pensavi, quando quell'insensato blaterava?», rispose flemmatico il principe.

«Che domanda, mio signore! A come cavargli gli occhi fuori dalle orbite, per come ti ha offeso!», replicò l'altro, ancora livido per la rabbia repressa.

«Io, invece...stavo osservando le mura di difesa e all'improvviso, ho avuto un'intuizione. Penso che questa notte torneremo a trovare quel simpaticone. Verrai con me, giovane pieno di ardore? Avrò sicuramente bisogno del tuo impeto.», riprese sempre serafico, Gherson, accarezzando la chioma di Evalion.

Denaer rimase ammutolito, mentre Teirios, alla destra di Gherson, se la rideva sotto i grossi baffoni rossi.

Nel frattempo, nelle cucine del conte, stava accadendo qualcosa. Tamar, una delle schiave di Arsen, avendo sentito tutto quel trambusto, decise, di sua iniziativa, di prendere cibo in abbondanza e di caricarlo su degli asini. Poi, senza dare nell'occhio, attraverso una ripida scorciatoia raggiunse la comitiva e smontò in fretta dal suo somaro, si prostrò a terra e disse: «Lasciami parlare e degnati di ascoltarmi. Non fare caso a quello stolto del conte, non ti avevo visto giungere nella nostra fortezza. Accetta questi doni, mio signore. Certo il Creatore di tutte le cose, ti concederà una dimora duratura, perché sento che sei un uomo onesto. Quando poi ti avrà accordato ogni bene, non ti sia di rimorso l'aver fatto giustizia con la tua mano di un impudente.»

Gherson, fissò Tamar ed esclamò: «Awaixa, (che vuol dire donna), ti sei disturbata a fare tutta questa strada, solo per rimediare alla scortesia di quel miserabile? Sei generosa ed il tuo cuore è saggio. Effettivamente avevo intenzione di vendicarmi di Arsen e se non ti avessi incontrato, di lui non sarebbe rimasto neppure il ricordo.»

Sceso da cavallo, si accostò alla donna e con le mani le fece cenno di alzarsi.

«Qual è il tuo nome?», domandò Gherson.

Levandosi in piedi, lei mostrò il suo viso, nascosto dal mantello che le copriva il volto. Era bellissima, di carnagione scura, con occhi verdi e capelli di un nero corvino. Non doveva avere più di vent'anni. Gherson ne fu profondamente colpito.

«Mio signore, il mio nome è Tamar, figlia di Ainur, originaria dei territori oltre il deserto di Sahin.»

«Tamar...come mai risiedi così lontano dalla tua casa?», domandò Gherson.

Lei chinò il capo, quasi vergognandosi. «Mio signore, alcuni anni or sono, durante uno dei suoi viaggi d'affari, Arsen invaghitosi di me mi comprò, dopo aver minacciato mio padre.»

Gherson, si sentì a disagio, pensando alla sorte della poverina. «Scusami, non volevo risvegliare in te tristi ricordi, né tantomeno frugare nel tuo passato. Dimmi, almeno vieni trattata con rispetto?»

La donna però questa volta tacque.

Gherson riprese: «Ebbene, torna al castello, non parlare con nessuno del nostro incontro, in particolare con il conte, avrò modo di spiegarmi con lui di persona, questa notte. Ma non temere...il suo sangue non sarà versato. A questo proposito, però, ho un favore da chiederti.»

Detto questo, i due si allontanarono dal gruppo e si intrattennero ancora per un po' di tempo, dopodiché si congedarono e Tamar ritornò sui suoi passi. Gherson, invece, si avvicinò ai suoi amici.

«Sei sempre convinto di entrare nella fortezza?», gli domandò Teirios.

«Ora più che mai! Ora più che mai! È bene che il nostro amico impari, una volta per tutte, che cosa sia l'ospitalità e a chi deve oggi salva la sua vita.», fu la risposta risoluta di Gherson. Quindi, spronò Evalion giù per il sentiero.

Quella notte, il signorotto tenne nel suo castello un banchetto degno di un Re. Aveva il cuore allegro e come sempre accadeva, dopo essersi divertito, in compagnia di donne di dubbia fama, alla fine completamente ubriaco fradicio, si ritirò barcollante nella sua camera. Varcato l'ingresso, all'improvviso si trovò di fronte Gherson, che aveva stampato sul volto un sorriso ironico. Il malcapitato, sebbene in preda ai fumi dell'alcool, capì subito che per lui, quella notte, ci sarebbe stato ben poco da ridere!

Teirios, alle sue spalle, chiuse la porta a chiave. L'uomo cercò di urlare, ma Denaer, spuntato anch'egli da dietro, gli chiuse la bocca, prima con la mano e poi con un pezzo di stoffa e gli disse: «Allora, Arsen, anche adesso sei sempre convinto di quello che hai asserito oggi pomeriggio?»

Questi si gettò in ginocchio, con lo sguardo terrorizzato, gesticolando con le braccia, per chiedere pietà.

Gherson, sebbene ancora adirato in cuor suo, ebbe uno sprazzo di compassione. «Ascoltami bene, stolto... se solo ti azzardi ad urlare, ti infilzo come un salame.», esordì, mostrandogli la lama della sua spada.

Il nobile annuì con la testa.

Allora Gherson sciolse il nodo del bavaglio che copriva le sue labbra.

«Bella forza! In tre contro uno è facile.», ironizzò il signorotto.

«Per un idiota come te, basterebbe anche un ragazzino.» Fu la replica sarcastica di Teirios, dietro alle sue spalle.

«Ma come avete fatto ad entrare?» Domandò perplesso il padrone di casa, sempre più incredulo.

«Denaer glielo vuoi raccontare tu?», chiese Gherson.

«Con piacere! Più facile a farsi che a dirsi! Siamo entrati dall'ingresso principale! Prima del tramonto, ci siamo intrufolati su due carri coperti ben bene dal fieno che i tuoi contadini dovevano trasportare al castello. Poi, una volta nel fienile, siamo sgusciati fuori e ci siamo nascosti, aspettando che facesse buio. Arrivare nei tuoi appartamenti, infine, è stato un gioco da ragazzi, perché tutti qua dentro, si stavano dando alla pazza gioia.»

Ovviamente, nessuno dei tre aggiunse che, per la buona riuscita del piano, era stato necessario l'ausilio di Tamar.

«Ora che cosa vorreste farmi, vigliacchi, uccidermi?» Riprese Arsen, con il volto visibilmente alterato.

Teirios rispondendo prontamente: «Uccidere un essere ignobile come te? Neppure i vermi della terra saprebbero cosa farsene della tua carcassa.»

«Allora perché siete venuti?», domandò Arsen.

«Per fare una bella chiacchierata. Innanzitutto, per ricordarti che l'ospitalità è sacra e poi, perché è giunto il momento che tu impari a rispettare i tuoi sudditi. Se non fosse stato per Tamar la tua schiava, che è venuta ad implorare per la tua vita, a quest'ora saresti già morto. Ricordalo sempre!», rispose Gherson severo che lo afferrò per il bavero della camicia, lo sollevò da terra e lo scaraventò sul letto.

L'uomo, sempre più terrorizzato, gridò: «Guar...», Teirios, in un attimo, gli fu sopra e lo colpì sulla testa con un pugno così forte, che avrebbe potuto stendere anche un toro. Arsen si afflosciò tramortito sul letto, privo di sensi.

«È proprio tempo perso con lui...ma così lo hai ucciso!», sospirò Gherson.

«Non sarebbe una grave perdita», rispose l'altro, che avvicinatosi, per sincerarsi delle sue condizioni e sentendo il suo respiro, fece cenno che era ancora vivo.

«Bene, a questo punto, non ci resta che andarsene. Coraggio, ce lo portiamo con noi!», riprese Gherson,

Gli altri incuriositi lo fissarono.

«Con noi? E che ce ne facciamo?», domandò Teirios perplesso.

«Non ti preoccupare, non sarà per molto tempo, lo lasceremo lungo la strada, ho già un'idea che mi frulla per la testa.», rispose Gherson.

«Tu e le tue idee! E ora ?», borbottò Teirios.

«Lo metteremo qua dentro!», rispose Gherson, prendendo un grosso sacco di juta che aveva portato con sé.

Dopo averlo infilato nel sacco, Denaer si avvicinò alla finestra della stanza, situata al secondo piano, che dava su un'area buia del maniero. Vedendo che nel cortile non c'era anima viva, gettata giù una corda, scese per primo. A seguire fu la volta di Teirios, che, sempre sbuffando, si calò frettolosamente. A questo punto Gherson legò il sacco con una seconda corda e lo mandò giù con calma, facendo attenzione a non sbatterlo contro le pareti del palazzo. Dopo aver fissato la fune in sicurezza a una trave della stanza, scese pure lui.

«Ora che facciamo?», chiese Denaer, scrutando con circospezione intorno per vedere se c'erano pericoli.

«Intanto, apriamo un poco il sacco, per farlo respirare, poi dirigiamoci verso le stalle.», rispose Gherson a bassa voce, che guardando Teirios con un ghigno malefico come per indicargli il contenuto ingombrante a terra, gli faceva capire, che doveva assumere la responsabilità del trasporto. Teirios annuì brontolando parole irripetibili e sbuffando se lo caricò sulle spalle.

Piano piano, camminando con prudenza lungo il muro, raggiunsero le stalle.

«Bene, ora ascoltatemi, Tamar mi ha assicurato che, in questo momento, vi sono due soldati all'ingresso e altrettanti si trovano sulla torre di guardia. Cominciate a liberare dalle pastoie tutti i cavalli qui presenti, invece io mi recherò alla garitta, cercando di non farmi scoprire. Dopo aver appiccato il fuoco all'interno delle scuderie, dirigetevi al portone. Una delle guardie vi verrà sicuramente incontro, io penserò a quella rimasta nel gabbiotto, voi occupatevi dell'altra», spiegò Gherson.

«E questo sarebbe il piano? Io non me la prendo con te, sono adirato con me, che come un babbeo, continuo a darti retta», domandò critico Teirios, grattandosi la testa. Gherson sorridendo si allontanò.

Circa un viriklin dopo, tre cavalli si avvicinarono all'entrata. Una sentinella intimò l'altolà uscendo dal corpo di guardia e avvicinandosi al grosso Adamant con una lanterna in mano.

Teirios, imperturbabile rispose a tono «Ehi soldato, tranquillo, siamo amici del tuo padrone, stiamo rientrando a casa dal banchetto, apri la porta.»

Gherson nel frattempo, come stabilito, era entrato nel corpo di guardia e con un abile colpo assestato alla nuca, aveva fatto perdere i sensi all'armigero rimasto all'interno. Quello fuori intanto, accostata la lampada ai due cavalieri, guardava perplesso il grosso sacco, che l'omone dalla barba rossa teneva a fatica sul davanti.

«Ma, io non vi conosco, è la prima volta che...»

Non fece in tempo a terminare la frase, perché Teirios gli rifilò un calcio ben assestato in faccia, facendolo cadere a terra privo di sensi mentre Gherson, uscito un attimo prima dal corpo di guardia, stava ora facendo abbassare il ponte levatoio.

«Andiamo, dannazione!», mormorò Denaer nervoso.

Dalla torre una terza vedetta urlò verso il mastio: «Al fuoco! Al fuoco! Le stalle vanno a fuoco!»

Dalle scuderie si udirono i nitriti degli animali imbizzarriti, che spaventati dalle fiamme uscirono correndo verso l'ingresso del castello. Gherson aveva fatto appena in tempo ad aprire il portone, montò subito a cavallo fuggendo via insieme agli amici, seguiti dagli altri destrieri senza padrone, mentre dalla fortezza provenivano grida da più parti.

Percorsi pochi verocron, si ritrovarono nel luogo prestabilito, dove Nestor e Garund li stavano già aspettando.

«Avete fatto quello che vi ho chiesto?», domandò Gherson.

Gli altri annuirono, mostrando due tavole di legno

della lunghezza di circa mezzo diacron con tre semicerchi scavati sul lato maggiore, uno grosso centrale e due più piccoli ai lati e con due grossi lucchetti alle estremità.

«Perfetto! Togliete il salame dal sacco e spogliatelo, lo voglio completamente nudo, passategli una corda attorno alla caviglia e fate girare l'altra estremità su quell'albero laggiù.», Gherson disse ai due e ne indicò il tronco.

Gherson vedendo che ormai avevano portato a termine la sua richiesta aggiunse: «Bene, ora infilategli la testa ed i polsi in quella specie di gogna.»

Così fecero, mentre Arsen si divincolava invano ormai sveglio, urlando tutto il suo odio.

Gherson gli si avvicinò, facendosi capire chiaramente: «Adesso ascoltami bene! Per ora, questo ti sia di lezione! Se mai un giorno, ripeto, se mai un giorno, dovessero giungermi all'orecchio voci del tuo perseverare in ignobili malvagità, ti giuro Arsen che tornerò e... questa volta, ti spellerò, palmo a palmo e ti cospargerò man mano con il sale, come solo noi Urwaian sappiamo fare, stanne certo.»

Detto questo, i cinque montarono in sella e si rimisero in cammino, lasciando che lo sciagurato, nudo e solo come un cane, si dimenasse inutilmente, cercando di liberarsi da quella scomoda posizione.

Gli annali della contea di Lamoran, al riguardo, menzionano che il signorotto fu affetto da un lungo periodo di malattia, conseguente allo stato di assideramento e ad una grave forma di polmonite, sorvolando, tuttavia, sulle reali cause.

~ 246~

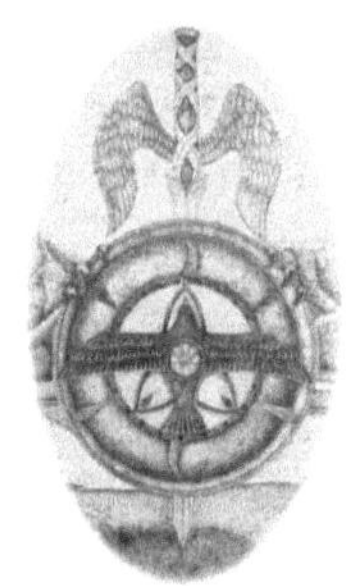

CAPITOLO XIV

Dopo aver superato il passo di Duinion, la comitiva finalmente all'indomani, raggiunse la dimora di caccia del Re Alcain. Nessuno li aveva seguiti, anche perché il tempo era nuovamente peggiorato e un altro temporale aveva accompagnato il loro ritorno nelle terre controllate dagli Adamaint. Si fermarono due giorni nel piccolo castello per ritemprarsi, in attesa che le condizioni metereologiche migliorassero. Infine, ripercorrendo il sentiero dell'andata, arrivarono ad Elevar. Prima di entrare nella città, Gherson si allontanò da Evalion.

"Quando avrai bisogno di me chiamami, ed il vento farà giungere la tua voce alle mie orecchie, subito, verrò in tuo soccorso.", gli sussurrò Evalion mentalmente.

Gherson lo accarezzò riconoscente, lasciandolo poi libero nella prateria. Una volta rientrati a palazzo, non poterono tuttavia, avere subito un colloquio privato con il Re, impegnato in altri affari. Durante la loro assenza, infatti, era giunto Syrion, il principe di Arvor, accompagnato da alcuni ambasciatori, per chiedere ufficialmente la mano della principessa Ainousa. Ora più che mai, era l'occasione giusta per rinsaldare un'alleanza tra i due popoli. Gherson lo scorse di sfuggita, mentre parlava amabilmente con la principessa. Aveva all'incirca vent'anni, era di bell'aspetto e dal portamento regale. Ainousa fece finta di non notare Gherson, abbassando lo sguardo timidamente, come se si vergognasse di essere stata colta nel bel mezzo della conversazione.

Gherson, quella sera cenò a casa di Teirios. Al termine, gli raccontò privatamente di come si erano realmente svolte le vicende a Khareem Vasta.

«...so che quanto ti ho narrato è assurdo, una favola per bambini sembrerebbe più verosimile. Non ti biasimo se tu mi prendessi per pazzo ma, credimi, non esiste alcun valido motivo per cui dovrei mentirti, se ci pensi bene, tutto quello che è successo da quando ci siamo conosciuti non ha alcun senso!», concluse, infine.

Teirios lo guardava, immerso nei suoi pensieri, massaggiandosi lentamente la barba, «mmmhhh...un principe di Urwan discendente di una figura leggendaria, questa poi! Per di più, chiamato a salvare le sorti del mondo, con un'armatura magica! Roba da essere rinchiusi nell'ultima cella della fortezza e poi buttare la chiave, con l'accusa di follia pura.», ridacchiò alla fine tra sé.

«Ti ho già detto che non mi offenderò se non mi credi, ma almeno non deridermi», replicò Gherson stizzito.

«Ma io sono convinto che sia tutto vero! Sono solo scettico sulle affermazioni dello sconosciuto e di quel Valdor, che, in tutta onestà, se proprio ti devo dire come la penso... Non mi è piaciuto per niente! Comunque... attendiamo fiduciosi il futuro per come si rivelerà, se poi la storia dovesse prendere la piega che tu mi hai accennato, potrò sempre raccontare ai miei nipoti di aver camminato insieme ad una leggenda.», rispose Teirios, questa volta seriamente, dando una leggera pacca sulla spalla di Gherson, che dal canto suo, rimase confuso, non capendo se l'altro stesse parlando veramente con serietà o stesse ancora scherzando, ma preferì non approfondire.

Più tardi, Teirios lo riaccompagnò a palazzo. Durante il tragitto, anche quella notte, Gherson ebbe la sensazione di essere seguito. In più di un'occasione, quando si voltava alle sue spalle per controllare, subito un'ombra si nascondeva furtiva nei vicoli adiacenti. Gherson, questa volta, era certo che non si trattasse di guardie poste alla sua sorveglianza. Carico di tensione per quell'oscura figura che lo seguiva, iniziò a sentirsi più al sicuro solamente dopo essere rientrato nella sua stanza. Una volta chiusa la porta cercò di rilassarsi definitivamente togliendosi la camicia e spegnendo le candele, che sparsero nell'ambiente circostante la loro caratteristica fragranza di cera. Si sedette sul letto, con lo sguardo rivolto verso le ante in legno che erano semiaperte e davano sul balcone. Da queste entrava una lama di luce lunare mentre le tende erano lievemente mosse da una leggera brezza.

Mentre era rilassato ad un tratto si aprì la porta richiudendosi immediatamente, come se qualcuno avesse timore di non farsi vedere da altri, voltandosi per vedere chi fosse vide Ainousa.

«Cosa ci fai qua?!», domandò Gherson sorpreso.

«Mio signore...», rispose lei, senza dar modo di terminare la frase Gherson incalzò duramente:

«Hai perso il senno, per venire da me? Non temi per il tuo onore?» Senza replicare, la principessa si accostò al suo fianco. Portava un vestito lungo di hevian, un tessuto molto pregiato simile alla seta, era di color azzurro e trasparente, le scendeva lungo i fianchi delicatamente, tanto da vederne le forme aggraziate.

Lei fece scivolare entrambe le mani lungo le sue robuste spalle. Era così vicina, che il suo seno sfiorò la schiena del giovane. Gherson ebbe un fremito ed alzò la testa. Lei aveva i capelli sciolti erano lunghi e ondulati, e le scendevano dietro fin quasi ai glutei. Il suo profumo era inebriante.

«Mio padre ha deciso che sarò data in sposa al figlio del Re di Arvor, entro la fine dell'anno.» La voce, un sussurro infelice, ruppe il magico silenzio creatosi. Dopo di che lei chinò il capo sul collo di Gherson e con le labbra, sfiorò la sua spalla.

«Insegnami ad amarti mio principe, fosse anche solo per una notte.» Con voce fioca, quasi tremante.

Lui si girò contemplandola in tutta la sua bellezza «Sei bellissima...ma il mio cuore è verso un'altra donna e appartiene solo a lei...»

I corpi dei due principi si scostarono immediatamente l'uno dall'altro, rimanendo uniti solo dalla mano destra di lei, come se temesse di perderlo per sempre.

«Meglio morire, che vivere senza di te.», disse lei sconfortata.

All'improvviso, una raffica di vento spalancò completamente le ante in legno che erano parzialmente aperte, Ierax entrò volando nella stanza e si posò sullo schienale della sedia di fronte al letto.

«Non puoi andare oltre!», riprese Gherson, con decisione, «Non siamo liberi. Tu sei stata promessa in sposa. E poi, come ti ho già detto io sono legato a un'altra donna, per la vita.»

«Quella donna! Forse è morta, oppure...è felice nelle braccia di...», replicò, stizzita poi interrompendosi improvvisamente e guardando Gherson negli occhi, si rese conto di essere andata molto oltre.

«Perdonami mio Signore, perdonami...non volevo

offendere i tuoi sentimenti e nemmeno ferire il tuo animo nobile, sono stata una sciocca...una stupida!»

Si alzò immediatamente e corse verso la porta. Gherson rimase a fissarla, seduto sul letto.

Prima di uscire Ainousa, come a voler fermare il tempo che stava inesorabilmente fuggendo via, disse: «Ti ricordi, una volta mi dicesti che un giorno mi avresti delusa. No Gherson, non lo hai fatto, io ho mancato nei tuoi confronti, mi sono lasciata trascinare da futili sentimenti, indegni di una futura regina. Te lo assicuro, non succederà mai più!» Detto questo, uscì di nascosto e senza essere vista, rientrò nelle sue stanze, piangendo e maledicendo il suo infelice destino come erede al trono.

Il giorno seguente, Gherson uscì con il falco, dirigendosi oltre le porte della città. La temperatura era mite ed il cielo era ricoperto per buona parte di sottili strati di nuvole simili a cotone.

Evalion lo stava aspettando, Gherson comprese che fra loro si era sviluppato un legame particolare che permetteva ad entrambi di capire i pensieri l'uno dell'altro e comunicare mentalmente. Salendo in groppa ad Evalion partirono in una corsa travolgente, seguiti da Ierax che ogni tanto, faceva capolino tra le nuvole di una giornata uggiosa. L'aria fresca ed il leggero rumore degli zoccoli sul manto erboso, regalavano a Gherson una sensazione di libertà indescrivibile che liberava la sua mente da ogni pensiero.

Dopo la lunga e piacevole galoppata, si fermarono nei pressi di un ruscello, che lambiva un boschetto di platani. Le violette selvatiche e le azzurre campanule sembravano prediligere quel luogo umido ed ombreggiato, tappezzando il prato con sfumature di blu e viola.

Ierax si era appoggiato sopra una roccia nei pressi del fiume dove si trovava Gherson che in quel momento alzò istintivamente gli occhi dopo essersi dissetato e notò, il nervosismo di Ierax che fissava qualche cosa di nascosto tra gli alberi.

Senza farsene avvedere, si avvicinò a Evalion, sussurrandogli qualcosa nell'orecchio. Poi si distese sulla sponda fiorita, fingendo di riposarsi.

Lo stallone si allontanò con calma, tornando ad abbeverarsi nelle acque limpide e fresche.

Passò un viriklin e una figura furtiva uscì dalla vegetazione, strisciando per terra. Arrivato a circa una decina di diacron dal principe, si fermò, come se esitasse. Ogni tanto sollevava lentamente la testa, per sincerarsi che la persona, oggetto delle sue attenzioni, fosse quella giusta.

Gherson aspettò ancora qualche istante, poi gridò: «Ora!»

Evalion nitrì e s'inarcò sulle zampe posteriori, dirigendosi di corsa verso l'intruso, lo stesso fece Gherson, alzandosi prontamente con un pugnale in mano. Il malcapitato colto di sorpresa e senza via di fuga e trovandosi in mezzo a quelle due furie, balzò in piedi e terrorizzato dall'impeto con cui il cavallo gli si era gettato contro, alzò le mani e si portò rapidamente verso Gherson.

«Chi sei?», esordì con veemenza Gherson senza abbassare il pugnale.

«Pietà rispose l'altro, non sono qui per farti del male, Vartaxar.» Lo sconosciuto di media statura aveva all'incirca vent'anni, era magro in volto, con occhi neri infossati, barba appena accennata, s'inginocchiò tutto tremante tenendo lo sguardo rivolto verso lo stallone, che con i suoi zoccoli, si era portato vicino a lui.

Gherson fece un cenno ad Evalion, per placare il suo impeto, poi, abbassò lievemente il pugnale e portando la mano sinistra al mento, domandò interessato: «Che cosa sai di questo nome?»

«So chi sei mio signore...ed ho un messaggio per te. A circa quattro giorni di distanza, c'è una persona che ha necessità di incontrarti.», replicò l'altro ora un po' più tranquillo.

Gherson mormorò: «E chi sarebbe costui?»

Il ragazzo esitò.

«Siediti!», ordinò nuovamente Gherson, che nel frattempo rinfoderata l'arma e indossando nuovamente il guanto sulla mano sinistra fece un cenno a Ierax che spiccò subito il volo, per posarsi sulla sua mano.

«Come ti chiami?», riprese Gherson.

«Aiwin è il mio nome e giungo da Carvaria, un villaggio costiero situato ai confini di Urwan.»

«Eri tu che ieri sera mi stavi spiando per le strade di Elevar?», domandò Gherson, scrutandolo negli occhi, per capire se dicesse il vero.

L'altro ebbe un sussulto, poi rispose: «Sì mio signore, ero io, sono il nipote di Eliana. Ti dice niente questo nome?»

Gherson fu percorso da un brivido lungo la schiena, ma subito si riprese.

«Conoscevo una persona che si chiamava così... ma come posso fidarmi di te?»

«Chi mi ha mandato, mi ha lasciato un oggetto da consegnarti, mi ha detto che avresti capito.», e portando la mano alla tasca, ne estrasse un seme di linareum.

Alla vista del minuscolo chicco, l'altro, con uno scatto, si avvicinò al giovane mentre Ierax, alzatosi in volo si posava su un masso.

«No! Non può essere! Sto sognando! Avanti! non indugiare ancora, parla!» Gherson era visivamente concitato.

Il ragazzo sedutosi di nuovo riprese a parlare:

«Le vicende, per quanto ne so, sono andate così. Quattro giorni or sono, mia nonna dopo essere giunti a Carvaria, mi ha mandato a chiamare, ordinandomi di partire subito per Elevar e di fare in fretta. Rhiannon, la sua padrona, la principessa Rhiannon...era venuta a conoscenza che tu, mio signore, eri vivo e ti trovavi nel regno di Adamant. Per questo motivo sono qui, perché tu possa incontrarti con lei.», terminò osservando Gherson attentamente negli occhi.

«Rhiannon...», sussurrò Gherson. Il mondo sembrò fermarsi. «A quattro giorni da qui! Non ci posso credere. Come è possibile? ti prego...non indugiare, continua!», lo esortò.

Aiwin, cercando di trovare le parole giuste continuò a parlare «Ascolta mio signore, la principessa Rhiannon è stata colpita da una grave malattia, in quest'ultimo Noldair. Su consiglio dei guaritori, il Re ha deciso di trasferirla a Carvaria, dove il clima marino è più salubre. Siamo partiti una decina di giorni fa. Appena arrivati, come ti dicevo, mia nonna mi ha inviato subito da te. Ora che ti ho trovato aspetto una tua risposta! Che cosa devo dire alla mia padrona? Verrai?» Il cuore di Gherson era un turbine di emozioni, che cercava di non far trasparire.

Camminò avanti ed indietro con la testa bassa, la mano sul mento, pensieroso. «Ascoltami, qualcuno ti ha seguito?»

Il giovane negò col capo.

«Chi è al corrente della tua missione?» Continuò Gherson.

«Solo la principessa e mia nonna, al resto della servitù, è stato detto che sarei dovuto andare qualche giorno da alcuni nostri parenti a Stirion, ma per non destare sospetto, è necessario che rientri al più presto dunque, che cosa farai?»

«Partiremo insieme, stasera! Ci vedremo, appena prima del tramonto, fuori dalle porte della città, dammi solo il tempo di preparare alcune cose e sarò pronto.», ordinò Gherson.

L'altro annuì e dopo un breve saluto, si allontanò.

Gherson si sedette a capo chino, tenendo le mani fra i capelli e scuotendo la testa, poi si alzò e avvicinandosi ad Evalion gli sussurrò mentalmente consapevole di esser compreso: "Amico mio, so che quello che sto facendo è una follia, ma questa volta ho bisogno di te e dei tuoi possenti muscoli. Mi accompagneresti in questa lunga cavalcata di tre giorni?"

L'animale scrollò il muso emettendo un borbottio in cenno di assenso, mentre Gherson lo accarezzava sullo scuro manto.

Ierax, che per tutto quel tempo era rimasto sulla roccia, sembrava osservarlo profondamente.

Il cielo, era divenuto sempre più grigio e l'aria, ora, era davvero soffocante.

Giunto alla fortezza, Gherson si diresse immediatamente nelle sue stanze, senza fermarsi a parlare con nessuno. All'improvviso bussarono alla sua porta, spazientito andò ad aprire. Teirios entrò come un fiume in piena.

«Che cosa stai facendo? Dove hai intenzione di andare?»

«Non pensavo di essere sorvegliato in modo così continuo.», rispose l'altro ironicamente.

«Non fare lo spiritoso Gherson! Che intenzioni hai?», continuò l'Adamant, sempre più nervoso.

Il giovane si mise a sedere invitando l'amico a fare lo stesso e raccontò brevemente quanto gli fosse accaduto alcuni siklein prima.

«E quindi? Che idea ti sei messo in testa?», ripeté nuovamente Teirios seriamente preoccupato, immaginando già, la risposta dell'altro.

«Voglio andare a prendere Rhiannon e portarla via con me!», replicò Gherson, con tono fermo della voce.

«Che cosa!?!... Tu sei completamente pazzo! Come pensi di portare a termine un'impresa del genere e per giunta, senza nessuno che ti aiuti?!», gli gridò in faccia l'ufficiale.

«Se vuoi, puoi venire con me...», gli rispose Gherson.

«Ti ho già detto di non fare lo spiritoso!!!», lo ammonì con voce furiosa Teirios.

«Allora andrò da solo, come vedi mi sto già preparando e...non ho molto tempo da perdere.» Dopo alcuni attimi di silenzio Teirios sbottò.

«Non puoi farlo!!! Non puoi lasciare la valle, senza chiedere il permesso al Re, non ti ricordi???»

Gherson, rispose visibilmente alterato e con voce alta: « Ascoltami bene! Forse non ti è chiaro quello che ho detto! A tre giorni da qui si trova mia moglie, che non vedo da sette anni. Ora capirai anche da te, che il mio unico desiderio è di raggiungerla e portarla via. Se non lo capisci, questo è un problema tuo, non mio!»

«Diventa un mio problema, nel momento in cui tu decida di farti ammazzare inutilmente. Vuoi fermarti un attimo e ragionare, usando il cervello e non gli ormoni in corpo?», ribatté Terios che dopo questa risposta si bloccò immediatamente, perché aveva compreso, dall'espressione di Gherson, di aver esagerato.

Riprese poi con tono più dimesso: «Non hai pensato che potrebbe essere una trappola?»

Gherson non rispose subito, sembrava assorto. «Certo che l'ho messo in conto, mi hai preso veramente per una persona priva di senno? Ma non mi interessa! Devo andare! Vale la pena di rischiare per Rhiannon, poi sicuramente lei non mi ha tradito.» Così dicendo, estrasse dalla tasca dei pantaloni i semi di linareum portatigli da Aiwin. Teirios li sbirciò esitante.

«Sono chicchi di un albero raro, che cresce nelle terre originarie di mia moglie. Sotto i suoi rami, ci siamo incontrati la prima volta e sempre ai piedi di quell'albero, ci siamo giurati eterno amore. Questo è per me più che sufficiente. Solo noi siamo al corrente di questo nostro segreto!»

Di nuovo, ci fu tra i due una pausa di silenzio.

Infine il robusto soldato, seppur controvoglia, disse sconsolato: «Aspetta, fammi almeno avvisare Alcain...»

«Tu fai come vuoi, io partirò al tramonto, con o senza di te! Perderei troppo tempo, amico mio, in questo momento non me lo posso permettere.», rispose Gherson, risoluto sulle sue posizioni. Di fronte allo sguardo demoralizzato di Teirios, continuò, infine, più accomodante: «Ascoltami...sai benissimo che la posta in gioco è troppo alta, il Re è convinto che la mia presenza qui sia necessaria, in previsione di un possibile conflitto con Varanis e, non mi lascerà mai partire, né da solo, né con qualcuno dei suoi. Tra l'altro, se rapendo Rhiannon, si venisse a sapere che sono stato aiutato da alcuni Adamaint, il tiranno di Urwan avrebbe sufficienti motivi per scatenare un putiferio contro il tuo popolo! Non è sicuramente quello che vuole Alcain.»

«Gherson, io non posso lasciarti andare da solo. Ricordati, però, quello che mi hai detto ieri sera. Tu hai un compito, una missione da compiere, che ti è stata affidata dall'alto. Non fare che per motivi tuoi personali, getti alle ortiche tutto un disegno preordinato sulla tua vita.», replicò l'altro.

«Lo so! Ma non hai pensato che, forse, anche questi nuovi avvenimenti possano par parte di quel piano?», rispose Gherson.

«Francamente, ho più di qualche dubbio, comunque, va bene! Tu parti con Aiwin, secondo i vostri accordi. Dammi il tempo di avvisare Garund e Nestor. Poi, andrò dal Re e lo informerò della tua fuga. Il Sovrano andrà su tutte le furie, io, allora lo esorterò a mandare un drappello di soldati sotto il mio comando, per riportarti indietro. Ci incontreremo fra tre giorni al villaggio di Sefiron, ai confini con il territorio urwain. Lo conosci?», replicò Teirios.

Gherson annuì con la testa.

Continuò Teirios: «Bene, con la scusa che, per cercarti, dovremo entrare sul suolo nemico, ordinerò al resto della truppa di aspettarci lì e ti verrò incontro con gli altri due, per aiutarti. Dammi tempo fino al tramonto, dannazione!», precisò, vedendo che Gherson già si accingeva a porgli qualche obiezione, «se non mi vedrai entro quell'ora, ebbene vai per la tua strada, testone!»

Gherson annuì ancora, poi lentamente si alzò, andando verso l'amico, questi però, si scansò.

«Non mi toccare, tu non ti rendi conto! non sono per nulla d'accordo con quello che stai per fare e se potessi, ti darei una botta in testa da lasciarti tramortito per due mesi interi.», lo ammonì brontolando.

Detto questo, uscì dalla stanza, sbattendo con furia la porta. «Che il Creatore ce la mandi buona!», continuava poi a ripetere, mentre percorreva i corridoi del palazzo, di buon passo: «Se mai torneremo, questa volta Alcain, gli strapperà la pelle di dosso.»

CAPITOLO XV

Poco prima del tramonto, Gherson uscì a piedi dalla città, cercando di non dare nell'occhio. Oramai il suo viso era diventato quasi familiare alle guardie che, spesso, lo avevano visto in compagnia dei loro ufficiali. Poco più in là, riconobbe Aiwin, che si stava avvicinando col suo cavallo. Vi salì sopra pure lui e insieme, percorsero un tratto di strada, finché Evalion non si parò loro incontro.

Dal modo in cui scalpitava e dalle orecchie tese all'indietro, capì che era irrequieto. «So che ti chiedo molto», si scusò con lui il giovane, «ma ho veramente bisogno di te.»

"Non è per questo...sento nell'aria qualcosa di oscuro. Qualcosa mi turba e non sono per nulla tranquillo. Temo per te, amico mio.", rispose comunicando mentalmente Evalion.

Gherson lo accarezzò. «Anch'io so che sto rischiando molto con questo viaggio, ma devo andare. Non posso più lottare ancora contro il mio istinto.»

Salì, infine sul destriero ed uscì rapidamente dalla vallata, accompagnato dalla sua guida.

Si era alzato intanto un vento fastidioso, che non lasciava presagire nulla di buono. Nuvole grigie oscuravano il cielo e gli uccelli volavano bassi.

«Ci aspetta un bel temporale, temo», disse Aiwin.

«Non importa, non posso perdere tempo, andremo avanti lo stesso.»

Ierax li seguiva dall'alto, Gherson percepiva chiaramente il suo nervosismo dal modo di volare, ma non era questo il momento delle congetture.

Una volta usciti dal bosco attraversando il fiume Kaleidon, si diressero al galoppo verso Donau nella grande pianura, mentre in lontananza già si vedevano i primi bagliori dei lampi che rischiaravano la notte buia. Qualche goccia di pioggia già cominciava a cadere.

«Corri, Evalion, corri», lo incitava Gherson, cavalcando senza tregua in quella notte tenebrosa. Alla fine, la bufera li raggiunse, sotto gli zoccoli del purosangue l'erba si muoveva come le onde del mare. Il vento ululava impetuoso e faceva oscillare i fusti degli alberi, mentre i loro rami si piegavano fin quasi a terra.

Continuarono imperterriti nel loro folle galoppo, sommersi dagli scrosci incessanti, rischiarati dalla luce dei fulmini che si schiantavano tutt'intorno a loro.

«È una follia, ma dentro di me, la ragione non ha più motivo di esistere. Corri ti prego, corri...»

Evalion, madido di sudore, con i muscoli tesi e le vene turgide per lo sforzo, corse senza darsi posa, mentre l'ululato del vento soffiava minaccioso alle loro spalle, come una falce in procinto di mietere il grano.

Con le prime luci dell'alba, si fermarono presso un boschetto di pioppi lungo un emissario del fiume Kaleidon. Si cambiarono le vesti bagnate, mentre i cavalli spossati, tiravano il fiato. Ormai stava spiovendo e un pallido sole faceva capolino tra le nubi. Dopo essersi ristorati continuarono il loro cammino, tra le verdi valli ondulate, mentre i monti azzurri digradavano lentamente alla loro destra. Si fermarono solo per far riposare i loro destrieri, accompagnati per tutto il giorno da un vento freddo, insolito per la stagione. I due giovani si strinsero nei loro mantelli tirandoseli fin sopra il naso. Le nuvole in alto si sfrangiarono, scoprendo un cielo infido.

Quella notte, trovarono riparo tra i resti di un'abitazione, probabilmente distrutta da un incendio, a giudicare dalle mura e dalle poche travi rimanenti annerite dal fuoco, che sorreggevano una piccola porzione di tetto.

La mattina seguente piegarono verso Donau. La pianura stava lentamente cedendo il posto alle colline verdeggianti, colorate di anemoni e fiorellini azzurri sfumati di bianco. Nel tardo pomeriggio, giunsero a Sefiron, un villaggio di una cinquantina di abitazioni in legno, situato su un altipiano, a poca distanza dal territorio urwain e dalla terra di Arsen.

La maggior parte degli abitanti erano contadini. Il loro ingresso fu subito notato, anche perché raramente capitavano forestieri da quelle parti. Gli abiti sudici e il loro aspetto stanco e trasandato, facevano subito intendere che dovevano aver percorso molte verocron in quegli ultimi giorni.

Si diressero nell'unica locanda del paese per mangiare qualcosa. L'oste, un uomo anziano con due baffoni chiari, offrì loro un boccale di birra e domandò con curiosità chi fossero e che cosa ci facessero da quelle parti. Gherson fu molto evasivo. Apprese invece, dal loquace gestore, che giravano voci di un imminente intervento militare. Si diceva infatti, che dall'altra parte del confine le caserme di Urwan fossero in fermento e questo non prometteva niente di buono per nessuno.

Dopo aver cenato, i due si rimisero subito in viaggio. Il problema era avvisare Teirios, che avrebbe dovuto giungere da lì a poco tempo. Gherson non voleva attardarsi e non si fidava degli abitanti del posto. Le notizie udite dall'oste, non erano per nulla confortanti. Nei dintorni avrebbero potuto esserci delle spie o degli osservatori urwaian mandati in avanscoperta per saggiare il territorio. Mentre rifletteva su questi pensieri, scorse per strada alcuni ragazzi che giocavano nei vicoli nonostante l'ora tarda. Si avvicinò ad uno di loro attirando la sua attenzione, lo chiamò in disparte e si allontanarono verso le stalle vicine. Lì dopo aver parlato, al fanciullo brillarono gli occhi, quando si ritrovò in mano due monete d'argento donategli da Gherson.

Una volta montati a cavallo, Gherson e Aiwin ripresero il cammino verso le terre urwaian. Si accamparono in cima ad una collina riparati da uno sperone roccioso, mentre in lontananza si potevano scorgere le sinuose anse del fiume Alaurin.

Teirios era vistosamente corrucciato, il Re non aveva preso bene la fuga di Gherson, anzi si era adirato come solo poche volte lo aveva visto e subito dopo averlo rimproverato, gli aveva intimato di ricondurlo immediatamente a palazzo. Poco importava a Teirios l'ira del Re, il motivo per cui si sentiva rodere dentro, era la preoccupazione per Gherson e il suo comportamento scellerato, riusciva sempre a mettersi nei guai. «Possibile che non ci tenga alla sua pellaccia? Dannazione!», continuava invano a ripetersi.

Così, insieme a Garund e Nestor e ad un'altra decina di soldati, era partito alla volta di Sefiron. Anche Denaer aveva espresso con la sua solita irruenza, il desiderio di affiancarlo, ma questa volta era ritornato a casa dalla madre, senza approvazione del padre. Teirios era troppo nervoso e così, con due sganasción ben assestati, aveva chiuso definitivamente la questione.

Teirios giunse a Sefiron la mattina seguente.

«Per la miseria, quanto ci ha fatto correre! Neanche avesse la morte alle calcagna!», esclamò Garund, rivolto a Teirios.

«Tu aspetta che lo riprendo e vedi come lo farò correre io! Ci ha fatto sudare sette camicie per raggiungerlo», rispose bofonchiando, si asciugò con il braccio la fronte grondante per la stanchezza mentre scendeva dal suo destriero.

Si recò nella locanda, per uscirne ancora più sconsolato alcuni istanti dopo.

«Che è successo?», domandò Nestor.

L'altro, quasi disperato, perché oramai la sua pazienza era stata veramente messa a dura prova, rispose: «Quel maledetto idiota! Se ne è andato senza lasciarci neppure un messaggio. Io lo sapevo, non dovevo fidarmi, dannazione! Lo dovevo tramortire con un pugno nella sua stanza l'altro giorno e metterlo fuori uso per un paio di settimane.»

Nestor sbuffò pensieroso, stringendo nervosamente le redini tra le mani.

Poi improvvisamente, due occhi furtivi fecero capolino da una finestra e subito dopo, un ragazzetto, dall'aria vispa, uscì di corsa da un'abitazione lì vicino e si diresse dritto verso Teirios. Era lo stesso con cui aveva parlato la sera precedente il principe.

Il colloquio tra i due durò pochi istanti. Poi Teirios

gli accarezzò il capo e elargì altre due monete d'argento.

Il ragazzo strabuzzò gli occhi. "Quattro monete in due giorni! Di questo passo, sarò ricco in men che non si dica!" pensò tra sé e subito corse felice a casa dai genitori. Quella giornata era cominciata davvero bene!

«Allora?», domandò Nestor di nuovo.

Teirios salì a cavallo. «So dove si trova quel pazzo, ma abbiamo poco tempo! Ci aspetterà fino all'ottavo siklin mattutino oltre quella collina», ed indicò un'altura più ad Donau. Quindi, dopo aver ordinato agli altri uomini di fermarsi nel paese fino al loro ritorno, partì a in gran fretta, seguito da Nestor e Garund.

Era quasi l'ottavo siklin mattutino, quando Gherson montò su Evalion. Era molto teso, sua moglie si trovava a pochi siklein di distanza. Non ce la faceva più ad aspettare.

«Non posso più attendere, è troppo tardi, dobbiamo andare!»

Ma proprio in quel momento, Aiwin richiamò la sua attenzione.

«Guarda mio signore, dietro quella collina una nube di polvere che si sta rapidamente avvicinando, chi potrà essere?»

Il principe scrutò l'orizzonte.

«Aspettiamo e vediamo», disse mettendo mano sull'elsa della spada. Alcuni istanti dopo il suo viso si rasserenò, aveva riconosciuto i tre in arrivo.

«Sei sempre convinto della tua folle idea?», esordì Teirios, tutto sudato, una volta arrivato senza neanche salutare l'amico.

«Se mi trovo qui, tu che pensi?», rispose Gherson deciso.

«E se ti riportassimo indietro con la forza?», riprese Teirios, in tono di sfida, voltandosi verso gli altri due compagni.

«Ne abbiamo già parlato! Se vuoi riportarmi ad Elevar, dovrai riuscire a tramortirmi.», rispose Gherson scocciato di sentirsi rifare la stessa domanda da Teirios.

«Non mi tentare, Gherson, dopo tutta la dannata polvere che ho dovuto ingoiare in questi giorni, non sarebbe una cattiva idea.», replicò, grattandosi la barba rossa.

«Non mi tentare neanche tu! Non sono più in condizioni di discutere con nessuno su cosa sia giusto o sbagliato! Non ho più tempo da perdere! Allora, venite con me o no? Altrimenti, fatevi da parte! Questa è la mia vita. Non vi chiedo di capirmi, ma almeno lasciatemi in pace!», urlò il principe, sguainando la spada.

«È andato...è completamente andato...», sospirò Garund scuotendo la testa.

«Ve lo avevo detto che è impazzito! Voi non ci credevate! L'amore lo porterà alla rovina, ve lo dico io! Comunque, coraggio! Non sia mai detto che un Adamant si tiri indietro! Se un domani qualcuno dovesse mai scrivere di questa assurda impresa, spero perlomeno, che ci renderà merito.», continuò il rosso, sempre più affranto.

Così, tutti e cinque ripresero il cammino. Dopo aver oltrepassato la collina, scesero giù per un sentiero verso il fiume Alaurin, dove in corrispondenza di una sua insenatura, scorsero lungo la riva un traghetto ormeggiato vicino ad una larga banchina in legno. Di fronte a loro comparve la figura del traghettatore era un uomo robusto alto quasi un diacron, stempiato con una lunga barba e due braccia muscolose completamente ricoperte di peli. Li squadrò pensieroso dall'alto in basso uno ad uno senza dire una parola. I cavalieri gli si avvicinarono e dopo essersi accordati sul prezzo, scesero dai loro destrieri e si accomodarono sull'imbarcazione insieme ai loro animali.

Per ultimo salì il taciturno traghettatore. Con un grosso palo allontanò lo zatterone dalla riva e lo condusse verso l'altra sponda. Le acque limpide scorrevano calme e placide sotto di loro. Man mano che si avvicinavano all'altra costa, i cinque videro che dopo la riva iniziava una collina, decisamente più ripida. La via si inerpicava sinuosa a fatica tra le pietre grigie ed i cespugli.

Una volta che ebbero attraccato, salutarono il solitario individuo e lentamente salirono su per la collina.

«Ora siamo davvero in territorio urwain.», fu il commento laconico di Gherson, Teirios lo guardò di sbieco fulminandolo, mentre brontolava parole impronunciabili in stretto dialetto Adamant.

Seguirono dall'alto la direzione del corso d'acqua, finché non incontrarono un nuovo sentiero che si dirigeva a Donau, salendo lentamente lungo nuovi rilievi, che poco alla volta si affacciavano davanti ai loro occhi. Avanzavano abbastanza speditamente, senza mai abbassare la guardia.

Enormi massi di pietra color ocra si alternavano ad un mantello erboso alto e rigoglioso, agitato da un vento discontinuo e talora fastidioso. Qua e là fasci di rovi si avvicendavano a siepi e macchie frondose, in cui spesso e volentieri spiccavano gelsi in fiore.

Ierax dal cielo vegliava su di loro avvisandoli con un acuto stridio, ogni qual volta intravedeva un potenziale pericolo. In effetti, in ben due occasioni i cinque dovettero abbandonare la strada e nascondersi tra le rocce, per evitare di essere incrociati da alcune pattuglie di soldati.

«Non mi piace tutto questo, non mi garba per niente. Non vorrei che qualcuno li avesse già avvisati della nostra presenza.», aveva mormorato Teirios.

Gherson aveva cercato di dissuaderlo, raccontandogli quanto gli aveva narrato l'oste della locanda a Sefiron, ma il coriaceo Adamant non sembrava troppo convinto.

Non fecero soste, non potevano permetterselo. A metà pomeriggio raggiunsero la cima della scogliera che dava su Carvaria, circa due galacron più in basso.

Il paesaggio era meraviglioso, davanti a loro il cielo era contornato di nuvole che lasciavano ogni tanto trasparire i raggi del sole. In lontananza i gabbiani volavano liberi nell'immenso blu, mentre più in basso, le onde si infrangevano sui faraglioni, creando tutt'intorno degli spruzzi di schiuma sorprendenti.

La città sorgeva in una piccola baia, le case erano in pietra, colorate di bianco. Seguivano per un tratto il decorso della costa ed erano attaccate l'una all'altra, delimitate da un dedalo di viuzze, era praticamente impossibile seguirle dall'alto.

Era per lo più una comunità di pescatori, sebbene nel porticciolo, non di rado, facevano scalo anche navi da commercio e navi da guerra. Attualmente, in rada c'erano solo alcuni pescherecci. Sulla loro destra, appena oltre il centro sorgeva il palazzo del Re, dove era stata portata Rhiannon. Era circondato da mura non particolarmente elevate, che servivano più a delimitare la dimora, che non a scopo difensivo.

Aiwin si avvicinò a Gherson «Bene, siamo giunti al termine del viaggio. Ora io scenderò al palazzo e farò in modo che tu possa incontrare la mia signora. Ascoltami...», continuò indicandogli con la mano, «Vedi quella costruzione adiacente alla residenza reale? È la casa del guardiano. Vi si accede dalla dimora imperiale tramite un cancello. Quando le prime ombre del tramonto caleranno, io aprirò il portone e Rhiannon entrerà in quella casa. Tu fatti trovare pronto dietro le mura, ad un mio cenno, ti aprirò quell'altra porticina in legno nascosta dietro quegli alberi in fondo, che dal giardino dà sulla strada. Aspetta il mio segnale però. Non dovrebbero esserci soldati in giro. Quelli che hanno accompagnato la mia padrona sono andati via, ormai da una settimana. Tuttavia...è meglio stare attenti.»

Gherson lo guardò in faccia riconoscente, poi tirò un sospiro: «...ti prego! Non mi tradire.»

L'altro lo guardò negli occhi seriamente «Non farei mai questo alla mia signora.»

Gherson lo abbracciò e lo lasciò andare via, poi esordì rivolgendosi ai tre rimasti con lui: «Bene, infine, siamo giunti alla meta. So che vi ho condotti nella tana del lupo a vostro discapito. Vi sono grato per questo. Mai ho avuto amici migliori di voi.» Si fermò un attimo con un nodo in gola, era molto evidente il suo stato emotivo instabile, poi riprese:

«La mia intenzione, come ho già detto a Teirios, è

quella di entrare là dentro e di uscirne vivo con mia moglie. Se avrò successo bene, in caso contrario è meglio per noi morire entrambi una volta per tutte. Non ha più senso continuare a vivere così senza di lei. Non vi chiederò di venire con me. Rimanete invece qui e aspettate. Se entro la ventesima ora non mi vedrete, fuggite via, tornate alle vostre case e dimenticate me e la mia triste storia.»

Gli altri gli si avvicinarono, cercando di obiettare qualcosa, ma lui li zittì, abbracciandoli uno ad uno. Dopo aver accarezzato dolcemente Evalion, scese giù lungo il sentiero, seguito come un'ombra da Ierax .

«Ma che facciamo? Non andiamo con lui?» domandò Garund rivolto a Teirios.

«Hai sentito quello che ha detto? Dannazione! Si sta qui e si aspetta!», rispose l'altro più nervoso che mai.

Si mise infine a sedere dietro una roccia mordendosi le unghie per la tensione sopita.

Era quasi il tramonto, quando giunse al luogo prefissato, «Il ventisette di Enver, se non ho perso la cognizione del tempo. Ricorderò per sempre questa data.», disse sottovoce Gherson.

Si sedette lì vicino cercando di non dare troppo nell'occhio, restando in trepidante attesa, un attimo dopo al segnale convenuto, la porticina si aprì. Subito sbucò la faccia di Aiwin. Dopo essersi rapidamente guardato intorno, fece cenno a Gherson di entrare.

«Tutto bene, non c'è nessuno nell'abitazione, tranne tua moglie. I soldati sono di guardia nel palazzo e ogni quarto di siklin, due armigeri fanno il giro delle mura perimetrali. Per la vostra fuga dovrete aspettare che torni io a prendervi. Fino a quel momento, state nascosti e non vi muovete. La mia signora non può fuggire a piedi, è malata e non ce la farebbe. Ho organizzato un piccolo carretto che porterò vicino all'entrata, appena possibile.», disse Aiwin.

Gherson lo ringraziò, attraversando il giardino nascondendosi dietro ai tronchi di gigantesche palme. Entrò nella casa e si trovò in una stanza illuminata da una fioca luce di candela poggiata su di un tavolo alla sua destra. Di fronte vide delle scale di legno, che portavano al piano superiore.

Una volta salito, un lungo corridoio si apriva davanti a sé, con ai lati alcune porte, l'ultima era semichiusa. La aprì, era un'anticamera e dalle ante accostate della finestra, filtrava una brezza leggera, carica del dolce aroma dei boccioli di pesco in fiore. Ma la sua attenzione si concentrò subito su una persona. Nella penombra, tra la finestra ed una porta chiusa, scorse una esile figura in piedi, girata di spalle e avvolta in un mantello scuro che le copriva anche il volto.

Dalle sembianze pareva una donna. Gherson fece due passi in avanti, ma nonostante lo scricchiolio dei suoi piedi sul pavimento, lei non si mosse.

«Chi sei?», chiese. All'improvviso, si riaffacciarono alla mente le immagini della misteriosa colonna apparsa nella cripta di Khareem Vasta, quanto aveva già visto, ora si stava avverando e s'irrigidì di colpo.

La donna si voltò verso di lui e il suo sguardo lo trapassò da parte a parte.

«Davvero non mi riconosci?», subito abbassò lo sguardo e una smorfia di dolore trasparì sul suo viso.

«Non può essere...non può essere! Rhiannon...non è possibile!», avvicinandosi a lei gli cedettero le gambe e si inginocchio davanti a lei.

Rimasero così per alcuni istanti, senza dire alcunché. Nelle loro menti si aprirono le porte ai ricordi di quei giorni di amore vissuti assieme, pensieri celati del loro intimo e mai condivisi con nessuno.

Poi il giovane si rialzò con le lacrime agli occhi prendendola tra le sue braccia. Lei portò il viso di lato sul suo petto, mentre le lacrime le rigavano il volto. Gherson fece scivolare giù il mantello e con la mano destra, accarezzò dolcemente i suoi capelli, mentre con la sinistra la stringeva forte a sé.

«Perché Gherson...perché... Perché non mi hai detto che eri ancora vivo... Perché...», continuava a dire con la voce tremante, rotta dai singhiozzi.

"Come era bella!" pensò Gherson tra sé. Il suo cuore traboccava d'emozioni.

Alla fine prese la parola, sebbene con difficoltà: «Come avrei potuto Rhiannon? Dopo aver saputo della morte di nostro figlio e aver cercato di scappare da Graevion, caddi gravemente ferito, tanto che tutti mi dettero per morto. Rimasi incosciente per molti mesi e fui salvato solo grazie all'abilità di un awax vaimar.»

Si fermò un attimo, ripensando a quelle circostanze, poi continuò nella narrazione di quanto avvenuto in quegli ultimi anni. «Rhiannon, come avrei potuto informarti che ero sopravvissuto? Anche se per me sarebbe stato meglio morire, che saperti nelle braccia di Varanis! Dovetti farmene una ragione, così come ora devo accettare tutto questo e comunque...adesso è tutto finito, perché io ti porterò via da qui, non ti lascerò più

sola, sempre che i tuoi sentimenti in questo tempo, non siano cambiati», concluse con un fremito nella voce.

Lei alzò il viso singhiozzando verso di lui: «Quanto sei stupido, Gherson! Come puoi solo pensare che miei sentimenti siano mutati? Nel momento in cui ho saputo che eri ancora vivo, ho fatto il possibile per cercarti, per poterti vedere ancora una volta, ma...», si fermò un attimo e cercando di farsi forza, continuò, «...è necessario che mi ascolti. Devo rivelarti molte cose importanti, non credo di poter fuggire con te, sono ammalata Gherson e non ho molte speranze di guarigione...»

«Che cosa stai dicendo Rhiannon?», la interruppe, smettendo improvvisamente di accarezzarla.

«Sì Gherson, cerca di farmi parlare ti prego, non è facile per me...so di essere affetta da una grave malattia. La mia vita è segnata, ora che ti ho ritrovato posso morire serena perché so, che per nostro figlio ci sarà una speranza.», disse a fatica mentre i suoi occhi lo fissavano, come se volesse imprimere nella mente ogni singolo istante.

«Nostro figlio?», domandò Gherson, guardandola negli occhi.

«Sì Gherson...hai un figlio...», replicò la donna a fatica, fra le lacrime.

«Che cosa stai dicendo? Avevamo un figlio Rhiannon, ed ho avuto modo di costatarlo anch'io di persona», ribatté amaramente Gherson con voce ferma.

«Tu hai un figlio, Gherson...fammi finire, ti prego... anche per me non è stato facile. Quel demone di Varanis ha ucciso nostro figlio Tanis, questo era il suo nome, davanti ai miei occhi, mentre ancora ero nel letto, stremata per le doglie del parto.». Ripeté lei con forza.

Gherson strinse i pugni e fece per interromperla ma... «Aspetta! Ti prego...», riprese Rhiannon esortandolo a farla continuare, con le lacrime che scendevano copiose dagli occhi, al ricordo di quei tristissimi eventi. Disperata, ora stringeva le sue mani, «Ti prego...ci sono cose che non sai, un mese prima del parto, Eliana, la mia nutrice, si accorse che dentro il grembo non vi era un figlio solo, ma in realtà, erano due. Gherson, due gemelli...capisci ora?»

«Non è possibile, non è possibile, non ci credo! Che cosa mi stai dicendo?», trasalì l'altro.

«Ascoltami Gherson, ti scongiuro!», riprese a fatica dopo l'ennesimo singhiozzo. «Non è facile, neanche per me. Quando ne fummo certi, decidemmo con quel poco di lucidità che mi rimaneva perché mi sembrava di impazzire...», lei, sforzandosi, riprese il racconto, cercando di riordinare le idee. «Decisi, freddamente, con Eliana di attuare questo piano, dato che un bambino sarebbe comunque dovuto morire, provammo a salvare l'altro. Quando giunsero le doglie, la nutrice fece venire alla luce il nostro primo figlio, che mi fu subito rapito dal grembo. Poi, mi applicò un medicamento, che mi rallentò le contrazioni. Varanis entrò come un lupo nella stanza ed uccise Tanis, davanti ai miei occhi, uscì, gioendo, dicendomi che ti avrebbe inviato il cadavere di nostro figlio e che ti avrebbe fatto ammazzare.» Lei s'interruppe singhiozzando, portandosi le mani davanti al viso, per scacciare quelle immagini crudeli e asciugandosi le lacrime riprese tremante: «In un sol giorno avevo perso te e il frutto del nostro amore. Dopo un quarto di siklin, nacque il nostro secondo figlio, Elazar, salvato dalla morte di suo fratello. Ebbi appena il tempo di vederlo, subito mi fu tolto e portato via, in un luogo sicuro. Questo è il mio segreto Gherson, custodito gelosamente negli anni, unico sostegno alla mia inutile esistenza, già privata di te. Più volte ho pensato alla morte come unica via di fuga», mostrò entrambi i suoi polsi, corrosi dalle cicatrici, «ma l'unico pensiero che ha addolcito i miei tristi giorni, era quello di rivedere, un giorno, il mio bimbo, e in lui, il tuo volto. Improvvisamente, come un fulmine a ciel sereno, nella mia tetra solitudine, è giunta la notizia che tu eri vivo. Da quel momento, sebbene gravemente malata, ho sentito di nuovo una linfa di speranza scorrermi nella vene.»

Lui la strinse forte a sé baciandola con passione, benché lei, per amore, avesse cercato di evitarlo per non contagiarlo.

Il tempo si fermò, nessuno seppe mai, se per frazioni o per interi siklein. I due rimasero strettamente abbracciati, nel disperato tentativo di recuperare ogni attimo che a loro era stato sottratto.

Mentre erano ancora abbracciati dolcemente, Gherson le disse: «Elazar, che bel nome! Significa *Signore aiutami*, solo l'Onnipotente, che tutto sa, può ora venire in nostro soccorso. Che strana coincidenza! Di recente ho conosciuto un altro fanciullo che si chiama così!»

Rimase un attimo sovrappensiero, poi riprese a parlare: «Dove si trova nostro figlio, ora?»

Lei, circospetta, guardandosi intorno, per sincerarsi che non fossero ascoltati da nessuno, rispose: «Al sicuro, nell'arcipelago delle isole Ghelàos, da mia cugina Eleanor.»

All'improvviso, un cigolio proveniente dal piano di

sotto, mise entrambi in allarme.

«Che cosa sarà stato?», domandò Rhiannon impaurita.

«Non lo so», rispose lui sottovoce, portando l'indice al naso. Rimasero in attesa per alcuni istanti. Ma non si udirono altri suoni.

Tutto ad un tratto, uno stridio acuto, lacerò l'aria. Ierax entrò come una furia nella stanza, agitando le ali, come impazzito e dopo averla percorsa tutta, uscì nuovamente dalla finestra. A Gherson si gelò il sangue nelle vene, perché aveva compreso che un pericolo imminente era su di loro.

«Presto andiamocene via!», sussurrò, prendendola per il braccio.

«Davvero vuoi che venga con te? Non ce la faremo mai da soli, ci inseguiranno!»

«Ora che ti ho ritrovato, non voglio più perderti!» Detto questo, le strinse la mano e insieme scesero velocemente al piano inferiore.

Era tutto buio e la candela, che prima con la sua luce fioca illuminava la stanza, era stata spenta. Gherson colpì di striscio qualcosa sul pavimento, al centro della sala e istintivamente si chinò, si rese subito conto che era un cadavere ancora caldo e dentro di sé ebbe un sussulto temendo il peggio, si fermò.

Dal nulla, una voce risuonò nell'aria: «Dove credete di andare!?», una lampada ad olio si accese, rivelando il viso di Sartanis e quasi sotto i suoi piedi si mostrò quello che temeva Gherson...il cadavere urtato era del povero Aiwin.

«Tu qui?», domandò Gherson, mettendo mano alla spada.

«Ci rivediamo, infine», ghignò il suo avversario.

Rhiannon urlò tutto il suo terrore, portando entrambe le mani alla bocca.

«Lasciaci andare, ti prego, non ti mettere contro di noi», Gherson cercò di convincerlo, agitando l'arma.

«Si pregano solo gli Dei, Gherson, sono solo un uomo ed obbedisco agli ordini che mi vengano dati, in questo caso, quello di prenderti vivo e portarti da Varanis.», rispose.

Un istante dopo, la porta si aprì ed una decina di Urwaian entrarono nella stanza.

«E sia! L'hai voluto tu!», gridò Gherson e alzò la sua spada, mentre la moglie si riparava dietro di lui. I soldati gli furono subito addosso. Gherson combatteva strenuamente e tirava potenti fendenti evitando i colpi degli avversari. Uno alla volta, gli Urwaian cadevano, ne rimanevano ormai solo cinque in piedi. Gli altri giacevano morti sopra una pozza di sangue.

Sartanis, vedendo che la situazione stava lentamente precipitando, si era portato di nascosto alle spalle del principe e brandendo una lancia, la scagliò contro Gherson, nel tentativo di colpirlo alla schiena.

«No!», gridò Rhiannon.

Gherson improvvisamente d'istinto si girò e vide Rhiannon cadergli addosso. L'esile corpo della donna, era stato trafitto dall'asta che l'aveva trapassata da parte a parte nel ventre, nell'estremo tentativo di salvargli la vita.

«Nooo! Nooo! Non devi morire!», urlò disperato Gherson, poggiando delicatamente a terra la dolce compagna, mentre le lacrime già grondavano dai suoi occhi. Tutti si fermarono in quell'istante.

Rhiannon, ferita gravemente, respirando a fatica e con voce fioca: «Gherson...non preoccuparti per me... son felice di averti visto per l'ultima volta...pensa a salvarti...pensa a...»

Un attimo dopo, reclinando il capo, spirò con un rivolo di sangue che usciva dalla bocca.

Gherson si alzò e negli occhi aveva di nuovo quell'istinto omicida, che già una volta si era impossessato di lui. Afferrò la spada e urlando si gettò addosso agli altri Urwaian, falciandoli con violenza. Alla fine rimase solo Sartanis.

«Tu!!! Tu...maledetto assassino!!! Ti ucciderò con le mie mani!!!» Detto questo, con un fendente lo disarmò e gettata l'arma, gli mise le mani al collo, per strozzarlo. Poi, però, mentre quello, alzato da terra, si divincolava, altri soldati entrarono nella stanza e colpirono Gherson alla testa che perse i sensi.

CAPITOLO XVI

L a mattina seguente, subito dopo le prime luci dell'alba, una ventina di soldati urwaian partì da Carvaria. Il drappello era comandato da Sartanis. Gherson era stato rinchiuso in una gabbia, collocata sopra un carro, trainato da quattro cavalli da soma, aveva mani e caviglie strette con catene di ferro, le parti visibili del corpo a cominciare dal volto, erano tumefatte, di un colore violaceo. Durante quella notte i suoi carcerieri avevano infierito su di lui.

Avanzavano lungo il sentiero lastricato in pietra, che saliva lentamente lungo la costiera, costeggiato da muretti a secco che oltre a contrassegnare il percorso, limitavano le proprietà private degli abitanti del luogo. Giunti quasi in cima alla salita, dopo un paio di siklein, superarono una vecchia fornace, dove gli abitanti vi cuocevano la calce che veniva utilizzata per la costruzione delle case.

Arrivarono infine in cima, circa due galacron sopra il livello del mare e si trovarono di fronte ad un acrocoro quasi completamente coltivato a grano. Tra gli steli, prossimi a maturazione, spiccava il colore azzurrognolo di un fiore chiamato lysion, utilizzato in tutta Arvhèia per la preparazione di essenze e cosmetici, se ne sentiva nell'aria il dolce profumo intenso.

Lungo la strada che procedeva dritta verso il settentrione, vi era sulla sinistra un piccolo mulino di pietra che girava su un asse verticale. Lì decisero di fermarsi per un breve ristoro, da una collina accanto, intanto occhi vigili controllavano ogni mossa della colonna militare.

«Non ce la faremo mai a liberarlo! Sono troppi...», commentò sfiduciato Nestor.

«Lo so anch'io dannazione!», ribadì Teirios borbottando. «Guarda in che accidenti di situazione si è andato a cacciare! Se solo mi avesse dato ascolto! No! Lui doveva per forza fare di testa sua. Ma quale testa! Magari l'avesse usata! Ma no! invece ha assecondato i suoi dannati ormoni, quando c'era da prendere certe decisioni! Cocciuto di un Urwain...» Terminò scuotendo sconsolato il capo.

Fu allora che accadde un evento inaspettato. Una dozzina di soldati risalì a cavallo e partì al galoppo, proseguendo sul sentiero verso Noren.

«Sembra proprio che la fortuna abbia deciso di darci una mano», si augurò Garund, rincuorato.

«Aspetta a dirlo...ne sono sempre rimasti nove.», replicò Nestor.

«Chissà dove stanno andando quegli altri? Non vorrei che si fossero solo momentaneamente allontanati, per poi rientrare più tardi nella colonna.», si domandò pensieroso il compagno.

«Bah, non voglio pensarci, l'unica cosa che conta, ora, è che una parte di loro si sia tolta di mezzo. Forse, le nostre possibilità di riuscita non sono più così esigue." rispose Teirios.

«Sì hai ragione, dovremmo tentare di liberarlo. O adesso o mai più!», confermò Garund.

Un quarto di siklin più tardi, gli Urwaian rimasti, abbandonarono il luogo della sosta e si rimisero in marcia seguendo il sentiero in mezzo ai campi colorati di azzurro. Il cielo era ancora nuvoloso ma di tanto in tanto le nubi venivano squarciate da un timido raggio di sole. In lontananza Ierax accompagnava nervosamente il cammino del drappello Urwain, sorvegliando il loro percorso.

Garund si fermò a fissarlo, dando una lieve gomitata a Nestor. «Visto?», gli fece notare. Questi annuì.

Anche gli Urwain se ne accorsero e dal gruppo uscirono due balestrieri i quali incoccati i dardi li scagliarono contro Ierax, senza tuttavia colpirlo, stridendo, si alzò ancora più in alto, uscendo fuori dalla loro portata di tiro.

Ripresero lentamente il loro cammino. Di tanto in tanto s'intravedevano casolari di contadini, in lontananza si udivano le urla di bambini che schiamazzavano nei cortili.

Durante il tragitto, qualche soldato si avvicinava al carro per controllare il prigioniero. Qualcuno lo scherniva, qualcun altro lo pungolava con la lancia. C'era chi si era tenuto in disparte e non aveva partecipato a quelle inutili manifestazioni di crudeltà. Gli stessi, che non avevano infierito su di lui la notte precedente, probabilmente perché avevano avuto modo di conoscerlo anni prima, apprezzandone le qualità.

Gherson, dal canto suo non rispondeva alle provocazioni e se ne stava seduto a capo chino. Non gli importava di niente. La vita per lui era terminata la sera prima con la morte dell'amata.

Sì era vero... Rhiannon gli aveva riferito che c'era ancora una speranza, avevano un figlio nascosto nell'arcipelago delle isole Ghelàos. Ma valeva la pena cercarlo? Lo avrebbe riconosciuto come padre? Ormai aveva sette anni, se era ancora vivo. Forse sarebbe stato meglio fare finta di niente, soprattutto per l'incolumità del piccolo. Se qualcuno infatti, fosse venuto a sapere della sua esistenza, chissà a quali disgrazie sarebbe andato incontro. Lo avrebbero sicuramente ucciso e nessuno avrebbe potuto difenderlo.

Per ultimo, anche Sartanis si avvicinò alla gabbia. «Come stai? Tutto questo ozio, farà male alle tue articolazioni. Penso sia giunto il momento di sgranchirti le gambe.», disse in tono ironico.

Fermarono il carro e lo fecero uscire dalla gabbia, lasciandolo sempre con le mani e le caviglie imbrigliate nelle catene. Il comandante fece passare una corda attraverso gli anelli che tenevano bloccati i polsi e la fissò al pomolo della sella del proprio cavallo, poi diede ordine al destriero di partire al galoppo. Gherson fu costretto a correre, seppur limitato nei movimenti a causa delle cavigliere catenate di ferro e delle numerose ferite. Faceva fatica a respirare, un dolore pungente riduceva le escursioni respiratorie sulla parte destra del torace, aveva una costola incrinata a seguito delle percosse ricevute.

Dopo circa mezzo verocron di questa tortura, cadde a terra.

«Andiamo Gherson, andiamo, coraggio, rialzati. Ti ricordavo più resistente, un tempo.», gridò l'altro ridendo e continuando a spronare il cavallo. Gherson però, non si rialzò più e fu trascinato al suolo, alla fine Sartanis, si fermò e sceso da cavallo si accostò al prigioniero a terra privo di sensi. I vestiti erano completamente laceri, per via dall'attrito con il terreno.

Gli sollevò il viso tirandolo su per i capelli, «Non morire Gherson. Non devi morire. Così mi ha chiesto

Varanis, questo piacere lo devo riservare solo a lui.», gli sibilò nelle orecchie.

Appena calarono le tenebre, si fermarono nei pressi di un boschetto di betulle, che delimitava un corso d'acqua.

A circa un verocron di distanza, vi era un agglomerato di case ma, contrariamente ad ogni logica, i soldati avevano deciso di non pernottare lì.

Gherson fu fatto scendere dal carro e legato ad un albero.

«C'è qualcosa che non mi convince. Perché non hanno cercato ristoro in quel villaggio laggiù, sopra la collina?», sussurrò Nestor a Teirios.

L'altro rimase in silenzio sovrappensiero, perché anche lui non sapeva darsi una spiegazione. Erano ancora assorti in quelle riflessioni, quando si accorsero che Sartanis, insieme ad altri tre uomini, stava rimontando a cavallo, per dirigersi verso il centro abitato.

«Avranno deciso di andare a fare compere», cercò di convincersi il robusto Adamant. «Non dobbiamo perdere un'occasione come questa, chissà quando se ne ripresenterà un'altra simile! Allerta Garund e teniamoci pronti.»

Non era passato neanche mezzo siklin, che un'ombra furtiva si appiattì alla betulla, a cui era stato legato Gherson. Dei cinque Urwaian rimasti, quattro stavano bivaccando attorno al fuoco e chiacchieravano animatamente tra loro, mentre il quinto badava ai cavalli. Non sembravano preoccuparsi del prigioniero più di tanto.

All'improvviso una mano comparve da dietro la pianta e bloccò la bocca di Gherson, mentre un lieve bisbiglio giungeva alle sue orecchie.

«Non gridare, sono Teirios, non fare rumore, siamo qui per liberarti. Ora cercherò di tagliare la corda che ti tiene bloccato.»

Mentre era intento nel suo compito, dette un'occhiata furtiva all'amico: «Mio Dio come ti hanno ridotto!»

Gherson fece appena in tempo a articolare pochi e quasi incomprensibili avvertimenti: «Andate via è una trappola...sono l'esca...si sono accorti...»

Il grosso Adamant si fermò un attimo interdetto, perché appena ebbe terminato di tagliare le corde, sentì all'improvviso la punta di una gelida lama pungolargli la schiena. Si voltò in tempo per vedersi accerchiato da cinque Urwaian, uno dei quali teneva la spada puntata contro il suo petto. Istintivamente lasciò cadere il coltello e si sollevò in piedi, alzando le mani. Nello stesso momento, Garund e Nestor si vedevano arrivare da lontano nell'accampamento, scortati da altri sette soldati.

«Bene, bene, bene...», ridacchiò Sartanis, materializzatosi all'improvviso da dietro un'altra betulla. «Ora siamo al completo. Che cosa vedono i miei occhi? Tre stolti Adamaint che cercano disperatamente di liberare il loro degno compare.» Terminò la frase con una sonora risata, che fu accompagnata da quella ben più fragorosa dei suoi uomini.

«Pensavate che non ci fossimo accorti di voi, stupidi idioti?», riprese Sartanis, rivolto a Teirios, ritenendo, a ragione, che fosse il capo di quella sciagurata spedizione. «Ebbene avete fatto male i vostri calcoli.», e così dicendo, sferrò un pugno al ventre di Nestor che si trovava alla sua sinistra, questi cadde a terra con un gemito, piegato in due per il dolore, non preparato a ricevere quel colpo.

«Che ne facciamo di loro?», chiese uno dei soldati. «Gli ordini erano di riportare vivo a Valaur solo il principe Gherson.»

Sartanis si fermò a riflettere un istante, poi rivolgendosi ad un altro dei suoi, disse con fermezza: «Sestris, ci sono altri vermi Adamaint nei paraggi?»

Il militare interrogato negò con la testa.

«Bene! Allora è inutile portarci dietro tutta questa zavorra, uccideteli!»

«Lasciali stare!», la voce proveniva dalla bocca di Gherson che, nel frattempo, aveva sollevato il capo, completamente tumefatto, aveva le palpebre semichiuse, a causa dei vistosi ematomi periorbitari. Sartanis gli fu subito addosso e con la mano sinistra, lo avvinghiò per i capelli strappandogliene una ciocca. «Non mi pare che abbiamo chiesto la tua opinione, vile traditore!», e gli rifilò un vigoroso man rovescio con la destra, tanto da fargli sputare sangue.

S'incamminò in direzione dei tre Adamaint e ordinò di nuovo, con un ghigno malefico sulle labbra, «uccideteli tutti!, uccideteli, ma non subito, lentamente, tanto il tempo non ci manca.»

I tre prigionieri cercarono di divincolarsi, ma furono bloccati dai soldati dietro le loro spalle.

Quando anche la più fievole speranza era andata ormai perduta, improvvisamente dal folto della boscaglia partì un nugolo di frecce, che sibilarono veloci nell'aria. I soldati urwaian, caddero a terra, chi privi di vita, chi feriti gravemente. Un attimo dopo si udì un grido, cui fece seguito un fragoroso scalpitio di zoccoli, era una vera e propria carica di cavalieri. Erano una ventina circa. Nel giro di pochi istanti, i militari di Urwan furono messi tutti fuori combattimento. In piedi era rimasto solo Sartanis, circondato dai nuovi arrivati, tutti con il volto coperto dalle classiche maschere variopinte, raffiguranti esseri mostruosi o mitologici, in sella ai loro lamash.

«Lachvaian! Che cosa state facendo? Uccidete i vostri alleati?», un urlo di rabbia, mista a terrore, uscì dalla bocca di Sartanis, unico superstite Urwain.

Per tutta risposta, il soldato a cavallo di fronte a lui si scoprì il viso, rimuovendo la maschera che lo nascondeva.

«Arvaj, cane maledetto, dovevo immaginarlo, solo tu potevi compiere un'azione del genere. Traditore!», fu la sdegnata osservazione di Sartanis.

L'altro, scendendo lentamente dal suo destriero, rispose con flemma: «Traditore io? Ci sono legami di sangue che vanno oltre la fedeltà ad un despota come Varanis, ricordalo!»

Poi si avvicinò a Gherson e lo abbracciò vigorosamente: «Allora è vero che sei vivo!» Ma guardandolo più attentamente, continuò: «Non mi sembri in tutta la tua forza fisica...tutti questi anni...creduto morto! Io ho sempre avuto i miei seri dubbi, ero sicuro del fatto che uno come te, prima o poi lo avrebbero cacciato via anche dall'inferno.»

«Scioglimi da queste catene e lasciami solo con quell'assassino, ora è solo affar mio!», fu l'unica risposta che l'amico di un tempo sibilò nelle orecchie di Arvaj.

«Gherson aspetta, non mi sembri in condizioni di...», ma non fece neanche in tempo a finire la frase.

«Sciogli queste dannate catene ho detto!!!», un grido, gonfio di livore, questa volta straripò dalle labbra dell'amico, non lasciava presagire niente di buono per chiunque si fosse azzardato a contraddirlo.

Arvaj, voltatosi verso i suoi, diede ordine di liberarlo.

I tre Adamaint intanto, si guardavano l'un l'altro attoniti, come se all'improvviso fossero capitati lì per caso provenienti da un altro mondo.

Gherson, una volta libero dai legami, si portò in avanti barcollando dirigendosi verso Sartanis. Mentre si trascinava verso il suo aguzzino, raccolse una spada lasciata a terra da uno dei caduti.

La collera che scaturiva dal profondo del suo cuore, stava rapidamente impossessandosi di ogni più recondita parte del suo corpo, dando così nuovo vigore alle sue membra martoriate.

«Allora assassino! Vediamo se hai il coraggio di combattere contro un uomo! O sei solo capace di uccidere le donne indifese?», esordì.

Teirios si voltò verso Arvaj, per invitarlo a fermare Gherson, non poteva lasciarlo combattere, era ridotto in condizioni pietose, ma l'altro non lo degnò neanche di uno sguardo. Lo stesso Adamant si dovette ricredere quando guardò sgomento il volto dell'amico, che infatti, era trasfigurato e i suoi occhi sembravano spiritati.

«Doveva essere successo qualcosa di molto grave la notte passata», suppose e temette in cuor suo, di immaginare anche cosa, perché Gherson non era più lo stesso. Era come se ad ogni passo che calcava sul terreno, la terra stessa gli donasse energia pura, attraverso il suo manto erboso.

Sartanis sguainò la sua spada ma in un attimo

Gherson gli fu addosso vibrando fendenti, uno dietro l'altro. Sartanis cercava di difendersi, ma l'impeto di Gherson mentre lo attaccava, era impressionante. Infine, cadde al suolo e mentre Gherson che in quell'istante era tornato "Vartaxar", gli fu sopra per colpirlo, Sartanis gli lanciò negli occhi della polvere, raccolta disperatamente da terra con una mano, per cercare di prendere tempo e vantaggio. Vartaxar si allontanò, imprecando. Sartanis colta l'occasione gli fu sotto pericolosamente ma Ierax, comparso improvvisamente dal cielo, gli si avventò sulla fronte, graffiandolo più volte con i suoi artigli e allontanandosi altrettanto rapidamente prima che quello potesse reagire.

In quel frangente Vartaxar ebbe modo di riprendersi, mentre il suo nemico, con il capo rosso di sangue per le ferite infertegli da Ierax, gli si scagliava contro.

Vartaxar finse un attacco sulla sinistra, che venne assecondato da Sartanis, poi con una rapida torsione del busto, Vartaxar roteò l'arma, colpendo con la lama il polpaccio destro dell'avversario. Questi accusò il colpo, cadendo sul fianco e si toccò la gamba, subito la mano si colorò di sangue rosso vivo.

«Rialzati, avanti! Assassino!», urlò Vartaxar.

Sartanis si sollevò, lo affrontò con ferocia malgrado la ferita, ma fu schivato da un rapido movimento di Vartaxar che spostandosi lo fece passare oltre e con la spada a due mani lo colpì di taglio sulla gamba sinistra. Quindi cadde nuovamente a terra urlando per il dolore.

Ora il suo avversario arrancava, aggrappandosi con le unghie al suolo. Lentamente strisciò verso l'albero più vicino e si tirò su. Recuperò il gladio che gli era scivolato di mano durante la caduta.

Vedendosi ormai perduto, disse: «Che cosa vuoi fare Gherson, ammazzarmi? Non ti chiederò pietà, non ti darò mai questa soddisfazione.»

Vartaxar si avvicinò, lo sollevò e lo scagliò nuovamente per terra, Sartanis si rialzò faticosamente in ginocchio facendo leva sulla spada. Fu allora che Vartaxar gli si avventò addosso con una furia estrema e mulinando la sua lama, in un sol colpo, gli fece schizzare via la testa dal collo. Il corpo di Sartanis rimase ancora per un attimo in posizione eretta, poi cadde frontalmente.

Vartaxar, nonostante la sua vittoria, restò solo con un vuoto infinito dentro ed urlò tutto il suo dolore. Cadde sulle gambe e lanciò l'arma lontano da lui, mentre il falco stridette dal cielo.

«Un idiota in meno sulla faccia della terra. Non è una grossa perdita», fu il laconico commento di Arvaj. Poi si avvicinò all'amico e si chinò su di lui.

«È morta Arvaj, Rhiannon è morta, l'ha uccisa questo bastardo.» Gherson continuava a piangere amaramente.

«Ora è tutto chiaro, è come temevo», argomentò tra sé Teirios, grattandosi la testa e girandosi dall'altra parte. Raramente si lasciava commuovere, ma di fronte al dolore di Gherson, non riuscì a trattenersi e così il burbero soldato lasciò che una lacrima solcasse silenziosa il suo viso.

«Coraggio, Gherson...», disse Arvaj. «Adesso vieni con me e raccontami che cosa ti è accaduto in tutto questo tempo.»

I due si allontanarono lentamente e rimasero seduti da soli appoggiati a due alberi vicini, come ragazzi che non vedendosi da tempo desideravano narrarsi le loro eccitanti avventure.

Gherson, gli narrò le vicende di quegli ultimi sette anni fino ai giorni più recenti. Intanto i Lachvaian stavano scavando una fossa comune, in cui avrebbero seppellito i soldati di Urwan e soprattutto cercavano di occultare ogni traccia della loro presenza. L'ordine di Arvaj era stato perentorio, nessuno doveva scampare all'assalto, per raccontare gli avvenimenti di quella notte.

Silaj fratello di Arvaj e attuale comandante della cavalleria lachvain, come si sarebbe potuto giustificare con Varanis, se fosse venuto a sapere che gli uomini delle sue tribù erano stati responsabili di una strage di Urwaian? specialmente della morte di Sartanis, uno dei più validi ufficiali dell'esercito che comandava il drappello, in cui lo stesso sovrano poneva una fiducia illimitata?

La rappresaglia sarebbe stata inesorabile.

I tre Adamaint intanto, si erano seduti in disparte, aspettando il momento in cui sarebbero stati chiamati per esporre la loro versione dei fatti.

Terminato il suo racconto, fu Gherson a rivolgersi all'antico compagno d'armi: «E tu, amico mio, che ci fai qui?»

L'altro, dopo un attimo di silenzio, prese a parlare: «Comincerò con il dirti che io non ho mai creduto alle accuse contro di te. Non avresti mai tentato di assassinare tuo zio! Sta di fatto, che dopo la tua condanna, come ben sai, chiunque avesse solo pronunciato una parola in tuo favore sarebbe stato punito anche con la morte e così, purtroppo è stato per qualcuno di noi. Ho biasimato Varanis ed i suoi ingiusti complotti e me ne sono tornato dalla mia gente. Mio fratello Silaj, nel frattempo era divenuto capo tribù a seguito della morte di nostro padre. Mi confidai con lui e decisi, per il bene comune, di andarmene in esilio volontario per evitare inutili ritorsioni che tuo zio avrebbe potuto condurre contro il mio popolo. Partii insieme ad una trentina di compagni.

Inizialmente, ci spostammo verso la regione delle grandi foreste, dove intrattenemmo buoni rapporti con i Toultaian. Negli ultimi tre anni tuttavia, abbiamo vissuto come nomadi, per sottrarci alle angherie degli Urwaian, sobillati contro di noi.

Per trovare un po' di pace, ci siamo addentrati nel deserto di Sahin e infine, abbiamo trovato dimora in un'oasi, già abitata da altre genti. Alcuni di noi si sono sposati con le donne del luogo, hanno avuto figli e sono rimasti lì con le loro famiglie, altri, purtroppo, sono morti. Noi siamo quelli rimasti, con lo spirito indomito di un tempo. Il nostro incontro, Gherson, non è dovuto al caso. Circa una settimana fa», continuò, sempre seduto con le mani sulle ginocchia, «mio fratello Silaj mi fece sapere, da un uomo di fiducia, la notizia che tu eri vivo e che tuo zio ti stava dando la caccia, aveva ordinato a Sartanis di escogitare una trappola la cui esca, come purtroppo hai potuto constatare tu stesso, doveva essere Rhiannon. Sono partito subito con i miei più fidati Lachvaian, per cercare di avvisarti ma non sono arrivato in tempo.»

Si fermò un attimo, per riprendere fiato e per riordinare le idee, poi riprese: «Mi chiederai ora come faceva mio fratello a sapere di te. Già, anche di questo dovremmo parlare, amico mio. Varanis, dieci giorni or sono, ha indetto un consiglio di guerra, cui hanno partecipato tutte le più alte cariche dell'esercito, compreso Silaj. Proprio a corte, da alcuni suoi informatori, mio fratello è venuto a conoscenza della tua sorte e di come tuo zio stesse tramando nuovamente contro di te. Ma la notizia peggiore per noi tutti, è che il Re ora ha deciso di invadere Adamant e di annientare Alcain, in modo definitivo. Diciamo che la tua presenza ad Elevar è la scusante utilizzata da Varanis per attaccare, ma in realtà è troppo interessato alle ricchezze di quella terra, all'oro e ai diamanti nascosti nelle montagne. L'organizzazione della campagna militare è a buon punto. I piani per l'assedio a Elevar, come ti ho detto, erano già stati approntati. Le truppe di terra stanno già cominciando a muoversi. Tuo zio è preso dalla frenesia e vuole concludere la campagna militare prima della fine di Solesan, è convinto che ce la farà anche perché...», e qui si fermò un attimo, avvicinandosi all'orecchio del principe e volgendo lo sguardo sugli Adamaint seduti lì vicino, «Varanis ovviamente ha un informatore tra i tuoi nuovi amici e ti do per certo, tra i suoi più intimi consiglieri.»

Gherson gli rispose a tono: «Di loro ti puoi fidare, come di me. Siamo stati insieme per tanto tempo ed ho imparato a conoscerli bene. Anzi, se sono qui, è perché hanno deciso spontaneamente di rischiare la vita per me.»

Poi fece un cenno a Teirios e lo esortò ad avvicinarsi: «Vieni, amico. Ti presento Arvaj, mio fratello di sangue, sin dalla giovinezza.»

Teirios si fece dappresso, tutto di un pezzo, studiandolo attentamente, con il volto più scuro del solito, i due si strinsero con vigore la mano, una presa che durò alcuni istanti, si sarebbe potuta considerare una prova di forza, che ovviamente, terminò in parità.

«Rimani con noi, Adamant», disse Arvaj, contento di aver incontrato un uomo degno del suo rispetto, «ed invita anche i tuoi amici, così continueremo insieme la nostra chiacchierata.»

Teirios articolò una risposta di assenso, restando sempre sulla difensiva.

«Bene allora Arvaj, come puoi essere certo delle tue affermazioni?», riprese Gherson,

«Ragiona Gherson! Come faceva Varanis a sapere che tu eri vivo, se non perché qualcuno glielo ha comunicato da Elevar? Ebbene, posso dirti come il Re riceve le informazioni, ma non conosco il nome della spia. Periodicamente dalla capitale degli Adamaint, piccioni viaggiatori recano notizie sui movimenti di Alcain e sulle sue decisioni. Così Varanis ad esempio, è informato di una possibile alleanza tra i regni di Arvor e di Adamant e che tale patto sarà ufficialmente suggellato con il matrimonio tra i figli dei due sovrani. Tuo zio ha già ordinato di inviare parte del suo esercito contro Arvor, per mettere pressione al suo Re e tagliare così l'arrivo di rinforzi.», rispose l'altro.

Teirios grugnì qualcosa.

«Che c'è?», chiese Gherson incuriosito.

«Un traditore tra la nostra gente, ci mancava solo questo!», fu la concisa risposta dell'amico.

«Chi comanderà la spedizione?», riprese il principe rivolto di nuovo ad Arvaj: «Il vecchio Tarsidis?»

«Tarsidis? La volpe?», rise l'altro: «No Gherson, tieniti forte! Questa volta a coprirsi di gloria sarà quel pazzo sanguinario di tuo cugino Arcadis, nominato comandante in capo dal padre stesso! Il povero Tarsidis farà solo da aiutante di campo e…a pensarci bene, questo potrebbe anche giocare a tuo vantaggio, conoscendo l'avventatezza di quello stolto.»

Ci fu una pausa di silenzio interrotta nuovamente da Arvaj, che dopo un sospiro continuò: «C'è un altro motivo per cui sono qui e ti riguarda direttamente non è solo un mio pensiero, ma l'opinione di molte persone.»

«Continua», rispose l'altro interessato, facendo un cenno con la mano ad andare avanti.

«Bene, allora», riprese il Lachvain, «in Urwan come ben sai, la vita non è mai stata agevole, ma ora la situazione si è fatta più difficile per tutti. Varanis ha creato il culto della sua persona, facendo erigere dappertutto statue e monumenti che glorificano il suo nome, la sua è una dittatura basata sul terrore. La gente non ne può più è oppressa e ridotta alla fame da un pesante regime di tassazioni. Anche tra i militari c'è chi critica il suo comportamento, quantunque per ora, in maniera velata.»

«E Larsis», lo interruppe Gherson. «Come sta Larsis? Parlami di lui.»

«È proprio quello che avrei voluto evitare di fare, Gherson». Riprese dopo un attimo Arvaj, abbassando il capo. «Dopo quanto ho sentito e visto, avrei desiderato non caricarti di un'ulteriore dolore. Larsis è stato ucciso, appena dopo la tua condanna. Tutti sapevano che era tuo amico. Varanis, dapprima, l'ha esautorato dagli incarichi che aveva, ma non trovando colpa alcuna in quel poveruomo, — perché, dimmi sinceramente Gherson, che male avrebbe mai potuto fare una persona onesta come lui?— alla fine, ha cominciato a tiranneggiarlo, fino a che questi non si è ribellato, difendendoti a spada tratta. Se ci pensi bene, un vero paradosso, la persona più mite di Urwan è stata l'unica che si è schierata apertamente con te e per questo tuo zio l'ha fatto crocifiggere sulla pubblica piazza, dentro le mura di Valaur. Larsis, nonostante la sua natura esile, ha resistito quasi due giorni al supplizio, prima di morire.»

«Maledetto Varanis! Assassino d'innocenti...pure Larsis...», esclamò con tono profondamente turbato e pieno di collera, pur non gridando il dolore che aveva nel cuore.

«Gherson...», riprese Arvaj, ora sempre più convinto, «...la realtà è questa, la notizia che tu sei vivo si sta lentamente diffondendo tra la gente e molti sono tornati a sperare. Vartaxar non è stato dimenticato e il tuo nome di battaglia va assumendo sempre più i contorni di una leggenda. Varanis ne è al corrente, ed è molto preoccupato, per questo, vuole stroncare sul nascere qualsiasi speranza e avendo paura ti vuole vedere morto perché sa molto bene cosa significhi il tuo nome per il popolo.»

«Vartaxar una leggenda e una speranza? ...ma quale speranza posso dare io agli altri, se non ne ho alcuna per me?» Rispose tristemente l'altro, abbassando nuovamente la testa.

«Non è così Gherson! Il solo fatto di sapere che sei vivo, sta infondendo fiducia in noi tutti. Accarezziamo il sogno di una nuova era più giusta, senza Varanis e la sua tirannia.», ribatté il Lachvain.

«Ma io non sono niente, non sono nessuno. Non sono diverso né meglio di tanti altri. Che cosa state cercando in me? Chi vi garantisce che non diventerò un altro Varanis, una volta giunto al potere?», replicò l'altro amaramente.

«Già il fatto che tu ti ponga queste domande, è un buon inizio», rispose Arvaj sorridendo.

Nella discussione intervenne Teirios «Lo hai già detto tu, Gherson, in più di un'occasione! Non cerchiamo te perché sei il migliore, ma perché sei stato scelto da qualcuno più in alto di noi, che ti piaccia o no. Tu dici di non essere diverso dagli altri, bene, io non sono un fine **pensatore**, sono un soldato e ragiono come un soldato. Sono convinto che, se un Creatore esiste e ti ha eletto, forse lo ha fatto, proprio perché eri il meno adatto, così che sia evidente a tutti, che quest'opera non proviene da te, ma è stata voluta da quel Qualcuno che sovrasta tutti e a cui tutti noi dovremo rendere conto.»

Intanto due cavalieri lachvaian si erano avvicinati al loro comandante, per riferire che avevano terminato la sepoltura ed era stata cancellata ogni traccia della loro presenza.

«Bene, Gherson...l'ora è tarda e dobbiamo ripartire, ti accompagnerò per un tratto di strada, così staremo insieme ancora un po'.», disse Arvaj,

L'altro annuì, prima di riprendere il viaggio, si diresse alla riva del fiumiciattolo, per lavarsi e medicare alcune delle sue numerose ferite, in quel momento Evalion si avvicinò a Gherson, accostando al suo volto il muso, «Ti ho fatto rischiare l'osso del collo per un'inutile impresa», disse Gherson.

"Se ben ricordi, tempo fa ti promisi la mia fedeltà incondizionata, anche se questa spedizione si è per te conclusa con immenso dolore, sarei stato disposto a morire pur di onorarla.", comunicando mentalmente rammentò il purosangue.

Gherson, accarezzò Evalion amorevolmente.

Le sue piaghe erano ben altre e più profonde in questo momento. Nessuna medicina sarebbe mai stata in grado di curarle, sua moglie l'unica donna che avesse mai amato veramente, ora era morta. Per molti anni non aveva avuto modo di vederla, ma in cuor suo aveva sempre coltivato la speranza di potersi un giorno riunire a lei. Ora, anche questa illusione era sfumata via, come il sogno che fugge con le prime luci dell'alba, quando i raggi del nuovo sole riportano l'uomo alla realtà. Quella notte pianse lacrime amare nel suo cuore:

"La mia voce sale a Te, e grido aiuto;
un lamento verso Te, perché non ascolti?
Ogni giorno e ogni notte ti invoco, Signore,
Poiché rifiuto ormai ogni umano conforto.
Ricordo gli anni lontani ed i giorni andati.
Meditando questa sorte, si prostra il mio spirito.
Forse che mi respingerai per sempre
Non sarai più benevolo con me?
Forse che finito è per sempre il tuo amore.
la tua misericordia verso me?
Dove passa Signore, allora, la tua via?
Agli occhi miei le orme tue sono invisibili."

Teirios gli si avvicinò e gli posò una mano sulla spalla. «Coraggio fratello, noi tutti abbiamo bisogno di te. Non esistono parole che possano alleviare il tuo dolore, non sarò mai in grado di consolarti, sono solo un rude soldato. So che se tu sei ancora tra noi, non è un caso, evidentemente hai ancora motivo di esistere.»

Gherson scrollò le spalle, senza dire nulla si rialzò. «E allora andiamo a compiere questa "chissà" di missione...che neppure io conosco.», esordì ironicamente per poi continuare più seriamente. «...hai sentito quello che ha detto Arvaj? La guerra si avvicina... Andiamo prepariamo il tuo popolo alla battaglia.»

Detto questo, prese un pugnale e incise su un albero *"Vartaxar as valon"*. Si rivolse poi ad Arvaj, con queste parole: «Quando scopriranno chi è stato sepolto in questa fossa, sapranno con certezza di chi è la colpa.»

Quindi salirono a cavallo e si diressero velocemente verso Elevar.

Sul far del mattino, giunti nei pressi di una collina coltivata a grano, decisero di separarsi. Ma il destino aveva in serbo qualcos'altro per loro. In lontananza, scorsero una nuvola di polvere che si muoveva lungo la strada che avrebbero dovuto percorrere. Arvaj estrasse una sfera colorata e la pose davanti agli occhi. L'iniziativa incuriosì Teirios, che non aveva mai visto un oggetto simile, Arvaj notando l'interesse gliela passò. Teirios l'avvicinò al viso e sbigottito, vide in modo distinto, una colonna di soldati urwaian che stava procedendo lentamente, scortando delle salmerie.

«Che diavoleria è mai questa?», borbottò meravigliato Teirios.

«Vattene Arvaj, torna alla tua dimora, non è questa la tua battaglia, non sono questi i tuoi nemici. Anche noi cercheremo di evitarli in qualche modo.» Così Gherson esortò il suo amico.

Arvaj, non sembrava molto convinto, Portando la mano al mento e riflettendo sbuffò dicendo: «Saranno un'ottantina circa, una compagnia di sostegno logistico, a giudicare dall'enorme numero di carri che si portano dietro. Probabilmente, vengono dalla guarnigione di Xartaria e stanno dirigendosi verso il fiume Alaurin, al ponte di barche che dovrebbero terminare a giorni.»

Gherson riprese «Vorrei evitare di massacrare altre vite umane, Arvaj, dopotutto hanno il mio stesso sangue.»

«Dubito che loro si facciano i tuoi stessi scrupoli. Penso che te ne sia accorto tu stesso in questi ultimi giorni, non mi pare che ti abbiano trattato proprio con i guanti.», gli rispose l'altro, squadrandolo con aria di sufficienza.

Mentre si consultavano tra loro, i lamash, che probabilmente avevano fiutato nell'aria l'odore degli Urwaian, girarono il collo verso la direzione della colonna e cominciarono a muovere nervosamente gli zoccoli ed a scalciare.

«Forse il loro istinto ha già deciso per noi, Gherson», costatò Arvaj. «Non si può fermare una valanga, una volta che è partita. Amico mio, siamo in guerra. Se non sarà oggi, domani ti dovrai scontrare con loro sotto le mura di Elevar. E allora, tanto vale iniziare a scremare la lista dei nemici. Di sicuro il tuo Re sarà più contento, se tornerai con qualche trofeo tra le mani.»

«Come era cambiato anche lui, evidentemente, tutti quegli anni di vita raminga avevano indurito il suo cuore.», rifletté il principe osservandolo.

«E sia! Prepariamoci alla battaglia.», disse Gherson.

«Molto bene!», Arvaj prese un sacchetto dalla sella e lo porse a Gherson dicendogli: «A proposito, amico, questa è tua, l'avevo conservata per ricordo. Quando ho saputo che eri vivo, ho deciso che era giunto il momento di riconsegnartela. Oggi la indosserai e combatteremo insieme, fianco a fianco, come un tempo.» Gherson lo aprì e all'interno trovò la caratteristica maschera lachvain, usata in battaglia e regalatagli, tempo prima da Arvaj. Sorrise e lo abbracciò. L'altro ricambiò, dandogli due forti pacche sulle spalle.

Poi salirono nuovamente sui loro destrieri.

Arvaj, si girò verso gli Adamaint: «Si uniranno anche loro a noi?»

Teirios acconsentì aggiungendo «non conosciamo la vostra tattica d'attacco resteremo nelle retrovie.»

Scesero dalla collina in fila indiana, Arvaj dinanzi al gruppo. Gli Urwaian continuavano lentamente ad avanzare lungo la strada, videro i Lachvaian venirgli incontro, ma non sembravano preoccupati, più di tanto, erano nel loro territorio e in vista di una guerra imminente, era frequente in quei giorni imbattersi in truppe alleate.

A circa cento diacron i Lachvaian a un cenno del loro comandante, iniziarono a disporsi a ventaglio. Teirios non aveva mai visto niente di simile nella sua vita. La sincronia con cui quei cavalieri si muovevano, era sorprendente. Uno schieramento perfettamente coordinato, non poteva essere frutto del caso, ma sottintendeva un duro lavoro, un addestramento continuo e faticoso. A poco più di un galacron di distanza, quando ormai gli avversari cominciavano a nutrire seri dubbi sulle loro reali intenzioni, i Lachvaian si lanciarono al galoppo. Era uno spettacolo impressionante. L'erba del terreno veniva falciata dai lamash nella loro avanzata dirompente. La terra stessa tremava sotto gli zoccoli dei potenti animali. Il frastuono delle ali, inserite sul retro della sella, era assordante.

Giunti in un baleno a cinquanta diacron dagli Urwaian, che ormai erano consapevoli della gravità della situazione, i loro avversari, incoccate le frecce negli archi, le scagliarono simultaneamente. Teirios nel corso degli anni, raccontò in diverse occasioni quell'esperienza vissuta a fianco di quei cavalieri e ogni volta, si infiammava d'eccitazione riassaporando le emozioni di quei momenti. Erano ventuno le frecce partite, ventuno Urwaian caddero a terra feriti o privi di vita. Era come se i Lachvaian, durante quella folle corsa, avessero un'unica mente che li guidasse e direzionasse i loro colpi. Già dalle file nemiche si sentivano le prime urla di dolore dei feriti e gli strilli degli ufficiali a serrare i ranghi, per prepararsi allo scontro.

A trenta diacron, partì la seconda raffica di frecce ed una altra ventina di Urwaian cadde a terra. A questo punto, gridando tutti insieme, come per incitarsi l'un l'altro, cavalcando come furie, posarono l'arco e chi con la mazza, chi con la spada, penetrarono nella colonna nemica, continuando a mietere vittime, con precisione chirurgica. Gli Urwaian non avevano avuto il tempo per organizzarsi e reagire, la sorpresa era stata troppo improvvisa, come un uragano inatteso che travolge con onde impetuose una nave, portandola nel fondo degli abissi. Così fu l'effetto della carica lachvain su quei poveri sventurati.

Pochi riuscirono a scappare via terrorizzati. La maggior parte fu uccisa o si arrese, buttandosi a terra tremante. Il tutto era durato una misera frazione di viriklin.

Arvaj, sceso dal suo lamash, ordinò di distruggere e bruciare tutto quanto non fossero in grado di portarsi dietro. Disarmò i vinti e li fece spogliare anche dei loro vestiti, poi li lasciò andare via.

«Temo proprio, che la nostra presenza non sia più un segreto. Sarò costretto a seguirti fino ad Elevar, per trovare rifugio presso Alcain.», disse il comandante dei Lachvaian rivolto a Gherson.

L'amico lo fissava sornione.

«A dir la verità, una mezza idea già mi frullava nella testa, prima ancora che ci imbattessimo nella colonna nemica. Come avrei potuto lasciarti da solo in mezzo ai guai un'altra volta, per giunta in questo stato? Vorrà dire che dovrò continuare a sopportarti ancora per un bel pezzo.», terminò Arvaj in modo ironico.

Dopo aver recuperato gli Adamaint, lasciati di retroguardia nel piccolo villaggio di Sefiron, dopo tre giorni, raggiunsero la capitale del loro regno.

Erano tutti notevolmente provati. Furono accolti con grande curiosità, specialmente i Lachvaian con i loro lamash, poiché molti non avevano mai avuto modo di vederli.

Subito si recarono dal Re che fortemente adirato con il principe, si rifiutò di riceverlo, parlò solamente con Teirios e con i nuovi ospiti, in quell'occasione l'ufficiale riferì quanto era accaduto in quel periodo.

Gherson fu convocato solamente nel tardo pomeriggio del giorno seguente.

Entrò nel salone delle udienze, il Re era seduto sul suo trono, a sinistra sedeva la principessa Ainousa, con accanto il consigliere Efaialtos. In piedi ai lati dei gradini, intarsiati di pietre preziose, che facevano da base allo scranno reale, vi era Teirios.

Gherson si fermò in prossimità della gradinata e si inginocchiò, rimanendo col capo basso. Il suo aspetto fisico lasciava ancora decisamente a desiderare. Sebbene i vestiti nascondessero gran parte delle sue ferite, il volto tumefatto era ben visibile.

«Dovrei completare io l'opera cominciata dagli Urwaian. Tu sei un pazzo! Ma come ti è saltato in mente di fuggire da qui, sapendo che te lo avevo proibito e di avventurarti in una follia di tale portata, senza ascoltare il consiglio dei tuoi amici? Chi ti credi di essere? Solo perché in passato la buona sorte ti è stata favorevole, pensi di poter continuare a sfidarla così impunemente? E poi con quali conseguenze!», fu il duro commento di Alcain, per nulla impietosito dalle sue condizioni. Si alzò improvvisamente dal trono, rosso in viso per la collera e puntandogli il dito contro «Tu sei il responsabile! Tu sei l'unico artefice della morte di tua moglie, a causa della tua condotta senza senso!», urlò cosi forte che quanto uscì dalla sua bocca, avrebbe potuto anche rimanere impresso sulle pareti del salone.

L'altro rimase impassibile, a capo chino.

Infine rispose «Mio signore, Tu stai già uccidendo un uomo morto.»

«Silenzio!!!», gridò il Re. «Chi ti ha autorizzato ad interrompermi!!! Vuoi ficcarti in quella maledetta testa che esiste un protocollo? Non sei un dio e non puoi fare quello che ti passa per il cervello! Tu saresti stato un principe di Urwan? Magari lo fossi diventato! Chiunque oggi avrebbe potuto vincere contro di voi, con uno scellerato del genere a comandare le vostre truppe!» I vasi del collo del Re erano così turgidi, che avrebbero potuto scoppiare da un momento all'altro. Teirios, a sua memoria, non si ricordava di aver mai visto il suo sovrano così adirato.

Ainousa era di ghiaccio, impassibile, i suoi occhi, fissi freddamente sul principe. Nessuno avrebbe mai potuto comprendere quali pensieri stessero passando per la sua mente.

«Ora ascoltami bene razza di idiota, l'unico motivo per cui non ti faccio appendere ad un palo è che, a quanto Teirios mi ha riferito, Varanis sta preparando una guerra contro di me, cosa che peraltro già mi aspettavo. Tu mi servi. Conosci il loro modo di agire e mi potresti essere di aiuto. Ma ascoltami bene! D'ora in poi farai quello che dico io. Considerati prigioniero a tutti gli effetti. Non potrai più uscire da palazzo, se non per mia espressa volontà. È chiaro???»

«Sì mio Re», rispose l'altro.

«Bene, ora togliti dalla mia presenza!», terminò l'altro con freddezza, sedendosi nuovamente sullo scranno.

«Una sola cosa sire...», riprese Gherson.

«Che altro c'è?», rispose risentito il sovrano.

«Teirios ti ha parlato anche della spia che hai a corte?»

CAPITOLO XVII

Trascorsero una ventina di giorni, nei quali Gherson, lentamente si riprese nel fisico. I Lachvaian furono ospitati, inizialmente presso la caserma reale, tuttavia a causa del loro spirito libero, dopo alcuni giorni, chiesero di poter dimorare all'aperto.

In prossimità della cascata di Altair, alla base dei monti, sorgeva una piccola valle, adibita a pascolo, dove venne loro concesso di montare le tende e scorrazzare con i loro lamash. In tutto quel periodo, collaborarono con gli Adamaint, insegnando loro i trucchi e le tattiche utilizzate usualmente in battaglia dall'esercito di Urwan e quegli espedienti che avrebbero potuto rivelarsi utili nel corso dei combattimenti.

Gherson collaborò con i suoi alleati, per potenziare le difese della città, in vista della prossima invasione nemica, peraltro già in essere, come riferito dalla rete di osservatori, inviata agli estremi confini del regno.

Le truppe di Varanis, infatti, avevano guadato il fiume Alaurin e si accingevano a costeggiare le estreme propaggini della catena dei monti azzurri, per entrare poi nelle praterie e da lì raggiungere Elevar.

I civili, che abitavano nei vicini villaggi, e i contadini furono fatti evacuare all'interno della capitale. I prodotti della terra, che ancora non erano stati raccolti, perché acerbi, furono dati alle fiamme. La città, invece, fu riempita di provviste, in modo da poter sostenere anche un lungo periodo di assedio.

Il fossato attorno alle mura, fu ripulito ed ampliato. Furono costruite palizzate con tronchi appuntiti verso l'esterno, in modo da rendere difficoltoso l'accesso alle fortificazioni. Tutto il terreno, prospiciente la cinta, fu intriso di una sostanza oleosa, facilmente infiammabile.

In quel tempo, come purtroppo si temeva, Gherson fu raggiunto dalla notizia della morte dell'anziana madre di Garund, ne fu particolarmente rattristato e si recò immediatamente dall'amico, per confortarlo.

Il Re un pomeriggio convocò Gherson, Teirios, Efaialtos e altri ufficiali con i quali si diresse verso l'ingresso delle miniere. Il sole era ancora alto in cielo e la temperatura gradevole. La strada si inerpicava lentamente lungo il lato orientale della vallata, passando in mezzo a prati ornati a festa da una miriade di fiori sbocciati. Primule, viole, tarassachi, margherite, gigli, narcisi, fiordalisi e anemoni di campo. Quel rigoglioso risveglio della natura era sottolineato dal volo gioioso delle farfalle, dalle vivaci tinte e dal cinguettio spensierato degli uccelli che volavano sopra quell'arcobaleno di colori, che ricopriva l'innocente purezza di quei luoghi come un manto.

«Non ti ho mai portato qui in passato, non ce n'è mai stato il tempo. In realtà, queste cave sono il motivo per cui Urwan è tanto desideroso di invaderci. Furono intrapresi scavi all'interno della montagna, fin da quando i nostri antenati, casualmente, trovarono oro e pietre preziose in queste terre.», esordì Alcain.

Raggiunta l'entrata di una delle gallerie, furono salutati dalle guardie. Alcuni operai stavano caricando sui muli sacchi pieni di terra e di pietre.

Dopo che tutti ebbero acceso delle torce, Alcain rivolgendosi sempre a Gherson che si guardava intorno con interesse disse: «Ovviamente, non riusciremo a percorrerli tutti. Considera che all'interno della montagna, vi sono molte diramazioni e cunicoli scavati in questi secoli, alcuni dei quali devono ancora essere messi in sicurezza. Ogni tanto infatti, c'è il pericolo che qualche passaggio possa crollare. I nostri ingegneri lavorano assiduamente a quest'opera, sempre attenti a creare i dovuti rinforzi alle pareti, poiché alcuni tunnel si trovano a passare l'uno sopra l'altro. È un vero e proprio labirinto e se non lo si conosce bene, è facile smarrirsi.»

Continuarono il loro giro, seguendo le indicazioni di uno degli addetti alla miniera, attraverso corridoi che improvvisamente terminavano in gigantesche caverne, per poi proseguire in più direzioni. La temperatura si era abbassata rispetto all'esterno ed anche l'umidità si faceva sentire. Di tanto in tanto, in lontananza si udivano il rumore degli scalpelli contro le pietre e voci umane che discutevano tra loro. Intravidero anche qualche lavoratore, sporco di terra che trascinava dei carrelli carichi di pietre.

Raggiunsero, infine, una immensa sala di roccia granitica «Ammira!», disse il Re orgoglioso, «questo è l'ultimo giacimento d'oro scoperto alcuni anni fa. La vena, pare inesauribile.»

Gherson rimase a bocca aperta, non aveva mai visto niente del genere in tutta la sua vita. Si portò vicino alla roccia, toccando con le mani la vena aurifera.

Anche per gli altri Adamaint presenti, sebbene avessero avuto modo in passato, di visitare tali luoghi, tornare in quei posti era sempre un'esperienza da lasciarli senza parole.

«Perché mi hai portato qua?», domandò Gherson

ad Alcain.

«Voglio che tu capisca per quale motivo difenderò fino alla morte questa terra dagli invasori e perché sono così rude con tutti. Ricchezza, oro e pietre preziose, attirano l'invidia, guerre e morte. Tutti i potenti le vogliono per sé, sarebbero disposti a qualsiasi cosa pur di ottenerle. Invece, penso che debbano essere usate con parsimonia, tutti gli esseri viventi devono trarre beneficio da questi tesori. Così è stato fino ad oggi per il mio popolo e così vorrei che continuasse ad essere.»

«Non devi giustificarti con me, mio Signore. Tu sei il Re e comunque, condivido il tuo modo di vedere le cose.», rispose Gherson.

Alcain gli si avvicinò e gli porse un sacchetto in mano. L'altro con curiosità lo guardò.

«È per te. È stato estratto oggi. Consideralo un regalo.» Il principe aprì il sacchetto che richiuse immediatamente, perché vide che si trattava di un grosso diamante grezzo. «Non posso accettare, è troppo per me. Non saprei mai come contraccambiarti.», rispose.

Il Re fece cenno agli altri di allontanarsi. «Aiutami a difendere il mio popolo Gherson e avrai estinto il tuo debito... Se poi dovessi morire, veglia su mia figlia e sul suo futuro marito il principe di Arvor, Syrion. È necessario che i due si sposino per il bene di tutta la regione, in modo da creare uno stato più forte e stabile, in grado di contrastare le mire di Varanis nel futuro.»

Gherson annuì, «Lo avrei fatto comunque, mio signore.»

Lentamente, tornarono verso l'ingresso della galleria.

Ormai fuori il sole era tramontato. Montati sui

loro destrieri si diressero verso Elevar, questa volta fu Gherson ad avvicinarsi al Re. «...mio Signore se mi permette...»

Il Re annuì.

«Tu hai detto...che l'intera montagna è un labirinto di gallerie. Qualcuna di queste, potrebbe essere utilizzata per raggiungere la città?», concluse Gherson.

Il Re pensieroso, fermò un attimo il suo cavallo e rivolgendosi a Gherson, «Mi stai dicendo di far chiudere le miniere?»

«No, mio Re ma, per il bene del tuo popolo, è necessario che vengano fatte crollare quelle che si avvicinano pericolosamente alla città.», rispose Gherson.

«Me ne occuperò personalmente, mio Signore, se lo ritieni opportuno», intervenne Efaialtos, rimasto vicino ad ascoltare.

Il Re acconsentì, Gherson cercò in seguito di dare indicazioni al sovrano solo quando richiesto.

Quando giungevano nuove notizie sull'avanzata delle truppe nemiche, fu Alcain a chiedere, con maggior insistenza, ulteriori consigli a Gherson. I suoi suggerimenti si stavano rivelando utili. Per cercare di rallentare la marcia degli avversari, aveva esortato ad effettuare rapide scorrerie alle carovane, che frequentemente, rifornivano di generi di conforto il grosso dell'esercito.

Durante una riunione tra pochi intimi, alla presenza del Re, Gherson propose di modificare l'argine del fiume.

«Che cosa accidenti vorresti fare?», domandò Teirios incredulo.

Gherson rispose: «Il piano è questo, dobbiamo deviare parzialmente il corso dei tre torrenti, che scendendo a valle all'interno della città, si uniscono a formare il fiume Levian. In questo modo, il livello delle acque scenderà. In fondo alla valle, appena fuori dal bosco nella radura che costeggia il fiume, gli Urwaian, sicuramente appronteranno il loro accampamento. Avranno bisogno d'acqua per abbeverarsi, per cucinare e per motivi igienici. In quel luogo dovremo abbassare gli argini creando una depressione riempiendola di terra argillosa e ghiaia, mantenendo comunque bassi gli argini, poi riempire il letto del fiume con pietre e terra argillosa. Quando giungerà il momento propizio per l'attacco, ripristineremo la portata d'acqua dei torrenti che scendendo a valle, raggiungerà gli alloggiamenti del nemico allagandoli e creando uno spesso strato di fango. A quel punto non saranno in grado di combattere agevolmente.»

Gli altri ascoltarono in silenzio. Alcuni scuotevano la testa.

«Cosa ne pensate?», domandò il Re.

«Più facile a dirsi che a farsi, ci vorrà un sacco di tempo. Non penso che potremo riuscire in un'impresa del genere. Forse sarebbe il caso di sentire il parere dei nostri genieri.», fu il commento critico di Efaialtos.

«Sono d'accordo, chiamatemi immediatamente Kauros, per verificare se il piano sia fattibile.», decise il Re.

Il giorno seguente, Gherson e Teirios, furono convocati nella sala consiliare del Re. Ad attenderli c'erano Alcain, Efaialtos, Simei vicino alla finestra con lo sguardo rivolto all'orizzonte e un nuovo individuo, mai visto prima, questo era di bassa statura, doveva avere circa una trentina d'anni.

Sul tavolo davanti al Re vi erano ammucchiate, alcune cartine geografiche delle vallate intorno ad Elevar.

«Ti presento Kauros, il nostro responsabile dei genieri. Lo avevo fatto convocare ieri, come sicuramente ti ricorderai, per verificare quanto prima se il tuo piano fosse attuabile. Questo pomeriggio, è tornato da me con le sue carte, per darmi il suo parere tecnico. Volevo che anche tu ne fossi al corrente.», esordì Alcain scansandone alcune con le mani.

Gherson lo salutò con rispetto.

«Avanti, Kauros di' pure la tua!», continuò il Re.

L'omino, dopo un colpetto di tosse più di circostanza che altro, iniziò a parlare: «Mio signore, considerando le caratteristiche idrogeologiche e topografiche del territorio...»

«Ti prego! Non cominciare subito a tediarci con le tue noiose lezioni. Cerca di essere comprensibile a tutti. Per favore!», lo interruppe subito Alcain.

L'altro arrossì in volto, visibilmente imbarazzato, mentre Teirios chinò il capo, portando la mano davanti alla bocca, per nascondere un sorriso, già dipinto sul suo enorme faccione.

Il geniere, quindi, ricominciò il suo discorso, questa volta quasi balbettando. «Perdonami, mio Re, dunque, ho avuto modo di considerare il piano dall'Urwain.», si fermò un attimo, osservando Gherson, quasi con timore, «...ma ritengo che, seppur geniale e tecnicamente fattibile, non siamo in grado di poterlo attuare, almeno in questo momento. Troppe circostanze ci sono avverse. Innanzi tutto, ci manca il tempo. Se come dite, i nostri nemici saranno qui a breve, non ce la faremo mai a creare la deviazione parziale dell'acqua dei torrenti sopra la città, neanche se tutti i cittadini abili di Elevar, venissero chiamati a lavorare giorno e notte. Modificare gli argini del fiume è un altro problema di non poco conto. Dove riusciremo poi ad approvvigionarci di tutto il materiale necessario per portare a termine queste opere?»

«Di pietre, ne abbiamo a profusione nella vallata», replicò stizzito Alcain.

«Si mio Re», rispose l'altro di rimando, schiarendosi la voce imbarazzato, «...ma gli argini vanno adeguatamente abbassati e tutto il materiale posizionato con criterio. L'ambiente va rispettato, quando si decide di costruire, deviare e modificare, prima o poi, la natura si ritorcerà contro il nostro operato se non fatto correttamente e con i tempi adeguati.»

«E va bene, mai una volta che mi rechi una buona notizia.», concluse il sovrano sconsolato, abbassando il capo sul tavolo, con le mani nei capelli.

Kauros curvò leggermente le spalle. Anche se non lo dava a vedere, si sentiva offeso dalle parole del Re. Ma, in fondo, lui che colpa ne aveva? Se gli avesse posto tale quesito tempo prima..., e non all'ultimo momento, probabilmente sarebbe stato pure in grado di realizzare il suo desiderio.

Sulla sala calò cupo il silenzio.

Il volto di Efaialtos non tradiva alcuna emozione. Simei continuava a guardare oltre la finestra, assorto in chissà quali riflessioni. Il suo respiro lento disegnava aloni di vapore acqueo sul vetro.

Dal camino accesso, ogni tanto si sentivano degli scoppiettii.

Gherson, senza dir nulla, osservava con attenzione alcune cartine sul tavolo. Il suo sguardo si illuminò improvvisamente, mentre focalizzava alcuni particolari. Ma, questa volta, si guardò bene dal proferire parola.

Alla fine intervenne Efaialtos. «Sire, abbiamo appurato ora, acquisendo il parere del tecnico, che la proposta dell'Urwain non è attuabile. Comunque, io non vedrei tutto nero. Guardiamo il lato positivo delle cose. Possiamo ottimizzare le nostre energie, cercando di completare le opere di difesa delle mura e non disperderle in iniziative senza senso.», la frase terminò anche con un accenno di disapprovazione nel tono della voce.

Teirios si girò verso Gherson, il cui volto rimase imperturbabile.

«Già, così sia, continuiamo in quello che già stavamo facendo e ritorniamo alla realtà.», fece il Re avvilito.

La riunione si chiuse così mestamente ed ognuno si recò alle proprie occupazioni.

Più tardi, Gherson, cercò di incontrare il piccolo Elazar, affidato alle cure di Ainousa e delle sue ancelle. La principessa aveva dato disposizione che queste visite fossero centellinate, con giustificazioni anche abbastanza evasive. Lei stessa da tempo, non si faceva più vedere da Gherson.

Questi, dal canto suo, dopo il rientro da Carvaria, fin dal primo colloquio, aveva notato che il bambino era rimasto molto impressionato, nel vederlo ridotto in quelle condizioni.

Se ne era fatto pertanto una ragione e incanalava tutte le sue energie, occupandosi con maggior zelo nella progettazione delle opere difensive. Più tempo passava con la mente impegnata o in compagnia di altre persone e meglio era. Non aveva così, modo di rimuginare o riflettere su ciò che più lo tormentava.

La mattina seguente Gherson, mentre con Teirios si stava recando verso il salone delle armi, ebbe modo di assistere casualmente, ad un'accesa discussione tra Ainousa ed Efaialtos, che si trovavano in quel luogo. La porta della stanza era semichiusa e si udivano, chiaramente, voci concitate, provenire dall'interno. L'amico fece cenno a Gherson di non entrare, ma di rimanere dietro l'uscio ad ascoltare, anche se non era buona norma.

«Ti ripeto, ancora una volta, mia signora, cerca di convincere tuo padre, ad intavolare una trattativa con gli Urwaian, prima che sia troppo tardi. Ci sconfiggeranno sicuramente. Non riusciremo mai a difenderci, possiamo ancora giocarci la carta del principe tanto odiato da Varanis.», disse il consigliere.

«Che gran bastardo!», sussurrò Teirios, rivolto verso Gherson. Questa volta fu il giovane a zittire l'ufficiale, con un cenno dell'indice davanti alla bocca.

La Principessa, dopo un istante, ribatté: «Dimentichi forse, che Arvor verrà in nostro aiuto?»

«Arvor? Sono un branco di idioti, incapaci di badare anche a se stessi! Ma non hai visto il tuo promesso sposo? Pensi realmente di meritarti un individuo del genere?», fece lui abbassando il capo e ridendo in modo beffardo.

Il volto di Ainousa era impassibile. Lo stava squadrando, con occhi di ghiaccio. «E chi dovrei meritarmi, secondo te?», fu la sua risposta.

Efaialtos rimase impietrito, in silenzio. Era fin troppo chiaro, che le sue parole non erano state dettate solo da mere considerazioni politiche, ma giudicando il suo sguardo, anche da motivi del tutto personali.

«Per maggior chiarezza! Per l'amore che nutro verso mio padre, il rispetto che porto verso la vostra amicizia, farò finta di non aver udito le tue poco lodevoli insinuazioni e soprattutto! Di non aver fatto caso al modo in cui mi stai osservando in questi ultimi tempi! Ma non abusare ulteriormente della mia pazienza! Questa ha un limite e non tollero sia più oltrepassato nemmeno da voi consigliere in quanto non ha nessun titolo per potermi parlare così.», terminò con tono sentitamente alterato.

Il consigliere abbassò il capo e si avviò in silenzio verso la porta.

«Hai capito, il vecchio porco?», fece Teirios.

Ma Gherson lo strattonò. «Presto andiamo via, sta venendo verso di noi. Se non ci sbrighiamo, ci scoprirà.»

Fu così che, quando Efaialtos uscì dalla stanza, vide, in lontananza, le ombre di due uomini, che avevano appena svoltato in un corridoio laterale. Senza darsene troppo pensiero, continuò anche lui per la sua via, come se niente fosse.

Ainousa, invece, si sedette turbata per quanto sentito dalle parole di Efaialtos pochi istanti prima.

Quel pomeriggio, tra il primo ed il secondo siklin, Gherson, sempre in compagnia di Teirios, si recò nei pressi dell'abitazione di Kauros, una casetta su due piani, adornata di rose rampicanti, dal color rosso intenso.

Si era da poco entrati nelle seconda metà del mese di Kougar ed il tempo, ormai ristabilitosi da una decina di giorni, lasciava finalmente presagire l'arrivo della buona stagione. La temperatura, era decisamente gradevole ed il cielo terso. Le giornate si erano allungate parecchio, ed era un vero piacere stare all'aperto.

I due compagni non volevano disturbare il responsabile dei genieri. Pertanto si sedettero su una panchina di marmo antistante la casa, aspettando che Kauros uscisse poco dopo.

«Vorremmo fare due chiacchiere con te!», Esclamò autorevolmente il grosso ufficiale, con il suo solito tono burbero, mentre il poverino intimorito, li stava ancora squadrando, dal basso verso l'alto.

Gherson ebbe l'impressione che l'amico ci provasse gusto, a voler intimidire, il piccolo geniere.

«In m-m-merito a c-c-che cosa?», balbettò l'omino.

Gherson gli si avvicinò, posandogli una mano sulla spalla, cercando di placare i suoi timori, ottenendo l'effetto contrario, perché Kauros era più spaventato da Gherson visto quello che si diceva sul suo conto, che non da Teirios. Non dimenticò poi, che il giorno prima aveva fatto naufragare il suo piano di difesa e attacco, esprimendo il suo parere professionale rendendo irrealizzabili quei progetti. Le sue preoccupazioni, quindi, erano più che giustificate!

"Già forse sono proprio venuti, per dirmene quattro", pensò scansandosi rapidamente e cercando di avvicinarsi verso l'uscio di casa.

«Non avere paura, non vogliamo farti del male. Ieri pomeriggio mentre parlavi davanti al Re, ho apprezzato la tua esposizione dei fatti, ma allo stesso tempo non ho potuto fare a meno di gettare un occhio sulle tue mappe. Ho notato che, sopra Elevar, leggermente più a Soren, quasi sulla cresta dei monti, si trova un lago.», disse Gherson.

«Il lago di Endèia», lo interruppe l'altro.

Gherson riprese, «Già, ho visto anche, che ha una forma particolare, ad otto, diciamo, che termina, sul lato orientale, proprio radente il profilo dei rilievi. È la sua conformazione naturale, oppure c'è stato, in passato, un intervento dell'uomo?»

«Endèia è un lago artificiale, un tempo l'acqua scendeva verso valle, sotto forma di fiume. I nostri antenati quando trovarono l'oro, decisero di modificarne il corso, per scavare nuove gallerie e nuovi sentieri, lungo l'antico letto. Così costruirono una diga, che creò quel nuovo specchio d'acqua dirottando il deflusso verso il mare creando il fiume Awox.», rispose Kauros, ora più rasserenato.

«Perché non andiamo a darci un'occhiata da vicino?», domandò Gherson.

«Ma, veramente...questo pomeriggio, avrei da fare con i miei operai...», rispose il piccoletto.

«Non ti preoccupare, abbiamo già avvisato i tuoi uomini che sarai impegnato con noi, per il resto della giornata.», lo interruppe subito Teirios, sorridendo ed affibbiandogli, questa volta lui, una vigorosa pacca sulle spalle, facendolo quasi cadere a terra.

Kauros fu così costretto suo malgrado, a seguire i due compari fino alle porte della città, Garund e Nestor erano già lì ad aspettarli. Ai lati delle mura, i soldati, che stavano alzando le palizzate difensive, li salutarono amichevolmente.

Percorsero la strada che portava verso la fine della vallata, apprezzando il tepore del sole primaverile ed il profumo dei fiori sbocciati che, con i variopinti colori sottraevano alla vista il verde dei prati. Dopo neanche un viriklin su quella strada, si trovarono di fronte ad un bivio e presero la stradina dal fondo misto tra ciottoli e terra battuta, appositamente creata dai cercatori d'oro. Questa saliva lentamente lungo sinuosi tornanti, e Gherson si ricordò che era la stessa percorsa alcuni giorni prima, insieme ad Alcain, quando si erano recati alle miniere. Durante il cammino, vedendo che Kauros continuava a rimanere sulle sue, Gherson cercò di fraternizzare, chiedendogli notizie della sua famiglia. Un po' alla volta Kauros, finì per rilassarsi dalla tensione e iniziò a dialogare con Gherson il quale, venne a sapere che Kauros, sin da piccolo, aveva appreso dal padre il suo mestiere, col tempo grazie alle sue indubbie qualità intellettive, si era fatto apprezzare da tutti, divenendo nonostante la sua giovane età, il responsabile dei Genieri del Re. Lo stesso lo stimava e lo teneva in gran considerazione, pur non sopportandone la precisione eccessiva e cavillosa, dei suoi discorsi.

Nel corso della salita, ogni tanto incontravano qualche minatore, mentre scendeva stanco e impolverato dalle miniere, una volta terminato il suo turno di lavoro. Superato l'ingresso delle gallerie, la strada si rimpicciolì ulteriormente diventando un angusto sentiero di montagna. Continuarono così ad avanzare per un altro mezzo siklin, finché non giunsero in vista del lago. Tutt'intorno, lingue di neve imbiancavano i pendii delle alture. La temperatura era scesa di alcuni gradi per il vento frizzantino, che proveniva da Noren. Si poteva udire il richiamo delle marmotte, nascoste dietro alcune rocce.

«Vedi? In quel punto, i miei antenati hanno costruito le mura della diga che periodicamente controlliamo, per verificare che non si formino crepe. Più in basso, si possono ancora scorgere alcuni tratti del letto, dove un tempo scorreva il fiume.», fece il geniere, indicandone la zona.

"Proprio dove, secondo i miei calcoli, gli Urwaian dovrebbero posizionare il loro campo.", pensò Gherson.

«Quanto tempo ci impiegheresti per far crollare la diga?»

La domanda dello straniero giunse improvvisa.

Kauros lo guardò perplesso, dopo alcuni istanti rispose. «Abbattere una diga come questa...fammi pensare...mmm...con gente in gamba e un pò di carburo, salnitro, zolfo e alcuni attrezzi, in alcuni siklein, ci si potrebbe anche riuscire. Il tutto sta nel creare una falla. L'acqua farà il resto. Perché me lo chiedi?»

«Una curiosità...solo una curiosità!», rispose il giovane, ma i suoi occhi ora brillavano.

Infine, in silenzio, si diresse verso le rive del lago, seguito a breve distanza solamente da Teirios.

«Tu sei un gran bastardo!», esordì l'Adamant. «Io so già a cosa stai pensando... Mi fai paura sai, mi fai veramente paura. A volte...penso che il Creatore ti abbia scelto, per combattere Darkos, perché sai essere demoniaco quanto lui. Se mi dovessi trovare ad affrontarvi in battaglia, tutti e due, non saprei davvero di chi avere più paura.»

Gherson continuava ad essere assorto nei suoi

pensieri. Si sedette, ed invitò l'altro a fare lo stesso. Poi, prese un sasso sottile e ben levigato e lo lanciò, di taglio, lungo la superficie del lago. Il ciottolo rimbalzò due, forse tre volte, prima di andare a fondo. Poco lontano, una trota emerse dall'acqua guizzando, per poi rituffarvisi dentro.

«Ascoltami bene», disse Gherson, rivolto all'amico: «Quanto ci siamo detti ora, deve rimanere tra noi, nemmeno il Re, ne deve essere messo a conoscenza.»

«Perché Gherson?», domandò lui, titubante.

«Perché, ad Elevar, ci sono ancora delle spie che complottano contro Alcain e non sappiamo chi siano. Troppe cose non mi sono chiare in questo momento e a parte te, Garund e Nestor, non mi fido di nessuno. Non mi fido in particolare, delle persone che frequentano assiduamente Alcain. Non voglio che certi piani, vengano resi noti a tutti, perché da questi potrebbe dipendere la sopravvivenza del regno di Adamant, se qualcuno ne venisse a conoscenza potrebbe riferirli a Varanis. Informeremo Alcain solamente nel momento cruciale.»

«È roba da non credere! Un Urwain che difende la mia gente da altri Adamaint traditori! Se qualcuno me lo avesse detto solo tre mesi fa, lo avrei preso per matto e lo avrei fatto rinchiudere in qualche oscura segreta della rocca.», disse Teirios rattristato.

Rimasero a fissare le alte vette circostanti, ammirando alcune aquile in volo, ancora per brevi istanti.

Poco dopo raggiunsero il resto della comitiva e con calma, rientrarono la sera stessa in città.

+—— R ——+

Solo in due occasioni sempre accompagnato da

Teirios, ebbe modo di incontrare i Lachvaian nella pianura e di ritrovarsi al tempo stesso, con i Lonegrain e il loro capo branco.

Evalion comunicò mentalmente con Gherson mentre gli accarezzava il collo "Ho piacere che le tue ferite stiano guarendo, anche se il mio cuore percepisce che il tuo animo è profondamente lacerato.", Gherson in quell'istante abbassò lo sguardo rispondendo «Amico mio, presto i nemici attaccheranno Elevar. Non voglio che il tuo branco venga cacciato dagli Urwaian. Porta via i tuoi Lonegrain, vai con i Lachvaian nella loro piccola valle, non vi faranno del male.»

Lo stesso comunicò a Gherson "Ricordati, io non ti abbandonerò al tuo destino! Quando meno te lo aspetti, sarò al tuo fianco."

Poi un giorno, sul far del mattino, Teirios bussò alla porta della sua stanza, tutto trafelato. «Presto Gherson apri!»

«Che cosa succede», rispose il principe, ancora assonnato, socchiudendo l'uscio.

L'altro, entrato nella camera, ancora tutto ansimante per la corsa, gli disse: «Hanno trovato la spia, Gherson!, Non indovineresti mai chi è!»

Gherson lo squadrò intrigato, in attesa della risposta.

«Drusan!», pronunciò l'Adamant, con un velo di biasimo nella voce.

L'accusato era stato condotto all'interno della fortezza, in una cella, con una piccola finestrella che, a malapena, faceva passare un po' d'aria ed un filo di luce. L'odore di muffa e di stantio, che si percepiva tutto intorno, era ripugnante. Al sopraggiungere dei nuovi arrivati, due topi, dal manto scuro, sgusciarono via squittendo. La spia se ne stava seduta per terra, a capo chino. Gherson lo chiamò per nome.

Lui si girò dalla sua parte, poi si avvicinò alle sbarre.

«Alla fine ce l'hai fatta! Sei riuscito a farmi arrestare.», disse con rabbia.

«Non sono stato io a farti entrare in questa cella, idiota, hai fatto tutto da solo!», replicò Gherson, evidentemente stufo dell'atteggiamento di Drusan nei suoi confronti.

«Per quale motivo sei venuto allora, per beffarti di me?», riprese l'altro con sorpresa.

«No! Sono qui per altri due motivi, innanzi tutto, voglio sapere quale sia la verità. In secondo luogo, tua moglie, convinta della tua innocenza, si è presentata da me, perché intercedessi presso il Re. Allora coraggio, dimmi, che cosa te n'è venuto in tasca? Lo hai fatto per soldi?», replicò Gherson.

«Non sono stato io, dannazione! L'ho già detto a tutti, come fate a non credermi?», gridò l'altro, afferrando le sbarre.

«Se non sei stato tu, chi altro è stato? Drusan, ci sono delle prove, schiaccianti. Hanno trovato dei messaggi diretti a Varanis in casa tua. Come la metti adesso?», intervenne Teirios innervosito, fino a quel momento assorto nei suoi pensieri, appoggiato al muro, con le braccia conserte.

«Ma, insomma, Gherson, questo non significa niente, chiunque avrebbe potuto nasconderli nella mia abitazione, per poi accusarmi.», replicò il prigioniero, sempre rivolto verso il principe, come se l'altro non fosse neppure esistito.

Gherson storse lo sguardo, si fermò a riflettere e poi riprese: «Anche questo è possibile, ma puoi dimostrarlo?»

«No che non posso! Ma ti giuro che è andata così.», rispose frustrato Drusan dando un pugno sul muro.

«Lo sai qual'é la fine per i traditori?», intervenne nuovamente Teirios, con tono sprezzante.

«Certo che lo so, non c'è bisogno che me lo ricordi, stupido ciccione. Dimmi un po', ma sei per caso venuto qui, per godere delle mie disgrazie? Se è così, allora vattene, perché ho già abbastanza problemi.», gli rispose l'altro, esasperato.

Il grosso Adamant si avvicinò pericolosamente alle sbarre. Se avesse potuto, se lo sarebbe mangiato vivo. «Tu sei solo un idiota e ancora mi domando, perché stiamo perdendo tempo con lui, Gherson, lascialo marcire nel suo brodo. Quanto prima lo cuoceranno nell'olio bollente.»

Gherson fece cenno all'amico di calmarsi, poi riprese, portandosi, pensieroso, una mano al mento. «Ascoltami Drusan, poniamo per un attimo che le cose stiano come dici tu, perché avrebbero dovuto accusarti, perché ti avrebbero messo in mezzo?»

«Non lo so, maledizione! Non lo so! Forse perché sono il più sacrificabile?», rispose lui.

«Cercherò di essere più esplicito.», Gherson ripropose la domanda in un altro modo «C'è qualcuno a cui gioverebbe la tua condanna? Pensaci bene.»

Il carcerato si rimise seduto, con la testa tra le mani, a capo chino, sempre più frustrato. «Non lo so, dannazione, non lo so. Non ne ho la più pallida idea.»

«Almeno, mi puoi raccontare come sono andate le cose?», domandò Gherson.

«È presto detto! Ero appena tornato a casa e stavo cenando con mia moglie e mio figlio, quando, improvvisamente sono entrate le guardie in casa ed hanno cominciato a rovistare dappertutto. Sembrava sapessero già che cosa cercare e dove. Alla fine, nella mia camera hanno trovato una lettera imbustata. Ma ti pare normale una cosa del genere? Che io tenessi un plico così compromettente nella mia abitazione?», rispose Drusan.

«Chi aveva mandato le guardie nel tuo alloggio?» chiese Gherson.

«Dicono che siano state inviate da Efaialtos, il primo consigliere.», rispose avvilito Drusan.

Gli altri due si guardarono, poi Gherson riprese: «Ascoltami, è inutile dirti, che la tua situazione è grave, non ti nascondo che, visti i precedenti, tu non mi sia particolarmente simpatico, ma per il bene di questa città e del suo popolo, cercherò di scoprire se sei realmente innocente come affermi, o se altre persone siano coinvolte ed ancora continuino a tramare nell'ombra.»

Detto questo, si allontanò da lui insieme a Teirios, che scuoteva il capo amaramente.

Nel tardo pomeriggio, Gherson salì sul mastio osservando il panorama. Il cielo era terso, in lontananza si intravedevano stormi di uccelli che si spostavano rapidamente intersecandosi tra loro, disegnando nell'aria delle magnifiche figure geometriche.

Teneva Ierax sul braccio e lo accarezzava dolcemente sul dorso; Ierax come sempre, apprezzava quel genere di attenzioni.

Gli si avvicinò Efaialtos. «So che mi stavi cercando.»

L'altro annuì.

«Non sono potuto venire prima...sono stato impegnato in questi giorni e poi...ho avuto una discussione con la principessa Ainousa.», riprese lui quasi scusandosi.

«Spero nulla di grave», rispose Gherson, squadrandolo.

L'altro scosse il capo, chinandolo poi pensieroso. «Che cosa desideri, dunque?»

«Mi hanno detto che le tue guardie hanno arrestato Drusan ieri sera», asserì Gherson.

«Pensavo, che tra voi non scorresse buon sangue! Da quando ti interessi della sorte di un traditore?», replicò meravigliato Efaialtos.

«Infatti...ma...volevo solo sapere come eri venuto a conoscenza del suo tradimento.», controbatté Gherson incalzandolo.

Efaialtos esitò un attimo pensieroso, poi appoggiandosi ai merli del mastio, riprese a parlare. «Anche noi a corte, abbiamo un servizio interno di sicurezza. Una delle mie spie mi ha portato delle informazioni relative ad una sua presunta defezione, in favore dei nostri nemici. Così, Drusan è stato messo sotto controllo e quando siamo stati sicuri del suo tradimento, ho fatto intervenire le guardie per arrestarlo.»

Gherson annuì di nuovo. «Per curiosità chi era questo delatore? C'è la possibilità di poter parlare con lui? Forse, potrebbe avere altre notizie importanti da darci.»

Efaialtos lo squadrò incuriosito. Alla fine rise sarcastico. «Temo che non sarà possibile. Purtroppo è stato trovato morto, nella sua abitazione questa mattina. Il fatto mi lascia molto perplesso. La sua copertura era saltata, o a corte ci sono altri che tramano col nemico. Le domande che ci stiamo ponendo sono tante, giovane Urwain, ma non ti preoccupare, perché alla fine scopriremo la verità.»

Gherson capì, dai modi di fare sbrigativi del suo interlocutore, che la discussione poteva anche considerarsi terminata. I due si congedarono rapidamente, Gherson tornò a scrutare l'orizzonte, assorto nei suoi pensieri.

La mattina seguente in tutta la città era visibile un frenetico fermento. Esploratori, oltre la valle, avevano avvistato le prime colonne nemiche. Sicuramente, entro pochi siklein, gli avversari sarebbero arrivati. Furono suonati i corni per dare l'allerta. I cancelli della città vennero chiusi, i soldati inviati ai loro posti di combattimento.

Gherson, da due giorni, non aveva più avuto notizie di Arvaj ed era sinceramente preoccupato per il suo amico. Temeva che rimanesse tagliato fuori e finisse imbottigliato tra le linee nemiche.

Appena dopo pranzo, scese con Teirios verso la cinta di mura che proteggeva Elevar. Per strada, regnava ora uno strano lugubre silenzio. Gli usci erano chiusi e di tanto in tanto, si intravedevano occhi sparuti che si affacciavano da dietro le finestre. La tensione era alta nell'aria.

Non passò neanche mezzo siklin. Improvvisamente, un grido squarciò quella calma irreale. «Gli Urwaian! Gli Urwaian sono arrivati!», urlò una delle vedette, indicando verso il fondo valle. La voce si sparse immediatamente per tutta la città, così come la paura ed il terrore.

Gherson rientrò immediatamente nella fortezza con l'amico e fu convocato da Alcain, che lo stava aspettando sul mastio. «Infine, sono arrivati!», sentenziò.

In lontananza, si intravedeva una nube di polvere, alzata da un grosso esercito in movimento.

«Pensi che attaccheranno subito?», continuò rivolgendosi al principe.

Questi dissentì. «Non è loro abitudine. Gli Urwaian sono rinomati per la loro pazienza. Ora si accamperanno e con molta calma, si verranno a presentare, forse anche domani.»

Il tempo passava. I nemici decisero di montare le tende nell'unico posto possibile, quello che Gherson aveva previsto. Man mano che gli avversari si disponevano sul terreno, lui li osservava interessato, ora annuendo, ora abbassando il capo, pensieroso.

«Quello che mi stupisce», riprese, rivolto verso Alcain, «è che non vedo molte macchine d'assedio. A meno che, non arrivino in un secondo momento, per la difficoltà a trainarle. Oppure, non vorrei che volessero utilizzare il legname dei vostri boschi per costruirle. Se così fosse, le cose andrebbero veramente per le lunghe.», terminò pensieroso, lisciandosi la barba.

Il Re prese atto dell'osservazione e si allontanò da lui, continuando a dare indicazioni ai suoi ufficiali.

Il sole era ancora alto in cielo, quando una delegazione di Urwan si avvicinò alle porte della città, chiedendo di conferire con il sovrano.

«Ci siamo!», fece Gherson, che, nel frattempo, era tornato sopra le mura, per osservare più da più vicino l'andamento degli eventi. «Arcadis non vuole perdere tempo e viene a prendersi il suo momento di gloria.»

«Lo riconosci?», gli domandò Teirios, che ora lo seguiva come fosse la sua ombra. Anche Nestor era con loro.

«Certamente», rispose l'altro, indicando con la mano uno degli uomini ora fermi, in attesa a debita distanza dalle fortificazioni. «Al centro, il più alto con il capo scoperto ed i lunghi capelli biondi».

L'altro annuì.

Subito dopo, una guardia si avvicinò a Teirios, informandolo che il Re richiedeva la sua presenza per quell'incontro. «Il sovrano preferisce che tu rimanga qui, Gherson», gli disse l'amico, quasi scusandosi. L'altro rispose, chinando lievemente il capo, con un debole sorriso.

Alcuni istanti dopo, Alcain con i suoi raggiunse gli Urwaian.

Arcadis fece avanzare il suo destriero, già bardato per la battaglia, di un passo e portava un'armatura chiara, che rifulgeva sotto i raggi del sole. Era alto, con i capelli lunghi, aveva due occhi blu, freddi come il ghiaccio, infossati tra zigomi e fronte, leggermente pronunciati. Il volto mostrava un'espressione severa.

«Chi di voi è Alcain?», gridò sprezzante, già essendone in realtà al corrente.

«Chi sei tu, che osi calpestare questa terra non tua, insieme ad un intero esercito, senza esserne stato autorizzato?», replicò il sovrano Adamant di rimando, per nulla intimorito.

«Vecchio!», continuò l'altro, con lo stesso tono di prima, «io sono Arcadis, figlio di Varanis, comandante dell'esercito di Urwan. Tu, chi sei?»

«Io sono il Re Alcain, sovrano di queste terre!», rispose perentorio l'Adamant. «Che cosa volete qui?»

«Bene, bene», sghignazzò l'altro. «Noi siamo qui, per pronunciare la parola fine al tuo inutile regno. Lo schiacceremo come si fa con una formica, una volta per tutte. Ora che ho visto il tuo volto, domani, quando verrà sferrato l'attacco, ti cercherò di persona. Ti impalerò vivo sopra le tue mura e morirai sotto gli occhi di tua figlia, stuprata dalla mia guardia personale, quella sarà l'ultima immagine che avrai di lei. La tua misera figliola, che volevi dare in sposa a quel povero mentecatto di Syrion. A proposito...», continuò prendendo un sacco nascosto dietro la sella, «Arvor non verrà in vostro aiuto. La mia cavalleria è entrata nel suo territorio e sta mettendo a ferro e fuoco i suoi villaggi e questi, invece li dovresti conoscere pure tu.», disse con sarcasmo aprendo il sacco.

Concluse le sue minacce con una risata agghiacciante, gettando il contenuto della borsa a terra, vicino agli zoccoli dei destrieri Adamaint. Erano le teste, in avanzato stato di decomposizione, degli ultimi tre ambasciatori inviati al regno confinante, per chiedere aiuto.

Alla vista dei macabri resti, alcuni cavalli nitrirono, innervositi e si sollevarono sulle zampe, tanto che i loro padroni fecero fatica a tenerli a freno.

Tra i due gruppi, separati da pochi diacron di distanza, regnava ora solo un tetro silenzio, interrotto, di tanto in tanto, sempre più moleste folate di vento, che stava cominciando a sollevare mulinelli di polvere attorno ai cavalieri. In lontananza, dietro i monti, si avvistavano nubi grigiastre e minacciose. Anche gli stormi di uccelli in cielo, ora, volavano più bassi.

«Non essere così sicuro del tuo domani, il futuro non è nelle nostre mani!», esordì infine Alcain.

«Non cercare di temporeggiare vecchio, tanto non serve a niente! Tu, domani morirai!», così disse Arcadis in modo categorico.

Poi si allontanò dal resto del suo gruppo e si diresse verso le mura, urlando a squarciagola perché tutti ascoltassero: «Vi do una sola possibilità. Chi vuole avere salva la vita, esca dalla città entro due siklein e si sottometta al mio volere. Altrimenti godetevi questa notte, perché sarà l'ultima. Con il nuovo giorno, chi non morirà, sarà condotto come schiavo ad Urwan. Raderemo al suolo Elevar, uccideremo i vostri figli e le vostre donne avranno nuovi padroni.»

Infine, alzando ancor di più il tono della voce, scagliò l'ultima intimidazione: «In quanto a te, Gherson, vigliacco che non sei altro, ancora non sei stanco di nasconderti dietro le gonne di qualche donna? Hai finito di scappare? Mostra il tuo viso! Non vuoi che ti racconti con quanta foga urlasse tua moglie tra le braccia di mio padre, mentre tu eri fuggito chissà dove? Ma che uomo sei! Comunque, non avertene pena. Domani verrò a stanarti dal buco in cui ti sei nascosto, inutile topo di fogna e porrò così fine alla tua inutile esistenza.»

Detto questo, si riunì ai suoi compagni e si diresse al galoppo verso il suo attendamento, lasciando gli Adamaint rimasti, a bocca aperta.

«Anche tu sai essere così bastardo?», domandò Nestor a Gherson, dopo aver sputato a terra. Gli si avvicinò e gli pose istintivamente la mano sinistra sulla spalla. Ma subito la ritrasse, perché l'altro pareva essere diventato di granito. Sembrava non ascoltarlo, teneva gli occhi fissi su Arcadis, che si stava allontanando. Le mani erano strette a pugno, in modo così forte, che le dita erano diventate violacee.

«Molto di più...credimi, molto di più!», rispose, alla fine, l'amico.

Il Re rientrò preoccupato nella fortezza, mentre nelle vie della città, regnava un silenzio irreale. Convocò tutti i suoi comandanti nel salone delle armi e li fece accomodare attorno ad un enorme tavolo. Doveva dare le ultime disposizioni, in vista dell'imminente attacco. Era nervoso e visibilmente irritato, perché Efaialtos non era ancora presente, lo si vedeva da come tam;bureggiava i polpastrelli delle sue dita sul legno. Lo aveva fatto cercare più volte, fin dal mattino, ma sembrava che il consigliere fosse sparito nel nulla. Che gli fosse successo qualcosa? Non era da lui comportarsi così.

Infine si voltò verso Gherson. «Hai anche tu qualche cosa da dire, che ci possa essere di aiuto?»

Gli altri, intorno al tavolo, con l'esclusione di Teirios, si guardarono imbarazzati l'un l'altro. Di certo, le parole di Arcadis avevano gettato, tra gli astanti che non lo conoscevano bene, un'ombra di diffidenza su Gherson che nel frattempo aveva ascoltato tutti i presenti, lisciandosi la barba, con il capo chino, immerso nei suoi pensieri. Interpellato, alzò gli occhi e disse: «C'è qualcosa che non mi torna, mio signore. Arcadis ha detto che ci attaccherà subito, ma non ha portato con sé tutte quelle macchine d'assedio che mi sarei aspettato. Non vorrei che avesse scoperto un altro modo...»

Non riuscì a terminare la frase, perché qualcuno bussò alla porta. Un giovane ufficiale entrò tutto tremante.

«Che cosa c'è?», domandò Simei accigliato, evidentemente irritato per quella interruzione imprevista.

L'altro, preso coraggio, infine rispose. «Mio Re è necessario che vediate immediatamente quello che sta succedendo». Quindi, si diresse verso le ante di una delle finestre e le aprì, invitando tutti ad avvicinarsi.

Lungo la strada che saliva lentamente verso la montagna e che terminava in prossimità della galleria, attraverso cui Gherson, tempo prima, aveva raggiunto Elevar, si potevano distinguere con chiarezza, i soldati di Urwan.

«Dannazione!», esclamò il Re. «Hanno scoperto il passaggio sotto i monti. Come è possibile? A questo punto, tutti gli accessi alla valle sono controllati dalle truppe nemiche!»

«Hanno scoperto o qualcuno glielo ha rivelato! mormorò Teirios lì accanto. «Quel passaggio era segreto!»

«Efaialtos!», gridò il Re «Qualcuno mi sa dire, dove

diamine è finito?»

Ma nessuno rispose.

La porta del salone si aprì nuovamente, dopo alcuni istanti. Un nuovo soldato, tutto trafelato, si fece avanti.

«Parla coraggio!», ordinò Alcain.

«Mio Re, abbiamo cercato il tuo consigliere anche nella sua casa ma, da questa mattina, pare si sia volatilizzato.»

«Come il suo uccellino viaggiatore!», tuonò sprezzante Teirios.

«Piano con le accuse!», lo rimproverò Simei.

Il Re era rimasto di ghiaccio, la sua faccia era inespressiva. Barcollava sulle gambe, rigide come ferro. Due ufficiali gli si avvicinarono immediatamente per sorreggerlo, ma lui li allontanò con un cenno della mano. Sentì un'improvvisa fitta al cuore e si portò la mano al petto. Desiderava morire. Era da tanto tempo che non lo desiderava così ardentemente, dalla morte di sua moglie. Tradito! Ingannato dal suo consigliere, dal suo migliore amico. Si conoscevano sin da piccoli, avevano giocato insieme, si erano confidati i più intimi segreti. Tutto questo, svanito in un attimo, nel nulla. Si sedette, reggendosi il capo chino con la mano.

Nessuno osava dire niente.

«Mio signore», intervenne infine Simei, l'unico che in quel momento potesse averne l'autorità, «il dubbio a questo punto è lecito, ma non ne abbiano ancora la certezza. Comunque, rimane il fatto che Efaialtos doveva occuparsi della chiusura dei tunnel vicini alla città. Considerando quanto affermato dal principe urwain, darò immediatamente ordine che vengano controllate ed eventualmente fatte crollare tutte le gallerie, se ve ne fosse ancora qualcuna aperta.»

Il Re annuì lentamente con la testa. «Liberate Drusan dalla cella!», disse, infine, affranto.

CAPITOLO XVIII

Era ormai buio in cielo. Gherson si trovava sul mastio e fissava, in silenzio, il panorama circostante. La città era illuminata come se fervessero i preparativi per una festa imminente.

Sulle mura, infatti, erano accese torce dappertutto e le sentinelle camminavano nervosamente avanti ed indietro senza darsi posa. Dalle ante delle finestre semiaperte di quasi tutte le abitazioni si intravedeva il luccichio dei focolari e delle lampade ad olio.

Ma quella calma irreale carica di tensione, che permeava ogni cosa, stonava con tutto quel fulgore, facendone da mesto contraltare e riportando chiunque alla terribile realtà.

Gherson si fermò a pensare al panico che doveva regnare tra quelle case. La paura delle mogli per i loro mariti che avrebbero dovuto combattere il giorno dopo, sarebbero tornati vivi? Lo sgomento degli uomini per un domani incerto. Le lacrime degli anziani per i loro nipoti. A distanza, si udiva ora il pianto di un bimbo, che la madre non riusciva a consolare.

Al di fuori della città, si potevano chiaramente scorgere, per la valle, i numerosi fuochi dell'accampamento nemico, da cui ogni tanto, echeggiavano urla e schiamazzi.

«Fino a quando, mio Signore, fino a quando permetterai tutto questo?»

Il cielo si era coperto di nubi, portate dal vento, che ora spirava forte, ululando, quasi volesse anche lui manifestare tutto il suo disappunto. In lontananza, si avvertiva chiaramente l'eco del temporale.

Il principe aveva cominciato a prepararsi per la

battaglia, era stranamente teso e ogni tanto gettava uno sguardo su Ierax che sbatteva nervosamente le ali.

«Che cosa stai facendo mio signore?», sentì una voce femminile provenire dietro alle sue spalle. Era Ainousa, avvicinatasi lentamente, senza far rumore, come se non volesse disturbarlo, alla fine rotti gli indugi, si era fatta avanti infrangendo il silenzio che li circondava. Da tempo non si parlavano più.

Gherson si girò, mentre lei si spostava alla sua destra. «Non dormi, mia signora? Non è bene che tu stia qui.»

La principessa lo guardò, quasi risentita. «Non si può dormire in una notte come questa. Domani, probabilmente, nulla sarà più come prima. Ho paura, mio signore e tu?»

«Anch'io», replicò l'altro.

«Com'è possibile? Tu sei un principe guerriero, avrai vissuto innumerevoli notti come questa. Sei stato addestrato sin da piccolo per affrontare scenari del genere e non rimanerne impressionato!», esclamò lei.

«Non ci si abitua mai alla paura della morte, mia signora e tu, che cosa temi?», replicò Gherson.

«Te l'ho detto, mio Signore...», rispose la principessa, indicando con la mano il suo regno. «Ho paura che tutto il mio regno, ciò che mi circonda, ciò in cui sono vissuta, questo palazzo, questa città, le persone che conosco, mio padre, da domani non esistano più. Che io stessa venga uccisa o, ancora peggio, condotta in schiavitù. Non vedrò più questo cielo, queste montagne, non potrò più recarmi ad ammirare le cascate di Altair e vedere l'isola di Antalia non...»

«L'Isola di chi?», la interruppe bruscamente Gherson.

«L'isolotto di Antalia», ripeté la principessa, cercando poi, di terminare la frase.

Gherson, però, la fermò di nuovo: «Perdonami mia signora, ma con l'isola di Antalia intendi forse quel piccolo tratto di terra emerso, che si trova appena dopo la cascata?»

La principessa annuì, non comprendendo l'insistenza di tali domande.

Gherson continuò, invece, sempre più interessato: «Perché la chiamate in questo modo?»

Ainousa stava francamente irritandosi. Gli stava confessando tutte le sue ansie e le sue paure nei confronti di un domani incerto, probabilmente infausto e lui, invece, era interessato a storie di un leggendario passato?

Gherson percepì nei suoi occhi tali sentimenti, ma proseguì facendo finta di nulla: «Perdonami, se ti assillo con la mia curiosità, ma sento nel mio cuore, che quanto mi racconterai, potrebbe essere di vitale importanza per tutti noi.»

La principessa, sebbene ancora contrariata dall'atteggiamento di Gherson, decise di accontentarlo.

«Bene, se proprio lo vuoi sapere...si narra che, quando l'umanità fu cacciata da Ghenesia e confinata in Arvhèia, Avaris, l'uomo che, con l'inganno, aveva ucciso il fratello Euleos, fosse stato abbandonato e maledetto da tutti a causa della sua colpa. Per tale motivo, venne bandito da ogni luogo e condannato a vagare solitario nel deserto di Sahin. Un giorno, sfinito dal lungo peregrinare, soprattutto devastato interiormente dagli infiniti sensi di colpa, che non gli davano più tregua e desideroso di morire, si lasciò cadere in mezzo al deserto. Là vicino c'era un'oasi, una donna di nome Mikal lo trovò e lo portò nell'accampamento di suo padre, prendendosi cura di lui.

In quel luogo era un forestiero come tanti altri e nessuno poteva immaginare chi fosse, nonostante la sua storia fosse nota a tutti. Avaris si riprese rapidamente nel fisico e col tempo, grazie alla presenza di Mikal, anche le ferite dell'anima cominciarono a cicatrizzare. Non poteva completamente guarire, perché la conseguenza del suo delitto, era destinata a rimanere eterna.

Avaris scoprì di amare la donna, ma si vergognava a dichiararsi, a causa del suo passato, finché, un giorno, messo alle strette dalla giovane, raccontò tutta la verità.

La donna si allontanò da lui in silenzio. Avaris, sentendosi giudicato, temendo di essere cacciato via da quella valle, preparò in fretta le sue cose.

Ma, quando stava per montare a cavallo e partire, sentì una voce dietro di lui «Dove stai andando?», era Mikal.

«Pensavo che anche tu, come il resto di questo mondo, avessi maledetto il mio nome e giustamente, non volessi più avere niente a che fare con me.», rispose l'altro.

«Perché pensi che io ti abbia condannato? Chi ti dice che per te non vi sia qui una possibilità di redenzione? Io ti amo Avaris, resta con me ed iniziamo insieme una nuova vita!», replicò Mikal.

L'altro si voltò verso di lei piangendo, le lacrime scendevano copiose dai suoi occhi per la tenerezza di quel sentimento appena dichiarato e soprattutto, perché finalmente aveva sperimentato concretamente il perdono di Yrshar. I due così, vissero uniti e diedero origine ad una discendenza.

Dalla loro stirpe provenne Antalia, una giovane donna, rimasta vedova prematuramente. Come immagino tu sappia, nel corso del suo peregrinare, fece innamorare di lei Elaiar, il custode che la accolse nella sua casa. Ebbene, nelle nostre leggende, l'acqua delle cascate di Altair ricorda la caduta di Elaiar dal cielo, che raggiunge e avvolge, come in un abbraccio, quel piccolo isolotto, a cui fu dato il nome di Antalia, in ricordo della sua amata.»

Ainousa terminò così la sua storia, descritta quasi in maniera scolastica. A Gherson invece, risuonarono nella mente le parole proferite tempo prima da Teirios, quando si trovavano alle pendici del canalone: gli aveva narrato, infatti, che, secondo la tradizione, la spada di Elaiar giaceva da quelle parti, in attesa di essere riportata alla luce da un suo successore.

«Elaiar levar, Elaiar levar», scandiva ora il principe ad alta voce, «Elaiar levar», ancora più forte. I suoi occhi ora brillavano luminosi. «Ma sì, che idiota! Come ho fatto a non pensarci prima. Elaiar levar ed Elevar sono la stessa cosa. Elevar è la forma contratta di Elaiar levar, la spada di Elaiar, questo significa. Come non capirlo prima!»

«Che cosa c'è Gherson?» Domandò Ainousa, visibilmente sconcertata dal comportamento del principe. «Che cosa sta succedendo? Cosa stai dicendo?»

Ma Gherson già correva verso la porta che, dal mastio, dava accesso all'interno del palazzo. «Perdonami Ainousa, non c'è tempo di spiegarti...ne va di tutti noi, poi ti farò sapere.» La principessa rimase così da sola.

Gherson entrò nel palazzo cercando Teirios, dopo aver chiesto di lui ad alcune guardie, lo indirizzarono al salone delle armi, lì Teirios si trovava con gli altri ufficiali, stava organizzando le difese della città.

«Teirios, ti devo parlare urgentemente!», esclamò,

entrando nel salone tutto trafelato. L'altro apparve un po' risentito per essere stato interrotto, mentre stava impartendo le ultimi disposizioni ai suoi soldati, però, vedendo il giovane affannato, gli si avvicinò: «Che sta succedendo? Dimmi? Ci sono novità importanti?»

Gherson annuì, tirandolo verso di sé. «Eccome, amico, ascoltami...non ti posso spiegare tutto in questo momento, perché sarebbe una storia troppo lunga, ma dimmi, come posso raggiungere le cascate di Altair? È una questione di vita o di morte, per tutti noi, ho un presentimento...probabilmente lì è nascosta la nostra ultima speranza...»

«La cascata di Altair?», fece l'altro scettico. «Ma è impossibile, la galleria sotto la cascata è stata presa dal nemico, grazie a quel maledetto traditore e proprio in questo momento, con gli altri ufficiali stavamo organizzandoci, per vedere di chiudere o rendere inagibili, il più in fretta possibile, tutti gli altri cunicoli scavati nella roccia, che conducono nei pressi della fortezza. Non sappiamo infatti, quanti tunnel d'accesso conoscono i nostri avversari.»

«Allora ti prego, Teirios», questa volta la voce di Gherson si infiammò come mai, «per i tuoi figli, dammi un'indicazione su un qualsiasi stramaledetto budello che mi porti fuori di qui, in qualsiasi luogo, su per la montagna e poi raggiungerò la cascata da solo, con i miei mezzi.»

«Ma perché, almeno è possibile sapere perché?», rispose l'Adamant stizzito, facendo al contempo segno agli altri presenti di allontanarsi.

«Ascoltami... Ti ricordi, quando eravamo nei pressi della cascata e mi narrasti, che, secondo antiche leggende in questi luoghi ci sarebbe la spada e l'armatura lasciata da Elaiar?», fece lui ora più accomodante.

Teirios lo guardò in tralice.

«...rammenti quando ero a casa tua e ti dissi di quella notte a Khareem Vasta quando mi addentrai da solo nel bosco? L'incontro con il vecchio sconosciuto? Quello che mi disse?».

Teirios continuava a fissarlo a bocca aperta, cercando di far mente locale. Troppe domande per i suoi gusti in così poco tempo e soprattutto in un simile frangente con ben altri problemi per la testa.

Gherson proseguì spiegando come un fiume in piena «...mi disse di cominciare a cercare l'armatura di Elaiar. Sarebbe stato un buon punto di partenza... Ascoltami, non prendermi per pazzo. Non so nemmeno io cosa sto andando a cercare ma ho una forte intuizione...sono convinto che su quell'isolotto sotto la cascata, si nasconda qualcosa che potrà esserci di aiuto.»

Teirios ora scuoteva la testa sconsolato. «Non è vero, dimmi che non è vero! Non posso neanche lontanamente credere che tu voglia rischiare la pelle per dare retta alle parole di un paranoico e a favole raccontate ai bambini nelle notti di Noldair... Dimmi che non è vero! Ti prego, dimmi che non è vero!!!», e lo scosse per le braccia come per svegliarlo da un brutto sogno. «Dimmi che queste ultime ore non ti hanno fatto uscire di senno!!!»

Gherson scostò le mani del gigante e riprese in tono sempre più perentorio. «Ascoltami!!! Se oggi noi stiamo qui a discutere, è proprio perché quelle favole sono venute a cercarmi. Tu stesso hai più volte detto che da quando mi hai conosciuto l'irrazionale è entrato a far parte della realtà. È vero o non è vero? Guardami ora!!!», e fu lui questa volta a stringerlo forte, fissandolo negli occhi. «Ti sembro veramente uscito di senno oppure assomiglio più a qualcuno che abbia una disperata voglia di trovare una soluzione a una situazione ormai compromessa???»

L'amico sospirò abbassando il capo. Non era in grado di sostenere lo sguardo di Gherson. «Poniamo per un attimo che tu abbia ragione, che veramente in quell'isolotto sia nascosta...come pensi tu...una qualche straordinaria armatura con chissà quali assurdi poteri. Credi davvero che indossandola, se mai la troverai, potrai capovolgere le sorti di questa guerra?»

«Non lo so, Teirios, non lo so nemmeno io! Ma sono sempre più convinto che il mio destino sia lì. È come se qualcuno mi stesse chiamando. Ti prego, Teirios, lasciami andare! Non mi trattenere oltre!»

L'altro indugiò un attimo, borbottando qualcosa tra sé, poi, portandosi la mano al mento riprese «E sia! Pensandoci bene...una possibilità ci sarebbe. C'è un passaggio, che dal palazzo porta verso il costone sinistro della montagna, proprio sopra di noi, a mezza altezza dalla vetta. Anche se ne fossero venuti a conoscenza, dubito che qualcuno lo utilizzerà. Per raggiungerlo dall'esterno, bisogna arrampicarsi su una parete di pietra a strapiombo, dopo aver percorso un angusto sentiero che s'inerpica verso la vetta, fino ad una cinquantina di diacron sopra il salto di Altair. Solo un pazzo di notte, al buio, potrebbe pensare di utilizzarla.»

Poi, fissando gli occhi sull'amico, terminò: «Già... solo uno pazzo come te. Ma poi ragiona...dove credi di andare? Qui abbiamo bisogno del tuo aiuto. L'attacco degli Urwaian è imminente. Se il Re mi chiederà di te, che cosa gli racconterò questa volta?»

«Non sto scappando!», replicò Gherson, guardandolo in faccia. «Credimi! Tornerò, con le prime luci dell'alba. Non ho intenzione di lasciarvi da soli nell'inferno che sta per scoppiare. Di' al re, di avere fiducia in me, questa volta non vi deluderò. Ora ti prego, fammi accompagnare all'imbocco della galleria.»

«Ti porterò personalmente, il tunnel non è conosciuto da tutti.», disse Teirios.

«Sbrighiamoci allora, sono sinceramente preoccupato. Le parole che Arcadis ha proferito questo pomeriggio, quando ha detto che domani avrebbe espugnato la città, sono più che un campanellino d'allarme. Il fatto che siano venuti, con così poche macchine di assedio, mi fa supporre, che abbiano in mente qualche altro stratagemma. Teirios, in verità, sono molto turbato! Tieni gli occhi ben aperti e stai attento. Temo che avremo delle brutte sorprese. Anche per questo motivo, è necessario che mi rechi, quanto prima alle cascate, perché forse potremmo capovolgere la situazione a nostro vantaggio.», concluse Gherson.

L'altro borbottò qualcosa tra i denti.

I due uscirono insieme dalla stanza dopo che Teirios ebbe terminato di dare ai suoi uomini gli ultimi ordini.

Attraversarono alcuni saloni e infine saliti per una scala a chiocciola, costruita nel versante della montagna, raggiunsero un angusto condotto. Man mano che procedevano, diventava sempre più stretto e disagevole, fino a terminare in prossimità di una spessa porta in ferro battuto con un enorme chiavistello. Teirios la schiuse. Di fronte a loro si apriva un tunnel buio, ancora più impervio, che si addentrava nel cuore del massiccio, a malapena potevano passare due persone alla volta. Gherson si voltò verso l'amico e l'abbracciò, Teirios lo salutò mettendolo in guardia «Ascoltami, fai attenzione! Per due, se non sbaglio tre volte, il sentiero si sdoppierà, segui sempre la sinistra e prendi questa torcia con te, altrimenti ti perderai, ancor prima di cominciare.»

Teirios gli avvicinò una fiaccola appesa al muro, la accese e con un filo di emozione, gli disse: «Avrei davvero voluto venire con te per proteggerti dalle tue follie, ma il mio posto ora è qui, con la mia gente, stai attento...e che la sorte sia con te.»

«Non darti pena tornerò, non vi lascerò soli, non me lo perdonerei mai amico mio.», rispose il principe.

S'incamminò, su per il sentiero, con rapidità. Ogni tanto, s'intravedevano delle piccole feritoie, create dall'uomo probabilmente per far passare l'aria.

Dopo circa mezzo siklin, si ritrovò fuori dalla galleria sulla parete rocciosa del monte, era buio, non si vedeva assolutamente niente e il forte vento, non prometteva niente di buono.

"Dannazione! È da folli arrampicarsi su per il pendio. Se perdo l'equilibrio, farò un volo nel vuoto di almeno cinquanta diacron, prima di toccare terra.", pensò Gherson tra sé ma improvvisamente, udì sopra di lui lo stridio di Ierax che era con lui.

«Bravo, amico mio, sei qui con me, per sostenermi, se almeno per questa notte potessi prestarmi i tuoi occhi per scrutare nell'oscurità.», disse Gherson.

Quindi, preso coraggio, cominciò ad arrampicarsi, mentre in lontananza, già si sentiva il fragore dei primi tuoni.

Tutto ad un tratto, accadde ciò che aveva già sperimentato contro i Raukaur, tempo prima. Il principe ebbe la sensazione che la sua vista si acuisse e ora era in grado di vedere, proprio come se fosse il falco.

Dopo circa mezzo siklin, giunse al camminamento descrittogli da Teirios. Non vi era anima viva nei dintorni stava iniziando a piovere.

«Animo! Andiamo, non c'è più molto tempo.», si

disse.

Iniziò la discesa. Più volte scivolò nella fretta, rischiando di cadere nel vuoto.

Ora il rumore della cascata si faceva più assordante. Era alla sua sinistra e lui si trovava una trentina di diacron al di sopra. Ma la notte doveva ancora riservare sorprese. Sotto di lui, nei pressi dell'ingresso del tunnel, comparvero delle luci.

«Dannazione!», esclamò, il sentiero era sorvegliato dai soldati di Urwan. «Come riuscirò a passare?» Non c'era altra scelta. Decise allora di proseguire più in basso, allontanandosi allo stesso tempo dalla cateratta. Il tempo scorreva inesorabile. Ora pioveva in maniera più decisa. Man mano che scendeva, le luci delle torce nemiche si affievolivano, fino a scomparire. Giunse sopra un costone di roccia, coperto da una folta macchia che dava su un tratto di fiume, le acque una decina di diacron sotto di lui, ricadevano in maniera tumultuosa, decise di tuffarsi. La pioggia, arrivava a scrosci ed il fragore della cascata avrebbe attutito il rumore del tuffo. Guardando l'acqua sottostante Gherson sperava solo fosse abbastanza profonda, dato il salto che doveva fare e non potendo attendere oltre si gettò.

Un attimo dopo, era già immerso nell'acqua gelata. Un brivido lo avvolse per lo sbalzo termico. Dopo alcuni istanti, riemerse e si portò lentamente verso la riva opposta, aiutato dalla corrente. Nuotando con circospezione lungo la sponda e nascondendosi, di tanto in tanto, tra alcune piante che con la loro chioma sovrastavano l'acqua, si ritrovò di fronte la cascata. Era di nuovo in grado di vedere chiaramente le fiaccole degli Urwaian, un galacron più in alto. Loro però, non potevano scorgerlo, perché nel frattempo, Gherson si era nascosto sotto la chioma un grosso albero, che scendeva lungo il corso del fiume. Oltrepassata l'ultima curva nuotando sott'acqua, si trovò ad una cinquantina di diacron dall'isolotto.

Questo tratto di terra, aveva la forma di una grossa losanga, della lunghezza di circa tre galacron ed era completamente ricoperto da alberi di conifere. Mentre si stava avvicinando, Ierax emise uno stridio acuto sopra la sua testa. Alla sua sinistra nell'acqua, erano spuntate due scie anomale, che si stavano dirigendo verso di lui.

Gherson si girò di scatto e abbassò il capo sotto il livello dell'acqua «Dannazione!», imprecò, «due Tarshakys!» Erano grossi pesci di fiume, lunghi quasi un diacron, dagli occhi piccoli ed il corpo quasi cilindrico che si assottigliava come una spada verso la coda, dalla grande bocca provvista di molteplici denti, lunghi e acuminati, sul dorso avevano un specie di appendice filiforme la cui estremità era luminescente. Erano considerati i più grandi predatori d'acqua dolce, si nutrivano di pesci vivi e morti, vermi e quant'altro si potesse trovare sul fondo, ma non disdegnavano, a causa della loro voracità, qualsiasi altro tipo di alimento.

Fu allora che il principe si ricordò di ciò che il misterioso individuo gli aveva detto tanto tempo prima, quella sera che apparve nella vallata, entrando improvvisamente nella sua vita. Nel suo lungo viaggio, avrebbe dovuto lottare contro creature di ogni genere, disposte a qualsiasi cosa pur di annientarlo. Istintivamente Gherson portò la mano destra al pugnale. I due pesci erano ormai giunti a circa cinque diacron da lui. La riva dell'isolotto ne distava sette. Non sarebbe mai riuscito a raggiungerla. Riempì, quindi, i polmoni con una grossa boccata d'aria e si diresse contro i due nuovi avversari, pronto a difendersi.

Quelli attaccarono insieme. Gherson si ritrovò uno dei due Tarshakys attorcigliato al braccio destro e lo colpì al ventre con la sua arma, affondandogliela tra le squame, facendo un immane sforzo, perché il pesce aveva squame molto spesse e lui combatteva in un elemento che non era il proprio. Malgrado il Tarshak avesse riportato una ferita profonda da cui ne fuoriusciva un liquido scuro, avvertiva lo sfinimento della preda e cercava ancora invano, di azzannarlo, il secondo Tarshak approfittò della lentezza dei movimenti di Gherson, dovuta anche alla giacca in cuoio che lui indossava, per attaccarlo con un morso alla spalla sinistra. Fortunatamente, la giacca lo difese dall'attacco nonostante qualche dente dell'animale riuscì a penetrarla. Il giovane sentì una improvvisa fitta e cercò invano di liberarsi. Il grosso pesce ora lo stava tirando verso il fondo. Gherson sentiva le forze venire meno, anche perché, ormai, stava entrando in debito di ossigeno. Fu allora che, disperato, si affidò al Creatore. "Mio Signore tu che mi hai creato, guardami...sono privo di forze e non sono più in grado di combattere. Sono in balia di questo mostro, vieni in mio soccorso."

Ed avvenne un fatto al di fuori da ogni immaginazione. Come dal nulla, comparvero all'improvviso molti Sarvain[7] voraci, attaccando simultaneamente i bestioni dappertutto. I Tarshakys, colti da terrore, lasciarono libera la preda e fuggirono via inseguiti dai Sarvain.

Gherson, stremato, risalì in superficie e raggiunse la riva dell'isolotto. I fulmini, che cadevano ovunque, rischiaravano ora la notte spaventosa, come se fosse giorno. Ierax lo stava aspettando sopra una roccia, vi-

---

7 - *Sarvain:* al singolare Sarvin.
Pesciolino di forma tondeggiante, grigio con riflessi argentei, lungo un acron, dai fini denti aguzzi.

R. Ninguzzi

cino alla sponda. Gherson rimase disteso a terra ansimante, per alcuni istanti, cercando di riprendere fiato. Dalla spalla sinistra fuoriusciva un rivolo di sangue. La pioggia continuava a scrosciare incessante.

Infine, dopo un lungo respiro, si rialzò si tolse la giacca in cuoio per controllare la ferita, dopo averla tamponata grossolanamente con una striscia di tessuto strappata dalla camicia che indossava si avvicinò al falco, che sbatteva nervosamente le ali.

Ierax, spiccò il volo fino a raggiungere poco più avanti un masso seminascosto nella fitta vegetazione e cominciò a picchiettarlo col becco.

«Che cosa vuoi fare?», chiese Gherson rivolgendosi incuriosito al volatile. «Vuoi che la spinga io con la mano?»

Il falco si fermò, annuendo con la testa e agitando le ali, sempre più bruscamente. Improvvisamente, un lampo illuminò la notte e quasi in contemporanea, il rombo del tuono scosse l'aria. Un grosso albero era stato colpito dalla saetta e si era squarciato in due. Un attimo dopo, la parte superiore dell'alta conifera cadde a terra, fracassando tutto quello che era intorno, con un tonfo possente. Dalla sommità dell'isolotto, proveniva un fumo grigiastro ed un odore di legna bruciata.

La pioggia era intensa sulla valle di Elevar, illuminata a giorno dai lampi. Il temporale, però, non aveva impedito agli Urwaian di uscire dal loro accampamento e disporsi a debita distanza, pronti per la battaglia. Erano organizzati in coorti di forma quadrangolare, da circa cinquecento uomini l'una, su tre file. Ogni fila conteneva otto coorti. Ai lati, erano stati schierati gli arcieri. La cavalleria di Silaj era nelle retrovie, sull'ala destra.

Tra le prime due file, vennero stazionate le macchine d'assedio, cinque catapulte, tre torri e due arieti.

L'esercito, però, non si muoveva, stava in attesa. Alcain, in cima al mastio, osservava, ma non capiva. «Ci siamo, dunque...sono lì, sotto l'acqua da quasi un viriklin e indugiano. Perché, non attaccano? Chiamatemi il principe urwain, presto!»

Teirios, che, da tempo, temeva quella richiesta, ed aveva cercato, nel frattempo, di inventare una scusa plausibile, alla fine, si fece avanti «Mio signore...il principe non è tra noi.», disse.

Il Re si girò di scatto, meravigliato.

«Mio Re», riprese l'ufficiale, dopo un colpo di tosse, «...in questo momento, se tutto è andato per il verso giusto, dovrebbe trovarsi presso le cascate di Altair.»

«A fare che?», domandò l'altro, sempre più incredulo.

Teirios inghiottì un grumo di saliva, poi, ripreso coraggio, continuò: «Ha detto che, da quelle parti, avrebbe, forse, trovato un insperato aiuto per tutti noi.»

«Che tipo di aiuto? ...sii più concreto, ti prego!», chiese Alcain, la sua voce si stava visibilmente alterando.

«Non lo so, mio signore!», rispose l'altro. Sì, era meglio essere vaghi, pensò tra sé con un sospiro. Meglio non azzardare pericolosi discorsi su fantastiche armature del passato o roba del genere.

L'ira di Alcain, tuttavia, era evidente nel suo sguardo, avrebbe incenerito Teirios in un istante. Sentì una nuova fitta al cuore.

Troppe, troppe emozioni, quel giorno. Abbassò il capo affranto: «Sei un idiota, Teirios!», disse, infine. «Comunque, non importa! Con o senza l'Urwain, moriremo tutti.»

Nel frattempo, dallo schieramento nemico, Arcadis si portò davanti a tutti e iniziò a incitare l'esercito, esortandolo alla battaglia, quando ebbe terminato un urlo sovrumano scosse la valle.

«Ci siamo... Ognuno ai suoi posti!», affermò Alcain, guardando i suoi ufficiali.

Le catapulte cominciarono a lanciare i primi massi, ma i soldati si tenevano sempre a debita distanza. Avanzavano lentamente, coperti da piccole palizzate semoventi e poi, tornavano rapidamente indietro. Qualche pietra aveva anche raggiunto le mura, ma senza causare particolari danni. Non sembrava un vero e proprio attacco, ma una schermaglia, che aveva lo scopo di accertarsi sul numero effettivo dell'armata a difesa delle mura.

~ 354~

CAPITOLO XIX

Gherson si rialzò e con tutte le forze fece pressione sul masso, come indicatogli da Ierax. Dopo alcuni istanti, vicino al punto in cui era approdato, si aprì un'entrata nascosta. Gherson, ancora col fiatone per il combattimento avuto con i Tarshakys, si voltò verso Ierax che lo osservava, poi entrò senza indugiare oltre.

Dopo circa cinque diacron, aiutandosi con le braccia per non sbattere contro le pareti di quella discesa angusta si trovarono all'interno dell'isola in una grotta illuminata da fuochi fatui. All'estremità si potevano vedere tre scalini finemente lavorati che portavano ad un pavimento in mosaico, nel quale erano raffigurati strani personaggi. Alcuni avevano l'aspetto di alti uomini, dai capelli chiari, con grosse ali bianche dietro la schiena. Erano intenti a controllare il comportamento degli esseri viventi, animali o piante che fossero. I loro volti parevano splendere di luce propria ed i loro occhi emanavano sicurezza. Uno di loro, al centro, teneva una spada nella mano destra e al suo fianco era stato raffigurato un enorme volatile dal colore simile all'oro.

Gherson si muoveva con cautela attorno alla decorazione. Si sentì a disagio, come se qualcuno lo stesse osservando. Rimase assorto alcuni momenti, chiedendosi chi avesse mai potuto realizzare quell'opera, e perché fosse stata costruita sotto quell'isolotto. Doveva esserci veramente qualcosa d'importante celato laggiù.

Decise, di proseguire ed entrò nel cunicolo lungo circa tre diacron. Dal fondo si intravedeva un leggero riverbero, sempre più incuriosito, si soffermò a guardare le pareti sulle quali erano state affrescate alcune immagini. Gherson potè osservarle meglio grazie al chiarore proveniente dal fondo, che aumentava man mano che avanzava.

Gli affreschi riproducevano episodi della vita di Elaiar, dalla sua venuta sulla terra fino all'incontro con Antalia.

Si trovò allora di fronte ad una nuova stanza, di forma circolare e non troppo grande, con la volta a cupola, lì capì di essere entrato in un sepolcro. Sui muri circolari erano stati dipinti uno di fronte all'altro, due grossi affreschi, raffiguranti i due innamorati mentre danzavano. Gli occhi dell'uno erano fissi sull'altra, il loro aspetto era sereno ed entrambi stavano con le braccia aperte, unendo le mani, ai lati della cripta come volessero abbracciare l'intero sepolcro. Il soffitto era un mosaico di pietre preziose, che brillavano di luce propria grazie alle torce accese con fiamme fatue, queste colpendo la superficie delle pietre creavano una moltitudine di rifrazioni colorate che davano al sepolcro un aspetto astrale. Il pavimento era di quarzo con incesellature d'oro.

Al centro, vi era una tomba rettangolare dalle pareti lisce in opale bianca e coperchio in cristallo. L'unica decorazione sulla stessa erano delle scritte che Gherson lesse lentamente. «HAC LYISEN ANTALIADAR SARMAT...!» (Qui giace il corpo di Antalia...)

Un sussulto proruppe lungo il laringe: riprese a leggere, «...AN GOTAN SAR RAHYMLER ANA SYNDAIVON AU SIEN VAILEN.» (in attesa di ricongiungersi nel giorno prestabilito con il suo amato.)

Gherson cadde sulle ginocchia davanti alla tomba e scoppiò in un silenzioso e rispettoso pianto. «Allora...è tutto vero... È tutto vero!»

Il corpo dell'antenata Antalia, era all'interno della tomba, ricoperto da un lungo vestito, candido come la neve. Sopra il capo, portava una ghirlanda di fiori bianchi. I suoi lunghi capelli scuri, le scendevano ai lati, fin quasi alle ginocchia. Il suo aspetto non era stato alterato dalla morte, sembrava addormentata da secoli, il tempo in quella stanza si era fermato alla sua morte.

All'interno della tomba al lato del corpo della donna, in un'apposita cavità vi era deposta una spada. Era lunga più di mezzo diacron, costruita con un metallo sconosciuto ma di estrema lucentezza. L'elsa era d'oro e ritraeva una creatura con sembianze di falco, con ali ripiegate all'indietro. "La Elaiar Levar!", pensò Gherson.

Il suo sguardo, si soffermò sul corpo dell'antenata. Un suono all'improvviso ruppe il silenzio: «Alla fine sei giunto.»

Gherson riconobbe la voce del misterioso individuo incontrato nella valle di Isador; si girò, ma di lui, non c'era traccia.

«Dove sei?», domandò.

«Anche se non mi vedi, sono qui, vicino a te», rispose l'altro in modo sereno.

«Chi sei veramente?», riprese Gherson, ma già un'idea, stava prendendo forma nella sua mente.

«La risposta scorre nel tuo sangue e nel tuo animo!».

«Elaiar...sei Elaiar!». La voce uscì istintivamente dalla bocca di Gherson. «Ma tu sei morto...come è possibile.»

«La morte non è la fine di tutto, è solo l'inizio di una nuova vita, dove il nostro essere assume nuove peculiarità. La mente umana ha difficoltà a comprendere tutto questo, è limitata dai suoi sensi, attraverso i quali conosce solo ciò che vede. Come se un velo, posto davanti ai tuoi occhi, ti ottenebrasse e non ti permettesse di vedere la realtà profonda dell'universo che ti circonda.», rispose Elaiar.

«Tutto questo è assurdo», mormorò Gherson a voce bassa, per non offendere l'altro.

«Tu lo affermi, perché stai soffrendo nel profondo del tuo cuore per la perdita di Rhiannon. Però ti dico, un giorno, al termine della tua vita terrena, la incontrerai di nuovo e sarai con lei per tutta l'eternità.», replicò l'altro.

«Davvero?», mentre una nuova lacrima di commozione scendeva lungo la guancia di Gherson.

«Sì Gherson! Ora però è tempo di agire. Fuori ti stanno aspettando, la battaglia è iniziata e tu devi tornare ad aiutare i tuoi amici, che sono in difficoltà. Ascoltami bene, questa è Altair, la spada della verità. Non fu creata solo per offendere o per salvaguardarsi. Ti aiuterà a discernere il bene dal male. L'uomo ha la gravosa responsabilità di determinare con le proprie decisioni, la strada da seguire. Molti, per paura di sbagliare, temporeggiano. In realtà anche il tergiversare è già una scelta, quella di non affrontare i propri compiti. Altri sono convinti che siano infinite le alternative, così come ritengono che siano innumerevoli le strade che conducono alla verità. Ma ogni decisione alla fine, si riduce a due possibilità, quella di vivere secondo il progetto che regola l'universo, o di non volerlo seguire, rifiutandolo.

Non ci sono altre soluzioni. Quando sarai nella difficoltà, capirai da solo come adoperare la spada... È bene poi che tu sappia un'altra cosa. Tu sei l'unico che potrà utilizzare questa spada. Finché l'ultimo anelito di vita scorrerà nelle tue vene, tu solo potrai tenerla nelle tue mani. Chiunque altro proverà a toccarla, attirerà sopra di sé la sua ira.»

Gherson ascoltava in silenzio, cercando di memorizzare ogni singola parola.

«Altair...il nome della cascata. Ora tutto è chiaro.», alla fine disse riflettendo.

«Tocca la pietra davanti alla tomba.», lo esortò Elaiar.

Gherson obbedì e lentamente la tomba si spostò. Nascosta, apparve una cavità, rivestita da lastre di quarzo. All'interno, vi era una cassa di legno, finemente lavorata. «Su avanti tira su la cassa e aprila Gherson», Elaiar lo esortò.

In silenzio, Gherson emozionato forzò delicatamente l'apertura. Al suo interno si trovavano l'armatura di Elaiar, costruita di un metallo sconosciuto simil oro e uno scudo con sopra riportata la figura di un falco ad ali tese.

«Gherson, ora sei davvero pronto per le tue prossime sfide, ma non dimenticare...lassù vegliamo su di te.» La voce, come all'improvviso era comparsa, così svanì, nel silenzio della notte.

Si alzò e si spogliò dei suoi vecchi abiti, era ormai giunta l'ora quarta del mattino.

Indossò una nuova veste di lino bianco, su cui infilò una inconsueta cotta di maglia metallica, di un colore platino, vi mise sopra l'intera armatura e si calzò

l'elmo. Ciò che sorprese Gherson era la facilità con cui l'armatura aderiva attorno alle sue membra e la sua leggerezza, che rendeva più fluidi i suoi movimenti. Sarebbe stata però in grado di attutire i colpi nemici nel corso della battaglia?

Afferrò Altair e lo scudo di forma circolare, si voltò, per un'ultima volta, verso la sua antenata, per imprimerla in modo indelebile nella sua mente. «Non scorderò mai questa notte, non vi dimenticherò mai, nel mio sangue scorre il vostro sangue, se oggi sono qui, lo devo anche a voi, cercherò di onorarvi con la mia stessa vita.»

Detto questo, prese la via del ritorno. Uscì, con la sensazione che la nuova protezione, invece di limitare i suoi movimenti, li potenziasse.

Intanto, di fronte alla cinta fortificata, la situazione non era grossomodo cambiata. Gli attacchi degli Urwaian erano rapidi, così come i loro indietreggiamenti, mentre le catapulte continuavano a bersagliare i bastioni nemici. Già in alcuni punti, le mura erano vistosamente lesionate, sebbene, dall'interno, si cercasse di puntellare, ove possibile, i tratti pericolanti.

Ma l'attacco più pericoloso non doveva venire da fuori, come ormai molti cominciavano a temere. Quelle inutili schermaglie servivano, infatti, solamente, a temporeggiare e a distogliere l'attenzione dalla reale minaccia. E così accadde.

Improvvisamente, all'interno della città, nel buio della cantina della casa di Efaialtos, un falso muro venne giù per opera dei soldati urwaian. Il consigliere del

Re aveva nascosto a tutti l'esistenza di quel tunnel minerario da tempo abbandonato e dimenticato di cui si era persa la memoria, che dalla sua abitazione, giungeva appena al di fuori della cinta; l'uscita era occultata da alcune siepi, dietro un costone roccioso. Lui stesso lo aveva utilizzato, la mattina precedente, per fuggire da Elevar.

Nel silenzio della casa abbandonata, gli Urwaian, ormai numerosi, riuscirono rapidamente a raggiungere l'ingresso e da lì, seguendo le indicazioni fornite dal traditore, velocemente e uccidendo chiunque si fosse trovato sul proprio cammino, raggiunsero le porte della capitale. A quel punto, fu un gioco da ragazzi abbassare il grande ponte levatoio.

Un urlo di gioia proruppe tra le file nemiche che, all'esterno, stavano aspettando solo questo, immediatamente, irruppero nella città e questa volta in maniera dissennata.

Dall'alto della fortezza, il Re vide con orrore le porte aprirsi. Gli Adamaint sulle mura cercarono di difendersi, rallentando l'avanzata degli avversari, lanciando massi e frecce infuocate sopra l'erba, cosparsa di una sostanza infiammabile.

L'acqua del temporale, però, ne aveva ridotto l'efficacia. I dardi degli Adamaint, raramente andavano a bersaglio, perché i nemici avanzavano rapidamente, coperti dalle palizzate di legno. E così, gli Urwaian attraversarono la porta come un fiume in piena e all'interno di Elevar, iniziarono ovunque feroci corpo a corpo. Il caos regnava sovrano. Dappertutto, erano urla e grida di dolore, mentre le donne ed i bambini cercavano la fuga riparandosi nella fortezza. Alcune abitazioni vennero date alle fiamme.

«È la fine!», disse rassegnato a bassa voce il Re. Poi si riprese ed ordinò ad alta voce «Fate entrare nella rocca chi ancora sta fuggendo e poi chiudete l'entrata!»

Anche per gli ufficiali urwaian non era facile controllare la situazione. Benché fosse stato più volte ribadito che, lo scopo principale era la conquista del palazzo reale e solo successivamente, ci si sarebbe preoccupati del bottino e di gozzovigliare, molti soldati in preda al furore, si dettero subito a saccheggiare le case e non sempre, fu possibile frenarli.

Infine, la strenua difesa degli Adamaint superstiti crollò e gli invasori si portarono sotto il primo muro di cinta della rocca.

Comparve allora Arcadis, con la spada in mano già bagnata dal sangue e lo sguardo crudele sul volto. Tutti si scostavano al suo incedere, i suoi stessi uomini erano intimoriti dalla sua presenza. Puntò la lama verso il cancello.

Fu allora portato avanti un ariete, che andò ad impattare contro l'ingresso. Tutt'intorno ferveva la battaglia. Gli arcieri di entrambe le parti, mietevano vittime tra i propri avversari; gli Urwaian lanciavano rampini sulle mura, per cercare di arrampicarsi. Gli Adamaint controbattevano, gettando anche olio bollente sugli attaccanti. Era un massacro. Mucchi di cadaveri erano sparsi a terra, ovunque. Alla fine l'ariete fece breccia, ed i nemici oltrepassarono la prima cinta muraria della fortezza, continuando a massacrare chiunque trovavano sul loro cammino e portandosi verso la seconda cinta, prima del palazzo. Era quasi l'alba ormai.

Il Re, in cima al mastio, vide il tracollo dei suoi;

capì che il suo tempo era finito.

«Meglio perire combattendo, che chiuso qua dentro, come un topo o finire prigioniero di quella belva!», gridò ad alta voce, davanti a tutti i suoi collaboratori.

«Simei, raduna tutti coloro ancora abili alle armi e scendi a morire con me, da eroe!» L'altro si inchinò, senza proferire parola. Poi si allontanò da lui, per obbedire al suo volere.

«Teirios!», urlò il sovrano. L'altro si fece avanti.

«Ascoltami!», riprese il sovrano, «Tu rimarrai qui con mia figlia ed il resto dei civili. Una volta che io sarò uscito per questa sortita, fai richiudere le porte del palazzo e difendilo, fino alla fine. Se gli Urwaian dovessero entrare, uccidi la principessa!»

Il rosso Adamant lo guardava agghiacciato, ma non aveva il coraggio di rispondere, perché, in fondo al cuore, capiva il tormento del suo Re.

«Fa' come ti ho detto!», ribadì Alcain, stringendolo forte tra le braccia.

Teirios annuì con la testa, tristemente.

«Giuralo!», urlò il Re.

«Te lo giuro!», proferì infine Teirios.

Poi il sovrano andò incontro ad Ainousa, che in quel momento si trovava con le sue ancelle ed il piccolo Elazar in una stanza lì vicino. Ovviamente anche lei era al corrente di quanto stesse accadendo. Appena lo vide, conoscendolo, capì quali fossero le sue intenzioni. «Padre mio, te ne supplico, non andare! Non lasciarmi sola!» Gli si gettò al collo, con le lacrime agli occhi.

«Figlia!», le ordinò, «Non mi fermare! Questo è il mio destino. Tu preparati con coraggio ad affrontare il tuo, qualunque esso sia. Comportati da regina, poiché per questo sei nata!»

L'altra assentì. Infine il Re la baciò sulla fronte, regalandole un'ultima carezza sul viso, che lei avrebbe desiderato fosse eterna.

Quindi Alcain si voltò di spalle e si diresse verso Simei, che già lo stava aspettando.

Giunsero, così, nel piazzale antistante il palazzo. Gli Adamaint erano schierati in coorti, gli scudi davanti ai petti. Sulle mura, alcuni soldati continuavano a difendere strenuamente la fortezza, scagliando frecce, sassi, olio bollente e qualsiasi altra cosa capitasse loro tra le mani. Altri, cercavano di tagliare i rampini gettati tra i merli. I clamori della battaglia riempivano l'aria.

«Uomini di Elevar!!!», urlò il Re, con la spada sguainata. «Sono sempre stato orgoglioso di voi. Vi chiedo oggi un ultimo sforzo. Ricacciamo indietro queste belve e rispediamole nell'inferno da cui sono venute. Ricordatevelo, non state combattendo solo per me, ma per le vostre famiglie...per questa terra...per la nostra libertà!!! Ognuno di voi vale più di tutti loro messi insieme. Combatterete allora???»

Un clamore di approvazione si levò dalle loro schiere.

«Fino alla morte???», gridò nuovamente il Re.

«Fino alla morte!!!», esclamarono quelli, all'unisono.

«Ed allora andiamo!!!», urlò Alcain, mentre tutti insieme inneggiavano i loro canti di battaglia.

La porta della seconda cinta si aprì all'improvviso e gli Adamaint uscirono per l'assalto, tra lo stupore dei loro avversari.

~ 366~

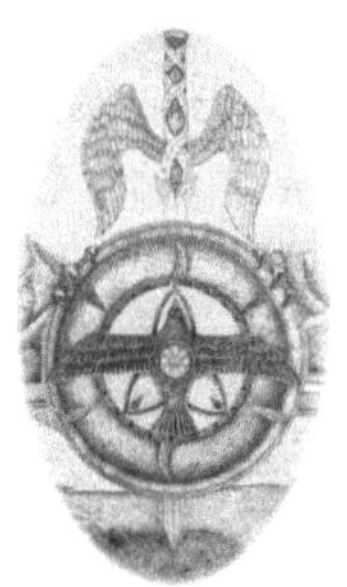

CAPITOLO XX

Fuori stava iniziando ad albeggiare. Si udivano in lontananza gli strascichi del temporale.

Ierax, al riparo della vegetazione, riconobbe subito il suo padrone nonostante fosse cambiato nell'aspetto e volò sul suo braccio.

«Ancora qui ad aspettarmi, amico mio?», esclamò Gherson. «Se tu potessi parlare, quante cose dovresti dirmi...»

Questa volta il principe raggiunse il lato destro del fiume a nuoto, nascosto tra la vegetazione, si portò alla base della cascata. Notò un sentiero che si inerpicava su per la salita, costeggiando i tre salti d'acqua.

"Corri Gherson, corri, perché la battaglia infuria!" diceva dentro di sé, per darsi coraggio. Arrivò così all'imbocco del tunnel, sotto la cateratta. Una decina di guardie urwaian erano di sentinella all'interno della grotta. Qualcuno stava dando ordini ai sottoposti.

"Animo Gherson! Non c'è più tempo da perdere. È il momento della verità", pensando fra sé. All'improvviso, dalle tumultuose acque spumeggianti, comparve, dentro la grotta, una figura luccicante come l'oro, che si stagliò davanti a quegli uomini. Un istante dopo, un falco nero entrò anche lui, posandosi sullo scudo di Gherson.

Approfittando dell'attimo di disorientamento che aveva colto le sentinelle, «Sono Vartaxar, principe di Urwan, fatevi da parte!», ordinò Gherson.

In quel momento, scoppiò una confusione incredibile. Alcuni si dettero alla fuga, lanciandosi giù per la cascata temendo di avere a che fare con un fantasma, due corsero alle armi, ma Gherson fu più veloce, allontanandole con un calcio, mentre stava per sferrare il colpo mortale, su uno di loro, percepì distintamente un richiamo dentro di sé. «Non lo uccidere! Non ha colpa!»

Si ricordò allora di quanto gli aveva rivelato Elaiar all'interno della camera tombale. Rinfoderò la spada ed urlò. «Andatevene via, tutti! Oggi, non è ancora giunta per voi la fine!»

I due uomini, scapparono via lungo il sentiero. I restanti, si inchinarono «Salute a te, nostro signore, Vartaxar, noi non ti abbiamo dimenticato e mai alzeremo le nostre armi contro di te.»

Gherson, commosso da quel gesto, li ringraziò e dopo che gli stessi si fecero da parte, iniziò a correre lungo l'angusto cunicolo su per la montagna, seguito da Ierax.

"Non mi hanno dimenticato! Non mi hanno dimenticato, forse ancora c'è una speranza.", pensava tra sé, mentre si affrettava su per il sentiero.

Mentre si avvicinava all'uscita, cominciò a riflettere su come si sarebbe comportato una volta giunto all'accesso della vallata. Avrebbe sicuramente incontrato anche lì altri soldati di Urwan.

"Un problema alla volta...un problema alla volta!", si impose mentalmente.

Quando arrivò in cima alla salita, si trovò di fronte una ventina di uomini in uniforme, all'interno della grotta. Alcuni riposavano, altri stavano di guardia all'ingresso, altri ancora, parlottavano tra loro. Nel momento in cui però lo videro giungere, si volsero tutti verso di lui, che non perdendosi d'animo e senza alcuna

esitazione, prese a dire: «Soldati di Urwan. Sono Vartaxar, fatemi strada!»

Dopo un primo attimo di sgomento, tra gli astanti, qualcuno cominciò a gridare «Menzogna! Il principe
Vartaxar è morto sette anni fa!», e parte delle guardie
mise mano alle armi.

«Soldati di Urwan!!! Sono il vostro principe, sono
vivo abbassate le armi, non voglio farvi del male. Lasciatemi passare!», gridò ancora più forte.

«Io non ti conosco!», rispose uno dei guerrieri.

«No, è lui! Ne sono certo, ho combattuto al suo
fianco, in passato.», sentenziò un uomo barbuto, appoggiato alla parete della grotta con le braccia conserte.

«Se sei davvero il principe, allora muori, poiché il
tuo nome è stato bandito da tempo nelle nostre terre»,
replicò quello di prima, afferrando una lancia che gli
scagliò contro.

Ancor prima che arrivasse a segno, questa si frantumò in prossimità dell'armatura che emanava un forte bagliore.

Lo stesso Gherson ne rimase stupefatto.

Gli altri soldati fecero un passo indietro, intimoriti.

Due frecce furono scoccate contro il principe, queste si spezzarono prima di raggiungerlo, lui si fece
avanti colpendo un istante dopo, le lame dei primi due
soldati che gli si paravano dinnanzi, sbriciolandole entrambe.

«Soldati ascoltatemi, non c'è più tempo. Devo im-
pedire questa inutile carneficina voluta da Varanis,
non chiedo il vostro appoggio, ma non mettevi contro di
me.», gridò Gherson.

«Mio signore, tu sei un soldato come noi! Come puoi dire queste cose?», esclamò l'uomo che lo aveva riconosciuto.

«Dagon tu mi conosci, mi hai visto combattere. Dimmi, quale conflitto ha mai portato benessere? Solo morte, tragedie, sofferenze, distruzione per vinti e vincitori. Quale guerra ha recato con sé una pace duratura? Le rivalità generano solo nuovi odi, rancori e desideri di rivalsa tra i popoli.», rispose Gherson.

«Mio signore! Tu ricordi il mio nome? Il nome di un umile soldato!», riprese incredulo Dagon.

«Conosco tutti coloro che hanno combattuto, con me e per me, ed ho pianto per ogni mio compagno morto, sul campo di battaglia. Per questo, vi dico nuovamente... Basta! Forse è già troppo tardi, ma fatemi provare a fermare questa guerra. La vita di ogni uomo è sacra. Io ci credo e voglio credere che anche per voi sia così, fratelli urwaian. Per questo ora vi chiedo, siete con me? Siete con me???», terminò Gherson.

Molti rimasero in silenzio, intimoriti ed increduli. Chi era veramente costui, che in un simile frangente, si poteva permettere di fare tali affermazioni?! Qualcuno era ammirato da tanto coraggio.

«Io sarò con te, mio principe! Anche se penso sia una follia. Come faremo a fermare, da soli, una battaglia in corso?», esclamò Dagon, alzandosi in piedi.

Gherson si avvicinò al soldato, posando le mani sulle sue spalle «Ti ringrazio per la tua fedeltà.»

Vedendo questa scena, un'altra decina di militari, uno ad uno, presero le armi e gridarono «Vartaxar, principe di Urwan. Ti riconosciamo come nostro comandante!»

«Ebbene, allora, andiamo!!! Tutti a cavallo e suonate i corni, gridate per la via che Vartaxar è tornato!», urlò Gherson, sollevato.

Montati in sella, scesero in direzione della città, gridando il nome del principe.

A metà del pendio, dove la strada si congiungeva con un sentiero proveniente dalla vicina vallata, dimora temporanea dei Lachvaian, una nuova sorpresa si presentò ai loro occhi. Evalion era lì ad aspettarlo, insieme ai Lonegrain, ad Arvaj ed i suoi compagni.

"Dove avevi intenzione di andare senza di me?", comunicò mentalmente il purosangue.

«Come pensi di potermi aiutare?», domandò Gherson esitante, mentre gli Urwaian che lo accompagnavano, si guardavano l'un l'altro stupefatti, domandandosi con chi stesse parlando e quale altra diavoleria fosse mai quella.

"Monta sul mio dorso e preparati a sperimentare una carica dei Lonegrain in prima persona", continuò a comunicare lo stallone.

Gherson squadrò gli altri Lachvaian, già pronti per la battaglia e Arvaj anche lui rimasto a bocca aperta di fronte a quella prodigiosa trasformazione del compagno d'armi, Arvaj ricambiò l'occhiata.

«Ti spiegherò un'altra volta, ora non c'è tempo! Se non ci sbrighiamo, arriveremo troppo tardi.», disse Gherson indicando la città, ormai in preda alle fiamme in alcuni quartieri e salendo su Evalion cominciò a scendere verso la città seguito dai suoi compagni.

Fu così che i Lonegrain, come una bufera inarrestabile, piombarono sul grosso delle truppe urwaian, che stavano ancora disordinatamente entrando nella capitale. Spazzarono via tutto ciò che incontrarono sul loro percorso. L'urto fu devastante, i destrieri investivano e calpestavano ogni ostacolo. Ovunque si udivano le urla ed il clangore delle armi, si sparse rapidamente la voce che cavalieri fantasma erano guidati dallo spettro di Vartaxar, ritornato direttamente dal regno dei morti.

I fanti sopravvissuti, che non erano ancora entrati in Elevar con Arcadis, fuggirono via in tutte le direzioni, cosicché l'esercito di Urwan si spezzò in due.

Silaj, dal suo settore decentrato, intravide la devastazione creata dai purosangue e da suo fratello. Sebbene sollecitato ad intervenire, rimase fermo sulle sue posizioni, perché bloccato dai fuggitivi che gli correvano contro.

CAPITOLO XXI

Alcain, stava ancora combattendo all'ingresso della seconda cinta, carico di entusiasmo, per aver respinto indietro gli invasori, all'improvviso, vide sbucare, di fronte, un folto gruppo di arcieri urwaian, con i dardi incoccati; questi si posizionarono rapidamente su due file, una in ginocchio, l'altra dietro, in piedi. Un ufficiale diede l'ordine di tirare. Un nugolo di frecce partì all'indirizzo del Re e dei suoi. Una schiera di Adamaint si pose davanti al sovrano, per proteggerlo, ma era già troppo tardi. Tre frecce, lo raggiunsero in pieno petto. Il vecchio cadde riverso a terra.

«Il Re è stato colpito!!!» Un grido di disperazione si levò tra i suoi.

Nestor, tra quelli rimasti in piedi, incolume, ordinò di portarlo via.

Anche Simei era tra i caduti. Una seconda ondata di saette fendette l'aria. Altri Adamaint rovinarono al suolo. Lo sfregiato fu colpito, appena sotto la spalla. Con un urlo di rabbia, si strappò la freccia dal corpo.

Un nuovo ordine, questa volta, si udì dietro allo schieramento degli arcieri urwaian. Le due file si aprirono al centro. Comparve l'altera figura di Arcadis, seguito dalle sue guardie del corpo. Si diresse verso il sovrano ferito, come una belva affamata, che già pregustava di assaporare la preda. Nestor gli si parò innanzi, con la spada sguainata cercando disperatamente di difendere il suo Re.

«Fatti da parte! Non ti intromettere!», lo ammonì

severamente Arcadis.

Per tutta risposta Nestor pur sapendo che probabilmente il suo gesto non sarebbe servito a nulla, si scagliò sul comandante urwain urlando ai pochi Adamaint rimasti in piedi di soccorrere il sovrano e portarlo lontano in un posto sicuro.

Arcadis schivò facilmente gli attacchi dell'avversario e con un ghigno feroce lo invitò più volte a farglisi contro, agendo come un gatto che si vuol divertire col topo. Nel frattempo le sue guardie del corpo lo circondavano lentamente. Infine annoiato vedendo che gli altri Adamaint stavano trascinando via Alcain, infilzò trapassando lo stomaco di Nestor alzando la lama verso lo sterno. L'uomo cadde a terra esamine.

«Sto venendo a prenderti Alcain!», gridò truce l'erede al trono di Urwan.

Il Re già non poteva più sentire. Un grido disperato lacerò l'aria. Dall'alto della torre maestra, Ainousa osservava la scena impietrita, il sangue le ghiacciò nelle vene, urlava di disperazione, mentre invano le ancelle cercavano di allontanarla dalla scena.

Più in basso nel frastuono della battaglia, nuove voci incontrollate giunsero alle orecchie di Arcadis. «Vartaxar è qui! È vivo e sta raggiungendo la fortezza!»

«Che sta succedendo!?», urlò Arcadis, voltandosi indietro verso i suoi. «Mio signore, dalle retrovie, giunge voce che tuo cugino, il principe Gherson, sia vivo e che stia rapidamente salendo qui.», rispose un soldato titubante, cercando di capire la reazione di Arcadis, «...se lo comandi, andremo a fermarlo noi e ti porteremo la sua testa.», terminò il soldato.

«No!!! Vartaxar è mio!!! Lo voglio uccidere con le

mie mani.», rispose Arcadis come una belva che aveva annusato nell'aria l'odore di una preda ben più succulenta.

Così dicendo, si riportò indietro, tra la prima e la seconda cinta di mura, correndo sopra i cadaveri sparsi per terra e urlando a squarciagola «Vartaxar, Vartaxar dove sei? Ti voglio strappare il cuore dal petto con le mie mani!»

Gli altri Urwaian, al vedere il loro comandante fuori di sé in questo modo, si fermarono.

Gherson, in quel momento, stava oltrepassando l'ingresso del primo cancello, quando si trovò praticamente di fronte il cugino.

Erano più di sette anni che non si vedevano. Rimasero a fissarsi per alcuni attimi. «Cessate le ostilità! Riponete le armi!!!», urlò Arcadis.

Un corno urwain risuonò nell'aria. Gherson scese da Evalion lentamente sguainando la spada e con lo scudo inserito nel braccio.

«Ci rivediamo finalmente! Allora è vero! Sei veramente vivo! Neanche all'inferno ti hanno voluto.», ghignò l'altro.

«Pare proprio di no.», rispose con calma.

«Però non sei cambiato a parte quest'armatura da semidio», riprese Arcadis che lo squadrò beffardo, dall'alto in basso. «Dimmi Gherson, continui sempre a difendere inutilmente le cause perse, come facevi da ragazzo? Ricordi?»

«Sì!», rispose, e nella sue mente turbinavano ora i ricordi di tutte quelle volte in cui, nel corso del loro addestramento militare, fu vittima delle angherie del cugino e dei suoi degni compari.

«Dunque, vediamo», continuò Arcadis, camminando lentamente verso la sua sinistra, «...che cosa avresti intenzione di fare questa volta? Pensi di sconfiggere da solo il mio esercito? Sei forse tornato dalla morte più pazzo di prima?», terminò ridendo sarcasticamente.

«Non sono solo», osservò Gherson, indicando gli Adamaint, che, insieme a Teirios, stavano ora scendendo giù verso di lui.

«Bene, bene», riprese l'altro, «e tu, con questo branco di pezzenti, vorresti cercare di fermare i miei soldati? Lo sai, Gherson, ora mi stai veramente offendendo. Comunque non ti preoccupare, dal momento che sei qui, avrò io la personale soddisfazione di rimandarti definitivamente nel regno dei morti e di completare quello che altri incapaci non sono stati in grado di fare.»

"Molto bene, proprio ciò che volevo. L'arroganza di mio cugino mi sta offrendo su un piatto d'argento la possibilità di poter uscire vincitori da questa battaglia.", pensò tra sé Gherson.

«Allontanatevi, allontanatevi tutti!», gridò Arcadis. «Che nessuno si intrometta, pena la morte. Adesso è una questione tra me e questa nullità. Nessuno, nessuno ho detto, deve intervenire! Vartaxar è mio.»

Si trovavano nel cortile, tra la prima e seconda cinta di mura, circondati da un folto numero di Urwaian e di Adamaint e da un gruppo di Lonegrain.

«E così siamo giunti alla resa dei conti», iniziò Arcadis, muovendosi lentamente sul suo lato sinistro.

«Non ho intenzione di ucciderti.» Rispose Gherson.

«Io, invece sì.» Continuò l'altro, con una smorfia maligna.

I due si fronteggiavano, studiandosi con attenzio-

ne, all'interno del silenzioso cerchio di morte. Tutti i presenti erano in attesa. Chi avrebbe preso l'iniziativa?

Dall'alto delle mura, anche gli altri ufficiali adamaint e la principessa Ainousa guardavano con ansia la scena che si stava svolgendo nel piazzale. Una quiete irreale permeava l'aria.

Poi Arcadis, nel tentativo di innervosire l'avversario, batté la propria spada sullo scudo. «Avanti vigliacco, fatti sotto, dove sei finito tutti questi anni, dove ti sei nascosto come un cane rognoso, mentre mio padre si divertiva con Rhiannon?», e rideva sguaiatamente.

Gherson stava immobile, con lo sguardo fisso sull'avversario.

«Non innervosirti, controlla le tue sensazioni.» Una voce risuonava nella sua testa.

«Avanti codardo, vieni avanti o devo essere ancora più esplicito di fronte a tutti?», urlava Arcadis, voltandosi verso l'esercito e cercando un consenso che giunse però tiepido solo da qualche parte.

Ancora silenzio.

Poi all'improvviso, vedendo che Gherson non accennava alcuna reazione, lo assalì menando fendenti in più direzioni con la sua lunga spada. Vartaxar li evitò, scostandosi più volte e rimanendo sulla difensiva.

«Che fai vile coniglio? Pensi di stancarmi? Sono più forte di te. Conosco la tua tecnica. Stai sicuro che oggi i cani si sazieranno delle tue carni. Porterò la tua testa in regalo a mio padre, come fu per quella di tuo figlio.»

Le parole del cugino lo avevano ferito nel profondo del suo cuore. "Che cosa c'entrava quell'innocente ora? Che cosa aveva fatto di male perché la sua vita fosse stata spezzata sul nascere?" si domandava nella sua mente.

"Calma, Vartaxar, calma!" Di nuovo quella voce penetrò i suoi pensieri, come un mantra.

Era il falco che artigliato sopra i bastioni delle mura iniziava a comunicare con lui mentalmente. Lo poteva percepire chiaramente.

Ancora silenzio, mentre rivoli di sudore colavano lungo le membra dei due uomini.

"Avanti, Gherson, attacca!" si auspicava Teirios, che stringeva i pugni, in modo così forte, tanto che le dita erano diventate violacee.

Invece, nell'aria, si udì un nuovo urlo. Un nuovo attacco di Arcadis. Questa volta l'Urwain colpì con il suo possente fendente lo scudo di Gherson, che si chinò sul ginocchio destro, per parare il colpo. Lo scudo attutì la sciabolata, senza nemmeno scalfirsi. Contemporaneamente Vartaxar, per la prima volta, colpì il clipeo dell'avversario con la sua lama. Questa penetrò a fondo, tranciando in due anche il polso sinistro del cugino. Ciò che rimaneva della sua protezione cadde a terra, con appesa la mano amputata di Arcadis. I soldati trattennero il fiato per quello che avevano appena visto.

Arcadis cadde in ginocchio gridando dal dolore «Maledetto, maledetto! Che tu sia mille volte maledetto!», poi lasciò cadere la spada prendendo il moncherino sanguinante e guardandolo con orrore.

Gherson si avvicinò «Te lo avevo detto. Non ti voglio uccidere. Ora vattene via da questa terra, insieme alla tua feccia». Quindi si girò e inguainando la spada nella custodia si allontanò.

Alcuni uomini della guardia personale di Arcadis

si avvicinarono al loro principe per soccorrerlo. Questi, in preda ad un odio profondo, alzatosi barcollante afferrò l'ascia bipenne che uno dei suoi uomini aveva gettato a terra per aiutarlo e la lanciò verso la schiena di Gherson, urlando «Muoriii...»

L'ascia fece una lenta parabola nell'aria.

Ma dal cielo, ancor prima che Arcadis parlasse, si era già udito uno stridio acuto. Gherson si voltò istintivamente e vide la scure giungergli addosso. La schivò e con un movimento felino, che lasciò tutti di stucco, la prese al volo e la rilanciò contro il cugino, rimasto anche lui a guardare, come inebetito, quella contromossa inaspettata.

Un attimo dopo, Arcadis cadeva nuovamente in ginocchio, esamine con l'armatura squarciata dalla bipenne, che ne aveva dilaniato il suo petto.

Era il venticinquesimo giorno del mese di Kougar. Così morì Arcadis, figlio di Varanis, comandante dell'esercito urwaian ed erede al trono del suo popolo.

Gherson, a questo punto, sfoderò nuovamente Altair e alzando lo scudo, urlò al cielo «Vartaxar!»

Un clamore di gioia proruppe dai soldati adamaint, che inneggiavano al vincitore, gridando forte il suo nome, mentre il terrore si impossessò degli Urwaian. Perso il loro comandante, si dettero alla fuga, disordinatamente, per le vie della città, inseguiti dai loro avversari.

Il principe, invece, si diresse verso la fortezza. Per strada, si imbatté nel corpo di Nestor e subito, ebbe un fremito al cuore. Era ancora vivo, ma lo sarebbe stato per poco, la ferita che trapassava l'addome, gli avrebbe concesso ancora solo pochi istanti di vita.

Si chinò su di lui.

«Gherson», gli sussurrò l'amico, con voce fioca, ed un rivolo di sangue gli uscì dal lato della sua bocca. «Stanno venendo a prendermi. Finalmente questa tortura avrà termine.»

«Mio caro Nestor», rispose l'altro, con le lacrime agli occhi, «abbiamo vinto. Gli Urwaian sono scappati. Il loro comandante è morto. Non hai più niente da rimproverarti. Oggi ti sei comportato da valoroso ed hai difeso a caro prezzo il tuo Re.»

«Già», rispose l'altro, «ho paura, Gherson, aiutami...»

«Non devi più avere paura, fratello. Non più. Nessuno potrà mai parlare male di te. Te lo prometto. Sono stato fiero di averti conosciuto e di aver combattuto al tuo fianco.»

Nestor abbozzò un debole sorriso, poi spirò.

Il principe chiuse i suoi occhi e lo baciò sulla fronte. Rimase ancora qualche attimo chino su di lui, poi si alzò e riprese il cammino verso la rocca.

Il Re era stato portato in una delle sale vicine all'ingresso, per verificare le sue effettive condizioni; la situazione tuttavia appariva gravissima. Era debolissimo e faticava a tenere gli occhi aperti, i guaritori adamaint già scuotevano il capo negativamente.

Ainousa era accorsa al capezzale del padre, ma non si disperava più come prima, il suo ruolo ora glielo impediva, pur avendo la morte nel cuore.

Gherson si fece strada fra tutti, seguito da alcuni ufficiali e da Teirios.

Si avvicinò ad Alcain, dopo aver brevemente osservato la principessa, che pallida come la cera non lasciava più trasparire alcuna emozione.

Il sovrano aveva il torace e l'addome scoperto. Una freccia era stata strappata via, le altre due erano ancora infisse nel suo corpo.

Alcain aprì gli occhi e si girò lentamente verso la figlia, riuscì a fatica a sussurrarle qualcosa nell'orecchio.

Lei ordinò «Uscite, uscite tutti!»

Subito, uno dopo l'altro, tutti i presenti si allontanarono in silenzio.

Improvvisamente, il sovrano gemette, un fiotto di sangue uscì dalla bocca.

«Ainousa... Ainousa dove sei?», chiese Alcain.

«Sono qui, vicino a te.», rispose l'altra, accarezzandogli la fronte.

«Il regno è perduto?», domandò il vecchio, a fatica.

«No, padre, abbiamo vinto!», gli disse la figlia, mentre una lacrima le accarezzava la guancia destra. «Gli Urwaian sono stati ricacciati via. Gherson è ritornato e li ha sbaragliati.»

Il Re ebbe un breve attimo di sollievo, poi un nuovo sussulto. Con gli occhi pieni di terrore, fissò la figlia. «Ainousa...», mormorò Alcain con voce flebile, «sto per morire... ascoltami... ora questo mio fardello ricade su di te, piccola mia cerca di esserne degna e di saper governare meglio di quanto abbia fatto io. So che ce la farai.»

Lei si inginocchiò davanti al padre, mentre grosse lacrime rigavano il suo volto: «Non mi lasciare padre, non mi lasciare sola.»

«Ti prego, ascoltami. Anche uno sciocco capirebbe che provi un sentimento per quell'uomo.» Un nuovo sussulto ed un nuovo fiotto di sangue uscì dalla bocca. Rantolava.

«Lascia perdere l'Urwain... Ainousa... non è per te. Ascoltami, ti prego. Se non mi ubbidirai, soffrirai immensamente. Giuramelo!», le ordinò, con le poche forze rimaste. «Giuramelo ora!!!»

La giovane cercò, invano, di obiettare «Padre, non puoi chiedermi questo, non...», ma le sue parole furono bruscamente interrotte da Alcain.

«Giuramelo, ti prego! Giuramelo, Ainousa, ne va della tua felicità!»

Un altro colpo di tosse interruppe le parole del re.

Alla fine la principessa cedette «Te lo giuro padre, te lo giuro. Obbedirò al tuo volere.», Alcain emise un sospiro, mentre una lacrima scendeva lenta, le sue membra si rilassarono involontariamente. Un attimo dopo, spirò tra le sue braccia.

~ 384~

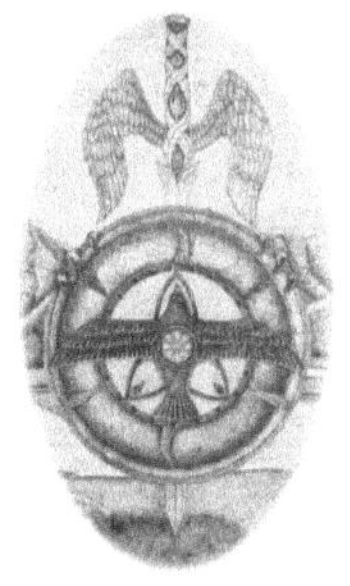

CAPITOLO XXII

Nel primo pomeriggio, tre cavalieri si erano avvicinati in pace, alle mura della città chiedendo udienza al principe Gherson, che li accolse ascoltando le loro richieste.

Dopo aver terminato il colloquio pacifico, si diresse con Teirios nelle stanze dove si trovava la principessa Ainousa. Lei era visibilmente ancora provata per la morte del padre, Gherson le riportò quanto accaduto nel pomeriggio.

«Che intenzioni hai? Non vorrai andare? Sarà sicuramente una trappola.», chiese Ainuosa.

«Non credo! Conosco Silaj, da tanto tempo, è il comandante delle truppe lachvaian ed è un uomo leale, come suo fratello Arvaj, anche lui verrà con me. In fondo, tutti e due correremmo lo stesso pericolo, dato che ci siamo schierati entrambi contro i nostri popoli. Stai tranquilla Ainousa, non c'è da temere.», replicò Gherson.

«Bene, se le cose stanno così, allora verrò anch'io.» Fu l'impavida risposta della donna.

Gherson la guardò perplesso: «Tu?»

«Si, io!», replicò la principessa.

«Ma, mia signora, tu ora sei la futura regina, è bene che stia qui al sicuro a dare ordini ai tuoi sudditi, nell'eventualità dovesse mai succedere qualcosa», obiettò Gherson, quasi balbettando.

«L'hai detto tu che non ci sono pericoli, o mi stai mentendo Gherson? Se non ci sono rischi, come tu asserisci, allora verrò pure io. In questa riunione, si dovranno decidere le sorti della guerra? È mio dovere esserci. In caso contrario, non andrai neppure tu.», replicò lei, accigliandosi.

Gherson sospirò e strinse con forza i pugni. «Piccola, viziata testarda», mormorò a bassa voce.

Lei lo guardò, accendendosi in viso. «Ti ho sentito, sai, Urwain. Ascoltami bene, non osare mai più neppure pensare quello che hai detto in mia presenza, altrimenti, ti faccio strappare la pelle a suon di frustate.»

«Sì, mia Signora.» Rispose lui inchinandosi e mordendosi le labbra, per non reagire. "Evidentemente gli avvenimenti di quegli ultimi siklein avevano alterato l'equilibrio mentale a più di una persona.", pensò mentalmente Gherson uscendo dalla stanza.

Una volta usciti, Teirios gli si avvicinò sogghignando «Hai visto che bel caratterino ha la nostra futura regina?»

«Che la peste ti colga, Teirios! La prossima volta che mi tratta così, quella mocciosa prende anche quelle che non gli ha mai dato suo padre.», gli sbraitò contro Gherson.

L'Adamant scoppiò in una fragorosa risata, non propria adatta a quel particolare momento. «Ti voglio credere. Ma ho dei forti dubbi, amico mio. Quella donna ha della stoffa e sono convinto che anche tu lo sappia molto bene.»

Gherson, di rimando, lo fulminò con gli occhi. L'altro, accorgendosi di aver esagerato con le parole, si era infine, azzittito.

Le tenebre della notte stavano ormai calando sulla valle di Elevar, quando Gherson entrò nell'accampamento dei Lachvaian, insieme ad Arvaj ed alla principessa Ainousa, coperta da un mantello che le nascondeva il viso.

All'interno del campo, le classiche tende circolari erano state disposte a raggiera. Tutto pareva tranquillo e in ordine nonostante il continuo andirivieni dei militari.

Da quando era terminata la battaglia, con le prime luci dell'alba, non si erano più verificati altri scontri tra i due eserciti. Era stata invece indetta una tregua, al fine di dare degna sepoltura ai propri morti e di raccogliere e curare gli uomini rimasti feriti.

Era questo il tempo delle riflessioni.

Gherson Arvaj e Ainousa attraversato l'accampamento raggiunsero la tenda di Silaj e scesero da cavallo. Subito, due soldati vennero loro incontro e presero in custodia i loro destrieri. Erano attesi.

L'incontro era stato fortemente voluto dallo stesso comandante.

La tenda era la più grande dell'accampamento, suddivisa in tre parti, l'ingresso, una parte centrale adibita per le riunioni dello stato maggiore e la parte estrema una vera e propria dimora del comandante. Furono fatti accedere nell'area centrale, dove Silaj comandante dei Lachvaian li stava attendendo, era alto, con lunghi capelli e qualche sfumatura di grigio in più, raccolti in una grossa treccia che scendeva lungo il dorso, aveva ancora lo stesso viso fiero di un tempo. I primi ad abbracciarsi furono i due fratelli. Poi fu la volta di Gherson.

Subito dopo, Silaj girò gli occhi verso destra, dove si trovava Tarsidis, il vecchio generale che stava guardando la scena impassibile con le braccia conserte. Robusto, con i capelli brizzolati ed una barba ben curata, la pelle chiara rugosa e gli stessi occhi vigili di un tempo.

Gherson si inchinò di fronte al suo vecchio comandante, in segno di rispetto.

Ainousa nel frattempo, si era tolta il mantello che copriva il suo viso.

Silaj, sorpreso per la sua presenza, fece per aprire bocca ma lei lo zittì immediatamente.

«È mio espresso volere essere qui e CALPESTARE», lo rimarcò solennemente, «queste zolle della mia terra.»

«Si è morti per molto meno, mia signora... Sei stata molto coraggiosa o molto avventata.», rispose il Lachvain, che la squadrò con attenzione. «Non hai pensato ai pericoli che avresti potuto incontrare in un accampamento nemico? Avremmo potuto prenderti come ostaggio!»

«Il mio destino è legato alle sorti del mio regno! Io devo stare qui! Se non dovessi tornare, un altro prenderà il mio posto. Ma non sarà un tuo problema», replicò lei con forza, estraendo il pugnale al suo fianco e puntandolo minacciosamente alla gola di Silaj, «...perché, se io dovessi morire... Tu! Oggi! Mi accompagnerai nel regno dei senza ritorno!»

All'interno della tenda calò il silenzio. Gherson sorrise, guardando Arvaj, a sua volta sorpreso, perché non si sarebbe mai immaginato che la principessa reagisse in quel modo.

Tarsidis, sempre immobile, la considerò con rispetto. «Questa regina assomiglia più ad un guerriero, che ad una donna dedita a sbrigare faccende domestiche!»

Ainousa abbassò lentamente il pugnale su invito di Gherson ed i cinque si sedettero sui ricchi tappeti stesi a terra.

«Sono contento di rivederti Tarsidis.», Iniziò così Gherson.

L'altro annuì col capo. «Anch'io. Non ho mai condiviso la decisione di tuo zio di privarsi di un uomo come te, anche se posso capire le sue remore. Oggi, me lo hai confermato. Sei riuscito da solo e con astuzia a capovolgere le sorti della battaglia, mi è difficile ammetterlo ma ci hai messo in difficoltà. Però stai attento, non pensare che ti andrà sempre bene. Ieri, eravamo impreparati, domani sarà un altro giorno e stai sicuro, che non potrai più avere dalla tua, l'effetto sorpresa. Tu conosci noi, ma anche io conosco come ragioni.»

L'altro assentì col capo. Di più non si poteva aspettare. Sapeva quanto erano costate quelle parole al vecchio generale. Vedere il suo esercito in rotta, per colpa di quello sconsiderato di Arcadis, era stato troppo per lui.

«Appunto di questo dobbiamo parlare», intervenne Arvaj. Questo incontro è stato tenuto segreto, perché dobbiamo cercare una soluzione che ci accontenti tutti, senza arrivare ad uno scontro frontale, che porterebbe altri inutili lutti.»

«Ho già detto a tuo fratello...», si intromise Tarsidis, con tono fiero, «che mi assumerò io la responsabilità di questa disfatta. Sono vecchio ormai e non ho paura di morire.»

«So benissimo, che non hai timore della morte, mio generale, ma sono convinto che sarebbe un peccato privare Arvhèia della tua saggezza. Hai ancora molto da insegnare a questo mondo.», intervenne Silaj.

«Non è possibile per un Urwain tornare indietro sconfitto. Il disonore sarebbe troppo grande. Preferisco volentieri morire in battaglia.» Replicò ostinatamente il generale.

«Allora, perché sei qui, perché hai voluto aderire a questo colloquio?», domandò Arvaj.

«Perché questa riunione è stata voluta da Silaj, non da me», ribatté il vecchio, alzando la voce.

«Comunque sono venuto volentieri, perché avevo il desiderio di rivederti, Gherson.», continuò con tono più pacato.

«Anche per me è un piacere ritrovarti, mio comandante, anche se avrei preferito farlo in una situazione ben diversa.», rispose Gherson.

Il generale condivise la sua affermazione, abbassando la testa ed annuendo.

«Quali sarebbero allora le tue condizioni?», domandò Arvaj.

«Non ho alternative Gherson e tu lo sai. Io devo andare avanti per la mia strada, anche se Arcadis è morto. Vorrei comunque ricordarti che la guerra non l'avete ancora vinta. Il nostro esercito è tuttora superiore al vostro, in quanto a numero e forza. Per evitare un bagno di sangue da entrambe le parti, vi chiedo di arrendervi.»

Silaj abbassò gli occhi tristemente, immaginando già la risposta del principe, ora suo avversario.

Gherson diede una rapida occhiata ad Ainousa, che ricambiò il suo sguardo e fece un cenno di assenso con la mano.

«Tarsidis, mio amato comandante», riprese, dopo

alcuni attimi di silenzio, «permettimi di avere qualche dubbio sulle tue affermazioni. Non so quanti Urwaian, al mio grido di battaglia, continueranno a combattere contro di me. Ricordati poi che anche se sono numericamente inferiori gli Adamaint lottano per la loro patria, per la loro famiglia, per la loro stessa vita, ed un uomo che combatte per tutti questi valori, ne vale più di cento.»

Ainousa lo fermò intromettendosi, rossa in viso «Generale di Urwan, sono troppo giovane per i vostri giochetti politici. Rispetto la vostra età, ma se voi siete venuto in questa tenda per dettare le vostre condizioni, allora vi dico subito quali sono le nostre e da qui non indietreggeremo! Questa è la mia terra. Vi diamo due giorni di tempo per levare il campo e tornarvene dal vostro Re. Vi consiglio vivamente di accettare, generale non pensiate, di poter tenere in piedi questo assedio in eterno. Presto, un contingente della nostra cavalleria intercetterà le vostre salmerie. Rimarrete senza viveri!», terminò trionfante.

Gherson la guardò imbarazzato. Poteva anche evitare un'affermazione del genere. Ma che cosa diamine era venuta a fare? A svelare in pubblico i loro piani?

Il vecchio accusò il colpo, ma rispose subito, offeso nell'orgoglio. «È quel che vedremo!»

Certo, quella ragazzina aveva del carattere, ma, trattare in quel modo il vecchio Tarsidis, era davvero troppo. Arvaj squadrò Gherson, decisamente imbarazzato, sebbene qualche ora prima lo stesso si fosse dovuto arrendere alle pretese della principessa.

«Vi diamo tempo di recuperare il resto dei vostri morti, vi restituiremo anche il corpo di Arcadis, fatene quel che volete!», continuò Ainousa imperterrita. «Bruciatelo, riportatelo imbalsamato a suo padre, a vostra discrezione, ma dovete andarvene via di qui!»

«Un capolavoro di diplomazia!», disse Arvaj, abbassando lo sguardo, per non incontrare il volto di Tarsidis, che era diventato vermiglio.

«Temo mia signora, che lo scontro sarà a questo punto inevitabile.» Rispose fiero il comandante delle truppe nemiche.

«Tarsidis ascoltami. Te ne scongiuro!» Intervenne nuovamente Gherson, facendo un passo avanti «Io non voglio che altri Urwaian muoiano invano a causa della follia di Varanis. Per il profondo rispetto che nutro nei tuoi confronti, ti chiedo per l'ultima volta leva da qui le tende e andate via!»

Di nuovo il silenzio calò all'interno della tenda.

Il generale rifletteva pensieroso, mentre il colorito del viso andava man mano schiarendosi.

Per un attimo il principe pensò di averlo convinto.

Quando Tarsidis riprese a parlare, vinse il suo orgoglio. «Gherson, sei troppo sicuro di te, lo sei sempre stato e in questa occasione potrebbe anche giocare a tuo sfavore. Da molto tempo non sei più parte di noi e temo tu abbia dimenticato la nostra forza d'urto in battaglia. Io non me ne andrò da qui, se è deciso che debba morire in guerra allora morirò combattendo, magari proprio contro di te. Meglio perire che fuggire come un infame.»

«Sta bene!», terminò Gherson avvilito. «Sia come vuoi tu.»

Dopo averlo abbracciato un'ultima volta, gli domandò «Efaialtos...è lui il traditore...vero!? Dove si trova adesso?»

Tarsidis rimase in silenzio un istante. «Al sicuro Gherson, fuori dalla tua portata. In questo momento, sta viaggiando protetto verso Valaur.»

«Qual'è stato il prezzo della sua defezione? Tu lo sai?», intervenne Ainousa, gli occhi accesi come carboni dall'ira.

L'altro ricambiò il suo sguardo e sogghignò: «Ti facevo più accorta principessa. Per ironia della sorte non ha avuto niente in cambio.»

Gherson vide che la ragazza aveva abbassato lo sguardo arrossendo in viso. La colpa del tradimento e della morte di suo padre era stata infatti, l'insana passione del consigliere per la giovane.

Uscito dalla tenda il principe si avvicinò a Silaj e gli disse: «Amico mio tieniti pronto, perché, quanto prima, scenderà l'inferno su questo accampamento.»

Ma il destino avrebbe già condotto Silaj per altri sentieri, perché Tarsidis, allarmato dalle parole di Ainousa, decise di inviare, all'istante i Lachvaian incontro alle salmerie per difenderle dalle eventuali minacce nemiche.

I tre ormai tornavano spediti verso Elevar, quando Gherson, con fare polemico, si rivolse ad Ainousa. «Era proprio necessario trattare così Tarsidis? Non capisci che in quel modo lo hai costretto a scegliere la guerra e...», non fece in tempo a terminare la frase.

La donna fermò il cavallo e con uno sguardo carico d'odio, tanto che pure Arvaj ne rimase profondamente turbato, apostrofò l'altro duramente. «Ascoltami bene, Gherson, non sono una stupida. Tu non mi devi rimproverare di nulla, né consigliarmi, se non sia io a chiedertelo espressamente. Se mi sono comportata così, è perché volevo che reagisse in quel modo!»

«Ma tutto questo comporterà solo altre vittime!», replicò Gherson, che continuava a non capire.

«Sì Gherson, altre vittime!», continuò lei, piena di livore. «Voglio vederli tutti morti, quei cani maledetti e bastardi che hanno ucciso mio padre ed invaso la mia terra. Non ne deve scampare neppure uno!»

I due la fissarono ammutoliti.

«Che c'è, ora? Ti faccio paura? Fai bene a temermi.» La sua acredine andava crescendo, sempre più. «Così deve essere per tutti coloro che calpesteranno impunemente la mia vita, i miei sentimenti ed i miei sudditi. Comunque non te lo ripeterò un'altra volta. Non mi criticare mai più, specialmente in pubblico! Perché tra me e te non c'è niente che te lo consenta.»

Terminò così, cercando, forse, di convincere più se stessa, che gli altri due.

In silenzio, infine, ripresero il cammino e giunsero ad Elevar.

Era ancora notte, quando Kauros con i suoi uomini, protetto da un folto numero di guerrieri Adamaint, raggiunto il lago di Endèia cominciò i lavori che procedevano lentamente per la difficoltà riscontrata nel provare la strana mescola tra le sostanze minerarie richieste a Gherson e Teirios nell'incontro precedente. Dopo vari tentativi riuscirono a creare una falla nella parete della diga a seguito di una specie di esplosione. L'acqua vi penetrò e con la sua pressione divelse il resto del muro provocando un forte boato. In un istante, l'enorme massa d'acqua si riversò verso la vallata e arrivò in poco tempo a ridosso dell'accampamento nemico, proprio come Gherson aveva previsto. In pochi attimi l'acqua spazzò via parte dell'esercito e trasformò quell'area in un pantano. I soldati sopravvissuti alla valanga d'acqua, si trovarono a fronteggiare gli arcieri adamaint, che stavano facendo piovere un nugolo di frecce incendiarie sulle tende rimaste dell'accampamento nemico, bruciandole. Ovunque regnava il caos. Gli ufficiali a fatica, cercavano di mettere ordine, in tutta quella melma, era veramente difficile muoversi e abbozzare qualsiasi tipo di intervento.

Tarsidis uscì dalla sua tenda fortunatamente non colpita dall'acqua e capì che ormai era troppo tardi. «E va bene! Se dobbiamo morire, che sia così!», disse scuro in volto. Rientrò per armarsi sotto la tenda e uscì di nuovo, impartendo ordini ai suoi, per tentare una sortita.

Nel frattempo, gli Adamaint avevano smesso di scagliare le frecce incendiarie sull'accampamento nemico, ma continuavano a mietere vittime, lanciando miriadi di saette a ripetizione.

«Sei sempre sicura di voler partecipare alla battaglia, Ainousa?», domandò, ancora una volta, Gherson, temendo per le sorti della futura regina.

«Ora più che mai, Gherson.», rispose lei, con il viso trasfigurato ed il bagliore delle fiamme che le brillava negli occhi. «Il mio popolo deve essere orgoglioso di me e questa è l'occasione per dimostrarlo.»

«Allora, stammi vicina. Ti terrò d'occhio.», replicò lui, cercando di rassicurare più se stesso che l'altra.

Lei annuì, senza battere ciglio, in fondo, contenta di sentirsi protetta al suo fianco.

All'improvviso i primi cavalieri urwain uscirono dall'accampamento con molta difficoltà ed in modo disordinato. La loro carica era rallentata dalle condizioni pesanti del terreno, ormai divenuto fangoso. Quasi tutti furono abbattuti dalle frecce e dai giavellotti degli assediati prima di giungere a contatto con la fanteria, già regolarmente posizionata con le lance ben alzate.

«Avanti Gherson, vieni avanti se hai coraggio! Mostra il tuo volto e combatti da uomo!», si sentì urlare dall'interno del campo. Era la voce di Tarsidis che si precipitò con il resto della fanteria urwain, ancora in grado di combattere, contro le ben più organizzate file adamaint.

«È un suicidio!», pensò Gherson.

Le file adamaint cominciarono ad avanzare lentamente fino al tratto ancora non coperto dalla melma, mentre gli arcieri continuavano, inesorabilmente a mietere vittime tra gli urwaian. Si arrivò all'urto frontale. Le file adamaint ressero l'impatto dell'onda nemica. Poi Arvaj ordinò alla cavalleria di accerchiare la fanteria urwain. Per questi non ci sarebbe stato più scampo.

«Dove sei, Gherson? dove sei?», gridava Tarsidis.

Vartaxar alla fine gli si parò di fronte. «Ti avevo detto di levare le tende, vecchio pazzo! È questo che volevi? Il massacro dei tuoi? Ti avevo avvisato!»

«Vieni avanti e combatti da uomo, come ti è stato insegnato!», replicò Tarsidis.

«Non voglio ucciderti, Tarsidis! Arrenditi, ti prego!», gridò Gherson.

Il comandante invece, in preda ad una selvaggia euforia corse dritto contro l'avversario, menando colpi a destra ed a manca che Vartaxar schivò senza colpirlo volontariamente.

«Combatti, Gherson! Non mi evitare, combatti!»

Vartaxar continuava a non attaccare. Improvvisamente fu colpito alle spalle con una mazza da un soldato nemico. L'arma si frantumò al contatto con la corazza, tuttavia il colpo fu così forte che cadde a terra, quasi tramortito. Ainousa lì vicino, trafisse il codardo che non aveva avuto il coraggio di attaccare frontalmente, poi si diresse verso Tarsidis. Questi non la riconobbe a causa dell'elmo che le nascondeva il viso e le intimò di scostarsi. Di fronte al suo rifiuto, la attaccò frontalmente. La principessa lo schivò spostandosi alla sua destra e con tutta la forza che aveva in corpo, lo trafisse con un colpo di taglio, che gli aprì in due l'armatura, in mezzo all'addome. Tarsidis cadde a terra in ginocchio, guardando con orrore le proprie viscere. Lei si tolse l'elmo e mostrò il suo volto, mentre i suoi capelli, brillarono come l'oro, dietro il sole nascente alle sue spalle.

«Tu...», furono le sue ultime parole e Tarsidis rovinò al suolo esanime.

Ainousa si avvicinò a Gherson che, stava lentamente rialzandosi da terra, per sincerarsi delle sue condizioni, lui fece cenno che andava tutto bene mentre si accostava al vecchio comandante, chinandosi su di lui rimase così per alcuni istanti. "Povero vecchio Tarsidis...anche tu muori per colpe che non hai!», pensò tra sé Gherson.

Infine, gli chiuse gli occhi ancora aperti che fissavano il vuoto.

Gli Urwaian, di fronte alla morte del loro generale e vista l'aggravarsi della loro posizione rispetto agli adamaint fuggirono verso quel che rimaneva dell'accampamento.

Con le prime luci dell'alba, i Lachvaian di Silaj tornarono dalla loro missione. Lo spettacolo che si trovarono di fronte, era agghiacciante. La pianura era una distesa di cadaveri, quasi tutti Urwaian. Il campo era completamente distrutto, con i superstiti all'interno che si guardavano attoniti, non sapendo che fare. Erano accerchiati da ogni parte, in attesa di una mossa degli Adamaint.

Fu stabilita una tregua. Gli invasori sarebbero dovuti tornare alle loro terre, senza armi.

Ainousa rientrò trionfante nella sua città, acclamata ed esaltata da tutto il suo popolo. Adesso, era pronta per regnare, godendo della fiducia della sua gente.

Scoprì ben presto, che la gratitudine dei suoi sudditi non le avrebbe ridato la gioia. La solitudine in cui l'aveva lasciata la morte del padre, era come una piaga che non sarebbe mai guarita.

Silaj ebbe modo di rivedere un'ultima volta Gherson.

«Ho tirato un sospiro di sollievo quando ho saputo che non avevate preso parte allo scontro questa mattina», disse Gherson, guardando la cavalleria lachvain. «Che cosa farete ora?»

Silaj alzò lo sguardo al cielo, ridendo. «Che domanda? Riporterò il resto dell'esercito a Valaur, compresi i reparti di cavalleria, che stanno scorrazzando nelle praterie di Arvor. Non penso che Varanis mi riterrà responsabile della disfatta, anche perché ero stato estromesso dalla linea di comando. Anzi, forse mi sarà riconoscente per avergli riportato a casa una buona parte dell'esercito sana e salva, sebbene senz'armi. Non credo che, nonostante il suo delirio di onnipotenza, avrà il coraggio di prendersela con il capo incontrastato dei Lachvaian. Sarebbe per lui un errore clamoroso. Tornerò quindi tra la mia gente ed aspetterò il da farsi.», i due si abbracciarono.

Fu poi la volta di Arvaj che si avvicinò al fratello per salutarlo, aveva deciso per il momento, di rimanere ancora ad Elevar insieme ai suoi uomini. Di certo, in Urwan, dopo gli ultimi avvenimenti non sarebbe più potuto tornare. Ora che aveva ritrovato Gherson, sentiva di voler riprendere quel legame di sangue bruscamente interrotto sette anni prima.

Nel regno di Adamant nelle epoche successive, nelle sere più fredde attorno al camino, spesso gli anziani narravano ai loro nipoti le avventure del principe Gherson (Vartaxar), intonando una ballata che ne ricordava la notte in cui andò a rivedere la moglie:

Cavalca mio giovane principe,
corri incontro al tuo triste destino.
Ché già un demone pronto ti incalza,
in mano il calice dell'amaro vino.

Cavalca mio giovane principe,
la tua amata ignara ti pensa.
Sei per lei la sola speranza,
d'una vita colma di sofferenza.

Cavalca mio giovane principe,
Per te Evalion scuote la terra.
La natura mesta al suo incedere geme,
anche lei ha ormai perso la più piccola speme.

Cavalca mio giovane principe,

serra in mano la possente tua lama.
Quest'è il tempo di tornar a lottare,
Per la donna che lui solo ama.

Cavalca mio giovane principe,
ché dall'alto il falco ti guarda.
elargirti vorrebbe un consiglio,
ed invano metterti in guardia.

Cavalca mio giovane principe,
corri contro al tuo avaro destino.
ché la sorte per te ha riservato,
Un duro colpo sul tuo cammino.

Altre battaglie dovevano essere ancora affrontate
e di questo Vartaxar ne era consapevole.

To be continued...

APPENDICE

I giorni su Arvhèia sono suddivisi in venti periodi chiamati siklein (siklin al singolare) paragonabili grossomodo alle nostre ore.

L'ora decima corrisponde al nostro mezzogiorno.

La ventesima ora alla mezzanotte.

Per la loro misurazione venivano di solito utilizzati dei pali piantati in terra, rivolti all'alba verso il sole, che proiettavano l'ombra su un'asta graduata, oppure dei dischi in pietra affissi sui muri delle case, simili a meridiane.

I sottomultipli di un siklin (viriklein), ognuno dei quali ha la durata di un quarto di siklin, venivano di solito calcolati utilizzando un piccolo recipiente di vetro graduato, nel quale ad intervallo costante venivano versate delle gocce da un tubo. Una volta riempito, il contenitore si svuotava automaticamente, in base al principio dei vasi comunicanti, per poi venire nuovamente riempito attraverso il tubo.

Molto diffuso era anche l'uso di congegni simili a clessidre a sabbia.

Per comodità potremmo dire che un virklin contiene all'incirca un migliaio dei nostri comuni secondi.

PALUDI
ASTASIA
VEGH
VORSENNA
FIUME VECHION
VALA
ZIRCHANA
VALLE DEGLI SCHELETRI
CARV
DESERTO DI SAHIN
SABUGAL
FRADIBON
RAMIUS
RODHAUR

MONTI ZAWROS
ISADOR
RAEVION
ANTURION
FOSCAR
RWAN
STIRION
SAVODART
VOLTURION
MONTI AZZVRRI
CASCATE DI AETAIR
ARVOR
ADAMANT
SEFIRON
FIVME LEVIAN
ELEVAR
FIVME KALLIDON
FIVME ALAWRIN
KAREEM VASTA
GALION
NTEA DI LAMORAN
AFDHAL
NOREN
N/D
N/G
DONAW
GARTH
D/T
S/T
SOREN
ARCIPELAGO GHELAOS

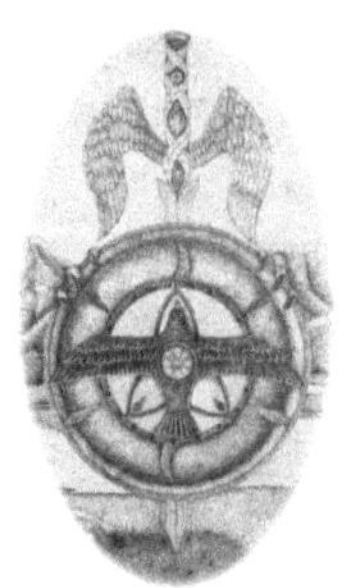

~ 405~

INDICE

INDICE